전후 월남작가와 자아정체성 서사

전후 월남작가와 자아정체성 서사

저자 류동규

1974년 대구에서 태어나 경북대학교 국어교육과와 동대학원 국어국문학과에서 수학하였다. 2008년 「전후 월남작가의 소설에 나타난 자아정체성의 형성 양상」으로 박사학위를 받았다. 이후 이 주제와 관련된 연구를 계속하여 「난민적 정체성과 근대 민족국가 비판」, 「탈식민적 정체성 서사로서『태풍』읽기」, 「분단 체제와의 대면과 이호철 소설의 변모」 등 여러 논문을 발표하였다. 경북대와 대구교대, 금오공대에서 강의하였으며, 지금은 '전후 작가의 식민지 기억과 역사 내러티브의 재구성'이라는 과제로 영남대학교에서 박사후연수를 수행하고 있다.

전후 월남작가와 자아정체성 서사

초판 인쇄 2009년 12월 21일 | 초판 발행 2009년 12월 31일

저 자 류동규

펴낸이 이대현 | 편집 추다영

펴낸곳 도서출판 역락 | 등록 제303-2002-000014호(등록일 1999년 4월 19일)

주 소 서울시 서초구 반포 4동 577-25 문창빌딩 2층

전 화 02-3409-2058(영업부), 2060(편집부) | 팩시밀리 02-3409-2059

전자우편 youkrack@hanmail.net

ISBN 978-89-5556-787-8 93810

정 가 19,000원

■잘못된 책은 교환해 드립니다.

전후 월남작가와 자아정체성 서사

류동규

역락

머리말

　얼마 전 지기(知己)의 기억을 통해 십오륙 년 전 대학교 2학년 무렵의 강의실 장면 한 토막을 떠올리게 되었다. 손창섭의 소설 「비오는 날」에 대한 나의 발표에 관한 것이었는데, 발표 후 교수님으로부터 작지 않은 격려를 받았던 것으로 기억한다. 이 일이 인연이었을까? 대학원에 진학하여 손창섭의 소설을 대상으로 석사학위 논문을 썼고, 그 후 연구범위를 확장하여 '전후 월남작가의 소설에 나타난 자아정체성의 형성 양상'이라는 제목으로 박사학위 논문을 쓰게 되었다. 그리고 이 책은 박사학위 논문을 보완한 것이다. 이렇게 되짚어 보니 이 책은 20대 초부터 지금까지 이어져온 공부의 길을 고스란히 보여주고 있음을 알겠다. 스스로 걸어온 길이니만큼 애정이 가는 것은 물론이지만, 십 년 공부의 결과로 내어놓기에는 부끄러움이 앞선다.

　이 책은 전후 월남작가의 소설을 대상으로, 월남작가들의 월남 경험이 이들의 소설에 어떻게 드러나 있는지, 그리고 이러한 서사가 작가 및 작중 인물의 자아정체성의 형성 과정을 어떻게 드러내고 있는지를 밝히고자 한 것이다. 이 주제를 다루는 데 있어서 민족국가와의 관계 설정 여부가 가장 핵심적인 문제가 된다고 보았다. 한국전쟁은 각기 다른 이념과 체제를 지닌 두 국가체제가 단일한 민족국가를 세우기 위해 결행한 미완의 전쟁이었다. 전쟁 이후에도 두 체제는 체제의 정당성을 확보하기 위해 각기 나름의 방식으로 국민을 동원함으로써 개인의 삶 전반에 큰 영향을 주었다. 특히 월남작가는 남과 북 두 체제 사이에서 전쟁으로 인한 상실을 가장 심대하게 경험한 존재들로서, 이들의 소설은 이러한 상실의 경험을 생생하게 보여주는 한편 민족국가 체제와의 관계 설정을 통해 자기 존재를 해명하고자 하는 시도를 담고 있다. 이 책이 월남작가의 소설을 '자아정체성 서사'로 규정한 것은 체제 변전의 시대에 속한 문제적 개인이었던 월남작가와 이들의 소설이 지닌 문제성에 주목하고자 한 것이다.

이 책에서 중심적으로 다룬 작가는 이범선, 선우휘, 손창섭, 이호철, 최인훈 등이다. 이들 외에도 월남작가가 많이 있지만, 특히 이들은 전후 문단에서 중요한 위치를 차지하였을 뿐만 아니라 그 이후로도 작품 활동을 지속하였다는 점에서 주목할 만하다고 판단하였기 때문이다. 3장과 4장의 각 절은 이들 작가의 작품을 차례로 논의한 것으로, 각 작가의 작품론으로서 독립적으로도 읽힐 수 있다고 본다. 5장은 4장의 논의에서 이어지는 것으로 손창섭, 이호철, 최인훈의 전후 시기 이후 작품을 다루었다. 전후 작가의 전후 시기 이후 작품은 지금까지 충분히 논의되지 못하였거니와, 이 책의 5장에서 다룬 작품 중에는 지금까지 연구되지 않은 것도 상당수 포함되어 있다.

이 책의 4장 일부와 5장은 앞부분에서 논의한 연구방법과 다소 느슨하게 연관되어 있다. 또 5장의 각 절에서 다룬 작가, 작품의 논의 절차 역시 고르지 않다. 최인훈의 작품을 논의한 4장 3절과 5장 3절은 일부 중복되는 느낌도 있다. 학위논문을 보완하기 위한 목적으로 몇 편을 글을 쓰는 과정에서, 작품이 지닌 구체성에 비해 학위논문의 틀이 답답하게 느껴져 이를 벗어나는 것이 불가피하였는데, 이 글들을 하나의 체제로 묶다보니 이런 결과가 되었다. 이는 연구의 통일성과 긴밀성으로 보면 결함이 되겠으나, 작품이 지닌 구체적 면면을 보여주는 데 더 낫다고 보아 일부만 수정하고 그대로 두었다. 그 밖에도 불만인 점이 많지만, 부족함을 도리어 정진의 계기로 삼겠다.

　고마운 분이 많다. 먼저 학부 때부터 지금까지 공부의 길을 이끌어 주신 이주형 선생님. 선생님께 어떤 말로 감사의 뜻을 전할지, 이것이 대체 격에 맞기나 한 것인지 막막함이 앞선다. '확실하게 말하고 쉽게 쓰라.'는 선생님의 가르침을 늘 기억한다. 글이 어렵게, 모호하게 되는 것은 자신도 잘 모르면서 쓰기 때문이라는 것을 알게 되었다. 이 책이 조금이라도 얻은 것이 있다면, 모두 선생님의 글쓰기에 대한 엄격한 가르침 덕택이다. 대학원 과정 때부터 학위논문을 쓰기까지 격려와 질책으로 가르쳐 주신 김재석 선생님과 김주현 선생님, 그리고 학위논문을 쓰는 동안 논문을 꼼꼼히 읽고 지도해 주신 박용찬 선생님, 박현수 선생님, 손정수 선생님께 감사드린다.

아들을 위해 늘 기도하시는 부모님께 감사드린다. 부모님께서는 신앙과, 정직한 삶의 자세와, 이웃에 대한 사랑을 몸소 보여주셨다. 인문학이 필요한 이유도 여기에 있지 않을까? 학위논문을 쓰고 이 책을 준비하는 동안 첫 아이를 얻었다. 공부하는 남편을 둔 탓에 많은 것을 감당하고 있는 아내에게, 그리고 순하게 커서 주변의 귀여움이 되고 있는 아이에게 고마움을 전한다.

흔쾌히 책을 출판해 준 역락출판사 이대현 사장님과 편집부에 감사드린다. 마지막으로 내 공부의 이유가 되시는 하나님께 감사드린다.

2009년 12월

류동규

차 례

제1장

전후 월남작가의 소설을 보는 시각

1. 전후 월남작가라는 문제설정

해방에서 한국전쟁에 이르는 시기는 분단이 고착되어 간 시기로서, 이 기간 동안 이념을 중심으로 하여 문단이 재편된 것은 한국문학사에 있어서 가장 큰 사건 가운데 하나였다. 카프 계열 작가는 물론이고 상당수의 모더니스트들까지도 포함하는 기성 문인들이 대거 월북하여 북한문단을 형성한 반면, 남한에서는 북한 출신의 많은 작가들이 월남하여 남아 있던 남한 출신의 작가들과 함께 새로운 문단을 만들었다.[1]

1950~1960년대 소설에서 전후 월남작가의 작품이 차지하는 비중은 실로 대단했다. 이는 우선 작가의 수와 작품의 양에서 확인된다. 월남작가의 한 사람이었던 이호철은 '1950년대와 1960년대에 활동한 작가들의 태반이 북한 출신이라는 사실이 이 시기 남한 문단에서 가장 눈에 띄는 것'이

---

[1] 한국문인협회 편, 『해방문학 20년』, 정음사, 1966, 제2부 참고.

라며, '특히 왕성하게 활동한 소설가들의 경우에는, 전체 숫자의 9할 정도를 북한 출신이 차지'한다고 술회한 바 있거니와,[2] 이는 과장이 아니다. 1965년 신구문화사에서 기획, 간행한『현대한국문학전집』은 1950~1960년대 남한 문단에서 월남작가가 차지한 비중을 잘 보여준다. 해방에서 1960년대 초까지 등단한 작가와 작품을 두루 싣고 있는 이 전집에서 전후 월남작가의 작품은 전체 작품 분량의 60% 이상을 차지하며, 특히 손창섭, 장용학, 이호철, 선우휘, 최인훈 등의 경우 각 작가의 작품을 전집 한 권 분량으로 편집하여 싣고 있는 데서 알 수 있듯 이들 월남작가의 작품이 지닌 문제성은 분량에서 드러난 비중보다 더 큰 것이었다.

또 이들은 전후 문단에서 일정한 동류의식을 지니면서 작가군(群)을 형성하고 있었다.『문학예술』과『사상계』는 월남작가들의 활동의 구심점 역할을 하였다.『문학예술』은 1955년 6월 창간된 순문예지로서 극작가 오영진이 발행 겸 편집인으로 있었고, 시인 박남수와 소설가 김이석이 편집에 참여하는 등 월남작가들이 주축이 된 문학 잡지였다.『문학예술』은 1957년 통권 29호를 끝으로 폐간되기까지『현대문학』과 더불어 문단을 양분하다시피 하였으며, 폐간 이후『사상계』에 편입되면서 월남작가의 구심점 역할을 이어가게 된다.『사상계』는 장준하 등 서북지역 출신의 지식인 집단이 중심이 된 종합잡지로서, 그 비중에 있어서 1920년대『개벽』에 비견될 만큼 이 시기 지식인 사회에 큰 영향력을 지니고 있었다. 처음에는 사상지의 성격을 지니고 있었지만 1950년대 후반 이후 문학 부문의 지면을 늘여갔으며, 특히 1956년 이후 동인문학상을 제정하여 문단에 큰 반향을

---

2) 이호철,『문단골 사람들』, 프리미엄북스, 1997, 90~91면. 이 책에서 이호철은 서북 지방 출신 작가로 계용묵, 정비석, 황순원, 허윤석, 김이석, 손창섭, 곽학송, 이범선, 정한숙, 오상원, 선우휘, 강용준, 박태순 등을, 관북 지방 출신 작가로 안수길, 최정희, 박연희, 김송, 임옥인, 강소천, 손소희, 김성한, 장용학, 전광용, 박순녀, 최현식, 최인훈, 이정호, 그리고 이호철 자신을 들고 있다.

일으켰다. 동인문학상은 1956년 제1회 수상자인 김성한을 시작으로 1960년대 초까지 대부분 월남작가들이 수상하였다.

뿐만 아니라 전후 월남작가들의 소설은 작품의 내적 형식에 있어서도 공통점을 지니고 있다. 이들의 소설은 월남 및 전쟁 체험을 제재로 삼고 있으며, 월남 경험의 서사화 양상을 다양하게 보여준다. 월남작가들에게 있어서 월남 경험은 이전의 안정된 체제를 벗어나 낯선 체제로 편입하게 되는 계기가 되었으며, 이는 이들의 소설에서 자아의 분열로 표현되었다. 월남작가의 소설은 이러한 월남 경험으로 인한 자아의 분열과 그 극복 과정을 내적 형식으로 삼고 있다. 이처럼 월남 경험과 소설의 형식이 상호 관련되고 있다는 점은 월남작가들에게 있어서 삶의 형식이 곧 소설의 형식이 되었음을 보여주는 것으로, 이는 월남작가의 소설이 지닌 중요한 특징이다.

전후 월남작가의 소설에서 월남 경험은 자아정체성의 형성에 결정적인 영향을 끼친 사건으로 드러난다. 여기에서 월남 경험은 월남 이전의 사회적 위치, 월남 시기, 월남 동기 등에 따라 그것을 경험한 개인에게 있어서 각기 다른 의미로 받아들여졌으며, 따라서 월남작가의 소설에서 자아정체성의 형성 양상 역시 다양하게 나타나게 된다.

전후 월남작가는 월남할 당시의 신분에 따라 크게 두 부류로 나누어진다. 전쟁 이전에 등단하여 문인의 신분으로 월남한 이른바 '전전(戰前)세대 월남작가'와 월남한 후 등단한 이른바 '전후 신세대 월남작가'가 그것이다. 자아정체성의 형성이라는 관점에서 볼 때, 이 두 부류 작가의 작품은 일정한 차이를 보여준다. 황순원, 최태응, 김이석 등 전전세대 월남작가들은 월남 이전에 이미 사회적으로 공인이었으며, 한 가족의 가장으로서 확고한 사회적 위치를 차지하고 있었다. 월남 이후에도 이들은 작가로서의 신분을 그대로 지닌 채 남한 사회에 진입하게 됨으로써 급격한 단절과 상실을 경험하지 않았다. 따라서 이들의 작품에서는 극심한 자아의 분열을 찾아보기 어렵고, 분열의 극복 과정을 보여주지도 않는다. 이에 반해 선우휘, 손창섭, 이호철, 최인훈 등 전후 신세대 월남작가들은 대체로 아직 사회 내에서의 위치가 확고히 정립되기 이전에 월남 및 전쟁을 경험하였다. 특히 이들에게 있어서 부모와의 관계는 자아정체성의 형성에 절대적인 비중을 차지하는 것이었다. 월남 경험으로 인한 부모로부터의 독립은 자아에게 심대한 위기를 가져다주었으며, 새로운 체제 속에서 단독자로서 자아정체성을 정립하는 것은 이들의 소설에서 가장 중요한 과제가 된다. 따라서 전후 신세대 월남작가의 소설은 자아의 분열을 첨예하게 드러내고 있으며, 이러한 분열의 극복 과정이 서사의 기본 구도가 되고 있다.

본 연구는 '자아정체성'을 핵심 개념으로 설정하여 전후 월남작가의 월남 경험이 소설의 내적 형식과 관련되는 양상을 규명하려는 것이다. 월남작가가 전후 문단에서 차지한 비중을 고려할 때, 월남작가의 소설을 자아정체성의 형성 과정을 통해 규명하는 것은 전후소설의 성격과 의미를 보다 풍부하고 타당하게 밝히는 데 기여할 것으로 본다.

전후소설에 대한 연구는 1990년대 이후 본격적으로 이루어져 왔다. 전후소설 연구는 다양한 연구 방법으로 진행되었는데, 리얼리즘론적 접근,[3) 이데올로기론적 접근,[4) 형식·구조론적 접근,[5) 정신분석적 접근,[6) 실존주

---

3) 이주형, 「정한숙 소설에서의 한국 현대사 인식」, 『한국현대작가연구』, 민음사, 1989 ; 정호웅, 「1950년대 소설연구」, 『1950년대 문학 연구』, 예하, 1991 ; 김동환, 「한국전후소설에 나타난 현실의 추상화 방법 연구」, 『한국의 전후문학』, 한국현대문학연구회, 1991 ; 정희모, 「한국 전후장편소설 연구」, 연세대 박사논문, 1995 ; 유철상, 「한국 전후소설의 관념지향성 연구」, 서울대 박사논문, 1999.
4) 조동숙, 「1950~1960년대 소설에 나타난 이데올로기 연구」, 고려대 박사논문, 1993 ; 한수영, 「월남작가의 작품세계에 나타난 반공이데올로기와 1950년대 현실인식」, 『역사비평』 21집, 1993 여름 ; 이은자, 「월남작가 작품에 나타난 반공이데올로기 수용과 비판양상」, 『현대소설연구』 1집, 1994 ; 김주현, 「『카인의 후예』 개작과 반공 이데올로기의 문제」, 『민족문학사연구』 10호, 1997.

의적 관점에서의 접근7) 등이 그것이다.

특히 리얼리즘론적 관점에서의 연구와 이데올로기론적 관점에서의 연구는 전후소설의 성격을 규명하는 데 있어서 중요한 방법이 되어 왔다. 이들 관점은 다소 부정적인 방식으로 전후소설의 성격을 논의해 왔는데, 전후소설이 심도 있는 현실 투시나 발전적 역사 인식을 보여주지 못하고 있으며, 반공주의를 벗어나지 못하고 인정적, 감상적 휴머니즘에 머물렀다는 지적8)이 그것이다. 이러한 평가는 전후소설의 일면을 정확히 지적하고 있는 것임에도 불구하고, 일부 작가 및 작품에 국한되거나, 현상론적 혹은 당위론적이었다는 한계를 지닌다.

또 형식·구조론적 관점에서의 연구는 전후소설에 나타난 알레고리에 주목하고 이러한 형식의 새로움을 모더니티 지향으로 파악한 논의로 이어졌으며,9) 정신분석적 관점에서의 연구는 손창섭, 최인훈 등 개별 작가와 작품 논의에서 폭넓게 이루어졌다.10)

이러한 다양한 관점에서의 논의에도 불구하고 전후소설에 대한 연구는 그 시각과 대상이 제한적이었다고 할 수 있다. 전후 작가에 대한 연구는 주로 세대론적 관점에서 이루어졌고,11) 손창섭, 장용학, 최인훈 등 몇몇

---

5) 박동규,『전후 한국소설의 연구』, 서울대학교출판부, 1996 ; 구인환,「전후 한국문학의 지형도－소설의 서사문법을 중심으로서」,『한국전후문학연구』, 삼지원, 1995.
6) 신경득,『한국전후소설연구』, 일지사, 1988.
7) 이대영,『한국 전후실존주의소설 연구』, 국학자료원, 1998 ; 배경열,『한국 전후 실존주의소설 연구』, 태학사, 2001 ; 장양수,『한국 실존주의 소설 연구』, 새미, 2003.
8) 이주형, 앞의 논문 ; 한수영, 앞의 논문 등.
9) 방민호,「전후소설에 나타난 알레고리 연구」, 서울대 석사논문, 1993 ; 이현석,「전후소설의 서사구조와 수사적 성격 연구」, 서울대 석사논문, 1997.
10) 김지영,「손창섭 소설에 나타난 주체형성 연구」, 서울대 석사논문, 1997 ; 허영주,「최인훈 소설의 정신분석학적 연구」, 계명대 박사논문, 1995 ; 김인호,「최인훈 소설에 나타난 주체성 연구」, 동국대 박사논문, 1999.
11) 김상선,『신세대작가론』, 일신사, 1964 ; 김윤식,「6·25 전쟁문학－세대론의 시각」,『1950년대 문학연구』, 예하, 1991 ; 엄해영,『한국전후세대소설연구』, 국학자료원,

작가에 치우쳐 왔다. 연구 범위에 있어서도 대부분의 논의가 1950년대 단편소설에 집중되었고, 최근에 이르러 점차 장편소설을 포괄하는 것으로 확장되는 추세에 있다.12) 더 많은 작가와 작품들을 포괄하고, 또한 전후 사회의 특수성을 세밀하게 고려하여 논의할 때 전후소설의 본질을 보다 분명히 밝혀낼 수 있을 것이다.

이상의 기존 논의들은 월남작가와 이들의 소설을 전후소설의 틀 속에서 논의하였을 뿐, 월남작가와 작품을 특정한 하나의 작가군 혹은 작품군으로 포괄하고 이를 종합함으로써 전후소설의 성격을 논의하고자 하는 것으로 나아가지는 않았다. 한편 최근 유임하와 김효석의 논의는 월남작가와 이들의 작품을 포괄적으로 파악하고자 하는 시도라는 점에서 주목된다.13) 유임하는 이범선, 이호철, 선우휘, 황순원, 최인훈 등 월남작가의 소설을 대상으로 작품에 나타난 실향의 의미를 살피고 있다. 그러나 유임하의 연구는 개별 작가론을 묶어놓은 것이어서, 이들 작가와 작품을 전체적·종합적으로 파악하는 데에는 미흡하다. 김효석의 논의는 월남작가에 대한 가장 포괄적인 논의로서, 월남 1세대 작가와 월남 2세대 작가를 대비하고, 이들의 월남민 의식이 작품에 나타난 양상을 살피고 있다. 그러나 이 논의는 월남민 의식과 작품 구조 사이를 매개하는 개념을 설정하지 않음으로 해서 월남작가의 월남 경험과 작품의 내적 형식 사이의 연관을 밝히지 못하고, 월남민 의식과 그것이 작품으로 드러난 현상을 다소 평면적으로 기술하는 데 그치고 있다.

지금까지의 전후소설 연구가 두루 지적하고 있는 것처럼 전후소설은 객

1994 ; 방민호, 『한국 전후문학과 세대』, 향연, 2003.

12) 손종업, 「1950년대 한국 장편소설 연구」, 중앙대 박사논문, 1998 ; 손정수, 「전후세대 작가들의 소설에 나타난 장편화 경향에 대한 고찰」, 『한국현대문학연구』 17, 2005.

13) 유임하, 『분단현실과 서사적 상상력』, 태학사, 1998 ; 김효석, 「전후 월남작가 연구」, 중앙대 박사논문, 2006.

관 현실에 대한 탐구로 나아가기보다 주관적인 관념을 강하게 표출하고 있는데, 이는 전후소설이 우선적으로 당면하고 있었던 과제가 자아정체성 정립의 문제였기 때문이다. 전후 월남작가들은 전쟁 및 월남 경험으로 인한 자아의 분열과 이를 극복하기 위한 자아의 대응 양상을 자신들의 작품을 통해 표현하고자 하였다. 따라서 이들의 작품에서 자아정체성의 형성 과정은 가장 두드러진 서사의 흐름을 이루게 된다. 이러한 자아정체성의 형성 과정은 당시 지배 담론이었던 민족국가 담론과의 상호작용으로 이루어지는 것이어서 작품은 더욱 복잡하고 다양한 양상으로 전개된다. 본 연구는 월남작가의 소설에 나타난 자아정체성의 형성 양상에 주목하여, 민족국가 담론을 매개로 이루어지는 집단과 개인의 새로운 관계 설정, 그리고 이 과정에서 빚어지는 복잡다기한 욕망의 분출 양상 등을 고려함으로써 전후소설의 성격을 새롭게 규명하고자 한다.

2. 민족국가 담론과 자아정체성 서사

본 연구는 전후 월남작가의 월남 경험이 이들의 소설에 나타난 자아정체성의 형성에 끼친 영향을 규명하려는 시도이다. 여기에서 '정체성'이란 어떤 다른 존재와 구별되는 자기 고유의 지속적인 성격을 말한다. 인간 이외의 모든 존재는 객관적·대상적 입장에서 정체성을 확정할 수 있지만, 인간의 경우 자각적 존재 의식을 지님으로 인해 '자아정체성(self-identity)'이 중요한 문제가 된다. 자아정체성은 개인이 속한 사회적 관계와 문화적 맥락 속에서 형성된다는 의미에서, 그것은 심리적인 것일 뿐만 아니라 집단적이고 관계적이다. 이때 자기 관계 및 다른 대상과의 관계는 때때로 균형을 상실할 수 있음으로 해서, 자아정체성의 형성은 지속적, 반복적, 과정적인 성격을 지니게 된다. 자기 관계에서의 균형의 상실은 자아의 분열로 나타나게 되며, 다른 대상과의 관계에서의 균형의 상실은 대상으로의 동화 혹은 환원으로 나타나 소외 현상이 생겨나게 되는데, 자아정체성의 형성 과정은 이러한 자아의 위기를 극복하고자 하는 지속적이고 반복적인 기획이 된다.[14)]

한 개인의 자아정체성을 구성하는 요인은 가족, 종족, 국가, 성(性), 지역, 문화, 연령, 직업 등 매우 다양하며, 이들 요인이 복합적으로 작용하여 자아정체성을 구성한다. 이들 요인 중 전후 시기 개인의 자아정체성 형성에 지배적인 영향을 끼친 요인은 국가였다. 해방에서 전후에 이르는 시기는 남북한이 근대 민족국가 수립의 방향을 둘러싸고 극한 대립으로 치닫게 된 시기였다. 민족국가는 국민 통합을 강화하고 국가에 대한 개인의 충성심을 이끌어 낼 수 있는 국가적 상징을 만들어내야 했고, 개인은 민족국가에 소속됨으로써 자신의 존재를 확고하게 규정할 수 있었다. 민족국가 담론은 전후 사회에서 지배 담론으로 자리 잡게 되면서, 개인에게 '국민'이라는 집단적 정체성을 부여하는 역할을 담당하게 된다. 이러한 상황으로 인해 전후 사회에서는 '민족정체성(national identity)'이 한 개인의 자아정체성을 구성하는 핵심 요인이 되었다.

근대 이후, 한 개인이 민족정체성을 갖는다는 것은 너무나도 자연스럽고 보편적인 것으로 받아들여져 왔지만, 최근의 민족국가 이론은 이러한 가정을 의문시하고 있다. 이들 이론에서 '민족국가'는 특정한 조건 아래에서 역사적으로 존재하게 된 문화적 조형물로 규정된다.[15)] 이렇게 볼 때 한 개인

---

14) 신오현, 『자아의 철학』, 문학과지성사, 1987, 130~131면 참고.
15) 베네딕트 앤더슨, 『상상의 공동체』, 나남출판, 2002, 19~27면. 그 밖에 민족국가 및 국민적 정체성에 대한 이론적 논의로 다음을 참고할 수 있다. 어네스트 겔너, 「근대화와 민족주의」, 백낙청 엮음, 『민족주의란 무엇인가』, 창작과비평사, 1981 ; E. J. 홉스봄, 『1780년대 이후의 민족과 민족주의』, 창작과비평사, 1994 ; 니시카와 나가

이 특정한 조건 아래에서 사회적 귀속을 받아들여 민족정체성을 지니게 되는 과정은 개인과 민족국가 담론 사이의 상호작용의 결과라 할 수 있다.

전후 월남작가의 경우 월남 경험은 한 국가의 일원으로서의 정체성을 급진적으로 받아들이도록 하는 역사적, 문화적 조건이 되었다. 전후 월남작가들에게 있어서 월남 경험은 이전의 안정된 기반으로부터 벗어나 새롭고 낯선 체제 속으로 편입하게 된 계기가 되었다. 이 과정에서 겪은 상실감 및 뿌리 뽑힘의 감정은 이들의 소설에서 자아의 분열로 표현된다. 이때 자아의 분열은 한편으로는 월남 이전의 안정된 질서 속에 여전히 자아정체성의 기반을 두고 있으면서, 다른 한편으로는 월남 이후 새로운 체제 속에서 자아의 위치를 재정립해야 하는 상황에서 비롯된 것이다.

월남 경험과 이로 인한 자아의 분열을 설명함에 있어서 라캉의 주체 형성의 이론은 많은 시사점을 준다. 라캉의 이론에서 주체는 분열된 주체이다. 여기에서 '분열'이란 존재가 자신의 가장 깊숙한 부분인 자아와, 의식적인 담론, 행동, 문화의 주체로 나뉘는 것을 의미하는 것으로,[16] 라캉은 상상계를 벗어나 상징계로 진입하는 과정에서 주체는 분열된다고 설명한다. 따라서 상징계에 속한 주체는 분열된 존재로서의 자기 자신을 해명해야 하는 문제에 봉착하게 된다. 전후 월남작가의 소설에서 월남 경험은 상징계로의 진입이라는 의미를 지닌다. 이들의 소설은 월남 이전의 질서를 분열 이전의 완결된 상태로 파악하고 있으며, 이를 고향 혹은 모성의 이미지로 표현하고 있다. 월남 경험은 이러한 완결된 상태의 깨어짐인 동시에 새롭고 낯선 체제로의 진입을 의미한다. 이렇게 볼 때 이들이 대면해야 했던 새롭고 낯선 남한 체제와 그 지배 담론이었던 민족국가 담론은 라캉적 의미에서 '상징적 질서'가 된다.[17)]

오, 『국민이라는 괴물』, 소명출판, 2002 ; 강상중, 『내셔널리즘』, 이산, 2004.
16) 아니카 르메르, 『자크 라캉』, 문예출판사, 1994, 114면.

상징계로 진입한 주체는 상징적 질서가 위임하는 역할을 받아들임으로써 자아정체성을 정립하게 된다. 라캉은 주체의 형성 과정을 거울 단계와 오이디푸스 단계로 설명하면서, 각 단계에서 일어나는 동일화를 '상상적 동일화(imaginary identification)'와 '상징적 동일화(symbolic identification)'로 구분하였다. 상상적 동일화는 거울 단계에서 나타나는 것으로 자아와 자기 이미지 혹은 자아와 어머니와의 상상계적인 이중 관계를 의미한다. 상상적 동일화는 상징계에 진입하여 분열된 주체가 어떤 대상에게 상상계적인 형태를 부여함으로써 분열 이전의 상태로 되돌아가고자 하는 것으로서, 주체가 이미 상징계로 진입한 상황이라는 점에서 볼 때 이는 퇴행적인 시도라고 할 수 있다. 이와 달리 상징적 동일화는 오이디푸스 콤플렉스의 말기 단계에서 상상적 동일화가 해소되면서 일어나게 되는 것으로, 아버지와의 동일화를 의미한다. 상징적 동일화는 상징적 질서 속에서 자신에게 주어지는 역할, 즉 상징적 위임을 받아들임으로써 분열을 모면하고자 하는 시도라 할 수 있다.

대부분의 전후 월남작가의 소설은 동일화를 통한 자아정체성 형성 과정을 보여주며, 그 중에서도 이범선과 선우휘의 소설은 상상적 동일화와 상징적 동일화를 통한 자아정체성 형성 과정을 특징적으로 보여준다. 물론 동일화를 통한 자아정체성의 형성 과정에도 자아의 분열이 드러난다. 그러나 이들 소설의 서사는 자아의 분열 자체를 부각시켜 드러내기보다 동일화를 통해 이를 모면하고자 하는 방향으로 진행된다. 이 글의 3장에서는 이범선과 선우휘의 소설이 민족국가 담론과의 동일화를 통해 자아정체성

---

17) 라캉적 의미의 '상징적 질서'는 이데올로기 이론으로 전유되면서 '이데올로기 구조'로 치환되었다. 본 연구는 전후 시기 지배 담론으로 자리 잡았던 민족국가 담론이 '상징적 질서' 혹은 '이데올로기의 구조'의 기능을 담당하였다고 본다. 전후 민족국가 담론의 성격에 대해서는 2장에서 자세히 설명하기로 한다.

이 형성되는 과정을 보여주고 있음을 논의할 것이다.

한편, 이러한 동일화의 과정에서 주체는 소외를 피할 수 없다. 상상적 동일화는 자기 자신을 자신의 이미지와 동일화하는 잘못된 인식, 즉 오인(meconnnaissance)[18]에서 비롯되는 것으로서, 이는 소외의 구조를 만들어내게 된다. 또 오이디푸스 단계에서 어린 아이가 아버지의 법을 받아들이지 않게 되면 어린 아이는 계속 어머니에게 종속되고, 반대로 아버지의 법을 받아들이면 그는 자신을 아버지와 동일화하게 되는데, 이 과정은 주체가 스스로 자신의 원인이 될 수 없고, 타자에게 자신의 일부를 내어줌으로써만 자신의 존재를 확인하게 된다는 점에서 주체의 소외를 발생시킨다. 이 때문에 동일화를 통해 자아의 분열을 극복하고자 하는 시도는 궁극적으로는 실패할 수밖에 없다.

이에 대해 라캉은 주체 개념에 ‘실재계’를 끌어들임으로써 동일화의 불가능성을 분명히 하는 동시에 주체가 소외의 구조를 벗어날 수 있는 가능성을 열어 놓는다. 라캉에게 있어서 실재계는 ‘언어 밖에 있고 상징화에 동화되지 않는 것’으로서, ‘상징화에 절대적으로 저항하는 것’이다.[19] 주체는 상상계와 상징계, 그리고 실재계의 세 질서가 함께 작용하는 장소이므로, 주체는 동일화를 벗어나는 지점을 항상 지니게 된다.

동일화의 불가능성에 대한 라캉의 통찰은 동일화와는 다른 방식의 자아정체성 형성 과정으로 이끈다. 본 연구는 이를 ‘차별화(differentiation)’의 과정으로 파악하고자 한다. ‘차별화’는 동일화의 실패를 전제로 하면서 이를 벗어남으로써 자아정체성이 형성되는 과정을 정식화하기 위해 본 연구가

---

18) ‘오인’을 뜻하는 ‘meconnnaissance’는 ‘자기 인식(me-connnaissance)’과 동의어이다. 이는 상상계에서의 자기 인식은 필연적으로 오인의 구조를 지닐 수밖에 없음을 보여준다. 딜런 에반스, 『라캉 정신분석 사전』, 인간사랑, 1998, 261면.

19) 위의 책, 217면.

제안하는 개념이다.

차별화를 통한 자아정체성의 형성 과정은 동일화가 실패하는 지점에서 시작된다. 주체는 상상적 동일화와 상징적 동일화의 상호 작용을 통해 상징적 질서 속에서 자신의 역할을 맡게 되는데 이 과정은 일정한 잔여물을 남긴다. 이때 '잔여물'이란 동일화의 실패의 결과물로서, 동일화를 통한 상징적 위임이 궁극적으로는 자의적이며 따라서 주체는 왜 자신이 상징적 질서 속에서 그러한 역할을 맡게 되었는지에 대해 전혀 대답할 수 없다는 것 때문에 생겨난다.[20] 제4장 1절에서 분석하는 손창섭의 소설은 동일화의 불가능성과 자아의 분열을 특징적으로 보여준다. 손창섭의 소설에서 주인공은 민족국가 담론의 상징적 위임에 도달하기 위해 분투하지만, 이러한 상징적 위임이 지닌 근본적인 자의성으로 인해 실패하게 되고, 주인공은 상징적 질서 속에서 자아정체성을 정립하지 못하게 됨으로써 분열의 극한을 보여주게 된다.

라캉의 이론에서는 주체가 분열되어 있을 뿐만 아니라, 상징적 질서 자체도 비일관성 혹은 균열을 지니고 있다.[21] 상징적 질서가 완결된 구조로 되어 있다면 주체는 그 속에서 소외를 피할 수 없지만, 상징적 질서 자체가 균열을 포함하고 있음으로 해서, 주체는 이러한 상징적 질서 자체의 결여를 체험함으로써 소외를 벗어날 수 있게 된다. 상징적 질서의 비일관성에 대한 통찰은 전후 사회가 경험한 사회 문화적 구조 변동이 자아정체성의 형성에 끼친 영향을 설명하는 데 유용하다. 해방에서 한국전쟁에 이르는

---

20) 슬라보예 지젝, 『이데올로기라는 숭고한 대상』, 인간사랑, 2002, 194~200면.

21) 라캉의 욕망 그래프에서 주체는 $ 로 표시되며, 상징적 질서는 S(Ⱥ)로 표시된다. 여기서 빗금 그어진 주체는 주체의 근본적인 분열을, 빗금 그어진 상징적 질서는 그 자체의 비일관성과 균열을 표현한 것이다. 라캉의 욕망 그래프와 이에 대한 해석은 다음을 참고할 수 있다. 자크 라캉, 「욕망, 그리고 「햄릿」에 나타난 욕망의 해석」, 『욕망 이론』, 문예출판사, 1994, 139면 ; 슬라보예 지젝, 위의 책, 212면.

시기 동안 한국 사회는 전통적 사회 질서의 해체와 새로운 자본주의적 질서의 형성을 경험하였다. 또 해방으로 식민 통치를 벗어났지만 뒤이은 전쟁으로 인해 서구 문화에 직접적으로 노출되었으며, 전쟁 이후 냉전 체제로 들어서게 되면서 새로운 식민지적 상황이 전개되었다. 이러한 사회 문화적 구조 변동 속에서 주체는 상징적 질서의 비일관성을 경험하게 된다. 이러한 경험은 집단적 경험 및 이에 대한 공식적 해석에 수렴되지 않는 이질적인 경험으로서, 본 연구는 이를 '사적 체험'으로 명명하고자 한다.22)

여기에서 '사적 체험'이란 상호 이질적인 사회 문화적 구조가 겹쳐지는 상황에서 이전의 질서에 속한 경험이 다른 한 쪽의 질서 속에서 적절한 자리를 찾지 못함으로써 발생하게 되는 경험을 말한다. 근대 민족국가의 형성 과정에서 집단적 주체에 의한 공식 역사의 구성은 필수 불가결한 것이었는데, 때로는 이러한 공식 역사가 사적 체험을 억압하는 방식으로 작용하기도 하였다. 특히 분단으로 인해 첨예한 체제 경쟁의 상태에 놓인 전후 사회에서 이러한 억압은 더욱 강하게 작용하게 된다. 이때 사적 체험은 민족국가 담론이 만들어내는 공식 역사와 길항하면서 개인의 존재 해명에 있어서 지속적으로 문제를 제기함으로써 민족국가 담론에 균열을 일으킨다. 이처럼 사적 체험은 상징화의 불가능성으로 드러난다는 점에서 주체의 세 차원 중 실재계의 영역에 자리 잡고 있으면서, 주체로 하여금 동일화의 과정에서 발생하는 소외를 벗어날 수 있게 하는 근거가 된다. 제4장 2절과 3절에서는 이러한 특징을 잘 보여주는 작품으로 이호철과 최인훈의 소설

---

22) '사적 체험'이라는 개념은 전후의 사회 문화적 구조 변동 과정에서 형성되는 자아정체성의 양상을 규명하는 데 유용하다. '사적 체험'은 집단의 경험에 수렴되지 않는 개인의 내밀한 경험을 말하는 것으로, 사적 체험에 대한 자아의 기억은 집단의 공식적 기억과 길항함으로써 상징적 질서의 위임을 거부할 수 있는 근거가 된다. 오카 마리, 『기억 서사』, 소명출판, 2004, 43~49면 ; 전진성, 『역사가 기억을 말하다』, 휴머니스트, 2005 ; 최문규 외, 『기억과 망각』, 책세상, 2003 참고.

을 분석한다. 이호철과 최인훈은 사회 문화적 구조 변동 속에서 어느 한 쪽 질서에 완전히 포섭되지 않는 사적 체험을 겪게 된다. 이러한 체험은 상징적 질서의 위임을 거부하면서 자아의 존재 증명을 끊임없이 요구함으로써, 이들 소설을 차별화를 통한 자아정체성의 형성 과정으로 나아가게 한다.

차별화를 통해 형성되는 자아정체성은 동일화를 통해 형성되는 것과는 다른 양상을 보여준다. 그것은 분열의 계기를 항상 내재하고 있을 뿐만 아니라 분열의 형식으로만 존재한다. 그것은 자아정체성의 내부에 타자의 계기를 내포하고 있으며 타자와의 교섭을 통해 형성된다는 점에서 상호주관적인 형식을 지닌다. 또 고정화되고 정형화된 이미지로 드러나지 않고, 흩어져 있고 변형 가능성을 지닌 이미지로 드러난다. 차별화 과정은 동일화를 경유하면서 다시 그것으로부터 벗어나는 것으로서, 동일화와 비교할 때 더욱 고통스러운 과정이며, 때로는 모호하고 불확정적이다. 이렇게 해서 형성되는 자아정체성의 형식은 민족국가 담론과의 동일화를 벗어나면서 계속해서 재정립되어야 할 기획이 된다는 점에서 주체의 새로운 가능성을 보여주는 것이라 할 수 있다. 본 연구는 이러한 자아정체성의 형식을 '양가성'으로 규정하고자 한다. '양가성'은 매우 폭넓게 쓰이는 말이지만, 본 연구는 자아정체성의 형성 양상에 한정하여 다음 두 가지 의미를 강조하는 개념으로 사용할 것이다. 우선 민족국가 담론과의 관계에서 볼 때, 이러한 자아정체성의 형식은 민족국가 담론이 부여하는 상징적 위임을 거부하는 것으로서 이러한 상징적 위임이 우연적인 것임을 드러낸다는 점에서 이데올로기 비판으로서의 성격을 지닌다.[23] 다음으로 이렇게 해서 형성되

---

23) 이데올로기 비판이라는 맥락에서 양가성의 개념을 활용하고자 할 때 페터 V. 지마의
   논의를 참고할 수 있다. 지마는 '대립물들의 통일'이라는 의미의 바흐친의 개념을 텍
   스트사회학으로 옮겨 사용하면서, 시장 메커니즘의 무차별성과 이데올로기의 이분법

는 자아정체성은 그 형성 과정에 있어서 타자의 시선과의 관계 속에서 형성되는 자기 변형의 생산물로서, 불안정하고 분열되어 있다.24)

이상의 연구방법을 바탕으로 본 연구가 설정하는 개념의 의미는 다음과 같이 규정된다. '자아정체성'은 자아의 분열을 경험한 주체가 이를 극복함으로써 통합된 자아감을 얻기 위한 자기 성찰적 존재 증명이다. 여기에서 자아의 분열은 월남 경험에서 비롯된 것으로 전후 월남작가의 소설이 표현하고 있는 자아의 근본적인 상황이 된다. 전후 월남작가의 소설은 이러한 자아의 분열을 극복하고자 하는 시도를 담고 있으며, 이러한 시도는 전후 민족국가 담론과의 동일화 및 차별화 과정으로 드러나게 된다. 동일화가 민족국가 담론에 포섭됨으로써 민족정체성을 자아정체성의 확고한 근거로 받아들이는 과정이라면, 차별화는 민족정체성이 근본적으로 자의적인 것임을 인식하고 동일화의 지점을 벗어나 자아의 위치를 찾아가는 과정이다.

본 연구는 이상에서 밝힌 이론적 논의를 바탕으로 다음 절차에 따라 월

에 대한 비판이라는 의미를 부여한다. 시장 메커니즘의 세계에서 미와 추, 진과 위, 선과 악 사이의 모든 질적 대립이 사라지고, 이러한 무차별적·몰가치적 세계에 맞서 이데올로기는 가치평가적 이분법이라는 도식을 앞세운다. 이데올로기적 담화는 대화와 반성을 거부하는 독백적, 단의적 담화로서, 자기가 구성해낸 절대적 대립물을 자연스러운 것이라고 주장한다. 지마는 세기전환기의 소설이 이데올로기가 구성한 이분법적 도식을 중의적이고 다성적인 것으로 표현하는 이데올로기비판이라는 점에 주목하여 소설의 양가성을 옹호하는데, 이때 양가성이란 '가치, 소설적 줄거리 및 등장인물들에 대한 단의적인 규정이 더 이상 가능하지는 않지만 가치의 문제 그 자체는 여전히 중요한 역할을 담당하고 있는 소설유형의 특징'으로 규정된다. 페터 V. 지마, 『소설과 이데올로기』, 문예출판사, 1996, 1부 참고.

24) 정체성의 형성과정이 양가적이라고 할 때 그 의미는, 첫째, 타자의 시선이나 위치와의 관계 속에서 성립된다는 것, 둘째, 정체성 형성의 위치 자체가 분열의 공간이라는 것, 셋째, 정체성 형성의 문제는 결코 미리 주어진 정체성의 승인이 아니라 항상 정체성의 이미지와 그 이미지를 가장하는 주체의 변형의 생산물이라는 것이다. 호미 바바, 『문화의 위치』, 소명출판, 2002, 103~104면.

남작가의 자아정체성의 형성 양상을 논의하고자 한다. 본론은 크게 네 부분으로 구성된다. 우선 제2장에서는 전후 월남작가의 자아정체성 형성의 동인(動因)을 상황적 동인과 심리적 동인으로 나누어 규명할 것이다. 먼저 자아정체성 형성의 상황적 동인으로 전후 민족국가 담론을 통해 민족정체성이 형성되는 과정을 살펴보고, 이어서 심리적 동인으로 전후 월남작가의 월남 경험이 자아정체성의 형성에 끼친 영향을 살펴볼 것이다.

다음으로 제3장과 제4장에서는 전후 월남작가의 소설에 나타난 자아정체성의 형성 과정을 민족국가 담론과의 관련 양상에 따라 유형화하여 살펴보고자 한다. 제3장에서는 동일화를 통한 자아정체성의 형성 과정을, 제4장에서는 차별화를 통한 자아정체성의 형성 과정을 분석한다. 제3장과 제4장의 각 절에서 작품을 분석하는 과정은 상호보완적인 두 가지 절차로 진행된다. 하나는 서사 분석으로서, 월남작가의 소설을 월남 경험의 서사화 양상으로 파악할 것이다. 다른 하나는 담론 분석으로, 민족국가 담론과의 관계를 통해 자아정체성이 형성되는 과정을 동일화 혹은 차별화의 과정으로 분석할 것이다. 담론 분석은 서사 분석에서 밝힌 바 각 작가들에게서 상이하게 드러나는 월남 경험의 서사화 양상의 변모가 어떤 내적 요인에서 비롯되는 것인지를 밝히는 절차가 될 것이다. 서사 분석이 각 작가 및 작품들 사이의 유사점과 차이점, 그리고 한 작가의 작품 활동의 변모를 포괄적으로 분석하기 위한 것이라면, 담론 분석은 작품의 특정한 장면이 함축하는 담론과 자아정체성의 관련 양상을 보다 세밀하게 분석하기 위한 것이다.

이어서 제5장에서는 제4장에서의 논의를 바탕으로 월남작가의 1960년대 이후 소설을 자아정체성 서사의 확장과 심화 과정으로 파악하였다. 손창섭, 이호철, 최인훈 등 민족국가 담론과의 차별화를 통해 자아정체성이 형성되는 과정을 표현한 작가의 경우, 1960년대 이후 변화된 상황에서도 이들의 작품에서 자아정체성의 정립은 여전히 문젯거리가 되었다. 대부분의 월남작가들이 1960년대 이후 의미 있는 작품 활동을 하지 못하는 데 반해 손창섭과 이호철, 최인훈 등은 1960년대 이후에도 활발한 작품 활동을 지속하였다. 이는 이들 작가가 겪은 '사적 체험'이 민족국가 담론과 길항 관계에 있음으로 하여 상황의 변화에 따라 자아정체성을 재정립해야 했던 사정과 무관하지 않다. 제5장에서는 이들이 겪은 '사적 체험'이 1960년대 이후 1970~1980년대를 거치며 새로운 상황을 겪게 되면서 자아정체성 서사가 어떤 양상으로 확장·심화되고 있는지를 규명하고자 하였다. 손창섭의 도일 후 작품이 보여주고 있는 재일조선인의 정체성에 대한 인식, 이호철의 1970~1980년대 소설의 변모와 분단체제에 대한 인식, 최인훈의 식민지 기억에 대한 탈식민적 인식 등은 전후 월남작가의 자아정체성 서사가 확장 및 심화되어 이루어진 결과라 할 수 있다.

제2장

전후 월남작가의 자아정체성 형성의 동인

1. 상황적 동인 —민족국가 담론과 민족정체성

한국전쟁은 한국인의 집단적 정체성에 거대한 변화를 가져다 준 사건이었다. 전통적 사회 질서 속에서 개인은 유교의 가문(家門) 중심 문화와 농경 사회의 공동체 문화 속에 자신을 위치시켰으며, 개인의 자아정체성은 이러한 집단적 정체성으로부터 분리되지 않았다. 개인은 의례화된 집단의 행사를 통해 그 집단의 일원임을 확인하였고, 집단 속에서 공식화된 위치에 따라 자신의 정체성을 받아들였다. 한 개인이 직접적으로 관계 맺는 집단은 가문으로 한정되었고 대부분의 경우 일생 동안 이 범위를 넘어서지 않았다.[1] 이러한 전통적 사회에서의 집단적 정체성은 한국전쟁을 거치면서 '민족정체성'(national identity)[2]으로 대체되었는데, 이 과정은 전쟁이 지

---

1) 전통 사회에서의 집단적 정체성에 대해서는 조옥라 외, 「한국인의 문화적 정체성에 내재된 전통과 근대의 문제」, 『한국문화인류학』 36-1집, 2003 참고.
2) 전후 상황을 고려할 때 nation에서 파생된 여러 용어를 번역하는 데 어려움이 따르는

닌 폭력성과 강제성으로 인해 매우 급격하게 진행되었다. 특히 전후 월남작가들의 경우 월남 경험으로 인해 보다 근본적이고 전면적인 정체성의 변화를 겪게 된다. 집단적 정체성의 변화와 관련할 때 월남 경험은 전통적 사회 질서로부터의 급격한 단절인 동시에 민족국가라는 새로운 사회 체제 속으로의 급진적 진입을 의미하였다.

민족정체성은 전통적 사회에서의 집단적 정체성과 근본적으로 다른 성격을 지니고 있었다. 전통적 사회에서의 관계는 면 대 면의 관계에서 기초하는 직접적인 유대 관계인 반면, 민족국가에서 개인과 개인의 관계 및 개인과 집단의 관계는 그렇지 않다. 민족은 가장 작은 민족의 성원들도 대부분 자기 동료들을 알지 못하고 만나지 못하지만, '구성원 각자의 마음에 서로 친교의 이미지가 살아있기 때문에 상상된 것'이다.[3] 이처럼 상상된 공동체로서 민족국가가 형성되고, 이러한 민족국가의 일원으로서 민족정체성을 가지게 되는 과정은 담론적 구성을 필요로 하게 된다. 전통적 사회의 집단적 정체성에서 민족정체성으로의 변화의 핵심은 면 대 면의 직접적인 관계가 담론적 구성을 거쳐야 하는 관계로 전환된 데 있다.

민족정체성은 개인이 민족국가 담론에 포섭됨으로써, 다시 말해 민족국가 담론의 주체 구성 과정을 통해 형성되는 것이었다. 이러한 담론적 구성을 통한 정체성의 형성 과정은 자아의 내부에 타자가 개입함으로써 이루어지는 과정이며, 따라서 자아의 분열은 불가피하다. 또 이러한 정체성의 형성 과정은 완결된 과정이 아니다. 민족국가 담론에 의해 개인은 민족의 일원, 즉 국민으로 호명되지만, 이 과정은 항상 일정한 잔여물을 남기게

데, 본 연구는 이를 강조점과 맥락에 따라 '민족', '국가', '국민' 등으로 각기 다르게 사용한다. 대체로 민족 집단의 원초성을 강조할 경우 '민족'으로, 근대적 제도와 이념이 관련될 경우 '국가' 혹은 '국민'으로 사용하였다. 또 이 두 가지 성격이 결합되어 있어 구분이 불필요할 경우 '민족국가'로 사용하였다.
3) 베네딕트 앤더슨, 『상상의 공동체』, 나남출판, 2002, 25면.

된다. 이때 잔여물이란 민족국가 담론에 포섭되지 않고 남아 있는 개인의 복잡다기한 욕망으로서, 이로 인해 민족정체성과 분리된 자아정체성의 계기가 발생하게 된다. 자아정체성은 집단적 정체성으로부터 분리되어 있으면서, 동시에 집단적 정체성과 끊임없이 상호 교섭함으로써 형성되는 것으로, 집단과 개인의 관계 설정의 산물이라 할 수 있다.

민족국가 담론은 민족 또는 국민을 구성하는 과정에서, 한편으로는 자연적, 원초적인 것에서 그 근거를 끌어오고, 다른 한편으로는 작위적, 근대적인 관념을 동원한다.4) '근대성'으로서의 민족 개념에서 보자면 민족은 봉건적 신분제의 철폐와 민족의 수직적 통합을 정당화하는 이데올로기의 정립, 그리고 구성원 개인의 자율적 의지로 성립되는 것이었다. 한편 '원초성'으로서의 민족 개념에서 보자면 민족은 과거에 깊은 뿌리를 두고 자연스럽게 형성되어 온 유기적 통합체이다. 전후 민족국가 담론은 '원초성'과 '근대성'의 상호 작용을 통해 형성되었다. '원초성'으로서의 민족은 근대적인 양식이 들어오면서 비로소 그 개념이 생겨날 수 있었고, '근대성'으로서의 민족은 이전 양식을 폭넓게 수용하면서 그 정당성의 원천을 과거로부터 이어져 온 전통에서 구하여야 했다.

한국의 경우 식민지 경험을 통해 민족체를 발견하게 됨으로 인해 '원초성'으로서의 민족 개념이 더욱 강조되었으며, 이는 민족정체성 및 자아정체성에도 영향을 주었다. 민족국가 담론은 오랜 연원을 두고 이어져 온 전통적 사회 질서와 그 이미지를 통합함으로써 지배 담론으로 자리 잡게 되

---

4) 민족주의의 양면성에 대해 강상중은 '자연'과 '작위'로, 임지현은 '원초성'과 '근대성'으로 설명하였다. 베네딕트 앤더슨은 이를 '민족주의의 패러독스'라는 말로 표현했다. 즉 역사가들의 객관적인 눈으로 볼 때 민족들은 근대성을 지닌 반면, 민족주의자들의 주관적인 눈으로 볼 때 민족들은 고대성을 지녔다는 것이다. 강상중, 『내셔널리즘』, 이산, 2004, 31~37면 ; 임지현, 「'운동'으로서의 민족주의」, 『민족주의는 반역이다』, 소나무, 1999, 26~38면 ; 베네딕트 앤더슨, 위의 책, 24면.

었으며, 이는 민족유기체론과 가족국가주의 등으로 실현되었다.

민족유기체론은 도남 조윤제의 국문학 연구에서 단적으로 표현되었다. 『국문학개설』(1955) 서문에서 그가 자신의 국문학 저술을 '시들어 가는 민족혼'을 부르는 작업이라고 한 데서도 드러나거니와,5) 이 시기 도남의 국문학 연구는 학문적 성과 여부를 떠나 이데올로기적 효과를 지니고 있었다. 도남의 국문학사의 방법론이 된 민족유기체론은 민족을 보편적, 초월적인 것으로 규정하는 한편, 국문학 저술의 목표를 민족의 원형을 찾는 데 두게 하였다.

> 국문학이 은근하고 끈기 있는 것이 하나의 큰 특질이라 할 것이나 이 '은근'과 '끈기'는 어디서 왔느냐 하면 결국은 운명적인 민족의 역사 내지는 국문학사의 그 운명성에서 왔다고밖에 생각되지 않는다. 즉 은근은 활달하지 못함이요, 끈기는 가는 질긴 줄이다. 운명적인 역사적 환경으로 보아 활달할 수 없고 근근 명맥을 고달프게 끌어오는 데 가늘고 질기지 않을 수 없었던 것이다.6)

그가 국문학의 특질을 '은근과 끈기'에 있다고 한 것은 국문학 연구를 통해 민족의 원형을 탐구하고자 한 결과를 보여준 것으로, 그것은 과거 여러 세대에 걸쳐 지속된 사실에서 도출된 결과라기보다 민족 집단의 현재와 미래에 대한 바람직한 상(像)이 투영된 결과로 보아야 한다. 이처럼 아득한 과거로 민족의 연원을 소급함으로써 민족 집단의 원초적 생명력을

---

5) 도남은 자신의 국문학 연구의 목적을 다음과 같이 밝히고 있다. '나는 국문학의 특질을 은근과 끈기에 찾고 애처럼과 가냘픔에 구하고자 하였으나, 은근과 끈기, 애처럼과 가냘픔은 실로 이러한 역사적인 운명이 빚어낸 것이라고 보아 나는 시들어 가는 민족혼을 부르며 또 넘어져 가는 내 용기를 다시 북도두어 기어히 이 책을 썼다.' 조윤제, 『국문학개설』, 동국문화사, 1955, 4면.
6) 조윤제, 「국문학발달의 史論的 고찰」, 『현대문학』 1955. 3, 173면.

강조하게 되면 민족 집단의 신화적 의도가 전면에 부각되고 결과적으로 개인의 존재는 신화적 의도 속에 묻히게 된다.

'원초성'으로서의 민족 개념은 민족국가를 가족의 연장으로 파악한 데에서도 잘 드러난다. 신생 독립국가였던 대한민국은 국가 수립 후 2년이 채 지나지 않아 3년여에 걸친 전쟁을 겪고, 그 이후 전쟁의 연장으로서의 휴전 체제로 들어서게 되었다. 이러한 국가 존립의 위기를 극복하기 위해서는 구성원 개개인의 충성심을 이끌어 내고 국민 통합을 극대화하는 것이 무엇보다도 우선적인 과제였다. 그리고 이 과제를 수행하기 위해 국가는 이전부터 지속되어 오던 사회 질서 및 윤리를 활용하고 이를 통해 사회적 유대감을 창출하고자 하였다. 또 개인으로서도 근대 국가 체제의 경험이 없었기 때문에 이전부터 있어왔던 전통적 사회 질서의 모델을 따라 국가 체제를 받아들일 수밖에 없었다. 이때 국가 체제를 받아들이는 기본적인 틀을 제공한 것은 두말할 것도 없이 가족 질서였다. 국가 체제를 가족 질서의 연장으로 받아들이고, 국가 혹은 지도자의 권위를 가장의 권위와 동일시한 것은 이 시기 정치 질서의 핵심적인 요소였다. 이러한 집단 윤리는 전통적 가부장 중심의 가족 윤리를 저변으로 하고 있었고, 그 위에 식민지 체제의 가족국가주의 이데올로기가 덧씌워짐으로써 확고히 형성된 것이었다.

이승만 정부가 정부 수립 직후 국시로 천명한 '일민주의'는 이러한 집단 윤리에 기초하고 있다. 일민주의는 국가는 가정의 확대이고 민족은 가정의 연장이라는 이념에서 진정한 국가가 성립한다고 보며, 이를 전체주의 체제를 구축하는 논리로 활용하였다. 국가를 가족의 연장으로 파악하게 될 때, 지도자는 가부장의 위치로 올라서게 되고, 국가는 국민에게 절대적인 복종과 경의를 요구하게 된다. 일민주의가 개인주의를 철저히 비판하면서 도의와 윤리를 중요한 덕목으로 내세운 점이나, 규율과 상명하복을 내용으로

하는 질서를 강조하고 봉건적 충효 사상을 고취시키고자 한 점은 이를 잘 보여준다.7)

한편 가족주의를 중심으로 볼 때 가족을 국가의 연장으로 파악한 것은 새로운 가족주의의 강화로 나타났다. 새로운 가족주의의 강화는 전쟁으로 인해 가족 및 친족 공동체가 해체됨으로써 사회적 유대감을 지탱하는 근간이 무너지게 되었다는 위기감에서 비롯된 것으로서, 민족국가 담론과의 결합을 통해 사회적 유대감을 지속·강화하고자 한 것으로 볼 수 있다.

> 이와 같이 가족은 국가사회의 단위로서 중요한 의의를 가지고 있다. 그러나 가족은 언제나 한 개의 단위로서만 국가에 봉사한 것이 아니다. 경우에 따라서는 한 개인 자격으로서 국민의 의무를 완수하여야 한다. 이를테면 병역의 의무, 납세의 의무, 수형(受刑)의 의무와 같은 것이다. 이러한 의무는 가족의 대표 또는 대리로써 행사할 수 없는 것이요 오직 개인 자격으로서만 행사할 수 있는 것이다. 그러므로 옛날에 가장 또는 부모가 자식 또는 자손에게 가졌던 권한을 현대에 와서는 국가가 부하(負荷)한 것이 적지 않다. 그러므로 현대에 있어서는 자식이 죄가 있을지라도 그에 대한 처벌권은 부모에게 있지 않고 국가에 있는 것이다. 그러니만큼 우리는 자식을 한갓 자기 가족의 한 성원으로 볼 것이 아니라 국가의 귀중한 자식이라는 생각을 가져야 한다. 근대 국가에서 발달된 의무교육은 실로 이러한 근거에서 중대한 의의를 가진 것이다.8)

위 인용문에서 주목되는 것은 가족을 국가를 구성하는 단위로 위치시키면서 동시에 개인과 국가와의 권리 의무 관계를 명확히 하고 있다는 점이다. 이때 개인과 국가의 관계는 매우 일방적이다. 이는 개인을 국가의 자

---

7) 서중석, 「이승만정권 초기의 일민주의와 파시즘」, 『1950년대 남북한의 선택과 굴절』, 역사비평사, 1998, 31~54면.
8) 김두헌, 「가족의 윤리」, 『사상』, 1952. 10, 33면.

식으로 규정함으로써 개인과 국가 사이의 관계를 부자 관계로 상상하고 있는 데에서 잘 드러난다. 개인은 국가에 대해 병역, 납세, 수형(受刑)의 의무를 지며, 국가는 개인에 대해 처벌권 등의 권리를 갖는다. 이러한 개인과 국가와의 관계 설정은 가족 및 친족 중심의 전통적 사회관계가 급속히 그 구심력을 잃어가는 상황에 대한 위기감을 내포하고 있는 동시에, 개인과 국가와의 관계를 통해 새로운 사회적 유대감을 창출해야 했던 당시의 사정을 보여주는 것이라 할 수 있다.

민족유기체론과 가족국가주의에서 드러나듯, '원초성'으로서의 민족 개념을 강조할 경우 개인은 집단에 예속된 존재로 규정된다. 이 경우 민족정체성은 '개인의 자율적 의지에 따른 결과가 아니라 이미 선재하는 공동체에 의해 비인격적으로 결정'되기 때문이다. 여기에서 민족은 개인들의 존재에 앞서 이미 존재하고 있는 공동체로서 개개인의 집단적 귀속을 미리 규정하고, '개인은 유기적 공동체로서의 민족과 분리되어 존재할 수 없는 세포'로 상정된다.9)

한편 '근대성'으로서의 민족 개념은 근대적 이념 및 제도를 민족국가 성립의 기초로 받아들이고자 하는 다양한 시도로 드러났는데, 한국의 경우 이는 한국전쟁의 비극적 상황과 결부되어 있다. 한국전쟁의 성격은 여러 가지 관점에서 규명될 수 있겠지만, 근대 민족국가의 형성 과정의 측면에서 보자면, 그것은 근대 민족국가 수립의 방향을 둘러싼 대립의 연장으로서, 결과적으로 남한에서는 '반공주의'가 민족국가의 이념으로 확고히 자리 잡게 된 결정적인 사건이었다.

전쟁을 거치면서 민족정체성이 형성되었다는 사실은 국가가 개인을 폭력적이고 억압적인 방식으로 동원함으로써 개인과 국가 사이의 관계를 지

---

9) 임지현, 「민족주의－전통과 근대의 변증법」, 『인문과학』 제30집, 2000, 364면.

극히 일방적이고 예속적인 것으로 규정하는 원인이 되었다. 전시 동원 체제하에서 국가는 전쟁을 수행하기 위해 필요한 것은 무엇이든 동원할 수 있었고, 개인은 이러한 동원을 피할 수 없었다. 병역을 기피하는 것은 스스로 '비국민'이 되어 국가 체제로부터 배제되는 것을 의미하였다. 더욱이 한국전쟁은 내전의 성격을 지니고 있었고, 전쟁 과정에서 전선이 크게 이동하였기 때문에 점령군이 바뀔 때마다 개인은 바뀐 체제하에서 자신의 처지가 뒤바뀌는 경험을 하게 된다. 부역자는 가차 없이 처형당하였으며, 이 과정에서 정당한 절차가 생략된 채 비공식적으로 집단 학살이 자행되는 경우도 있었다. 이러한 상황에서 국민으로서의 정체성을 받아들이는 것은 한편으로는 적의(敵意)를 수반하는 것이었고, 다른 한편으로는 공포를 수반하는 것이었다.

이러한 민족국가와 개인의 관계 설정은 전후의 근대화담론으로 이어지면서 보다 복잡한 양상으로 전개되었다. 『사상계』를 중심으로 전개된 근대화담론은 한국의 후진성 비판, 민주주의론, 자본주의론 등 서양 근대 지식·제도에 대한 소개, 국토개발론의 전개 등을 포함하며, 이 모두가 정치적·경제적 근대화의 성취를 통한 민족국가 건설을 최종 목표로 삼고 있다는 점에서 민족국가 담론으로 수렴된다.

『사상계』의 근대화담론은 서구적 근대를 모델로 하고 있었던 만큼 집단윤리 못지않게 개인의 자유를 옹호하기도 하였다. 『사상계』 1955년 3월호에 실린 권두언 '3·1절을 맞이하며'는 이런 경향을 잘 보여준다.

> 독립한 국가를 가진 자유민이라고 하는 우리가 과연 살 권리를 충분히 행사하고 있는가? 소유권의 침해, 소유물의 착취는 당하고 있는 않은가? 우리 국가사회의 제도는 우리가 가진 바 능력을 원만히 발휘하여 우리의 생활을 보장할 수 있도록 되어있는가? 또한 우리 '양심의 자유'는 완전히 보장되고 있으며 정치적으로도 자유로운 생활이 유지되고 있는가?[10]

그러나 1950년대 말로 접어들면서 '근대화'는 경제개발을 통한 국가재건을 의미하게 되었고, 이에 따라 근대화에 도달하기 위한 구체적인 노력에 있어서 집단 우위의 실천 윤리를 강조하는 경향으로 차츰 변모하게 된다. 1955년 8월부터 실린 '사상계 헌장'은 이를 잘 보여준다.

> 이 民族死生關頭에서 우리는 과연 維新創業의 氣魄과 實踐이 있었던가? 私를 위하여 公을 희생한 일은 없었던가? 政治人은 과연 救國大業에 獻身하고 發奮忘食하였던가? 民은 과연 大를 위하여 小를 버릴 용의가 있었던가? 우리는 서슴지 않고 '그렇다'고 대답할 수 없음을 지극히 유감이라 아니할 수 없다.11)

『사상계』 그룹의 근대화담론은 경제개발론으로 이어졌다. 『사상계』는 후진국의 경제 성장론을 주장한 로스토우의 근대화론을 여러 차례 소개하였고,12) 『사상계』 편집에 참여한 지식인들이 국토개발 사업에 직접 참여하기도 하였다. 로스토우의 경제개발론은 국가 재건이라는 명목하에 한국의 후진성을 극복할 수 있는 구체적인 길을 국가경제 발전의 다섯 단계를 통해 보여준다. 이에 따르자면 1960년의 한국 사회는 변화의 토대가 준비되어 있는 과도기 사회에 속하게 되는 바, 이 단계에서 중요한 것은 국가의 국민 동원이다.

> 新生國家 또는 근자에 現代化된 국가의 對內外政策은 국가내부의 세력 균형 여하에 달려있다. 전통사회에서 현대사회로 넘어가는 시간과 변천은 민족주의보다도 社會近代化를 목표로 하여 어느 정도로 地方的才能活動

---

10) 『사상계』, 1955. 3, 8면.
11) 『사상계』, 1955. 8.
12) 로스토우, 「비공산당 선언－경제성장단계설」, 『사상계』, 1960. 1-3 ; 「미·쏘의 경제 비교」, 『사상계』, 1960. 3.

力과 資源이 동원되는가에 달려 있다. 이 동원이야말로 정치지도층의 중
요한 임무인 것이다.

　왜냐하면 前提條件期間에 있어서 중앙정부는 통일된 商業市場을 발전시
키기 위하여 그 국민을 조직하여야 하기 때문이다. 중앙정부는 諸資源을
近代的 用途로 돌리게끔 稅制와 재정제도를 제정하고 유지하여야 한다.[13]

여기에서 중요한 점은 경제개발론의 담론적 효과이다. 로스토우가 국가
주도의 경제 개발을 주창하면서 공산주의 경제와의 비교 우위를 전면에
내세우고 있는 점에서 볼 수 있듯이, 경제개발론은 공산주의와의 대립 구
도를 명확히 설정함으로써 민족국가 담론의 영역 속에 자리 잡는다. 또 경
제개발론은 자본주의적 근대화를 최종 목표로 설정하고 이 목표에 이르기
위한 단계를 제시한다. 식민지적 후진성을 벗어나지 못한 당시의 상황에서
경제개발을 통해 이를 극복하고 서구적 근대에 도달하는 것은 민족국가의
절체절명의 과제가 된다.

『사상계』 그룹의 근대화담론은 집단 윤리를 강조하면서도, 그 이면에는
여전히 근대적 개인의 자유와 권리를 옹호하고자 하는 관점이 내재되어
있었다. 1950년대까지는 민족국가의 재건과 근대적 개인의 옹호는 상호
충돌하는 가치가 아니었기 때문에 『사상계』의 근대화담론에서 이 두 가지
가치는 분리되지 않은 채 공존하고 있었다. 그리고 이는 정치체제가 전체
주의화하는 국면에서는 대항담론으로 기능할 가능성을 지니고 있는 것이
었다.

지금까지 민족국가 담론의 양면인 '원초성'과 '근대성'으로서의 민족 개
념과 그것이 한국적 상황에서 전개된 특수성에 대해 살펴보았다. 이제 전
후소설에서 이러한 민족 개념이 민족정체성(혹은 국민정체성)을 만들어 내는

---

13) 로스토우, 「비공산당 선언 (상)」, 『사상계』, 1960. 1, 152면.

과정을 보다 구체적으로 살펴보기로 하자.

'원초성'과 '근대성'으로서의 민족 개념은 상호보완적으로 작용하면서 정형화된 국민정체성을 만들어 내게 되는데, 이 과정은 '비국민'의 이미지를 만들어냄으로써 이를 통해 '국민'을 구성하는 방식으로 전개되었다. 국민과 비국민의 이미지를 구성하는 과정에서 반공주의는 지배적인 기준이 되었다. '빨갱이'라는 이데올로기적 수사에 투영된 이미지가 바로 그것이다. '빨갱이'라는 비국민의 이미지가 공포와 터부를 수반하는 것에 비례하여 국민의 이미지 역시 억압을 동반하게 되었다. 한편 반공주의에 의해 만들어진 국민정체성은 '원초성'으로서의 민족 개념을 통해 그 정당성을 확인함으로써 '우리'와 '타자'의 차이는 더욱 고착된다. 반공주의와 원초성으로서의 민족 개념의 결합은 전후 시기 국민정체성 형성의 전형적인 방식이었다.

황순원의 『카인의 후예』(1954)는 한국전쟁 직후 발표된 장편소설로서, 반공주의가 원초성으로서의 민족 개념과 결합함으로써 국민정체성을 만들어내는 과정을 잘 보여준다. 해방기 북한의 토지개혁을 둘러싼 갈등을 그리고 있는 이 작품에서 등장인물들은 이념을 기준으로 '우리'와 '타자'로 양분된다. 이때 이념이란 두말할 것도 없이 반공주의인데, 이 작품에서 반공주의는 원초성으로서의 민족 개념과 결합됨으로써 정당성을 확보한다. 주인공 박훈은 매우 소극적이고 우유부단하여 토지개혁을 둘러싼 갈등 상황을 타개할 방도를 마련하지 못하지만, 그의 주변에 등장하고 있는 오작녀, 삼득이, 당손이 할아버지 등 전통적·원초적인 공동체의 윤리를 간직하고 있는 인물들에 의해 보호를 받음으로써 그의 정당성은 강화된다. 반면 공산주의는 이러한 원초적 공동체를 파괴하는 이질적인 세력으로 표현된다. '개털오바'를 입은 '함경도 사투리가 억센 청년'이라는 반공주의자에 대한 외양 묘사는 공산주의의 이질성을 표현하는 표지가 된다. 한편 박훈의 집에 마름으로 있었던 도섭 영감은 토지 개혁을 앞두고 공산주의자의 편에 서는 인물로 제시된다. 그는 박훈 할아버지의 송덕비를 도끼로 내려찍는 등 박훈과의 인연을 끊으려 하는데, 이는 도섭 영감 개인의 몰인정함을 넘어서서 공산주의의 반인륜성, 반전통성을 보여주는 것이라 할 수 있다.

이 외에도 민족국가 담론은 다양한 방식으로 '비국민'의 표상을 만들어 냄으로써 국민정체성을 구성하였다. 나태한 정신이나 나약한 육체, 노골적인 섹슈얼리티 등은 비국민을 표상하는 요소가 되었다. 이 경우에도 국민정체성이 반공주의 및 원초성으로서의 민족 개념 등과 결부되어 있음은 물론이다. 최태응의 『전후파』(1952)는 일상에서의 무기력과 전선에서의 생동감을 선명하게 대비시킴으로써, 국민과 비국민의 차이를 보여주고 있다. 주인공 동규는 월남작가로서, 옛 제자이면서 지금은 윤락 여성이 된 여옥에게 얹혀 지내는 무기력자이지만, 종군작가의 신분으로 전선으로 나가게 되면서 새로운 생명력으로 충만해 진다. 그는 전선으로 나감으로써 일상에서 지니고 있었던 비국민적 요소를 타기할 수 있다. 전선은 빈틈없이 꽉 짜여 움직이고 있다는 것 자체로 건강한 곳으로 표현되며, 이곳에서 벌어지는 전투 장면은 더없이 찬란하고 경이로운 것으로 묘사된다.

> "야아 저건 또 이챈데!"
> 채웅이 동규의 팔목을 잡아당기며 가리키는 곳 거기는 지금내 바다가 산을 들부시고 으래일 듯이 포탄을 퍼부어 온 그 고지의 하늘이었다.
> "아아!"
> 언제 어느 겨를에 어디서 어떻게 나타났는지 네 대의 비행기가 벌써 각각 차례와 태세를 결정지어 가지고 번차례로 기수를 수긋하면 백사전폐하고 어뜨름하나마 일직선을 그으며 내리 더듬는 것이 아닌가? (중략)
> 동규의 벅찬 가슴은 마치 판로(販路)없는 대량생산과도 같았고, 도저히 인력으로는 퍼낼 수 없는 용렬스러운 샘물과도 같았다.[14]

소모적인 일상과 대비되어 전장의 규율은 이상화되고, 이로써 전쟁은 개인이 자신의 생명을 던질만한 가치가 있는 것으로 미화된다. 개인이 죽음을 무릅쓰고 전장으로 나가는 것은 국가라는 집단적 정체성 속으로 자아를 완전히 소멸시킬 때 가능한데, 여기에 이르면 국가는 종교의 경지로 올라서게 된다. 이러한 정체성의 양상은 전장이라고 하는 특수한 전체주의 상황에서만 가능한 것이지만, 전장의 규율이 일상으로 확장된 전후 사회에서도 전체주의 체제는 지속되었다.

그러나 민족국가 담론이 국민정체성을 형성하는 과정은 단의적으로 실현되지는 않았다. 민족국가 담론이 전후 사회의 지배 담론으로 작동하고 있었음에도 불구하고 국민정체성은 모호하고 분열된 형식으로 드러났다. '국민'은 '비국민'과 대비됨으로써만 그 실체를 드러낼 수 있었다는 점에서 국민정체성의 형성 과정은 처음부터 타자의 계기를 포함하는 것이었다. 특히 전후 월남작가의 소설은 민족국가 담론으로부터 억압된 자아의 욕망을 표현함으로써, 분열을 내재하고 있는 자아정체성의 양상을 매우 다양하고 풍부하게 보여준다. 또 이들의 소설에서 월남 경험의 의미 역시 하나의 의미로 수렴되지 않는다. 그것은 한편으로는 국민정체성을 급진적으로 지니게 되는 계기가 된 동시에, 다른 한편으로는 이러한 국민정체성을 벗어나게 되는 계기가 되었다는 점에서 양면성을 지니는 것이었다.

2. 심리적 동인―월남 경험과 자아의 분열

민족국가 담론은 월남의 의미를 공산주의의 압제를 피해 자유를 찾아

---

14) 최태응, 「전후파」, 『전후파 기타』, 민중서관, 1959, 358면.

남하한 것으로 공식화하였다.15) 이러한 공식에 따르면 월남민의 대다수는 북한에서 중상층이거나 엘리트였고, 정치·사상적 동기로 월남했으며, 월남 후 서북청년회와 같은 반공단체에서 활동하거나 종군하여 반공을 수호하기 위한 역할을 하였다. 그러나 이러한 통념은 부분적인 사실일 뿐이다. 반공주의나 고향 상실에 대한 태도에서도 월남민들은 하나의 의식으로 수렴된다기보다는 다양한 차원에서의 차이를 보여주고 있다.16) 전후 월남작가의 소설은 월남에 대한 공식적 의미가 구성되는 과정을 보여주는 한편, 이러한 공식화를 벗어난 다양한 차이를 풍부하게 표현하고 있다.

월남작가의 소설에서 월남 경험은 무엇보다도 이전의 체제를 벗어나 새로운 체제로 진입하는 과정에서 자아의 분열을 가져다 준 사건으로 표현되었다. 전후 월남작가들은 월남으로 인해 전통적 사회 질서를 갑작스럽게 벗어나 새로운 근대 체제로 급속하게 편입되었다. 이 과정에서 이들은 첨예한 자아의 분열을 경험하게 된다. 뿐만 아니라 이러한 사회 질서의 변동 과정은 전쟁 및 이데올로기의 폭력을 수반한 것이었으므로, 이전 사회 질서와의 단절 및 분리는 강제적, 억압적으로 이루어졌다. 이 때문에 전후 월남작가들은 복합적인 의미에서 자아의 분열을 경험하였으며, 이로 인해 월남작가의 소설은 자아 분열의 서사화 양상을 다양하게 보여주게 된다. 월남작가의 소설에 나타난 월남 경험의 복합적인 의미와 자아 분열의 서사화 양상은 다음과 같이 정리될 수 있다.

---

15) 이는 1950년 당시 사회부 장관의 담화에 잘 드러나 있다. '현재 수많은 북한 동포들이 안주의 지(地)를 찾아 남하하고 있으며(중략) 나는 우리가 지난 5년간 학정에서 신음한 북한 동포를 구하고자 하던 그 애타던 심정을 우리의 행동으로 보여 줄 시기가 왔다는 것을 국민 일반이 깊이 인식할 것을 확신하는 바이다.'(『동아일보』, 1950년 12월 15일) 김귀옥, 『월남민의 생활 경험과 정체성』, 서울대학교 출판부, 1999, 273면에서 재인용.

16) 김귀옥, 『이산가족, '반공전사'도 '빨갱이'도 아닌…』, 역사비평사, 2004, 145~167면 참고.

첫째, 월남 경험은 가족으로부터의 격리 혹은 독립의 경험이었다. 월남 작가들 중에는 이호철과 선우휘의 경우처럼 단신 월남하여 실제로 가족의 이산을 경험한 경우도 있었고, 이범선과 최인훈처럼 가족과 함께 월남한 작가들의 경우도 있었다. 전자의 경우는 물론이거니와, 후자의 경우도 가족으로부터의 독립에서 비롯된 자아의 분열과 그 극복과정을 소설의 기본 구도로 삼고 있다.[17] 월남으로 인해 안정된 생활 기반을 잃어버린 부모에게 월남 이전과 같은 역할을 기대할 수 없었고, 따라서 이들의 소설은 다양한 방식으로 실제의 부모를 대체하고자 하는 소설적 시도를 보여준다.

월남작가의 소설에서 '아버지의 부재'는 서사를 진행시키는 기본 구도가 된다. 아버지의 부재로 인해 주인공은 아버지 찾기 혹은 아버지 되기를 시도한다. 이러한 서사의 구도에서 주인공은 아버지와의 관계 맺기를 통해 자아정체성의 정립을 시도하는데, 이때 아버지에 대한 태도는 때때로 양가 감정으로 드러나기도 하며 아버지와의 관계 맺기의 방식도 매우 다양하게 드러난다.[18] 월남작가의 소설에서 주인공은 다양한 방식으로 아버지와의 관계 맺기를 시도한다. 아버지와의 동일화를 통해 주인공은 스스로 부권적

---

17) 전후 월남작가의 소설에 나타난 월남 경험의 서사화 양상을 파악하고자 할 때, 프로이트가 제안하는 '가족 로맨스'는 유용한 분석의 틀을 제공한다. 가족 로맨스는 어린 아이가 정서적 성숙 과정에서 자아의 위기를 모면하기 위해 꾸며낸 이야기이다. 어린 아이는 자기 부모들의 보호를 받는 동안 부모들을 절대적인 권능을 지닌 존재로 이상화(理想化)함으로써 인간 세계 너머에 자리 잡게 만든다. 그러나 이러한 이상화는 무작정 지속될 수 없다. 그의 주위에서의 보살핌은 완화되기 시작하고 가족들의 사랑은 작아지는 것으로 느끼게 되기 때문이다. 이러한 정서적 위기에서 어린 아이는 부모를 자신의 진짜 부모가 아니라는 이야기를 꾸며냄으로써 위기를 모면하고자 한다. 지그문트 프로이트, 「가족 로맨스」, 『성욕에 대한 세 편의 에세이』, 열린책들, 2003, 199~202면 ; 마르트 로베르, 『기원의 소설, 소설의 기원』, 문학과지성사, 1999, 38~74면 참고.
18) 가족 로맨스는 겉으로는 부모에 대한 복수나 보복을 표현하지만 조금만 들춰보면 거기에는 부모에 대한 애정이 깔려 있다는 점에서 양가적이다. 지그문트 프로이트, 위의 글, 202면.

위치에 이르게 되기도 하고, 반대로 이러한 관계 맺기에 실패하여 어머니와의 나르시시즘적 동일화로 퇴행하기도 한다. 또 아버지를 제거하고 스스로 부권을 차지하게 된 주인공은 아버지가 없는 세계에서 형제 사이의 갈등을 겪게 되기도 한다.

가족으로부터의 독립은 실제적인 의미뿐만 아니라 이를 확장한 상징적인 의미를 지니게 되었다. 전후 월남작가들은 강렬한 세대 의식을 지니고 있었으며 이를 아버지로부터의 독립으로 표현하였는데, 이 경우 아버지의 부재는 식민지시대의 국권 상실 혹은 전통 부재의 상황과 연관되기도 했다. 이처럼 가족으로부터의 독립은 개인의 경험이 집단의 경험으로 확장됨으로써 더욱 풍부한 의미를 지니게 된다.

둘째, 월남 경험은 고향 상실의 경험이었다. 대부분의 월남작가들은 고향을 떠나면서도 몇 달 후면 돌아올 것이라는 막연한 기대를 가지고 있었다. 그러나 이러한 기대는 휴전이 성립되고 분단체제가 확고해지면서 상실감으로 바뀌게 되고, 이들이 남한 사회에서 뿌리내리게 됨에 따라 상실감은 더욱 깊이 내면화되는 양상을 보인다. 대부분의 전후 월남작가의 소설이 체념과 허무의 정서적 울림을 지니고 있는 것은 이러한 고향 상실감과 관련된다.

여기에서 '고향'은 단순한 지리적 공간 이상의 의미를 지닌다. '고향'은 자아의 '어떤 경계 지어진 고유한 공간'으로서, 그것은 타자성으로부터 분리된 자아정체성의 토대가 된다.[19] 상황의 강제력에 의해 고향을 상실하게 된 전후 월남작가들은 스스로를 친숙한 환경으로부터 격리되어 낯선 세계에 떨어진 고독자로 받아들였다. 이들에게 있어서 고향 상실은 실제 태어나 자란 곳으로부터의 떠남, 그리고 그곳으로 돌아갈 수 없음의 감정

---

19) 전광식, 『고향』, 문학과지성사, 1999, 33면.

에 그치지 않고, 개인이 지닌 내면성의 영역과 그 개인이 속한 체제 사이에 놓여 있는 건널 수 없는 심연과 모순에 대한 경험, 다시 말해 체제와의 근본적인 불화의 경험과 이어지게 된다.

월남작가의 소설에서 '고향으로부터의 떠남'은 주인공의 '고향'에 대한 태도 여부에 따라 '실향(失鄕)' 혹은 '탈향(脫鄕)'으로 각기 다르게 받아들여졌다. 그리고 이에 따라 자아정체성의 형성 양상도 다르게 드러난다. '실향'은 곧 고향에 대한 상상적 동일화를 통한 자아정체성의 형성으로 이어졌다. 고향 상실로 인해 분열된 주체는 '고향'에 상상계로서의 이미지를 부여하고, '고향'과의 나르시시즘적 동일화를 시도한다. 이때 고향 상실은 종종 모성의 상실로 표현되었고, 이는 모성 회귀의 서사로 드러나기도 했다. 이 경우 모성으로서의 고향은 유년기의 아늑한 기억과 더불어 환기되면서 아직 이념이나 현실적 타산이 개입되기 이전의 세계로 상상되었다. 그러나 모성 상실은 돌이킬 수 없는 상황이며, 따라서 모성 회귀는 실패할 수밖에 없는 시도가 된다. 이범선의 월남 경험과 그의 작품은 이를 잘 보여준다. 그의 소설에서 월남 경험은 모성 혹은 인정적 세계의 상실로 표현되었으며, 월남한 주인공은 이러한 상실로 인해 고통하면서 모성으로의 회귀를 시도한다.

한편 '탈향'은 고향 상실의 현실을 돌이킬 수 없는 상황으로 받아들이는 데서 시작된다. 고향을 떠나 낯선 남한 체제로 들어온 주인공들은 이제 '고향'에 대한 나르시시즘적 동일화를 벗어나 남한 체제 속으로의 편입을 시도한다. 또 '고향'에서의 사회관계를 벗어나 새로운 관계 맺기를 시도한다. 이호철 소설의 주인공은 고향 상실에 머무르지 않고 이를 현실적 상황으로 받아들임으로써 남한 체제로 진입하는 과정을 보여준다.

그렇다! 돌아가는 날까지, 하고 필구도 같이 덩달아 받으려다가 문득, '돌아가다니, 돌아가다니, 대체 어디로 돌아가?' 하고 생각하며 '이미 이렇게 돌아와 있는 것이 아닌가, 여기 이 방이, 동연과 단둘이 있는 이 방이 바로 고향이 아닌가.' (중략)
　　그런 필구의 눈앞엔 오늘따라 고향 산천의 풍물 하나하나가 눈앞에 환하게 펼쳐지며 절절하게 손에 잡힐 듯이 다가들었다.[20]

위 인용문에서 필구와 동연은 월남민으로서 남한 사회로의 편입 과정에 어려움을 겪고 있다. 소설은 이들이 고향에서의 관계를 벗어나 결혼하게 되는 것을 그리고 있는데, 이 과정은 고향에 대한 '성지(聖地)의식'과 고향에서의 관계가 유지되고 있는 데서 오는 '울타리의식'을 벗어남으로써 가능하게 된다.

셋째, 월남 경험은 체제 변전(變轉) 및 체제로부터의 소외의 경험이었다. 월남작가들은 여러 차례 체제 변전을 경험하였다. 해방과 북한 체제 형성기의 토지 개혁, 그리고 전쟁기 점령군의 뒤바뀜 등이 그것인데, 이처럼 체제가 몇 차례 뒤바뀌는 데 십 년이 채 걸리지 않았고, 월남작가들은 아직 사회적 위치가 확고하게 정해지지 않은 10대 혹은 20대의 나이에 이를 집중적으로 경험하게 된다.

체제 변전의 경험은 개인이 안정된 세계로 받아들이고 있었던 기반이 허물어지고 불확실하고 불안정한 새로운 세계에 자신을 의탁해야 하는 상황을 의미하는 것으로서, 안정된 세계상의 깨어짐을 수반하는 것이었다. 그리고 이 경우 자아의 분열은 불가피하다. 체제 변전으로 인한 자아의 분열을 극복함으로써 자아정체성을 형성하고자 하는 시도는 크게 두 가지 방식으로 드러나게 된다.

20) 이호철, 「탈각」, 『탈향／나상 외』, 새미, 2001, 82~83면.

하나는 새로운 민족국가 체제 속으로 급진적으로 편입됨으로써 자아정체성을 확립하고자 하는 시도이다. 월남민들이 스스로를 '체제수호자', '반공주의자'로 규정함으로써 남한 사회 내에서 자아의 위치를 정립하고자 한 것은 이를 잘 보여준다. 이 경우 월남민들은 민족국가 담론에 급진적으로 포섭되어 국민으로서의 정체성을 확고하게 지니게 된다. 다음 인용문은 민족국가 체제와 관련한 월남민의 자기규정을 잘 보여준다.

> 남궁산(미수복 강원도민회 사무국장) : 이북 실향민 대부분은 8 · 15 이후 6 · 25 당시까지 북한에서 추방되거나 스스로 공산주의를 반대하여 월남한 사람들이다. 한 마디로 철저한 반공주의자들인 것이다.[21]

> 이경남(동화연구소장) : 실향민(또는 이북 도민)은 서청(서북청년회)과 경철과 국방경비대에 투신하여 남로당 평정에 신명을 바친 사람이며 6 · 25에서는 호국간성(護國干城)으로 청춘과 목숨을 바쳤으며, 휴전 후에는 북한의 남한 적화 기도에 어느 계층보다도 예민한 조건 반사로 경종을 울려 온 사람들이다.[22]

선우휘의 월남 경험과 그의 소설에 나타난 자아정체성의 형성 양상은 국민정체성의 형성 과정을 잘 보여준다. 그러나 상징적 동일화를 통한 자아정체성의 형성 과정은 완결되지 못한다. 선우휘의 소설은 상징적 동일화 과정에 개입되어 있는 자아의 복잡다기한 욕망을 그려냄으로써 국민으로서의 정체성 형성 과정에서 발생하게 되는 자아의 소외를 보여준다.

다른 하나는 체제 변전과정에서 자아가 근원적인 뿌리 뽑힘을 경험함으

---

21) 남궁산, 「동화의 메아리」, 『월간 동화』, 1995. 8. 김귀옥, 『월남민의 생활 경험과 정체성』, 서울대학교 출판부, 1999, 391면에서 재인용.
22) 이경남, 「특집 / 이북도민은 '김대중시대'를 어떻게 맞을 것인가」, 『월간 동화』, 1998. 1. 김귀옥, 위의 책, 391면에서 재인용.

로 인해 체제와의 근본적인 불화를 경험하게 되는 경우이다. 이 경우 자아는 어떠한 체제에도 소속되지 못하고 자아와 체제와의 관련을 우연적인 것으로 받아들이게 됨으로써 '난민'23)으로서의 정체성을 갖게 된다.

> 뿌리를 뽑았다는 표현으론 부족하고, 한 도시 자체의 껍질을 면도칼로 싹 잘라가지고 달랑 들어서 옮긴 것 같다고나 할까. 그 체험은 지극히 나쁜 영향을 인간에게 준다고 생각해요. 특히 어린아이들한테는 대지의 굳건함이라든지 자신의 뿌리나 생명에 대한 허무감을 주는 겁니다. 아, 인간이라는 게 이런 정도의 것이구나. 유기적이라든지 전통적이라든지 생명의 연속성이라든지 하는, 인간에게 정서적으로 제일 강력한 호소력을 가지고 있는 접근법에 대해서 대단히 해체적인 상태가 되어버리는 심리적인 외상을 입게 되는 것이죠. 사회적인 외상이 심리화된 경우라고나 할까요. (중략) 삶이라고 하는 것이 출렁거린다고 하는 이미지는 아마 내 경우엔 피부에 제일로 와닿는 느낌이지요.24)

이처럼 근원적인 뿌리 뽑힘을 경험한 개인은 체제와의 관계를 필연적인 것으로 받아들이지 못하게 되고, 따라서 자아정체성이 확고히 정립될 수 있는 기반을 마련하지 못한다. 그리고 이 경우 자아정체성은 매우 모호하고 양가적인 형식을 지닌다. 손창섭과 최인훈의 소설은 이를 잘 보여준다. 이들의 소설은 체제에 정주(定住)하기를 거부함으로써 분열에 처한 자아의 상태를 첨예하게 보여주거나, 혹은 자아 분열의 기원으로 거슬러 올라감으

---

23) '1951년 난민 지위에 관한 협약' 등 국제 협약에 따르면, '난민'이란 '인종, 종교, 국적, 특정 사회 집단의 구성원, 정치적 견해로 인해 박해 받을 것을 두려워하여 자신의 나라 밖으로 나간 사람'으로 규정된다. 월남민의 경우 '난민'이라기보다 '강제이주자'로 보는 것이 타당하지만, 남한 사회에서 이들은 1960년 대한민국 호적을 획득하기 전까지 애매한 법적 지위에 놓일 수밖에 없었다는 점에서 '난민'에 해당한다고 볼 수 있다. 김귀옥, 『월남민의 생활 경험과 정체성』, 서울대학교 출판부, 1999, 257~260면.
24) 최인훈·이창동 대담, 「최인훈의 최근의 생각들」, 『작가세계』, 1990 봄, 50면.

로써 그것을 극복하고자 하는 탐색의 서사가 된다.

이상에서 살펴본 것처럼 월남 경험은 복합적인 의미에서 자아의 분열을 가져다 준 사건이었다. 월남작가의 소설은 이러한 자아의 분열을 극복하고자 하는 시도로서, 이 과정에서 자아정체성의 형성 양상이 드러나게 된다. 이는 전후 민족국가 담론과의 관련에 따라 두 가지 유형으로 드러난다. 하나는 동일화 과정으로서, 이는 집단적 정체성 속으로 자신을 급진적으로 던져 넣음으로써 자아의 분열을 모면하고자 하는 시도이고, 다른 하나는 차별화 과정으로서, 동일화의 시도가 실패할 것을 통찰하고 자아 분열의 기원을 탐색함으로써 이를 극복하고자 하는 시도이다. 이 두 가지 유형은 민족국가 체제로 편입한 개인의 자아정체성 정립의 시도로서, 이는 민족국가와 개인의 관계 설정을 모색한 것이라 할 수 있다.

제3장

민족국가 담론과의 동일화를 통한 자아정체성의 형성

1. 모성적 민족 담론과 상상적 동일화를 통한 자아정체성의 형성

1) 이념적 무구성과 모성 상실의 서사

전후 월남작가의 소설에서 월남 경험의 서사화 양상을 보여주는 첫 단계는 월남으로 인한 고향 상실을 모성적 세계의 상실로 그리는 유형이다. 이러한 유형에 속하는 작품에서 월남 이전의 세계는 이념적인 것이 개입하기 이전의 아늑한 유년기인 동시에 인정적 세계로서의 고향으로 표현된다. 그리고 주인공은 고향을 단순히 지리적 공간으로서만이 아니라 모성적 세계로 받아들인다. 그러나 이념적인 것이 개입됨으로써 이러한 세계는 더 이상 지속될 수 없고, 이로 인해 주인공은 자아의 분열을 겪게 되며 모성이 상실된 속악한 현실에서 환멸을 경험하게 된다. 이러한 상황에 처한 주

인공은 모성적 세계로의 회귀를 꿈꾸거나 모성적 세계와의 나르시즘적 동
일화에 기초한 현실 부정으로 나아가게 된다. 전후 월남작가 가운데 이러
한 유형을 대표하는 작가는 이범선이다.

　이범선 소설은 크게 서정적 계열과 사회비판적 계열로 나누어지며, 이범
선 소설에 대한 지금까지의 연구 역시 이 두 가지 특성에 주목해 왔다.[1]
그러나 이 두 계열의 작품이 어떤 방식으로 상호 내적 연관을 맺고 있는지
에 대한 고찰은 제대로 이루어지지 못했다. 본 연구는 이범선 소설이 모성
상실과 그 극복을 서사 구도로 취하고 있으며, 이러한 서사는 모성적 세계
와의 상상적 동일화를 통한 자아정체성의 형성 과정을 보여주고 있음을 규
명하고자 한다. 이러한 시도는 이범선 소설의 두 계열, 즉 서정적 계열과
사회비판적 계열 사이의 내적 연관을 밝히는 것으로 나아가게 될 것이다.

　전후소설이 전쟁과 민족의 분단을 표현하고자 할 때 먼저 참고할 수 있
었던 소설 형식은 1930년대부터 지속되어 온 '향토적 서정소설'이었다. 황
순원과 오영수 등의 소설에서 볼 수 있는 서정적 세계로의 경사는 전후소
설의 한 특징이 될 만큼 그 영향권이 대단히 넓었다. '향토적 서정소설'에
서 '향토성'은 타율적 근대의 경험에서 비롯된 피로감의 표현으로서, 그
맞은편에 근대의 '속악한 현실'을 전제로 하는 것이었다.[2] 전후소설은 '속
악한 현실'의 내용으로는 '이념의 폭력성'을, '향토성'의 특성으로는 '이념
적 무구성'을 추가함으로써 전후 상황의 단면을 포착하고자 하였다. 여기

---

1) 이범선은 자신의 작품이 서정적인 것과 대사회적인 것으로 나누어진다고 밝힌 바 있
　다. 이범선 대담취재, 「「오발탄」 그리고 「피해자」」, 『문학사상』, 1974. 2. 한편 이범선
　소설의 서정성과 사회비판적 성격에 주목한 논의로 다음을 들 수 있다. 이익성, 「한국
　전후 서정소설 연구」, 『개신어문연구』 15집, 1998 ; 한수영, 「월남작가의 작품 세계에
　나타난 반공이데올로기와 1950년대 현실인식」, 『역사비평』, 1993 여름 ; 하정일, 「전
　후 소설의 성격과 이범선 문학」, 『한국문학연구』 21집, 동국대학교 한국문학연구소,
　1999.
2) 박헌호, 『한국인의 애독작품－향토적 서정소설의 미학』, 책세상, 2001, 제3장 참고.

에서 '이념적 무구성'이라는 개념은 그 자체로 모순을 내포한다. 이념이 개입한 세계는 이미 무구하지 않기 때문이다. 이념적 무구성을 통해 월남 및 전쟁 경험을 소설화한 작품들은 이러한 모순을 내포하고 있다. 즉 이념이 개입하여 이제는 유년기적 아늑함이 사라져 버린 세계에서 자아는 모성적 세계로 돌아갈 수 없음을 통찰하면서도 이에 대한 강한 집착을 드러낸다.

이범선에 앞서 이러한 경향을 보여준 전전 세대 월남작가는 황순원이었다. 그의 단편집 『학』(1956)이 보여주는 세계가 그것이다. 「소나기」, 「왕모래」, 「청산가리」 등 이 단편집에 실린 대부분의 작품은 서정성과 작가 특유의 모성에 대한 집착이 결합된 세계를 보여준다. 이 가운데 특히 「맹아원에서」와 「학」은 서정성을 통해 전쟁의 상흔을 담아내고자 하였다는 점에서 주목된다. 「맹아원에서」는 전쟁의 포격으로 인해 맹인이 된 영이가 자신의 처지를 비관해 자살하려 하다가 자신의 몸속에 자라나고 있는 생명의 운동을 느끼고 다시 삶의 의지를 회복하게 된다는 이야기이다. 이 작품은 전쟁의 상처를 모성으로 감싸 안음으로써 이를 극복하고자 한다는 점에서 전후 현실에 대한 소설적 대응으로 볼 수 있다.3) 「학」은 한국전쟁 중인 삼팔선 접경 마을을 배경으로 한 작품이다. 성삼이가 어릴 적부터 단짝 친구였던, 그러나 지금은 농민동맹 부위원장을 지내다 포로가 된 덕재를 호송하는 과정에서, 둘 사이의 오해가 풀리고 우정을 확인하게 된다는 내용을 담고 있다. 이 작품은 학으로 대표되는 무구한 자연을 이념과 대조시킴으로써, 또 이념에 때묻지 않은 유년기의 세계를 옹호함으로써 이념적 무구성을 구현한다.

전후 월남작가 중 자신의 월남 경험을 이러한 형식을 통해 그리고 있는

---

3) 박혜경, 『황순원 문학의 설화성과 근대성』, 소명출판, 2001, 2장 참조.

대표적인 작가는 이범선이다. 이범선은 평안남도 안주 출신으로 그의 집은 '하늘이 아는 부자는 아니더라도 고향에서 5백석 쯤 하는 지주'[4]였다. 그는 북한에서 토지개혁이 진행되던 1946년 월남하였다. 서울에 정착하여 학업과 직장 생활을 하던 그는 전쟁 발발 후 서울에서 숨어 지냈으며, 1·4 후퇴 때 부산으로 피란하였다가 이후 거제도에서 교원 생활을 하였다. 월남 및 전쟁 경험은 그의 작품에 중요한 영향을 끼쳤다. 이 점은 「수심가」, 「오발탄」, 「갈매기」 등 그의 대표작으로 꼽히는 작품 대부분이 자전적 경험과 관련되어 있는 데서 확인할 수 있다.

이범선의 소설은 월남으로 인한 자아의 위기를 드러내는 데 있어서 비교적 단순한 양상을 보인다. 이러한 단순성은 작가의 월남 및 전쟁 경험과 무관하지 않다. 이범선은 이념적 억압 혹은 체제와의 첨예한 대립을 겪기 전에 월남하였고, 또 가족과 함께 월남하였기 때문에 극심한 고독감과 소외감을 경험하지도 않았다. 전쟁 중에도 교원 생활을 하며 생계를 이어나갈 수 있어서 절대적 궁핍에 내몰린 것도 아니다. 따라서 이범선의 소설에서 자아의 위기는 이념의 대립이나 전후의 사회·정치적 문제와 관련되어 드러나는 대신, 월남으로 인한 고향 상실, 인정적 세계의 파괴에서 비롯된 것으로 그려진다.

그리고 자아의 위기에 대한 대응 양상 역시 비교적 단순한데, 이는 크게 두 가지 양상으로 나누어진다. 이범선의 소설이 서정적 계열과 사회비판적 계열로 나누어지는 것도 이와 관련된다. 서정적 계열의 소설은 자아의 위기를 모성적 세계로의 회귀를 통해 극복하고자 하는 시도를 보여주는 반면, 사회비판적 계열의 소설은 모성 상실의 상황을 비판하면서 주인공이 모성 상실의 상황을 견디지 못하고 자포자기 혹은 허무로 빠져드는 것을

---

4) 이범선 대담취재, 앞의 글, 218면.

보여준다. 이범선 소설이 수행하는 사회비판은 이런 점에서 더 정확하게는 모성 상실의 상황에 대한 비판이라고 할 수 있다. 「학마을 사람들」(1957)과 「수심가」(1957)가 전자를 대표한다면, 「환상」(1959)과 「오발탄」(1959)은 후자를 대표한다.

「수심가」는 월남 당시 작가 자신의 심경을 가장 잘 드러낸 작품으로,[5] 자아의 위기를 인정적 세계의 회복을 통해 극복하고자 하는 시도를 보여준다. 「수심가」에서 주인공 민은 토지개혁으로 인해 땅을 빼앗긴 지주로서 이미 월남을 결심한 터이다. 이러한 상황은 주인공에게 있어 자아의 위기를 가져다주지만, 민이 위기를 느끼는 것은 이념적인 문제도 아니고 땅을 빼앗겨서도 아니다. 그는 땅을 빼앗겨서 보다도 하루 사이에 싹 변해버린 인심 때문에 더 섭섭해 하고, 그 중에서도 머슴 천식이 변한 것 때문에 커다란 상실감을 경험한다. 주인공 민이 느끼는 이러한 상실감은 유년기로부터 이어져 온 안정된 세계상의 깨어짐과 관련되어 있다.

민은 이처럼 월남을 앞둔 상황에서의 자아의 위기를 모성 상실로 받아들이고 있는데, 이 점은 위기에 대한 대응 방식과도 관련된다. 「수심가」는 민과 천식 사이에 놓여 있는 인정(人情)이 '삼팔선'으로 표상되는 이념의 폭력을 넘어서 존재하고 있음을 보여줌으로써, 다시 말해 모성적인 것으로 속악한 현실을 감싸 안음으로써 자아의 위기를 극복하고자 한다.

> 천식이는 그래도 비틀하며 민을 업고 일어섰다. 언덕 위에 올라섰다. 달은 여전히 밝았다. 천식이는 낑 하고 한 번 등의 민을 추켜 올렸다. 커다란 민은 천식의 양 어깨에 팔을 턱 걸고 머리는 한 옆으로 데링궁 늘이

---

5) 이범선은 자신이 쓴 작품 중 한 편을 골라 가진다면 「수심가」를 택하겠다고 할 만큼 이 작품에 대한 애착이 컸다. 그 이유는 작품이 잘 되고 못 되고를 떠나 작가 자신의 분신같이 여겨지기 때문이라고 하였다. 그만큼 이 작품에 작가 자신의 월남 당시 심경이 잘 녹아 있다고 볼 수 있다. 위의 글, 219면.

었다. 길 옆에 곱게 덮인 눈 위에 그림자가 비틀비틀했다.
　"가야디. 그럼 가야디. 걱정 마라 그까짓. 내 늙었어두 아직. 가야디.
가야디. 내 이렇게 업어다래두 넘겨줄라, 그까짓 삼팔선."
　천식이는 혼자 중얼거리며 고개를 넘어섰다.[6]

　한편 「환상」(1959)은 월남한 이후 주인공이 겪게 되는 모성 상실을 그린
작품이라는 점에서 「수심가」 다음 자리에 놓인다. 중학교 교사로 근무하
고 있는 주인공 훈은 월남하기 이전에 약혼한 난이를 그리워한 나머지 혼
구점에 세워 놓은 신부 간판을 보고는 난이를 떠올리며 신부 간판과의 나
르시시즘적 사랑에 빠진다. 이 때문에 가까이 지내던 하숙집 처녀 영희와
의 관계도 소원해진다. 신부 간판이 경기도 광주로 옮겨졌다는 소식을 듣
고는 서울에서의 직장 생활마저 포기하고 광주로 전근하기까지 한다. 그러
나 훈은 광주에 내려가서도 끝내 신부 간판을 찾지 못한다. 모성 상실의
상황에서 주인공은 모성 회귀를 시도하지만 그것이 현실에서 불가능하다
는 것을 깨닫게 되면서 환멸을 느끼게 된다.

　어느 길 모퉁이에 눈을 함빡 맞으며 오르르 떨고 섰을 것만 같은 난이
를 마음 속으로 불러 보는 훈은 담배를 입에 문채, 두 손은 오바 주머니
에 깊숙이 찌르고 멍하게 눈 나리는 길 가운데 서 있었다.
　그의 머리 위에와 어깨 위에는 자꾸 흰 눈이 내려 쌓이고 있었다.[7]

　모성 회귀를 시도하는 주인공이 현실에 부딪혀 좌절하게 되는 것을 더
욱 첨예하게 그리고 있는 작품이 「오발탄」(1959)이다. 「환상」에서 그리고
있는 모성 상실이 개인적 경험의 영역을 벗어나지 못하고 있는 반면 「오

---

6) 이범선, 「수심가」, 『현대한국문학전집 6』, 신구문화사, 1967, 290면.
7) 이범선, 「환상」, 『오발탄』, 신흥출판사, 1959, 205면.

발탄」의 경우 전쟁 이후 1950년대 말의 사회적 상황과 관련된다.

「오발탄」은 아버지의 부재와 모성 상실을 기본 구도로 삼고 있는 작품으로 주인공 철호의 아버지 되기와 그 실패를 다룬 이야기이다. 이 작품은 두고 온 고향을 그리워하다 실성한 어머니의 기괴한 외침을 통해 모성 상실의 상황을 매우 충격적으로 그리고 있다. 여기에서 모성 상실은 결코 되돌릴 수 없는 현실이다. 그러나 모성이 상실된 세계에서도 주인공 철호는 여전히 모성적 세계를 그리워하며 모성적 세계의 질서를 벗어나지 못한다.

> 철호는 지금 자기가 서 있는 지점과 북극성을 연결하는 직선을 밤하늘에 길게 그어 보았다. 그리고 그 선을 눈이 닿는 데까지 연장시켰다. 철호는 그렇게 정북(正北)을 향하여 한참이나 서 있었다. 고향 마을이 눈 앞에 떠 올랐다. 마음의 좁은 길까지 아니 그 길에 박혀 있던 돌 하나까지도 선히 볼 수 있었다.[8]

이처럼 철호가 모성적 세계에 계속해서 머무르고자 하는 한 전후 현실을 헤쳐 나가는 데에는 무력할 수밖에 없다. 그는 계리사 사무실 서기로 일하지만 그가 받는 월급으로는 점심을 먹지도 못하고, 전차를 타고 다니지도 못하고, 어금니가 아파 고통스러워하면서도 치과에 가지도 못한다. 여대에서 음악을 전공한 아내는 이제 둔한 짐승처럼 아무 말 없이 앉아 있다. 여동생 명숙은 양공주가 되었고, 부상으로 제대한 동생 영호는 몇 년째 직장을 구하지 못하고 있다. 이러한 상황에서도 철호는 모성적 세계의 질서인 인정과 윤리를 포기하지 않음으로 해서, 자신과 가족들이 처한 문제에 대해 아무런 실질적인 대책을 세우지 못한다. 그는 모성적 세계에 고착된 나머지 현실 세계에서 아버지 되기를 거부하고 있는 것이다.

---

8) 이범선, 「오발탄」, 『오발탄』, 신흥출판사, 1959, 48면.

작품은 현실 문제를 스스로 해결할 능력을 잃어버린 철호의 자포자기로 끝맺게 된다. 영호가 강도범으로 수감되고, 아내는 아이를 낳다 죽게 되는 등 도저히 감당할 수 없는 사건을 겪게 되자, 철호는 자신의 행동 방향을 잃어버리고 '가자!'라는 어머니의 외침을 환청으로 들으며 정신을 잃는다. 「오발탄」은 이처럼 모성적 세계의 질서를 벗어나지 않으려는 주인공이 현실의 속악함과 첨예하게 부딪히게 되었을 때 겪게 되는 자아정체성의 파탄을 보여주는 작품이라 할 수 있다.

2) 모성적 민족 신화와 나르시시즘적 자아정체성

❶ 모성적 민족 신화와 신화적 공동체의 집단적 정체성

이범선의 소설에서 모성은 민족을 표상하는 것으로 그 의미가 확장되었다. 민족을 모성적인 것으로 상상한 것은 식민지 경험과 전쟁 등 타율적 근대의 경험과 관련되어 있다. 모성적 민족 관념은 타율적 근대가 가져온 비극적 상황을 감싸 안음으로써 이를 극복하고자 하는 시도에서 비롯된 산물로서, 이때 민족은 자연적·신화적 세계로부터 이어져 온 조화로운 공동체로 상상되었다. 이러한 작품에서 민족이 '신화'가 되는 이유는, 실제 역사의 질곡으로 인한 현실의 갈등과 고단함이 모성적인 것에 의해 무화되고 민족의 신화적 의도만이 일방적으로 관철되는 것으로 그려지기 때문이다.

해방 이후 모성적 민족 신화를 구현한 작품이 많이 발표되었는데, 대표적인 작품이 황순원의 『별과 같이 살다』(1950)와 『카인의 후예』(1954)이다. 『별과 같이 살다』는 여주인공 곰녀의 수난 이야기를 민족 수난의 역사와 겹쳐 놓고, 곰녀가 수난을 극복하고 갱생의 길로 들어서는 과정을 해방과 겹쳐 놓음으로써 모성적 민족 신화를 만들어낸다. 곰녀의 수난 이야기가 민족 신화로 접근하도록 의도한 것은 '곰녀'라는 주인공의 명명법에서도 암시되거니와, 이는 곰녀의 성격에서도 뒷받침된다. 곰녀는 계속되는 수난에도 불구하고 자신을 해하는 사람들의 악의적인 태도에 대해 한 번도 의심하지 않는다. 이러한 곰녀의 성격은 현실적 이해관계에서 보면 분명 우둔하고 모자라는 것이지만, 현실적인 타산이나 이해관계에 얽매여 살아가는 인물들의 악의마저 감싸 안음으로써 곰녀는 모성적 신화의 주인공으로 격상된다. 『카인의 후예』의 오작녀 역시 모성적 신화의 주인공으로, 명명법에서 드러나는 것처럼 신화적 세계와 이어져 있다. 오작녀는 토지개혁을 둘러싼 첨예한 대립 상황에서 주인공 박훈의 신변을 모성적 사랑으로 지켜낸다. 박훈이 오작녀에게서 얻고자 하는 것 역시 모성적 충족감이다. 개털오바 청년과 마을 사람들이 박훈의 집에 몰려와 재산을 몰수하고자 하는 장면에서 오작녀는 이들을 결연한 태도로 막아서는데, 여기에서 오작녀는 대모신(大母神)으로서의 형상을 얻게 된다.

이러한 모성적 민족 신화는 이범선의 소설로 이어지게 된다. 「학마을 사람들」은 전쟁을 배경으로 하여 모성적 민족 신화를 구현한 작품으로, 황순원의 소설과 비교할 때 한층 더 신화에 접근한 작품이다.

「학마을 사람들」의 공간적 배경이 되는 '학마을'은 신화적이고 서정적인 공간이다. 이는 작품의 첫 대목에 제시되어 있다.

> 자동차 길엘 가재도 오르는 데 십 리, 내리는 데 십 리라는 영(嶺)을 구름을 뚫고 넘어, 또 그 밑의 골짜기를 삼십 리 더듬어 나가야 하는 마을이었다.
>
> 강원도 두메의 이 마을을 관(官)에서는 뭐라고 이름지었는지 몰라도 그들은 자기네 곳을 학마을(鶴洞)이라고 불렀다.
>
> 무더기 무더기 핀 진달래꽃이 분홍 무늬를 놓은 푸른 산들이 사면을

둘러싼 가운데 소복이 일곱 집이 이 마을의 전부였다. 영 마루에서 내려
다보면 꼭 새 둥우리 같았다. 마을 한가운데는 한 그루 늙은 소나무가 섰
고, 그 소나무를 받들어 모시듯, 둘레에는 집집마다 울 안에 복숭아꽃이
활짝 피어 있었다.
　때때로 목청을 돋우어 길게 우는 낮닭의 소리를 받아, 우물 가 버드나
무 밑에서 애들이 부는 버들 피리 소리가 피리 피리 필릴리 아득히 영 마
루에까지 아지랭이를 타고 피어올랐다.9)

신화적 성격의 발현은 시공간적 배경과 관련된다. 신화의 배경이 되는
시공간은 그것을 둘러싼 지리, 역사 등 구체적 맥락으로부터 떨어져 나와
그 시공간이 지니는 특유의 분위기, 특정한 가치가 강조되는 경향이 있다.
그리고 서사는 새로운 사건의 발생으로 전개되는 대신 시공간이 지닌 특
유의 분위기와 가치를 강화하는 기능을 지니게 된다. 이렇게 볼 때 「학마
을 사람들」의 공간적 배경이 되는 학마을은 역사적 시공간으로부터 분리된
자연적이고 자족적인 공간으로서 신화의 배경이 된다. 또 이 작품의 서사
는 식민지 시대 말기부터 해방, 그리고 전쟁에 이르는 민족사의 흐름을 따
라 진행되는데, 이러한 역사적 시간은 학의 존재와 맞물리면서 자연적·신
화적 시간으로 치환된다.

이러한 신화적 시공간에서 학은 민족사의 길흉을 예시(豫示)하는 신적 존
재로 제시되어 있다. 학이 오지 않자 식민지 시대가 시작되고, 다시 학이
오자 해방이 된다. 학이 떨어져 죽자 전쟁이 일어난다. 뿐만 아니라 학은
씨를 뿌릴 시기와 처녀들이 시집을 가는 것까지도 정해 준다. 학마을의 모
든 사람들은 이러한 신적 섭리에 따라 살아감으로써 조화로운 삶을 살아
간다. 이렇게 볼 때 이 작품의 유일한 주인공은 학, 다시 말해 자연적, 신
적 실체로 격상된 '민족'이라고 할 수 있다.

---

9) 이범선, 「학마을 사람들」, 『현대한국문학전집 6』, 신구문화사, 1967, 291면.

이처럼 공동체의 신화성이 강조될 경우 개인은 집단 속에서 소외를 피하지 못한다. 「학마을 사람들」의 인물들은 개별적인 성격을 지니지 않고 서사 속에서 고정된 위치를 지니고 있을 뿐이다. 이들은 마을에 닥쳐오는 여러 가지 사건을 학의 존재를 통해서만 받아들일 뿐, 그 원인을 알지 못하고 따라서 이러한 사건에 맞서 적극적으로 대응할 수 없다. 전쟁은 마을 바깥에서 시작되어 마을을 휩쓸고 지나갈 뿐이고, 어떤 인물도 이러한 상황에 관여하지 못한다. 마을 사람들의 대표자라고 할 수 있는 이장 영감과 덕이도 학의 존재로 인해 정해진 자연적·신적 섭리에 따르는 것 이상의 개성적 성격을 보여주지 않는다.

모든 인물들은 신화적 공동체의 집단적 정체성을 구현하는 것으로 기능하지만, 이렇게 해서 구현된 민족정체성은 학의 존재와 그 신적 섭리를 중심으로 형성된 것이어서 어떤 실체를 가지고 있지 않다. 이 작품은 이러한 민족정체성에 실체를 부여하기 위해 또 하나의 담론적 절차를 필요로 하였는데, 이는 '타자'의 이미지를 만들어 냄으로써 여기에 투영된 '우리'라는 집단적 정체성을 구현하는 것이었다.

모성적 신화로서의 민족은 반공주의와 결합하여 '타자'의 이미지를 정형화하였다. 그리고 '타자'를 신화적 공동체에서 배제함으로써 '우리'라는 민족정체성을 만들어낸다. 이런 방식으로 민족정체성에 실체를 부여하는 인물은 부정적 인물로 등장하는 바우이다. 덕이와 어릴 적부터 친구였던 바우는 봉네와 덕이가 결혼한 것 때문에 마을을 떠난 후 공산주의자가 되어 돌아온다. 공산주의는 학이 떨어져 죽고 난 뒤 들어왔다는 것만으로도 금기의 대상이 되며, 이러한 금기는 공산주의자에 대한 묘사에서도 드러난다. 바우는 전에 없던 흠이 오른쪽 이마에서 눈썹까지 죽 굵게 그어져 있으며 이런 외양에 걸맞게 그는 예의도 없고 인륜도 모르는 인물로 그려진다. 바우의 '타자'의 이미지는 그 맞은편에 '우리'의 이미지를 만들어 낸다. 이때 '우리'는 신화적 공동체의 신적 섭리에 순응하고 인륜과 예의에 따라 살아가는 사람들로 정형화된다.

어떠한 인물도 주인공이 아니고, 어떠한 사건도 새롭게 일어난 사건이 아닌, 이러한 소설이 씌어 질 수 있었던 것에 대해서는 '전쟁 직후'라는 특수한 시기를 고려하지 않고서는 설명하기 어렵다. 전쟁을 겪는 동안 민족국가의 존립 자체가 위협받게 되면서, '민족'은 모든 사건을 해석하는 최종 심급의 가치를 지닌 실체로 자리 잡게 된 것이다. 모성적 민족 신화를 구현한 작품인 「학마을 사람들」에서 '민족'이 신의 위치로 격상되는 것과 동시에 개인의 존재는 집단에 예속되게 된다. 그러나 소설이라는 장르는 민족 신화를 구현하는 것을 목적으로 하지 않는다. 오히려 소설의 관심은 집단에 예속되어 있는 자아가 어떤 행로를 통해 그것으로부터 벗어나 자아정체성을 형성하는가에 있다. 이범선의 소설 전체를 두고 보더라도 모성적 민족 신화를 구현하고 있는 작품으로는 「학마을 사람들」이 유일하며, 이후 작품들은 모성적 세계를 벗어난 자아의 분열과 그 극복 문제를 반복해서 다루고 있다.

「학마을 사람들」이 구현하고 있는 모성적 민족 신화와 신화적 공동체의 집단적 정체성은 이범선의 다른 작품이 보여주는 자아정체성의 형성 양상과 관련되어 있다. 이러한 관련은 「학마을 사람들」의 신화적 시공간을 구성하는 서술자의 시선에서 그 실마리를 찾을 수 있다. 서술자가 학마을을 모성적 신화의 공간으로 설정하고 그 아늑함을 그리워할 때, 이러한 학마을의 이미지는 동족간의 전쟁으로 인해 이미 타락하고 훼손된 세계에 속한 서술자의 시선에 비친 모성적 세계이다. 여기에서 서술자는 모성적 신화의 세계에 머무르는 것이 더 이상 가능하지 않다는 사실을 알고 있다. 이렇게 볼 때 모성적 민족은 서술자가 상상계적 성격을 부여한 대상으로서, 모성적 민족을 구현하고자 하는 시도는 「학마을 사람들」의 상상적 동일화를 내재하고 있는 것이라 할 수 있다.

이러한 서술자의 시선은 자아정체성의 형성 과정을 그린 이범선의 소설에서 주인공들이 월남 이전의 모성적 세계로의 회귀를 시도하는 것과 같은 맥락으로 해석할 수 있다. 이범선의 고향이 운학리(雲鶴里)였고, 그의 아호가 학촌(鶴村)이었던 것을 상기한다면, 「학마을 사람들」에 내재된 서술자의 시선은 뜻하지 않게 고향 상실의 상황에 처하여 이제는 아늑한 유년기의 세계로 돌아갈 수 없음을 아는 월남민의 시선임을 간파할 수 있다. 이 점에서 「학마을 사람들」의 모성적 민족 신화는 「갈매기」, 「오발탄」 등 자전적 경험을 다룬 작품과 이어져 있다.

❷ 상상적 동일화와 나르시시즘적 자아정체성

상징적 질서로 진입한 자아가 어떤 대상에게 상상계적 속성을 부여하고 여기에 자신을 동일화함으로써 자아정체성을 정립하고자 하는 시도를 상상적 동일화라고 할 때, 「학마을 사람들」은 상상적 동일화가 가장 완결된 수준으로 드러난 작품이라 할 수 있다. 「학마을 사람들」에서 상징적 질서로 진입한 자아의 존재는 서술자의 시선으로만 드러나고, 모성적 민족 신화를 구현한 시공간 전체가 상상계적 속성을 지닌 대상이 되기 때문이다. 「학마을 사람들」 이후 이범선 소설이 보여주는 자아정체성의 형성 과정은 상상적 동일화에 기초하고 있지만, 이때 상상적 동일화는 이미 상징적 질서의 지배 아래 놓여 있으며, 주인공은 이미 상징적 질서로 진입한 존재로 제시되어 있다. 주인공들은 상상적 동일화를 통해 자아의 분열을 모면하고 자아정체성을 정립하고자 하지만, 이러한 시도가 완결될 수 없다는 점을 보여준다.

이범선의 소설 중 「갈매기」와 「오발탄」은 각각 서정적 계열과 사회비판적 계열을 대표하는 작품으로서, 이 두 작품은 공통적으로 상상적 동일화를 통한 자아정체성의 형성 과정을 보여주고 있다. 「갈매기」는 가장 서정적인 작품임에도 불구하고 상상적 동일화를 벗어나는 지점을 내재하고 있는 반면, 「오발탄」은 가장 사회비판적인 작품임에도 불구하고 여전히 상상적 동일화에 기초하고 있음을 알 수 있다.

「갈매기」는 이범선이 1·4 후퇴로 피란한 후 거제도에서 교원으로 있었던 자전적 경험을 제재로 삼은 작품이다. 이 소설은 전체를 꿰뚫는 사건이 없이 작은 에피소드의 나열로 구성되어 있다. 주인공 훈의 가족과 관련된 에피소드, 다방 '갈매기'의 장님 부부와 관련된 에피소드, 서노인 등 노인 거지와 관련된 에피소드 등이 그것이다.

이 작품의 모든 장면과 이야기는 초점화자인 훈의 시선을 통해 전달되는 바, 그의 시선에 비친 상황과 인물은 실상 훈 자신의 내면을 보여주는 것이라 할 수 있다. 서정적 소설에서 자아와 세계와의 관계는 거울 속의 자신의 이미지와 그것을 바라보는 사람과의 관계에 대응된다. 다시 말해 외부 상황이나 인물 등 세계는 그것 자체로 존재한다기보다 자아의 내면을 보여주는 거울이 된다.[10] 따라서 서정적 소설에서 자아정체성이 형성되는 방식을 파악하고자 할 경우, 외부 상황과 인물을 묘사하는 서술자의 시선이 중요한 의미를 지니게 된다.

> 그가 그저 그렇게 지나고 있다는 것은 훈도 안다. 그 어떤 추억을 약처럼 갈아 마시며 외롭고 슬프게 그저 그렇게 살아가는 그들 부부.
> 훈은 어제 저녁에도 그 「지프씨의 달」을 들었다. (중략)
> 그러던 어느날 훈은 다방 한구석 자리에 은빛 쌕쓰폰을 어루만지고 있는 장님을 보았다. 그 사람이 바로 다방 주인이었다. 훈은 놀랐다. 그러나 곧 그럴 게라는 생각이 들었다. 옛친구를 만난 것처럼 둘이는 가까워졌다.[11]

---

10) 랠프 프리드먼, 『서정소설론』, 현대문학, 1989, 30~31면.

종은 배를 참 좋아한다. 아침에 연락선이 떠날 때나 저녁에 이렇게 연락선이 돌아들어올 때면 종의 위치는 언제나 그렇게 소바우 잔등으로 정해진다. 방안에 앉아서도 창문으로 빤히 보이는 것이었지만 부―ㅇ 하고 고동이 울리기만 하면 밥을 먹다가도 술을 던지고 대문 밖으로 뛰어 나간다. 그리고는 소바우 위에 가 다섯 살짜리치고는 너무나 조숙한 포―즈로 앉는다. 두 무릎을 앞에서 세워 가슴에 안고 그 두 무릎 위에 턱을 딱 올려 놓고. 고렇게 얄미운 자세로 종은 눈도 깜빡 않고 연락선을 지켜보는 것이다.12)

위의 두 인용문에서 '갈매기' 다방의 장님 주인이 부는 색소폰 소리와 훈의 아들 종이 배를 바라보며 앉아 있는 것은 모두 훈의 내면을 보여주는 것으로서, 무엇인가에 대한 그리움의 표현이라 할 수 있다. 여기에서 훈이 그리워하는 것은 전쟁으로 인해 파괴되기 전의 인정(人情)의 세계 혹은 동심(童心)의 세계이다. 훈은 자신의 내부에 인정 혹은 동심이라는 이상화된 대상을 만들고 이러한 이상화된 대상의 속성을 장님 부부와 아들 종에게 부여한다. 그리고 이러한 이상화된 대상에 자신을 동일화함으로써 자아정체성을 정립하고자 한다. 이때 자아가 이상으로 삼는 대상은 대상 자체로서 의미를 지니기보다 자아의 이미지와 욕망을 투영한 것이라는 점에서 나르시시즘의 산물이라 할 수 있다.

결국 장님 부부는 바다에 빠져 죽고, 서노인은 기적처럼 아들을 만나 섬을 떠나간다. 이러한 사건 역시 훈의 내면을 보여주는 기능을 한다. 훈의 시선으로 볼 때 장님 부부의 비극과 서노인의 행운은 상반되는 사건이 아니라, 이들이 모두 각기 나름의 이유로 이 섬을 떠났다는 점에서, 그리고 이들을 보낸 훈 자신도 이제 섬을 떠나야 할 것 같다는 생각을 하게 되는

---

11) 이범선, 「갈매기」, 『오발탄』, 신흥출판사, 1959, 102면.
12) 「갈매기」, 103~104면.

계기가 되었다는 점에서 동질적인 사건이라 할 수 있다.

「갈매기」에서 공간적 배경이 되는 섬은 속악한 현실로부터 단절된 곳으로서, 모성적 세계가 제한된 상황 속에서나마 유지되고 있는 공간이다. 그러나 이러한 모성적 세계에도 이미 상실이 내재되어 있으며, 따라서 훈이 막연하게나마 이 세계에 머물러 있을 수만은 없음을 알게 된다. 「갈매기」는 모성적 세계를 벗어난 이후의 자아의 행로를 보여주지는 않지만, 위의 두 에피소드를 통해 짐작해 볼 수는 있다. 장님 부부의 죽음이 전쟁의 상흔과 상실감을 견디지 못하고 허무와 죽음 충동으로 빠져 드는 자아의 파탄을 보여준다면, 아들을 만나 섬을 떠나는 서노인의 이야기는 인정적 휴머니즘의 추구로 나아간다. 그리고 이 두 가지 행로는 한편으로는 「오발탄」이 보여주는 자아의 분열로, 다른 한편으로는 장편 『동트는 하늘 밑에서』를 포함하여 많은 전후소설이 보여주는 인정적 휴머니즘으로 나아가는 단초가 된다.

한편 「오발탄」은 상상적 질서 속에만 머물러 있을 수 없는 자아가 속악한 현실의 한가운데 나서게 되었을 때 나타나게 되는 자아의 분열을 표현하고 있는 작품이다. 「오발탄」의 주인공은 상상적 동일화를 통해 자아정체성을 정립하고자 하지만 현실 속에서 상상적 동일화의 대상을 찾지 못함으로써 자아의 분열을 피할 수 없음을 표현하고 있다. 철호는 뒷산 바위 잔등에 앉아 고향 마을을 눈앞에 떠올리며 월남 이전의 아늑한 세계인 고향으로 돌아가기를 바란다. 그러나 현실에서 그는 고향의 이미지를 투영할 대상을 찾지 못한다. 어머니와 아내, 딸, 그리고 여동생 명숙 등 이 모두가 그에게 낯선 인물이 되어 있다. 이들이 낯선 이유는 이들과의 관계가 상징적 질서에 속해 있는 것임에도 불구하고, 철호는 상상계를 벗어나지 않음으로써 상징적 질서가 부여하는 자신의 위치를 받아들이지 못하기 때문이다.

　　─아들 구실. 남편 구실. 애비 구실. 형 구실. 오빠 구실. 또 계리사 사
무실 서기 구실. 해야 할 구실이 너무 많구나. 너무 많구나. 그래 난 네
말대로 아마도 조물주의 오발탄인지도 모른다. 정말 갈 곳을 알 수가 없
다. 그런데 지금 나는 어디건 가긴 가야 한다.[13)]

　여기에서 '구실'이란 상징적 질서가 자아에게 부여한 위치일 것인데, 철
호는 그 구실을 감당하지 못한다. 따라서 자신이 '오발탄'일지도 모른다는
넋두리는 상징적 질서로 진입하였지만 거기에서 자신의 위치를 찾지 못하
는 자아의 상태를 표현한 것이라 할 수 있다.

　이는 철호와 영호의 윤리 논쟁에서도 잘 드러난다. 실성한 어머니의 외
침이 간헐적으로 들리는 좁은 방 안에서 철호와 영호는 양심과 윤리 문제
를 두고 의견 충돌을 일으킨다. 절대적 궁핍에 시달리고 있는 이들 형제의
상황에서 볼 때, 이들의 윤리를 둘러싼 논쟁은 차라리 사치스러워 보일 정
도이다.

　　"양심이란 가시?"
　　"네. 가시지요. 양심이란 손 끝의 가십니다. 빼어버리면 아무렇지도 않
은데 공연히 그냥 두고 건드릴 때마다 깜짝깜짝 놀라는 거야요. 윤리요?
윤리. 그건 '나이롱', '빤쯔' 같은 것이죠. 입으나 마나 불알이 덜렁 비쳐
보이기는 매한가지죠. 관습이요? 그건 소녀의 머리 위에 달린 리봉이라고
나 할까요? 있으면 예쁠 수도 있어요. 그러나 없대서 뭐 별일도 없어요.
법률? 그건 마치 허수아비 같은 것입니다. 허수아비. 덜 굳은 바가지에다
되는대로 눈과 코를 그리고 수염만 크게 그린 허수아비. 누더기를 걸치고
팔을 쩍 벌리고 서 있는 허수아비. 참새들을 향해서는 그것이 제법 공갈
이 되지요. 그러나 까마귀 쯤만 돼도 벌써 무서워하지 않아요. 아니 무서
워하기는커녕 그놈의 상투 끝에 턱 올라 앉아서 썩은 흙을 쑤시면 더러

____

13) 「오발탄」, 89면.

운 주둥이를 쓱쓱 문질러도 별 일 없거든요. 흥."[14]

철호와 영호는 윤리에 대한 태도에서 차이를 보일 뿐 윤리 자체에 얽매여 있다는 점에서 별반 다르지 않다. 같은 의미에서, '법률선'까지는 무난히 뛰어넘었지만 '인정선(人情線)'에서 걸렸다는 영호의 자조(自嘲)는 철호의 자포자기와 멀리 떨어져 있지 않다. 이 둘은 모두 윤리의 시선으로 현실을 '비윤리적', '비양심적'이라고 단정한다. 이렇게 윤리의 시선으로 현실을 단정할 경우 자아가 취할 수 있는 태도는 다음의 두 가지 이외에는 있을 수 없다. 하나는 철호의 태도로서 현실이 비윤리적이더라도 자신은 윤리적으로 살겠다는 것이고, 다른 하나는 영호의 태도로서 현실이 비윤리적이니까 비윤리적으로 살겠다는 것이다. 이때 '윤리'와 '인정'은 월남 이전의 삶의 질서, 즉 상상계적 속성을 지닌 것으로, 이러한 '윤리'의 시선을 포기하지 않고서는 상징적 질서 속으로 진입하지 못한다. 철호와 영호가 윤리에 집착하면서 현실에서의 역할을 제대로 수행하지 못하는 것은 이 때문이다. 이렇게 볼 때 '윤리'란 상징적 질서로 진입하기를 주저하는 자아의 퇴행적 태도를 보여주는 것이라 할 수 있다.

여기에서 자아의 분열은 피할 수 없다. 이때 분열은 자아가 스스로 좋아할 만한 이미지를 구성하는 것과 이런 이미지를 응시하는 시선 사이의 간극으로 인해 발생하게 된다.[15] 즉 인정과 윤리의 세계와의 상상적 동일화를 통해 구성된 자아와, 이러한 세계와의 동일화가 냉엄한 현실에 부딪힐 때 결국 실패할 수밖에 없음을 알고 있는 외부적 시선이 서로 분리되어 있음으로 인해 자아는 분열된다. 철호는 윤리의 시선으로 자신이 이상화하는 이미지를 구성하지만, 또 다른 외부적 시선, 즉 서술자의 시선은 이러한

---

14) 「오발탄」, 61면.
15) 슬라보예 지젝, 『이데올로기라는 숭고한 대상』, 인간사랑, 2002, 186~187면.

이상화가 현실 문제를 전혀 해결하지 못함을 보여준다. 그리고 이 두 시선 사이에서 자아는 분열된다.

「오발탄」이 보여주는 이러한 자아의 분열은 결국 냉엄한 현실과의 대결로 나아가는 대신 자아가 처한 상황에 대한 나르시시즘적 만족과 죽음 충동으로 나아간다. 철호는 자신의 윤리적 태도를 스스로 옹호하면서도 이로 인해 자신은 현실에서 실패할 수밖에 없음을 알고 괴로워하는데, 이는 자아의 바깥에 위치하는 어떤 시선 앞에서 스스로를 비하하고 자신의 실패를 조장함으로써 얻게 되는 나르시시즘적 만족을 보여주는 것이라 할 수 있다. 작품의 마지막 부분에서 아내가 죽고, 동생 영호가 수감되는 등 절망적인 상황이 닥치게 되자, 그는 삶의 방향을 완전히 잃어버린다. 충동적으로 치과를 찾아가 자신의 어금니를 뽑고, 택시를 타고는 어디로 가야 할지 모르는 상황에서 정신을 잃는 것으로 작품이 끝나는데, 이는 자포자기와 죽음 충동으로 나아가게 되는 자아의 행로를 보여준다. 작품의 제목이 된 '오발탄'은 결국 상상적 동일화에 고착되어 상징적 질서로의 진입에 이르지 못하는 자아의 분열 상태에 대한 비유라 할 수 있다.

이범선의 소설은 자아의 분열을 모면하고자 하는 시도로 상상적 동일화 이외의 다른 방식을 보여주지 않았다. 「오발탄」은 상상적 동일화의 대상을 찾지 못할 때 처하게 되는 자아의 분열과 파탄을 여과 없이 드러냄으로써 전후의 비극적 단면을 성공적으로 보여주었다. 그러나 이범선은 이후의 작품에서도 상상적 동일화를 벗어나지 못함으로 인해 「오발탄」의 성취를 넘어서지 못하였다.

1960년 이후 이범선 장편소설이 전후의 구체적 현실에 대한 탐구로 나아가지 못하는 이유도 이 때문이다. 이범선의 첫 장편소설인 『동트는 하늘 밑에서』는 엄대위를 주인공으로 설정하여, 중공군의 개입으로 인해 부대와 양민들을 이끌고 후퇴하게 되는 과정을 그리고 있다. 이 과정에서 부대는 인민군과 전투를 벌이기도 하고 낙오한 이 소위 일행을 구출하기 위해 작전을 벌이기도 한다. 이 작품에서 옹호하는 것은 양민과 부대원을 구출하기 위한 엄 대위의 희생, 그리고 전쟁의 한가운데에서 꽃 핀 이 소위와 순희의 사랑이다. 이처럼 이 작품은 인간성 회복이라는 주제를 벗어나지 않음으로써 한국전쟁이 지닌 다면적인 성격에 대한 탐구로 나아가지 못하며, 전쟁을 소재로 한 장편소설이라기에는 지나치게 단순한 구도를 넘어서지 못한다.

이처럼 상상적 동일화를 통해 자아정체성의 형성 과정을 드러내는 작품의 경우 이념의 대립이나 사회·경제적 관계의 대립을 그리는 데는 제약이 따른다. 왜냐하면 이러한 서사에서 이념 대립이나 사회관계의 갈등은 그 자체로 탐구되어야 할 대상이 되기보다는 모성적 세계의 상실을 가져다 준 '속악한 현실'로서 타기되어야 할 대상이 되기 때문이다. 따라서 이념 대립으로 인한 전쟁 및 전후의 현실을 그리기 위해서는 이와는 다른 방식의 자아정체성의 형성 과정이 필요하였다.

2. 부성적 국가 담론과 상징적 동일화를 통한 자아정체성의 형성

1) 체제 선택의 경험과 정당성 투쟁으로서의 서사

월남 경험을 모성 상실로 표현한 작품에서 이념적 무구성의 세계는 전쟁의 직접적인 원인이 된 이념 문제를 외면하고서만 구현될 수 있다. 그러나 월남 경험 자체가 이념 선택으로서의 행동이었기 때문에 월남작가의 소설이 이념 문제로부터 자유로울 수는 없었다. 「학마을 사람들」이 구현하는 신화적 공동체에도 반공주의가 내재되어 있는 것은 이를 잘 보여준다.

선우휘의 소설에서 월남 경험은 이념 및 체제에 대한 의식적이고 자발적인 선택으로 표현되었다. 그의 소설에서 주인공은 적극적인 성격의 소유자로 그려진다. 주인공은 이념 대립의 상황에서 자신의 이념적 성향을 관철시키기 위해 투쟁하며, 또 자신이 선택한 체제가 정당성을 지니고 있다는 점을 확인하기 위해 투쟁한다.

선우휘는 월남작가 중 자신의 이데올로기적 지향점을 가장 선명하게, 가장 적극적으로 드러낸 작가이다. 이러한 이념적 선명성은 그의 이력과 무관하지 않다. 선우휘는 평북 정주 출신으로 식민지 시대 말기에 경성사범학교를 졸업하였고, 시골 학교 교원으로 있던 중 해방을 맞이했으며, 해방 후 고향에서 북한 체제를 경험했다. 한국전쟁 이전에 공산주의에 대한 반감을 이유로 단신 월남한 그는 조선일보 기자 생활을 하다, 여순 반란 사건을 계기로 군에 입대, 장교 신분으로 한국전쟁을 겪었다.[16]

선우휘의 소설이 월남 경험을 체제 선택의 경험으로 표현한다고 할 때, 개인이 특정한 체제를 선택한다는 것은 체제 자체가 지닌 불안정성에 대한 경험을 전제로 하며 이 경우 자아의 분열은 불가피하다. 선우휘 소설의

---

16) 선우휘의 독특한 이력과 그의 작품이 지닌 문제성으로 인해 선우휘의 소설은 여러 차례 논의의 대상이 되어 왔다. 연구의 주된 대상은 「불꽃」을 중심으로 한 초기 작품이었고, 특히 주인공의 성격에 대한 논의와 작품이 드러내고 있는 이데올로기 비판에 집중되었다. 주인공의 성격에 대해서는 '행동적 휴머니스트', '인도주의적 민족주의자', '소극적 도피주의' 등 다양한 평가가 있어 왔다. 주인공의 행동이 상황과의 관련 속에서 이루어지지 못하고 추상적인 차원에 머물렀다는 비판도 거듭 제기되었다. 이러한 논의는 이데올로기 비판으로 이어져 선우휘 문학이 '체제순응', '반공주의'에 머물렀다는 평가로 나아갔고, 최근에는 이러한 반공 이데올로기의 기원과 성격에 대한 논의로 정교화 되었다. 선우휘의 소설에 대한 대표적인 논의로는 다음을 들 수 있다. 정명환, 「전쟁과 한국작가」, 『사상계』, 1963 문예증간호 ; 염무웅, 「선우휘론」, 『창작과 비평』, 1967 겨울 ; 이동하, 「한국 전후문학의 한 모습」, 『문예중앙』, 1986 여름 ; 한수영, 「윤리적 인간, 혹은 반공 이데올로기의 기원」, 『실천문학』, 2001 봄 ; 김진기, 「반공주의와 자유주의」, 『현대소설연구』 25집, 2005.

주인공들은 체제와의 대면을 통해 체제로부터 소외된 타자로서의 자기 자신을 발견하게 되며, 새로운 체제의 질서에 적극적으로 편입함으로써 이러한 자아의 분열을 극복하고자 한다. 이로 인해 선우휘의 소설은 체제로부터 소외된 개인의 자기 발견과 이러한 자아의 분열을 극복하기 위한 주인공의 적극적인 행동을 기본 구도로 삼게 된다.

한편 이러한 소설의 구도는 주인공의 이중적 성격과도 관련된다. 선우휘 소설의 주인공들은 '관조적 도피'와 '적극적 행동'이라는 두 가지 상반된 면모를 보여준다. '도피'는 때때로 위악적 면모를 보이기도 하고, '행동'은 충동적, 자기 파괴적이다. 또 '도피'에서 '행동'으로의 이동은 이렇다 할 변화의 계기가 없이 비약적으로 이루어진다.

선우휘의 소설의 주인공에게서 드러나는 이중적 성격은 자아 분열의 결과이다. 즉 '관조적 도피'와 '적극적 행동'의 공존은 체제로부터 소외된 개인이 지니는 불안과 이에 대한 반대급부로서 체제 속으로 편입하고자 하는 강렬한 욕망이 서로 교차됨으로써 형성된 것이다. 이렇게 볼 때 선우휘 소설의 주인공의 성격은 단순히 한 개인의 개성에 관련된 문제가 아니라 전후 민족국가 담론과의 관련을 통해 자아정체성이 형성되는 양상을 보여주는 것이라고 할 수 있다.

선우휘 소설의 주인공이 지닌 일견 모순된 듯한 이러한 성격은 작가 자신의 체제 경험에 그 기원을 두고 있다. 선우휘는 성장기에 여러 차례 체제와 대면하는 경험을 갖게 된다. 그 첫 번째 경험은 식민지 시대 말기 경성 사범학교 시절로 거슬러 올라간다. 이 시기 경험은 「불꽃」의 제재가 되기도 했다. 「불꽃」의 주인공 현은 그의 유일한 일본인 친구였던 아오야기가 전쟁터로 나가는 것을 보면서 자신에게는 "'아시아의 해방'이란 슬로우건도 하가꾸레나 만뇨오슈우에 해당되는 책 한 권도 있을 수 없다는 점'17)을 알게 된다. 이는 국가 체제로부터 배제된 개인이 느끼게 되는 결핍의

경험으로서, 여기에서 현은 국민정체성에 미달하는 '타자'로서 자신을 발견하게 된 것이다.[18]

식민지 시대 말기에 경험한 국가 체제와의 대면은 이후 선우휘의 삶과 문학을 해명하는 데 중요한 단서가 된다. 경성사범학교를 졸업한 선우휘는 시골 마을의 교사로 근무하던 중 갑작스런 해방을 맞이하게 되는데, 이때 선우휘의 첫 느낌은 수치감이었다.

> 해방되는 날 저는 어디서 무엇을 한 줄 아십니까. 아직도 가끔 호랑이 새끼가 나온다는 산악 지대의 벽촌에서 영양 불량으로 누렇게 얼굴이 뜬 어린것들을 데리고 산에서 솔가지를 따고 있었죠. 어린 놈들에게 군가를 불리우며 마을로 들어왔을 때는 벌써 법석이었죠. 지금도 그때 생각을 하면 얼굴이 화끈해지죠. 그때 나는 다시는 그런 웃음거리가 되지 않으려니 결심했죠.[19]

『깃발 없는 기수』의 주인공 윤의 고백을 통해 드러나는 이 수치감은 무엇이었을까? 그것은 일차적으로 새로운 시대의 시작을 감지하지 못한 자신의 둔감함에 대한 자책이었다. 그리고 이러한 수치감의 이면에는 국가 체제로부터 소외된 데에서 오는 자아의 불안과 더불어 그 반대급부로서 국가 체제 속으로 진입함으로써 새로운 시대를 선취하고자 하는 강렬한 욕망이 내재되어 있었다. 이러한 욕망을 '체제에의 욕망'이라고 할 수 있을 것인데, 이 욕망이야말로 선우휘의 월남 경험의 특징을 단적으로 드러내는 것이라 할 수 있다. 해방기를 배경으로 한 그의 자전적 소설인 『사도

---

17) 선우휘, 「불꽃」, 『불꽃』, 을유문화사, 1959, 56면.
18) 일본인 친구 아오야기와 관련된 일화는 선우휘의 자전적 소설인 『노다지』에도 그대로 드러난다. 이렇게 볼 때 「불꽃」에 드러난 현의 체제 경험은 작가 자신의 것을 그대로 드러낸 것이라 볼 수 있다. 선우휘, 『노다지 1－굴레』, 동서문화사, 1986 참고.
19) 선우휘, 「깃발 없는 기수」, 『현대한국문학전집』 12, 신구문화사, 1981, 75면.

행전』(1966)은 이 시기 사정을 잘 보여준다. 그는 해방 후 민족국가 건설에 적극적으로 나서고자 하지만 북한 체제가 들어서는 과정에서 빚어진 혼란과 폭력을 목격하면서 월남을 결심하게 된다.

　이처럼 선우휘와 그의 소설의 주인공들에게 있어서 월남은 체제 선택의 경험으로서 이는 체제로부터의 소외에서 비롯된 자아의 분열을 극복하고자 하는 매우 적극적인 행동이었다. 그러나 월남 이후에도 선우휘는 체제로부터의 소외를 계속해서 경험하게 된다. 선우휘가 이북에서 진행되는 공산주의 혁명에 환멸을 품고 월남하여 신문기자가 된 데에는 공산주의 혁명이 환상에 불과하다는 것을 알리고자 하는 목적이 있었지만, 이남의 상황은 그가 생각했던 것과는 전혀 달랐다. 이남 사람들은 당시 남한 체제에 대해 '양키들의 식민지', '악질지주·악덕모리배·친일파들이 판을 치는' 곳이라고 생각하고 있었고, '혁명이 착착 진행되는 이북'을 등지고 이남에 내려온 선우휘의 말을 곧이 들어주지 않았다. 이러한 상황은 체제 선택으로서 월남을 감행한 한 개인에게 커다란 위기를 가져다주게 된다. 뒤에 선우휘는 월남 당시 겪은 자아의 위기를 다음과 같이 술회한 바 있다.

> 정말 나는 망연자실했다. '그런 게 아닌데!'라고 절규하고 싶었으나 그 전에 나는 놀랐고, 환멸을 느꼈고, 절망을 느꼈고, 비관에 사로잡혔다. 끝내는 '이거 내가 괜히 온 것이 아닌가' 의심하기까지 했다. 그 안타까운 마음을 푸는 것은 술밖에 없었다. 그래서 날로 못 마시던 나의 주량이 늘어갔다.[20]

　서북 출신의 수재로서 경성 사범학교를 나온 선우휘가 자원입대하여 전장으로 나서게 된 것은 이 시기 선우휘가 겪은 소외감과 그로 인한 자아의

---

20) 선우휘, 「나의 언론생활 40년 ①」, 『월간조선』 1986. 4, 440면.

분열이 얼마나 심각한 것이었는지, 그리고 이에 대한 반대급부로서 체제에의 욕망이 얼마나 강렬한 것이었는지를 보여준다. 한 개인이 자발적으로 전장으로 나간다는 것은 자신의 속한 체제의 집단적 정체성 속으로 자아를 완전히 소멸시킬 때 가능한 것으로서, 이는 집단적 정체성에 자신을 완전히 일치시키지 않고서는 자아의 안정된 존재 기반을 전혀 찾을 수 없는 전체주의 사회에서만 나타날 수 있는 현상이라 할 수 있을 것이다. 이렇게 볼 때 자원입대 후 전장으로의 나섬은 직접적으로는 여순 반란 사건을 겪으면서 느끼게 된 위기감 때문이었지만, 보다 근본적으로는 전체주의 체제 하에서 겪게 된 소외감을 체제 속으로의 급진적 진입을 통해 극복하고자 한 결과였다고 할 수 있을 것이다.

이 시기 체제 선택의 문제로 선우휘가 겪은 자아의 분열은 「불꽃」, 『깃발 없는 기수』 등 그의 여러 소설에서 중심 제재가 된다. 그리고 이들 작품에서 주인공은 자아의 분열을 극복하기 위해 적극적인 이념 투쟁에 나서게 된다. 이 지점에서 다시 주인공의 성격이 문제시된다. 선우휘의 소설이 체제 속으로의 급진적인 진입을 통해 자아의 분열을 극복하고자 하는 시도라는 점에서, 주인공의 적극적인 행동이 강조되는 것은 자연스럽다. 그러나 반대로 이념 대립의 상황으로부터 관조적 태도를 취하는 부분에서도 주인공의 정당성이 부각되고 있는 것은 어떻게 설명할 것인가? 그리고 이 두 모순된 태도는 어떻게 공존할 수 있는가?

여기에서 주목되는 것은 선우휘 소설이 표현하고 있는 이념 투쟁의 성격이다. 선우휘의 소설은 이념 대립 상황을 설정하면서도 이념 갈등의 원인, 전개 과정을 구체적으로 그리지 않고, 전쟁의 원인이 된 이념 자체에 대한 탐구로 나아가지도 않는다. 선우휘 소설에서 이념 대립은 정당성 투쟁으로 치환된다. 주인공은 이념 대립의 상황에 처해 있음에도 불구하고 가능한 한 대립의 상황을 피하려 하고, 이에 따라 투쟁은 지연된다. 그리

고 불가피하게 이념 투쟁에 나선 주인공은 윤리적 정당성을 내세움으로써
투쟁의 국면에서 우위에 서고자 한다.

> "혁명가들의 자기희생을 생각해 보게."
> "어째서 그것이 자기희생인가, 누가 그것을 청탁했던가. 자아도취와
> 허영에 치른 값이 어째서 희생인가. 단지 값이 비싸게 먹었다는 것뿐이
> 지. 되려 일반 대중의 꼬락서닌즉 가관이지. 그것은 불의의 재액이며 더
> 할 수 없는 모욕이니까."
> "모욕이라니?"
> "그럼, 모욕이지. 그 이상의 모욕이 또 어디 있나. 누구한테서 무엇을
> 받았다는 거야. 되려 응당 받아야 할 것을 오래도록 막아온 것은 다름 아
> 닌 청탁 없는 그들 청부업자들이지."[21)]

위 인용문은 고현과 연호의 대화로서, 이 대화를 통해 이념 갈등이 집약
적으로 드러난다. 이 대화가 보여주는 것은 고현의 윤리적 정당성에 대비
된 연호의 지나친 단순성이다. 고현에 의해 연호는 '청탁 없는 청부업자'
라는 딱지를 얻게 되고 그가 말하는 '혁명가', '자기희생'은 '자아도취'와
'허영'이 된다.

이념 투쟁이 정당성 투쟁으로 치환되는 것은 한국전쟁이 지닌 성격 및
이에 대한 해석과 관련되어 있다. 전후소설에서 전쟁은 종종 형제 갈등으
로 표현되었다. 이념 대립과 전쟁이 형제 갈등으로 표현되는 한, 승자 역
시 떳떳할 수 없다. 이런 갈등에서 주인공이 정당성을 얻는 길은 가능한
한 갈등 상황을 피하는 것뿐이다. 『깃발 없는 기수』의 윤과 「불꽃」의 고현
이 공산주의에 대해 비판적이면서도 이념의 첨예한 대립으로부터 일정한
거리를 두고 있는 것은 이 때문이다. 이로써 주인공의 관조적 태도가 지닌

---

21) 「불꽃」, 74면.

정당성은 설명된다. 그러나 이념 대립이 소설의 기본 설정이 되는 한 주인공은 어느 순간에는 이념 투쟁의 장으로 나설 수밖에 없다. 여기에서 관조적 도피에서 적극적 행동으로의 갑작스러운 변모가 일어나게 된다. 가능한 한 갈등을 피하려는 주인공이 결국 투쟁에 나서게 될 때 주인공의 이념은 더욱 극적으로 정당성을 부여받게 된다. '관조적 도피'에서 '적극적 행동'으로의 변모로 요약되는 선우휘 소설의 서사는 주인공이 '형제 갈등'의 상황에서 더 이상 투쟁을 피할 수 없게 되었을 때 나타나는 것인데, 이때 주인공은 두 태도에서 각기 다른 이유로 정당성을 부여받고 있다는 점에서 이념 대립에서의 승패는 이미 결정되어 있는 셈이다. 이처럼 선우휘 소설은 이념 투쟁을 정당성 투쟁으로 치환함으로써 반공주의를 관철시킨다.

2) 부성적 민족 신화와 오이디푸스적 자아정체성

❶ 모성적 세계로부터의 벗어남과 아버지와의 동일화

선우휘 소설의 주인공이 이념 투쟁의 장으로 나서기 위해서는 우선 이념적 무구성을 특징으로 하는 모성적 세계를 벗어나야 했다. 물론 이 과정은 쉽지 않은데, 「불꽃」(1957)은 이 과정에서 겪는 주인공의 분투를 그리고 있는 작품이다.

「불꽃」은 주인공 고현이 모성적 세계인 '꽃밭 가꾸기'에서 벗어나 이념 투쟁으로 나아가는 것을 기본 구도로 삼고 있다. 고현은 어머니와의 이자 관계에서의 상상적 동일화를 벗어나 아버지와의 상징적 동일화를 통해 자아정체성을 정립하게 되는데, 「불꽃」은 이 과정을 여러 차례의 퇴행과 결정적인 비약으로 표현하고 있다. 이는 전후 월남작가의 소설이 상상적 동일화를 해소함으로써 상징적 동일화로 나아가는 과정이 쉽지 않았음을 보여주는 것이라 할 수 있다.

현모는 「불꽃」에서 모성적 민족을 표상하는 인물로 설정된다. 현모는 남편이 죽은 지 아홉 달 만에 고현을 낳은 후 삼십여 년간 인종의 삶을 살게 되는데, 이러한 현모의 삶은 민족 수난의 역사와 겹쳐지면서 현모는 모성적 민족의 형상을 얻는다.

> 검푸른 부엉산 밑에 질펀한 들이 눈앞에 전개되고 창문으로부터 흙냄새 섞인 바람이 날아들었을 때 상쾌한 아픔이 찌르르 가슴을 스쳐갔고 전류 같은 흥분이 전신의 혈관을 굽이쳐 흘렀다.
> 그리운 땅. 그에게 있어서 오직 이것만이 분명한 것이었다. (중략)
> 현은 어머니의 힘을 덜어주는 일이 즐거웠다. 모자가 같이 아침을 치르고 들로 나가 밭을 갈고 씨를 뿌렸다. 현이 삽으로 도랑을 칠 때면 어머니는 삽에 맨 줄을 당겼다. 저녁이면 어머니는 먼저 돌아가 밥을 지어 놓고 민요처럼 찬송가를 부르며 아들을 기다렸다. 푸성귀 찬이나마 그것은 철에 맞아 신선한 것이었다.[22]

고현은 학교를 다니면서도 규율에 얽매인 조직 생활을 거부하고, M선생의 저항적 행동에 대해서도 '어쩐지 그 도가니 속에 흔연히 몸을 담글 수 없는 주저'를 느낀다. 이는 상징적 질서로 진입하는 과정에서 느끼는 자아의 두려움을 보여주는 것이라 할 수 있다. 이 경우 자아는 상상계로의 퇴행을 시도하게 마련인데, 위의 인용문에서 고현이 어머니와의 관계를 통해 충족감을 느끼는 것은 이를 잘 보여주는 것이다. 상상계로의 퇴행은 고현의 '꽃밭 가꾸기'로 이어진다.

> 현의 흥미는 이 이 년간에 확대된 꽃밭에 들어가 갖가지 꽃을 가꾸는 데 있었다. (중략)

---

22) 「불꽃」, 49~50면.

> 넓은 하늘 밑에 하루의 노동에 노곤해진 다리를 뻗고 부엌에서 새어나
> 오는 생선 굽는 냄새를 맡는다. 왕성한 기능의 위. 재촉을 하면 어머니는
> 어린애 같다고 꾸중을 한다. 찬란한 꽃밭. 매미의 울음과 뭇 새의 지저귐.
> 이것이 곧 인간의 삶. 생명을 받고 태어난 인간이면 누구나가 향유할 수
> 있는 삶의 조그만 권리.[23]

어머니의 권유로 대학에 진학한 현은 학교에서 전체주의 국가 체제와 대면하게 되고, 이를 피해 다시 어머니의 집으로 돌아오게 된다. 그가 돌아온 땅과 그가 가꾼 꽃밭은 분명 여성적 세계요, 어머니의 세계이다. 그리고 거기에는 어머니에 대한 욕망이 내재되어 있다. 물론 이때의 욕망은 성적 대상으로서의 욕망으로 표현되는 대신, 어머니를 이상화함으로써 이상화된 대상을 향한 사랑으로 승화된다.

그러나 고현은 모성적 세계에 머물러 있을 수 없다. 고현이 모성적 세계에 머물러 있을 수 없는 이유는 처음부터 그가 독립운동가의 아들이었다는 점에 있다. 그가 사생아라는 것은 그의 삶이 아버지의 죽음과 분리될 수 없는 운명에 처해 있음을 말해준다. 그가 꽃밭을 가꾸는 데 몰두할 때에도 그는 꽃밭의 세계에만 속해 있는 것이 아니다. 그의 꽃밭 가꾸기는 꽃밭 바깥의 세계, 즉 부성적 세계에 대한 하나의 태도를 내포하고 있는 것이라 할 수 있다. 이 점에서 그는 이미 부성적 세계에 발을 들여놓고 있으며, 따라서 고현이 연호와 맞서며 이념 투쟁의 장으로 나오게 되는 것은 자연스럽다. 이 점에서 고현의 '꽃밭'은 황순원과 이범선의 소설이 구현하는 이념적 무구성의 세계와 구별된다.

상상계로서의 모성적 세계를 벗어난 주인공은 이제 상징적 질서 속에서 자아정체성을 정립하는 과제를 떠안게 된다. 상징적 질서 속에서 주인공은

---

23) 「불꽃」, 64면.

아버지와의 동일화를 통해 아버지의 대의(大義)가 자신에게 부여하는 상징적 위임을 받아들이게 된다. 또 상징적 질서는 적대자가 존재하는 세계로서, 주인공은 적대자와의 투쟁을 통해 상징적 위임을 확고한 자아정체성으로 받아들이게 된다.

「불꽃」의 주인공 고현이 모성적 세계를 벗어나 적극적인 투쟁으로 나서게 되는 과정은 아버지의 대의와의 동일화에서 비롯된다. 「불꽃」의 첫 장면은 주인공 고현을 아버지의 죽음과 연결시키고 있다는 점에서 매우 인상적이다.

> 산과 산. 또 산. 이어간 산줄기와 굽이치는 골짜구니. 영겁의 정적.
> 멀리서 보면 북에서 남으로 흐르는 이 골짜구니가 마치 푸른 모포를 들이운 것 같이 부드러운 빛갈로 보였다.
> 그러나 골짜구니를 뒤덮고 있는 관목의 가지와 잎사귀에 가리어, 험한 바위가 짐승처럼 엎드리고, 담그면 손목이 끊길 것 같은 차디찬 냇물이 그 밑을 흐르고 있었다. 이 골짜구니가 내려다보이는 서녘. 부엉산 산마루. 거기 동굴이 있었고 그 동굴을 등지고 고현(高賢)은 앉아 있었다. 기대고 있는 바위가 차가왔다. 해가 산마루 뒤로 기울기 시작하면서 골짜구니의 이편에 지어졌던 그늘이 차차 저편 산허리로 물들어 갔다. 그곳 검푸르게 욱어진 솔밭 가운데 현의 증조부 산소가 보였고, 거기서 눈길을 북으로 돌리면 보이지 않는 오욕(汚辱)의 날(刃)이 영겁의 산줄기를 끊어 놓고 있었다. 아니 지금은 그 흔적 뿐. 포성과 함께 피를 뿜고 남쪽으로 옮겨간 오욕의 날. 오욕, 인간이 땅과 인간에게 가한 오욕. (중략)
> 三十一년 전, 바로 이 동굴 안에서 그의 부친이 스물네 살의 짧은 생애를 끝마쳤던 것이다.24)

이어진 산과 골짜기에 대한 묘사는 민족의 영속성을 환기시킨다. 아버

---

24) 「불꽃」, 39~40면.

지가 죽음을 맞이한 동굴, 증조부의 산소가 보이는 그 곳에 이제 새로운 탄생을 기다리는 주인공 고현이 앉아 있다. 위의 첫 장면 후 작품은 다시 과거로 돌아가, 고현의 아버지의 독립 운동과 죽음, 그리고 그 이후 사생아로 태어난 고현의 성장 과정을 그리다가 작품의 마지막에 가서야 다시 첫 장면인 동굴에서의 새로운 탄생으로 되돌아온다.

이후 서사의 전개는 주인공 현이 모성적 세계인 '꽃밭 가꾸기'에서 벗어나 이념 투쟁으로서의 부성적 세계로 옮겨가는 과정을 보여주는데, 이 과정은 아버지의 죽음과 이로 인한 재생으로 이루어진다. 작품의 첫 부분과 마지막 부분의 공간적 배경이 되는 동굴은 이 변모가 이루어지는 희생 제의의 공간이다.

> ─살아야겠다. 그리고 살았다는 증거를 보이고 다시 죽어야 한다.─
> 현은 기를 쓰는 반발의 감정 속에서 예기치 않은 새로운 힘이 움터 오르는 것을 느꼈다. 그 힘이 조금씩 조금씩 마음에 무게를 가하더니 전신에 어떤 충족감이 느껴지자 현은 가슴 속에서 갑자기 우직하고 깨뜨려지는 자기 껍질의 소리를 들었다. 조각을 내고 부숴지는 껍질. 그와 함께 거기서 무수한 불꽃이 튀는 듯했다. 그것은 다음 차원(次元)에의 비약을 약속하는 불꽃. 무수한 불꽃. 찬란한 그 섬광. 불타는 생에의 의욕. 전신을 흐르는 생명의 여울. 통절히 느껴지는 해방감.
> 현은 끝없는 푸른 하늘로 트이는 마음의 상쾌를 느꼈다.[25]

아버지의 희생을 통해 새로운 삶이 시작된다는 것, 다시 말해 새로운 세대의 자아정체성 형성 과정에 아버지 세대의 희생이 필요하였다는 것은 선우휘의 강렬한 세대 의식을 드러낸 것이라 할 수 있다. 이렇게 해서 고현은 부성적 세계의 주인공으로 새롭게 탄생하게 된다.

---

25)「불꽃」, 84면.

『깃발 없는 기수』 역시 상상적 동일화의 해소를 통한 자아정체성의 형성 과정을 보여준다. 『깃발 없는 기수』에서 주인공 윤이 행동하고 투쟁하는 공간은 외세와 이념이 개입한 세계이고 따라서 본질적으로 타락한 세계이다. 그러나 다른 한편으로 그는 여전히 이념이 개입하기 이전의 순수한 세계를 그리워하고 있음을 보여준다. 단신 월남한 그가 하숙하고 있는 집의 풍경을 그릴 때 이 점이 잘 드러난다. 하숙집 행아는 이념 대립의 상황으로부터 동생 성호를 지키려고 하고, 성호는 이념과는 아무 상관이 없이 기술자가 되고자 한다. 윤은 이들의 순수함을 긍정하지만, 이미 타락한 세계에서 이들의 순수함은 지켜질 수 없다. 결국 성호는 이념 대립과 폭력에 희생당하게 된다. 이 점은 소년 명철과 관련된 에피소드에서도 그대로 반복된다. 윤은 좌익과 우익이 부딪히게 된 난투극의 현장에서 소년 명철을 구해내게 되는데, 명철은 이념이 무엇인지도 잘 모르면서 공산주의 지도자인 이철과 강태에 대한 존경심을 가지고 있다. 여기에서 명철의 순수함 역시 이념의 허위와 폭력에 희생되고 있음을 볼 수 있다. 윤은 순수한 소년에게 '거짓된 영상'을 심어주었다는 이유로 이철을 죽이고자 결심하고, 결국 이를 실행한다.

이처럼 『깃발 없는 기수』에서 행아와 소년 인물들을 통해 긍정하고자 하는 것은 이념의 개입을 거부하는 무구성의 세계이지만, 이 세계는 이미 외세와 이념의 개입으로 인해 타락한 세계의 한가운데 놓여 있어 더 이상 자족적일 수 없으며, 따라서 주인공들은 이 무구성의 세계에만 머물러 있을 수 없다. 행아와 소년 인물들의 비극적 결말은 무구성의 세계의 훼손이 돌이킬 수 없는 상황에 놓여 있음을 보여준다.

『깃발 없는 기수』는 여기에서 한걸음 더 나아가, 상상적 동일화를 벗어난 주인공이 상징적 동일화를 통해 자아정체성을 정립하는 과정을 그리고 있다. 「불꽃」이 아버지와의 관계 설정을 통해 이 과정을 그리고 있다면, 『깃발 없는 기수』는 여성을 차지함으로써 스스로 아버지가 되고자 하는 주인공의 욕망을 중점적으로 그리고 있다. 주인공 윤이 아버지의 세계에서 주인이 되고자 할 때 그는 상징적 질서, 다시 말해 민족국가 담론의 질서 속에 이미 들어가 있다.

『깃발 없는 기수』의 첫 장면은 우스꽝스러우면서도 눈물겨운 한 젊은이의 초상을 보여준다. 윤은 돌각담 언저리를 지나면서 마주 걸어오는 미군 병사에 자신을 견주며 발끝걸음으로 기를 쓰며 걸어가다, 무심한 표정으로 자기 옆을 스쳐가는 미군 병사의 체구에 위압감을 느낀다.

> "저치 쯤이야."
> 윤은 기를 쓰는 마음으로 성큼성큼 걸어갔다. 그 미군 병사는 차차 이리로 가까워 오고 있었다. 간격이 더욱 죄어질수록 윤의 걸음은 위태로와지면서 발돋움하듯 발끝 걸음으로 되어갔다. 그는 다가오는 미군 병사가 두억시니처럼 공중으로 뻗어올라가는 착각조차 느끼지 않을 수 없었다.
> 그뿐 아니라 한 마장이나 되는 돌각담 밑을 무수히 스쳐가는 그들의 얼굴을 보며 지나고 나서 첫 번째 가게의 한 구석에 공교롭게도 끼여진 커다란 거울을 힐끗 들여다보는 때면 거기 누르스름한 볼품없는 빈상의 초라한 사나이를 발견하곤 했다. 그것은 윤 자신의 초라한 모습이었다.
> 그가 일부러 그 거울을 외면하게 된 것은 벌써 오래였다.[26]

윤이 미군 병사의 큰 체구에 위압감을 느끼고 거울을 통해 초라한 자신의 모습을 들여다볼 때, 자기 자신을 바라보는 시선은 강한 민족을 이상으로 하는 민족국가 담론의 시선이다. 또 윤이 미군 병사와 함께 가는 여자를 욕망하며, 미군 병사를 욕망의 적대자로 설정하는 것은 이 점에서 민족국가 담론과의 상징적 동일화를 함축하는 것이다. 즉 윤이 미군 병사를 욕

---

26) 「깃발 없는 기수」, 12면.

망의 적대자로 놓을 때 그가 자신을 바라보는 위치는 부성적 민족의 위치이며, 윤이 미군 병사와 함께 걸어가던 여자를 찾아가 그녀를 정복하는 것은 부성적 민족과의 동일화의 표현이라 할 수 있다. 윤이 미군 병사와 함께 가는 여자를 욕망할 때, 돌담 끝에 있는 거울을 통해 자신을 들여다보는 장면이 제시되고 있는 것은 이 점에서 의미심장하다.

> 어느덧 윤은 돌담 밑길을 걷고 있었다. 돌담이 그치는 곳에서 윤은 걸음을 멈추었다. 노르스름한 초라한 사나이를 보고 싶었다. 어둠 속에 거울을 더듬었으나 거울은 찾아지지 않았다.
> "헤헤헤" 하고 윤은 혼자서 미친놈처럼 웃었다. 그리고 다시 비틀거리며 걷기 시작했다. 정신이 가물가물했다.[27]

> 어슬어슬할 무렵, 윤은 돌담 밑을 걷고 있었다. 미군 병사들이 수없이 다가오고 스쳐갔으나 윤은 조금도 위압감을 느끼지 않았다. 흥, 큰 건 큰 거고 작은 건 작은 거지.
> 돌담을 지나 일부러 가까이 거울 앞을 지나갔다. 슬쩍 거울 안을 스쳐 지나가는 누르스름한 친구에게 손을 들어 다정한 인사를 보냈다. 그 친구는 윤을 보고 히뭇이 웃었다.[28]

거울이 걸려 있는 돌담 밑길을 걸어가는 장면은 모두 세 번 나오는데, 이 장면들은 윤의 성적 욕망이 민족국가 담론과과 관련되어 있음을 잘 보여준다. 처음 그가 미군 병사와 스쳐 지나간 후 거울을 통해 자신을 볼 때, 거울 속의 자신은 '누르스름한 빈상의 초라한 사나이'이다. 이러한 자아상은 민족국가 담론의 시선에 의해 스스로를 타자화한 것으로 여기에는 자아의 분열이 내재되어 있다. 이와 비교할 때 위의 두 인용문에서 윤이 거

---

27) 「깃발 없는 기수」, 42면.
28) 「깃발 없는 기수」, 80면.

울을 통해 자신을 바라보는 시선에는 차이가 있다. 일부러 거울을 외면하던 그가 두 번째 경우에는 자기 자신을 보고 싶어 하고, 세 번째의 경우 스스로 자신에게 다정한 인사를 보내기까지 한다. 이러한 자아 분열의 해소는 윤이 푸른 대문 집 여자를 찾아가 욕망을 충족함으로써 욕망의 적대자였던 미군 병사보다 자신이 우위에 서게 되는 과정과 맥을 같이 하고 있다. 욕망의 대립에서 승리자가 된 윤은 더 이상 미군 병사에게 위압감을 느끼지도 않고, 거울 속의 자신을 더 이상 민망한 존재로 여기지도 않는다.

　윤이 자신을 '누르스름한 빈상의 사나이'로 볼 때, 이 시선은 '강한 민족'을 욕망하는 타자의 시선이다. 윤이 미군 병사와의 욕망 투쟁을 통해 부권을 차지하게 됨에 따라 자신을 바라보는 태도가 달라지고 있는 것은, 부권적 민족이 요구하는 상징적 위임을 윤 스스로가 받아들이게 됨을 보여주는 것이다. 이 점은 윤이 공산주의자 이철을 욕망의 적대자로 위치시키고 그의 정부 윤임을 욕망하는 데에서도 마찬가지로 드러난다. 윤은 공산주의 지도자 이철을 욕망의 적대자로 위치시키고, 이철과 윤임이 만난다는 호텔을 찾아가 이철을 죽이게 되는데, 이때 윤은 민족국가 담론이 위임하는 상징적 위치에 서게 된다.

❷ 부성적 민족 신화와 국민정체성의 형성

　선우휘의 소설에서 드러나고 있는 '민족' 역시 영속적·보편적인 것이라는 점에서는 이범선의 소설에서 그려지는 것과 다르지 않다. 그러나 확연히 달라지는 대목이 있는데, 그것은 '민족'을 부성적인 것으로 표현하고 있다는 점이다. 이범선의 소설에서 모성으로서의 민족은 자연적이고 인정적인 세계로 드러난다면, 선우휘의 소설에서 부성으로서의 민족은 부권적 인물에 의한 통치와 대의(大義)로 드러난다.

　전후 월남작가의 소설에서 민족이 모성적인 것에서 부성적인 것으로 바뀌는 과정은 단순하지 않다. 왜냐하면 민족을 표상하는 데에서 나타난 이러한 변모는 전쟁과 전쟁 이후의 정치 체제를 받아들이는 방식의 변화를 내재하고 있기 때문이다. 선우휘 소설이 '민족'을 부성적인 것으로 표현할 때, 여기에는 1950년대의 정치 상황에서 개인과 집단 사이의 관계를 재정립하고자 하는 모색이 내재되어 있다.

선우휘의 소설은 주인공이 부성적 존재와의 관계 설정을 통해 자아정체성을 형성하는 과정을 보여준다. 이때 아버지의 형상 및 아버지와의 관계를 통한 자아정체성의 형성 양상은 크게 두 가지로 드러난다. 하나는 아버지를 제거하고 스스로 부권을 차지하고자 하는 시도이다. 이때 아버지는 나약한 아버지의 형상을 지닌다. 다른 하나는 아버지와의 동일화를 통해 자아정체성을 정립하고자 하는 시도이다. 이때 아버지는 강한 부권을 지닌 존재로 상상되었다.

선우휘의 초기 소설은 이러한 아버지의 두 가지 형상이 공존하는 양상을 보이는데, 이는 아버지에 대한 양가감정의 표현으로 볼 수 있다.29) 「불꽃」에서 보여주는 새로운 세대의 탄생에서 두 명의 부권적(父權的) 인물을 설정하고 있는 것은 부성에 대한 양가감정을 잘 보여주는 예이다. 이 작품에서 주인공 고현을 사생아로 설정할 때, 이는 아버지에 대한 보복과 제거의 의미를 지닌다.30) 그러나 「불꽃」은 아버지를 제거한 자리에 또 다른

---

29) 아버지에 대한 양가감정은 오이디푸스 단계를 통해 자아가 형성되는 과정에서 드러나는 특징이다. 어린 아이가 어머니와의 이자 관계를 벗어나 상징계로 진입하게 되면서 아버지의 금지 혹은 아버지의 법에 접하게 된다. 이때 아버지의 태도는 훼방꾼의 태도이다. 어린 아이는 아버지의 금지에 맞서게 되고 아버지를 제거하고자 하는 욕망을 지닌다. 그러나 이러한 태도는 곧 강한 아버지와의 동일화로 이어지게 된다. 어린 아이는 아버지의 이름으로 규정되는 역할을 인정하게 되며, 상징적 질서가 위임하는 자신의 위치를 받아들이게 된다. 아니카 르메르, 「주체가 상징계로 진입할 때 오이디푸스 콤플렉스가 하는 역할」, 『자크 라캉』, 문예출판사, 1994, 136~137면.

30) 가족 로망스에서 모든 부재는 죽음과 동등한 가치를 지니고 모든 제거는 살인과 동등한 가치를 지닌다. 마르트 로베르, 『기원의 소설, 소설의 기원』, 문학과지성사,

부권적 존재인 할아버지를 설정해 놓고 있다. 그리고 이 두 부권적 존재는 각기 다른 삶의 태도를 강요하고, 이 두 가지 태도가 자아의 내부에서 끊임없이 길항함으로써 고현의 자아정체성이 형성되게 된다. 「불꽃」에서 아버지의 제거는 곧 다음 단계인 아버지와의 동일화로 이어진다. 고현은 아버지의 대의적 희생에 자신을 동일화함으로써 자신의 이념적 좌표를 명확히 설정하게 되는데, 이는 아버지의 이름으로 규정된 역할을 받아들이게 되는 상징적 위임의 과정으로 볼 수 있다.

아버지에 대한 이러한 양가감정은 선우휘와 그의 세대들이 지니고 있었던 '민족'에 대한 양가감정과 맥을 같이 한다. 이들에게 있어서 식민지 경험과 외세를 끌어들인 전쟁, 그리고 그 결과로서의 분단 등 민족의 현실은 부정하고 싶은 현실이다. 그러나 이러한 부정의 이면에는 '강한 민족'에 대한 열망과 더불어 민족에 대한 애착이 내재되어 있다.

『깃발 없는 기수』도 부성적 민족을 양가감정으로 표현하면서, 아버지를 제거한 세대의 주인공들이 스스로 아버지 되기를 시도하는 것을 그리고 있다. 이 작품의 주인공들에게는 처음부터 아버지가 없다. 갑작스런 해방으로 권력의 공백 상태가 된 상황에서 그들에게는 극복해야 할 권위가 처음부터 없었던 셈이다. 주인공들이 '해방옥'이라는 '납작 내려앉은 주점'에 모여 이른바 '엽전의 비애'를 토로하면서 '그러니 너나 나나 가련하기 짝이 없는 거지. 결국 애비를 못 고른 탓이야.'[31]라며 넋두리를 하는 것은 이를 잘 보여준다. 이들이 '엽전의 비애'을 말할 때 '엽전'이란 자신을 포함하는 동족에 대한 타자화된 표현인데, 이 표현은 자기 비하와 자기 연민을 동시에 포함하고 있다는 점에서 민족에 대한 양가감정을 드러낸 것이라 할 수 있다.

1999, 49면.
31) 「깃발 없는 기수」, 52면.

아버지가 없는 시대의 주인공들은 스스로 부권을 차지하기 위해 욕망하고 투쟁한다. 부권을 차지하기 위한 투쟁의 전면에 나선 인물은 주인공 윤이다. 그는 해방 후 단신 월남하여 신문기자로 일하면서, 한편으로는 미군 병사로 대표되는 외세와, 다른 한편으로는 공산주의자들과 대립각을 세운다. 그는 미군 병사와 윤락녀가 팔을 끼고 가는 모습을 보면서 민족적 울분을 느끼고, 양키와 로스케를 욕하다가 '엽전'에게도 무엇인가 있을 거라며 민족 주체성 찾기를 자임한다. 또 '해방옥'에서 친구들과 만나 양키와 로스케를 서로 비난하다가 공산주의에 동조하는 순익과 다투기도 하고, 결국에는 공산주의 지도자 이철에게 적개심을 품고 그를 권총으로 쏘게 된다.

「불꽃」과 『깃발 없는 기수』가 부성적 민족 신화를 구성하는 과정에서 아버지에 대한 양가감정을 통해 자아정체성을 표현하고 있는 것은, 1950년대 정치 상황에서 개인과 집단의 새로운 관계를 모색한 결과로서, 이는 선우휘가 지니고 있었던 전후 세대 작가로서의 세대론적 욕망을 보여주는 것이라 할 수 있다. 그러나 이러한 세대론적 욕망은 1960년대 중반으로 접어들면서 정치 질서가 고착화됨에 따라 민족국가 담론으로 수렴된다. 이 시기에 이르면 「불꽃」과 『깃발 없는 기수』가 표현하는 부성에 대한 양가감정은 해소되고 강한 부성이 일방적으로 관철되게 된다.

『싸릿골의 신화』(1963)는 싸릿골이라는 신화적 공동체와 강노인이라는 부성적 통치자를 설정함으로써 부성적 민족 신화의 완결된 판본을 보여준다. 싸릿골은 강노인의 윤리적 통치가 이루어지는 공간인 동시에, 강노인과 마을 사람들, 그리고 전쟁으로 인해 피해 들어온 병사들 사이의 상호 신뢰가 바탕이 된 이상적 공동체이다. 1950년 6월말 경부터 같은 해 9월말 경까지에 이르는 석 달 동안 삼팔선 가까운 경기도 싸릿골을 배경으로 펼쳐지는 이 소설에서, 싸릿골은 격렬한 전쟁의 소용돌이 속에서도 단 한 사람의 희생자도 내지 않았다는 점에서 신화적 공동체가 된다. 그리고 그것은 두말할 것도 없이 강노인이라는 부성적 통치자의 영도력 덕분이다.

> 그런데 이십여 년 전부터 그토록 닫혀져서 외고집이던 싸릿골 사람들의 기풍이 차차 달라져 갔다.
> 이십여 년 전 그러니까 마을 사람들로부터 선생님으로 불리어지고 있는 강 노인이 이십 년 만에 제 고장인 싸릿골로 돌아온 그 무렵이라고 할 수 있겠다.
> 저 나라를 잃은 한일합병 뒤 훌쩍 이 싸릿골을 떠나 중국으로 망명했다가 상해에서 잡혀 끌려와, 삼 년 징역을 치른 뒤 제 고장으로 돌아올 수밖에 없었던 강 노인의 그 참대같이 쩡쩡한 기개가 원시적인 싸릿골 사람들의 무원칙한 향토애와 동물인 양 본능적인 단합심에 한 줄기 인간다운 단단한 뼈대를 세워 놓았다고 할까.
> 그런 까닭인지 강 노인은 이제 이 싸릿골의 우상이었고 그가 하는 이야기란 그대로 이 마을의 법률처럼 통용되고 있었다.[32]

그러나 이러한 신화적 공간과 절대적 통치자가 강조될수록 소설은 구체적인 현실에서 일어나는 갈등으로부터 멀어지게 된다. 전쟁통에 본대로부터 낙오한 병사들이 싸릿골로 들어오면서부터 시작되는 이 소설은 이들 병사들을 살리기 위한 강노인과 경수 청년의 지혜를 부각시키고 있을 뿐 그 외 인물들은 구체성이 없다. 특히 김소위의 경우 낙오한 병사들을 두고 혼자 본대를 찾아 남하했다가 다시 임무를 띠고 싸릿골로 돌아오는 것으로 설정되어 있는데, 이러한 설정에서는 최소한의 개연성도 찾기 어렵다. 이 과정에서 일어나는 갈등은 고작해야 마을 처녀를 두고 병사와 마을 청년 사이에 일어난 작은 갈등뿐이다.

전통과 교화(敎化)로 세워진 이 부성적 민족 신화의 공동체에서 공산주의자는 예의와 인륜을 모르고 날뛰는 자로 간단히 묘사되며, 전쟁은 이런 자

---

32) 선우휘, 「싸릿골의 신화」, 『현대한국문학전집 12』, 신구문화사, 1981, 211면.

들이 일으킨 불장난일 뿐, 싸릿골에 속한 단 한 사람도 희생시킬 수 없는 지나가는 소나기 정도로 표현된다. 이상야릇한 '캡'을 쓰고 따발총을 메고 싸릿골로 들어온 공산주의자 표문원은 이 마을 출신이지만 인륜을 버리고 '혼자 나서서 까불다가 제물에 나가떨어져 그만 멋쩍어 어디론가 사라져버렸다는' 인물이다. 부성적 민족 신화에서 공산주의는 반전통적이고 반인륜적이며, 파괴적이고, 따라서 반민족적인 것으로 비판된다. 이처럼 『싸릿골의 신화』는 전쟁으로 인한 피해에는 눈감으면서, '싸릿골에 속한 사람'이라는 '우리'와 '싸릿골을 벗어난 사람'이라는 '타자' 사이의 구분을 단순화, 절대화함으로써 민족국가 담론의 전체주의화를 드러낸다. '전통'과 '교화'는 1960년대 중반으로 접어드는 시기 선우휘가 구상한 민족국가의 통치 질서를 단적으로 대변하는 가치이겠으나, 이 가치가 구체적인 현실에서 빚어지는 개인들의 욕망과 갈등을 무화시키는 것으로 기능할 때, 이는 전체주의로 흐를 위험을 지니고 있는 것이었다.

이상에서와 같이 선우휘의 소설은 전쟁과 전후의 상황을 그리는 과정에서 주인공이 민족국가 담론의 상징적 위임을 받아들이는 과정을 중점적으로 보여준다. 이는 모성적 세계를 벗어나 부성적 세계로 진입하는 과정으로 그려진다. 이 과정에서 자아의 분열은 불가피하지만, 『싸릿골의 신화』에 오면 자아의 분열은 더 이상 문제되지 않는다. 상징계로 진입한 자아는 이제 상징적 질서가 위임하는 역할을 받아들임으로써 분열을 모면하게 된 것이다.

그러나 이러한 이데올로기적 호명을 통해 자신에게 위임된 역할을 맡게 된 주체는 이데올로기의 구조에 철저히 종속됨으로써 소외를 피할 수 없다. 주체는 자신과는 상관없이 진행되는 상징적 과정에서 위임된 역할을 맡을 뿐, 구조 자체를 바꾸거나 그것으로부터 벗어난 곳에 존재할 수 없다. 『싸릿골의 신화』에서 인물들이 민족국가 담론이 위임하는 위치에 의해 성격이 규정되고 거기에서 한 걸음도 벗어나지 못하는 것은 이 때문이다.『싸릿골의 신화』가 보여주는 주체의 소외는 1960년대 중반 이후 선우휘가 이데올로기 비판을 더 이상 수행하지 못하고 민족국가 담론에 종속되었음을 보여주는 것이기도 하다.

민족국가 담론과의 차별화를 통한 자아정체성의 형성

1. 민족국가 담론의 균열과 자아의 분열

1) 부성적 질서로부터의 소외와 그 극복으로서의 서사

전후 민족국가 담론은 해방과 한국전쟁 등 일련의 역사적 경험을 민족 국가의 기원이 되는 사건으로 공식화하였다. 이에 따르면 식민지 시대는 '암흑기', '압제'라는 수사로 공식화되었고, 전쟁은 '자유 수호를 위한 성전(聖戰)'으로 공식화되었다. 뿐만 아니라 개인의 욕구와 기억도 민족국가 담론의 경로를 따라 재배열되었는데, 이 과정에서 국가의 공식적 경험에 수렴되지 않는 개인의 욕구와 기억은 억압 혹은 배제되었다. 그러나 민족 국가 담론에 의해 억압된 개인의 복잡다기한 욕망과 내밀한 기억은 사라지지 않고, 민족국가 담론의 포섭을 벗어난 지점에 남아 있음으로 인해 동일화의 과정은 완결되지 못하게 된다. 이처럼 자아의 내부에 자리 잡고 있는 복잡다기한 욕망과 내밀한 기억은 집단의 경험과는 구별되는 '사적 체험'에서 비롯된 것이다. '사적 체험'은 체제 변전의 시기에 개인이 체제의 가장자리, 즉 한 체제와 다른 체제의 경계 지점에 있음으로 해서 경험하게 되는 것으로, 개인이 체제가 뒤바뀌기 이전 사회의 질서에 자아의 안전감을 뿌리내리고 있을 때 발생하게 된다. 이때 개인은 자신이 속해 있는 체제 자체에 대한 불안정성과 비일관성을 경험하게 되며, 체제의 공식적 기억과 길항하는 자아의 내밀한 기억을 갖게 된다.

민족국가와 개인의 관계 설정이라는 관점에서 볼 때 월남작가들의 월남 경험은 단일한 의미로 수렴되지 않는다. 어떤 작가들의 경우 월남 경험은 민족국가 담론에 급진적으로 포섭되는 계기가 되었지만, 다른 작가들의 경우 월남 경험은 민족국가 담론의 포섭을 벗어나는 '사적 체험'으로 자리 잡기도 했다. 후자의 경우 개인은 국가 체제로부터 소외된 '난민'으로서의 자아정체성을 지니게 되며, 이때 자아정체성은 분열을 내재하고 있어서 모호하고 양가적인 것으로 드러나게 된다. 여기에서 '난민'이라고 할 때 이는 법적 지위의 문제라기보다 자아정체성의 문제이다. 즉 민족국가와의 관계에서 개인이 국가 체제에 대한 귀속감을 지니지 못하고 체제로부터 소외된 위치에 자신을 정립하게 될 때 개인이 지니게 되는 자아정체성의 양상이라고 할 수 있다. 손창섭과 이호철, 최인훈의 소설은 민족국가 담론과의 차별화 과정을 통해 민족국가 체제로부터 소외된 '난민'으로서의 자아정체성 형성 양상을 다양하게 보여준다.

손창섭의 소설은 민족국가 담론의 호명 과정이 지닌 우연성을 예민하게 포착하고 이를 자아 분열의 서사를 통해 표현함으로써, 동일화 과정을 벗어난 지점에서 자아정체성이 형성되는 양상을 보여준다. 손창섭은 청소년기 동안 식민지 조선인으로서 식민 모국 일본에서 고학을 하였으며, 해방 후 '해방따라지'로서 극심한 궁핍을 겪는 등 난민으로서의 경험을 하게 되

는데, 그의 소설은 이러한 경험에서 비롯된 자아의 분열을 그리고 있다.[1]

손창섭 소설의 인물들은 모두 부성적 질서로부터 소외되어 있다는 점에서 공통점을 지닌다. 부성적 질서라고 할 때, 이는 가부장 중심의 가족 질서와 이를 확장한 부성적 체제로서의 민족국가를 포괄한다. 손창섭 소설이 그리고 있는 바, 부성적 질서로부터 소외된 개인의 문제는 작가의 자전적 경험과 관련되어 있다. 손창섭 스스로도 이 점을 분명히 밝힌 바 있다.

> 따뜻한 가정과 사랑이란 것을 모르고 어려서부터 거칠고 냉혹한 현실의 물결 속에 던져져야 했던 나는, 어떻게 해서든지 살아야 된다는 발악과 함께, 육체와 정신은 건전한 발육을 가져오지 못하고, 나날이 위축되고 야위어 가고 일그러져만 갔다. (중략)
> 이렇듯 나와의 공존과 공감을 허용하려 하지 않는 기성사회, 기성 권위에 대한, 억압된 자아의 인간적 자기 발산이 문학 형태로 나타난 것이 말하자면 나의 소설이라 하겠다.[2]

손창섭의 특이한 작가적 이력에 대해서는 그의 몇 편의 수필과 자전적 요소를 담은 작품을 통해 확인할 수 있다. 여기에서 특징적인 것은 그가 어릴 때부터 가족과의 친밀한 유대 관계를 맺지 못하였으며, 이로 인해 사회 체제 속에서 자신의 위치를 정립하는 데 어려움을 겪었다는 점이다. 한

---

1) 손창섭의 소설에 대한 연구는 주로 그의 단편소설을 중심으로 이루어졌고, 이들 연구의 대부분이 손창섭의 소설을 전후의 파괴된 일상과 직접 관련지어 해석하였다. 본 연구는 손창섭의 단편소설을『낙서족』및 그 이후의 장편소설과 연속선상에서 파악함으로써 손창섭의 소설을 민족정체성의 우연성의 표현으로 해석하고자 하는 시도이다. 이와 관련된 연구로는 다음 논의를 들 수 있다. 정창범, 「희화화된 애국자」,『현대한국문학전집』 3, 신구문화사, 1965 ; 송하춘, 「전후시각으로 쓴 일제체험―손창섭의『낙서족』론」,『작가연구』창간호, 1996 ; 유선혜, 「이중 플롯짜기와 권위적 시선의 경합」,『한국소설연구』 2집, 1998 ; 방민호,『한국 전후문학과 세대』, 향연, 2003 ; 홍주영, 「손창섭 소설에 나타난 부성 비판의 양상 연구」, 서울대 석사논문, 2007.
2) 손창섭, 「아마튜어 작가의 변」,『현대한국문학전집 3』, 신구문화사, 1967, 473~474면.

개인이 상징계로 진입하여 그 속에서 자신의 위치를 정립하는 데 있어서 가족의 유대는 결정적인 영향을 끼치는데, 손창섭의 경우 가족과의 친밀한 유대를 갖지 못함으로써 정상적인 오이디푸스 단계를 통해 상징계로 진입하는 데 어려움을 겪게 된다.

그의 자전적 소설인 「신의 희작」(1961)은 주인공 S가 어머니와 낯선 남자와의 동침을 목격하는 장면을 보여주고 있다. 여기에서 S는 어머니에 대한 욕망을 수치스러운 것으로 받아들이고, '멧돼지 같이 생긴 그 남자'와 나란히 걸어가는 어머니를 발견하고는 자기 자신을 저주한다.[3] 물론 이 작품에서 보여주는 사건을 액면 그대로 작가 자신의 경험으로 받아들일 수는 없다. 중요한 것은 이 사건의 경험적 진실 여부가 아니라, 이 사건이 주인공 S의 자아정체성 형성 과정에 끼친 영향이다. 주인공 S는 동일화를 통한 자아정체성 형성에 실패함으로써 상징적 질서 속에서 자신의 위치를 정립하지 못하게 되는데, 이는 이러한 유년기 경험에 그 기원을 두고 있다.

가족 관계에서의 기초적 안정감과 신뢰감의 상실은 손창섭으로 하여금 이후 사회 체제 속에서 자신의 위치를 정립하지 못하게 하는 원인이 되었다. 「신의 희작」의 주인공 S가 일본에서의 중학 시절 동안 겪게 되는 체제와의 불화는 이를 잘 보여준다. 이때 그는 스스로 '부모두 형제두 집두 없는, 전도가 암담한 오줌싸개'[4]라는 자아 관념을 지니고 있었으며, 이러한 심리적 자포자기는 복수심이나 의협심으로 엉뚱하게 발산되기도 했다. S의 이러한 자아 관념은 작가 자신의 그것과 다르지 않다.

> 이렇듯 기구한 운명과 역경 속에서 인간 형상의 가장 중요한 소년기와 청년기를 보내 온 내가 비로소 자신을 자각했을 때, 나는 눈앞에 초라하

---

3) 손창섭, 「신의 희작」, 『현대한국문학전집 3』, 신구문화사, 1967, 412면.
4) 「신의 희작」, 420면.

게 떠오른 나의 인간상은, 부모도 형제도 고향도 집도 나라도 돈도 생일
도 없는, 완전한 영양 실조에 걸린 '육체와 정신의 고아'였다. 이것이 어
처구니없게도 처음으로 내가 발견한 '나'였던 것이다.[5]

해방 후 무작정 귀환한 그는 이후에도 체제로부터의 심각한 소외를 경
험하게 된다. 식민지 모국 일본에서 체제로부터의 소외를 경험한 그가 해
방된 조국으로 돌아온 것은 새로운 체제 속에서 자신의 위치를 정립하고
자 한 시도였다고 할 수 있다.

마침내 S도 수많은 동포와 함께 귀국할 것을 결심했다. 그 동기는 단
순한 생활난에만 기인한 것이 아니었다. 해방된 조국은 일꾼을 부른다고
흥분했기 때문이다. 해방된 조국의 벅찬 감동과 찬란한 희망은 치욕적이
요, 불구적인 그의 어두운 요소를 감싸 주면서 위대한 일꾼을 만들어 줄
지도 모른다는 터무니없는 착각에 빠졌던 것이다.[6]

해방된 조국으로 돌아온 S는 남쪽과 북쪽을 오가면서 해방따라지 생활
을 하는 등 극심한 궁핍을 경험했다. 해방된 조국에서도 그는 스스로를
'부모도 형제도 집도 돈도 고향도 조국도 아무것도 없는 놈'[7]으로 선언하
게 되는데, 이는 국가 체제 속에서 자신의 위치를 정립하지 못한 데에서
비롯된, '난민'으로서의 자기 확인이었다고 할 수 있다.

이상에서 살펴본 것처럼 손창섭이 가족과의 유대가 결핍된 유년기를 보
냈다는 점, 그리고 식민지 조선인으로서 식민 모국 일본에서 고학을 하고
일본 여성을 만나 결혼하였다는 점 등은 민족정체성을 확고한 것으로 받
아들이지 못하게 하는 원인이 되었다. 이러한 경험은 민족국가 담론이 구

---

5) 「아마튜어 작가의 변」, 473면.
6) 「신의 희작」, 431면.
7) 「신의 희작」, 433면.

성하는 국가의 공식적 경험을 벗어나는 지점에 자아의 욕망을 위치시킨다는 점에서 '사적 체험'으로서의 의미를 지닌다. 손창섭의 소설이 동일화의 과정을 벗어난 곳에서 시작하며, 자아 분열의 극한을 보여주는 것은 이러한 '사적 체험'에 그 기원을 두고 있다.

손창섭의 소설은 부성적 질서로부터 소외로 인한 자아의 분열상을 표현하는 한편 이를 극복하고자 하는 시도를 보여준다. 이는 손창섭 소설에서 두 가지 유형으로 드러나게 된다. 첫 번째 유형이 기괴한 가족 모델을 통해 자아 분열의 극한을 보여주는 유형이라면, 두 번째 유형은 부성적 질서로부터의 소외를 극복하기 위한 주인공의 아버지 되기 시도와 그 좌절을 그리는 유형이다.

첫 번째 유형은 부성적 질서로부터의 소외에서 비롯된 자아의 분열을 기괴한 가족 모델을 통해 보여준다. 그의 소설에서 가족은 매우 우연하게 같은 공간에서 살아가지만 결코 상호 소통할 수 없는 인물들의 관계로 표현된다. 손창섭은 그의 본격적인 작품 활동의 출발이 된 「공휴일」(1952)에서부터 가족 관계에 대해 의문을 표시한다. 주인공 도일(道一)은 한때 약혼말이 있었던 아미(娥美)의 청첩장을 받고는 이를 '청춘을 묻어 버리는 한 구절의 장송문', '청춘의 비문(碑文)'이라고 생각한다. 또 그는 어머니를 보면서 '어머니가 정말 나를 낳으셨수?'라는 뚱딴지같은 질문을 하기도 하고, 동생 도숙에게 '도숙씨?'라고 불러 보기도 한다.

> 혈연관계의 인연이 그에게는 어인 까닭인지 도무지 애정적으로 느껴지지가 않았다. 직장에 있어서 자기 위의 과장이나, 부장이 갈려 새 사람이 오듯이 부모나 형제라는 것도 그렇게 쉬 바뀌어 질 수 있을 것처럼 도일에게는 생각되는 것이었다.[8]

---

8) 손창섭, 「공휴일」, 『현대한국문학전집 3』, 신구문화사, 1967, 124면.

이런 생각으로 어항 속을 들여다보고 있던 도일은 자신과 금순과의 결혼이 붕어와 미꾸라지의 결혼이라고 생각하고는 파혼을 결심하게 된다.

「사연기」(1954), 「생활적」(1954), 「혈서」(1955), 「유실몽」(1956) 등에서 가족 모델을 표현하는 방식은 더욱 기괴하다. 이들 작품은 인물 및 상황 설정에 있어서 공통점을 지니는데, 한 여성 인물과 여러 명의 남성 인물이 한 집에서 우연히 공동생활을 하고 있다는 설정이 그것이다. 이러한 설정은 가족을 포함하는 일체의 인간관계가 지니고 있는 소통 불가능성과 우연성을 표현하는 것이라 할 수 있다.

「생활적」은 동주와 그의 아내 춘자(하루꼬), 그리고 같은 집에 들어 사는 봉수와 그의 딸 순이의 기괴한 관계를 보여준다. 동주는 부산 거리에서 우연히 일본인 중학 동창의 여동생인 하루꼬(춘자)를 만나 동거 생활을 시작하게 된다.

> 그는 또 어쩐 일인지 동주를 '오빠', '당신', '선산님'으로 때에 따라 구별해 불렀다. 자기의 신세타령을 하거나 고향 이야기를 할 때에는 의례 '오빠'다. 밤에 잠자리에서나 그밖에 대개는 '당신'이라 불렀다. 어떤 문제에 대해서 의견을 물을 때는 정해 놓고 '선산님은 오또케 생각하세요?' 했다. 그것은 일종의 우울한 공식이었다.9)

이처럼 춘자가 동주를 향해 '오빠', '당신', '선산님'으로 때에 따라 다르게 부르는 것은 이들의 관계가 지극히 우연적인 것임을 단적으로 보여주는 것이다. 또 밤낮없이 누워서 신음소리를 내는 순이는 봉수가 평양에서 얻은 여자의 전부(前夫)의 자식으로, 봉수는 순이가 하루라도 속히 죽기를 기다리고 있다. 결국 춘자와 봉수는 같이 우동장사를 해 보겠다며 '팔

---

9) 손창섭, 「생활적」, 『비오는 날』, 일신사, 1959, 82~83면.

을 끼다시피 하고’ 집을 나서고, 동주만이 남겨진 집에서 순이는 죽음을 맞이한다.

한편 이러한 관계의 우연성은 자아의 분열상을 표현하고 있는 것이기도 하다. 가족 구성원 사이의 소통 불가능성을 보여주는 두 유형의 인물은 분열된 자아상의 표현으로 볼 수 있다. 한쪽은 비윤리적이면서 돈과 성욕의 지배를 받는 인물이고, 다른 한쪽은 윤리적이지만 욕망이 거세되어 버린 인물인데, 이 둘은 매우 우연하게 같은 공간에서 살아가지만 결코 상호 소통할 수 없다. 또 각기 상대방의 존재를 부정함으로써만 자신의 존재를 확인할 수 있는 기묘한 관계에 있다. 봉수는 동주의 무기력을 이용하여 자신의 욕망을 채우고, 동주는 봉수의 욕망을 거부함으로써 자신의 도덕적 우위를 확인한다. 그리고 이들은 여러 인물들이 우연히 한 집에 살게 된 기묘한 배경 안에 있을 때에만 상호부정의 방식으로 공존할 수 있다. 이처럼 우연하고 기괴한 가족 모델을 배경으로 존재하는 이 두 유형의 인물은 부성적 질서로부터 소외된 인물의 분열된 자아상을 그린 것이라 할 수 있다.

다음으로 손창섭의 소설의 두 번째 유형은 부성적 질서로부터의 소외를 극복하고자 하는 시도를 담고 있다. 이들 작품에서 부성적 질서로부터 소외된 주인공은 스스로 아버지 되기를 시도하지만 결국 이러한 시도는 좌절된다. 「비오는 날」(1953), 「미해결의 장」(1955), 「설중행」(1956), 『낙서족』(1959) 등이 이 유형에 포함된다.

「미해결의 장」의 주인공 ‘나’(지상)는 자신의 위치와 가족들과의 관계를 필연성으로 연결시키지 못한다. ‘대장’(부친)을 비롯한 그의 가족들은 우유죽으로 생계를 이어가면서도 미국 유학의 꿈에 들떠 ‘나’를 경멸한다. 반면 ‘나’는 방안에 누워 지내면서 이러한 가족들을 무의미한 시선으로 바라본다.

　　아무리 궁리해 보아도 나는 집을 떠나야만 할가부다. 그것만이 우선 나에게 있어서 하나의 해결일 듯싶게 생각되는 것이다. 그 '해결'이라는 말은 더할 나위 없이 내 맘에 꼭 드는 것이다. 그 말은 충분히 나를 취하게 하는 것이다. 그러나 도대체 나는 언제나 되면 노상 집을 떠날 수 있을 것인가? 하루에 몇 번씩 혹은 몇 십 번씩 '해결'을 생각하고 거기에 도취하면서도 종시 나는 해결을 짓지 못한 채 지금까지 이러고 있는 것이다. 나는 도무지 주위와 나를 어떠한 필연성 밑에 연결시키지 못하는 것이다. 당장 이 방안에 있어서의 내 위치와 식구들과의 관계부터가 그러하다.[10)]

　　'나'는 자신이 처한 상황을 '미해결의 장'으로 받아들이는데, 그 이유는 자신이 속한 가족 체제 속에서 자신의 위치를 정립하지 못하기 때문이다. 따라서 '나'에게 있어서 '해결'이란 관계 맺기 혹은 체제 속에서의 위치 정립이라 할 수 있다.

　　'나'는 '해결'을 위해 가족이 함께 들어 있는 먼지가 가득 찬 방을 벗어나 광순에게로 가지만, 스스로 무엇을 어떻게 해결해야 하는지 알지 못한다. 그가 결국 '해결'에 이르지 못하는 것은 체제 속에서 자신의 위치를 정립하기 위해 어떤 과정을 거쳐야 하는지 모르고 있기 때문이다. 그가 광순과의 관계를 통해 '해결'을 시도할 때, 이는 상상적 동일화를 통한 자아정체성 정립의 시도인지, 아니면 상징적 동일화를 통한 자아정체성 정립의 시도인지조차 명확하지 않다.

　　"난 돈이 필요한데요. 돈이 말입니다. 꼭 돈이 좀 있어야겠단 말이에요." 광순은 서슴지 않고 또 삼백 환을 꺼내 주는 것이었다. "아닙니다. 광순이는 날 오해하고 있습니다. 나는 아무래도 큰돈이 좀 필요합니다." 광순은 잠시 내 얼굴을 쳐다보다가 "얼마나요?"하고 물었다. "광순은 나

10) 손창섭, 「미해결의 장」, 『비오는 날』, 일신사, 1959, 156면.

를 몰라줍니다. 나는 큰돈이 있어야 합니다. 재봉틀두 찾아야 하구, 동생들의 미국 갈 비용두 있어야 하지 않습니까?" 그러나 이것은 광순에게 할 말이 아니라고 깨달았다. 따라서 이것은 내가 생각하는 것도 할 말도 아니었다고 후회한 것이다. 어리둥절한 채 서 있는 광순에게, 어서 들어가 보라고 권하고 나는 어두운 골목을 걸어 나오고 말았다. 그러면서 나는 누구에게 무안을 당한 것 같은 기분이었다.[11]

이처럼 손창섭 소설의 주인공들은 예외 없이 여성 인물과의 관계 맺기에 실패하는데, 이는 동일화의 대상을 설정하지 못하는 데에서 비롯된 것으로서 손창섭의 '사적 체험' 즉 유년기에 경험한 가족 유대감의 결핍에 근본적인 원인이 있다.

한편 「미해결의 장」에서 부성적 질서 역시 매우 무의미하고 변형 가능한 것으로 표현된다. 이는 부친을 '대장'이라고 명명한 데서 단적으로 드러난다. '나'는 '비록 밥을 굶는 한이 있더라도 미국 유학만은 꼭 해야 한다'는 '대장'(부친)과, 이러한 대장의 꿈에 따라 살아가는 가족들에 대해서, 또 '대장'이 회장을 맡고 있는 '진성회'에서 장선생, 문선생 등이 하는 말과 행동을 모두 무의미하게 여긴다.

이처럼 손창섭의 소설에서 주인공이 아버지 되기 시도가 좌절하게 되는 이유는 주인공이 받아들이고 있는 부성적 질서 자체가 견고하지 않다는 데 있다. 주인공은 부성적 질서 속에서 자신의 위치를 정립할 수 있는 어떠한 근거도 찾을 수 없고, 따라서 이를 벗어나고자 하는 욕망 역시 모호해질 수밖에 없다. 그리고 부성적 질서는 「미해결의 장」에서는 '대장'을 중심으로 하는 가족과 그 주변 인물과의 관계로 한정되지만, 『낙서족』에 이르면 민족국가로 확장된다. 『낙서족』은 민족정체성을 주인공의 자아정

---

11) 「미해결의 장」, 197~198면.

체성을 규정하는 핵심 요인으로 부각시키면서, 이러한 민족정체성이 근본적으로 우연적인 것임을 드러낸다.

2) 민족정체성의 우연성에 대한 인식과 자아의 분열

❶ 민족정체성의 위임 과정과 그 균열

월남작가의 소설에서 '민족'은 신화적인 것으로 표현되었고, 개인의 민족정체성은 고유한 것으로 받아들여졌다. 그러나 이런 관점에서 볼 때『낙서족』은 낯설 뿐만 아니라 기괴하기까지 하다.『낙서족』은 애국투사의 아들인 주인공을 돈키호테적 인물로 그리면서 희화화하고 있는데, 이는 당시 독자들이 '민족', '독립운동' 등의 단어에서 환기하는 숭고함과 어울리기 어려운 것이었다.[12] 이러한 숭고함은 한 개인이 지니는 민족정체성이 자연스러운 것이고 민족에 대해 가지는 애착심과 충성심은 당연한 것이라고 가정하는 데서 오는 것이라 할 수 있다. 그렇다면 손창섭이라는 한 개인에게 있어서 민족정체성은 어떤 것이었을까? 손창섭은 해방 전 일본에서 막일을 하며 전전하다 일본인 아내와 결혼했고, 해방 후 한국에서 약 20년간 작품 활동을 하다 1973년 아내의 나라 일본으로 간 후 돌아오지 않았다.『낙서족』을 개인이 지니게 되는 민족정체성의 우연성이라는 관점에서 읽고자 하는 것은 이러한 민족정체성과 관련된 손창섭의 독특한 위치와 관련된다.

---

12)『낙서족』에 대한 작품평은 이 작품이 당시 평론가들의 기대와는 다른 방향의 작품이었음을 보여준다. 김우종은 애국투사의 아들과 일본 유학생을 주인공으로 등장시켜 이들을 희화화한 데 대한 불만을 표시하였다. 또 김동리는 '민족'과 '독립'에 대한 좀 더 다른 의미 부여가 있어야 할 것을 주문하면서, 일제시대에 독립운동은 '비장한 행위'인데 이를 박도현의 동키호테적인 성격과 결부시킨 것이 어색하고 부자연스럽다고 지적한다.「『낙서족』을 읽고」,『사상계』, 1959. 4, 315~323면.

『낙서족』은 독립투사의 아들 박도현이 밀항하여 도쿄에 도착, 일본 경찰을 피해 다니다가 결국 만주로 도피하기까지 겪게 되는 자아정체성 형성의 이야기이다. 두 차례에 걸친 월만(越滿) 계획이 실패한 후 도쿄로 밀항하는 것으로 시작되는 이 이야기는 주인공 도현이 상상계를 벗어나 상징적 질서로 편입하게 되는 과정으로 해석할 수 있는데, 여기에서 자아정체성의 핵심 요인이 되는 것은 독립투사인 아버지의 존재로 인해 위임된 민족정체성이다.

이 작품에서 아버지의 존재는 민족을 표상한다. 작품은 주인공 박도현이 밀항에 성공하여 도쿄에 도착하는 것으로부터 시작되는데, 이곳 도쿄에서 아버지는 부재함으로써 존재하는 인물이다. 독립투사인 아버지는 한 번도 실제 모습을 드러내지 않지만, 도현으로 하여금 일본 경찰의 감시를 받게 하는 동시에 상희와 조선인 열혈청년들의 흠모를 받게 하는 궁극적인 원인 제공자가 된다. 도현은 아버지가 자신에게 위임한 상징적 위임을 받아들이고 거기에 도달하기 위해 분투하지만, 이러한 분투가 치열해질수록 그는 아버지의 위치로부터 멀어지고 그의 분투는 '눈물겨운 넌센스'가 되고 만다. 『낙서족』은 자아가 받아들이게 된 민족정체성이 외부로부터 우연적으로 주어진 것이라는 점, 그리고 이를 자아가 자신의 것으로 받아들이는 과정에 균열이 존재한다는 점을 예민하게 그려낸다.

도현은 도쿄에 도착하자마자 일본 경찰의 감시를 받게 되는데, 그 이유는 그가 독립투사의 아들이었기 때문이다. '독립투사'라는 아버지의 이름은 도현의 자아정체성에 일정한 형식을 부여한다. 아버지는 단 한 번도 그 모습을 드러내지 않고, 도현의 기억 속에 희미하게 남아있을 따름이며, 그 기억마저도 독립투사로서의 면모와는 가장 거리가 먼 것이지만, 그럼에도 불구하고 도현은 아버지로부터 벗어날 수 없다. 여기에서 문제가 되는 것은 도현이 '독립투사의 아들'이라는 이름에 걸맞은 내용을 실제로는 갖추고 있지 않다는 점이다.

> "난 될 수 있으면 사정을 봐 주고 싶은데 종시 바른 대답을 않는군 그래. 그러면 끝으루 한 가지만 더 묻구 말겠어. 대체 자넨 누구의 지시로 누구와 연락을 취하기 위해 여길 왔는가? 이것만 대 보게."
> 도현은 어이가 없었다. 도현은 영원히 이 자들의 의심을 풀어 줄 수는 없다고 생각했다.[13)]

위의 인용문에서 일본 경찰의 질문은 도현의 정체성에 대한 것으로서, 도현에게 '독립투사의 아들'이라는 이름이 부여되자 자연스럽게 따라온 것이다. 그러나 도현에게 있어서 이 물음은 자신의 정체성과는 전혀 동떨어진 것이었다. 일본 경찰의 질문은 도현이 '독립투사의 아들'이라는 점을 전제로 한 것이지만, 도현은 이러한 상징적 위임과 자신의 존재 사이에 근본적인 간극을 발견하게 되고, 어떤 대답으로도 이 간극을 메울 수 없다는 점 때문에 절망하게 된다. 이는 상징적 질서가 주체에게 위임한 위치가 어떤 것인지를 보여주는 것이라 할 수 있다. 주체는 상징적 질서 속에서 어떤 자리를 위임받게 되는데 이러한 위임은 궁극적으로 자의적이다. 이 때문에 타자는 마치 주체가 왜 자신이 이런 위임을 맡게 되었는지를 알고 있다는 듯이 그에게 묻지만, 그는 결코 대답할 수가 없다.[14)]

이제 도현은 상징적 질서가 자신에게 위임한 위치와 자신의 존재 사이에 놓인 간극을 메우기 위해 분투하게 됨으로써 서사는 새로운 국면으로 전개된다.

---

13) 손창섭, 『낙서족』, 일신사, 1959, 13면.
14) 슬라보예 지젝, 『이데올로기라는 숭고한 대상』, 인간사랑, 2002, 198면.

> 도현은 우선 자기가 유가치한 존재가 되기 위해서는 이 빈 껍데기에 알맹이를 마련해야 한다고 생각했다. 그 알맹이는 더 말할 나위도 없이 눈부신 '행동'이다. 대 사회적인 행동. 대 국가적인 행동. 도현은 흥분하기 시작했다. 상희도 나에게 친밀감과 호의를 베푸는 것은 구국 투사의 아들로서다. 나 자신의 가치를 인정하고서가 아닐 게다. 나 자신의 가치를 갖자. 빈 껍데기 속에 알맹이를 채우자. 행동인이 되자. 도현은 벌떡 일어났다.[15]

그러나 도현이 아버지의 이름으로 주어진 상징적 위임에 도달하고자 분투할수록 그가 아버지의 위치에 도달할 수 있는 길은 점점 멀어지게 된다. 그는 학교에서도 퇴학당하고, 나중에는 갈 곳이 없어 화장실에서 밤을 지새야 하는 신세가 된다. 이처럼 상징적 위임에 도달하고자 하는 주인공의 분투가 실패하게 되는 것은 상징적 위임 자체의 자의성에서 이미 예고된 것이라 할 수 있다.

아버지에 의해 위임된 위치에 도달하지 못하는 주인공은 이제 어디로 갈 것인가? 상희가 그 답이 된다. 도현은 일본 경찰의 감시와 독립투사의 아들이라는 중압감을 견디지 못하고 상희를 찾아가 위안을 얻고자 한다. 상희는 도현에게 있어서 더없이 숭고한 여성, 다시 말해 모성(母性)적 존재이며 아버지와는 다른 방식으로 민족을 표상하는 인물이다. 도현이 상희를 통해 위안을 얻고자 하는 것은 상상적 동일화를 통한 자아정체성 정립의 시도로서, 이는 상징적 질서로 편입하는 데 실패한 주체가 상상계로 퇴행한 것이라 할 수 있다. 그러나 상희와의 관계를 통한 자아정체성 정립의 시도 역시 실패하게 되는데, 이는 도현에게 있어서 상희는 양가적 대상이기 때문이다.

도현에게 있어서 상희는 한편으로는 더 없이 숭고하고 고결한 존재이다.

---

15) 『낙서족』, 69~70면.

상희는 존경해야 할 대상이지 결코 사랑하거나 욕망할 대상은 아니다. 도현은 상희를 자신의 '애인'이라고 칭하는 일본 경찰에게 모욕감을 느끼면서, 상희는 '다시없이 고상하고 진실한 여자'이며 자신은 상희를 '존경하고 있을 뿐' 결코 애인이 아니라고 강변한다. 이때 도현이 동일화하는 상희의 위치는 훼손되지 않은 모성적 세계로서의 민족이다. 다른 한편으로 도현은 상희에게서 육체를 발견한다. 그러나 도현은 상희에게서 육체를 느낄 때에도 그 욕망을 억압하는데, 이는 도현이 상희를 모성적인 존재로 받아들이고 있다는 증거이다. 상희의 육체를 욕망한다는 것은 어머니, 혹은 모성적 민족에 대한 모독이 되기 때문이다.

> 오늘 비로소 도현은 상희에게서 육체를 발견했다. 무심한 자태로 묵묵히 창밖을 내다보고 있는 상희는 단순히 한 사람의 소녀에 불과했다. 정신성보다는 더 많이 육체미를 과시하는 아름다운 여자였다. (중략) 도현은 악마 같은 욕정에 휩싸였다. 국부의 발기를 의식했다. 도현은 얼굴을 붉히었다. 슬며시 돌아서서 벽에 기대었다. 도현은 천사처럼 순결한 상희를 모독했다고 생각했다.[16]

상상적 동일화를 통한 자아정체성 정립의 시도가 실패하게 되는 것은 상희에 대한 도현의 태도가 분열되어 있기 때문이다. 도현이 상희와 관계 맺기를 통해 자아정체성을 정립하고자 하는 시도는 상상계적 이자 관계를 통한 자아정체성 정립의 시도인지, 아니면 상징적 질서에서의 아버지 되기의 시도인지가 불명확하다.

상희를 모성의 위치에 놓게 되면서 성적 욕망은 억압된다. 그리고 이는 다시 전도된 방식으로 표출된다. 도현이 상희를 모성적 민족의 표상으로 받아들이게 되자, 상희를 향하던 성적 욕망은 민족국가 담론의 경로를 따

---

16) 『낙서족』, 89~90면.

라 우회하다가 민족의 복수심이라는 명목으로 노리꼬에게 분출된다.

> "무슨 용건이신가요?"
> 노리꼬는 무릎을 모으고 앉아 조심스레 물었다. 도현은 좀 주저했다. 그러나 이내 알맞은 핑계를 발견했다. 도현은 자기 속에서 일종의 복수심을 찾아낸 것이다. 일본 경찰에 대한 아니 일본인 전체에 대한 복수심. 어쩌면 그것은 단순한 핑계만은 아닐지도 모른다. 도현의 가슴 속에서는 비록 구체성은 띠지 못했을망정 그러한 복수심이 끈기 있게 타오르고 있었기 때문이다. 사건은 결정적이었다. 도현은 자기에게 노리꼬를 정복할—혹은 유린할 권리가 당당히 있다고 생각했다.[17]

도현의 욕망이 민족국가 담론의 경로를 따르는 한 노리꼬와의 관계도 정상적으로 이루어지지 못한다. 그는 노리꼬와 관계하는 동안에도 상희의 모습을 눈앞에 그리면서 상희를 욕망하고 있기 때문이다. 그리고 결과는 매우 비극적이다. 노리꼬는 도현과의 관계에 절망하여 자살을 선택하고, 도현은 자신이 더럽혀졌기 때문에 고결한 상희로부터 더 멀어졌다고 느낀다. 도현은 이제 독립투사의 아들로서가 아니라 강간범으로서 일본 경찰에 쫓기는 신세가 된다. 그리고 이러한 상황을 만회하기 위한 도현의 시도는 더욱 무모해진다. 도현이 이러한 폐쇄된 순환의 회로를 벗어나는 길은 단 한 가지, 죽음뿐이다. 따라서 작품 곳곳에서 도현이 맹렬한 죽음의 충동으로 달려가는 것은 놀랄 만한 일이 아니다.

❷ 동일화를 벗어난 서술자의 위치와 육체의 의미

손창섭 소설의 주인공들은 부성적 질서로부터 소외된 자신의 위치를 발견하고 상징적 동일화 및 상상적 동일화를 통해 소외를 극복하고자 한다.

---

17) 『낙서족』, 92면.

그러나 이러한 시도는 모두 실패하게 되며, 이로써 소설은 자아 분열의 극한을 보여주게 된다. 그러나 손창섭의 소설은 여기에 머무르지 않는다. 손창섭의 소설은 자아의 분열 상황을 벗어나 있는 서술자를 설정함으로써 새로운 차원에서 자아의 분열을 극복하고자 하는 시도를 보여주게 된다.

그의 단편소설이 자아의 분열을 드러내고 있다는 점은 앞에서 살펴본 바와 같은데, 여기에서 분열된 자아를 응시하는 서술자를 설정함으로써 자아의 분열을 극복하고자 하는 시도를 보여준다.

> 오늘도 그러한 鳳洙의 웃음소리를 들으며 東周는 왜 자기가 이처럼 천대를 받아야 하는가를 연구해 보는 것이다. 그러나 東周의 머리는 이미 무엇을 차근차근 생각하는 힘을 잃고 있었다. 한참 동안 鳳洙가 떠들고 돌아간 뒤, 東周는 그냥 그렇게 파리가 왕왕거리는 방 안에 죽은 듯이 그러고 누워 있는 수밖에 없는 것이었다.18)

> 東旭의 그 닝글닝글한 웃음을 元求는 이전부터 몹시 꺼렸다. 상대방을 조롱하는 것 같은 그러면서도 자조적이요, 어쩐지 친애감조차 느껴지는 그 닝글닝글한 웃음은, 元求에게 어떤 운명적인 중압을 암시하여 감당할 수 없이 마음이 무거워지는 것이었다.19)

위의 인용문의 서술상의 특징은 서술자와 인물 사이의 거리가 멀다는 점이다. 동주에 대해 '이미 무엇을 차근차근 생각하는 힘을 잃고 있었다.' 혹은 '죽은 듯이 그러고 누워 있는 수밖에 없는 것이었다.'는 서술에는 동주의 상황을 거리를 두고 바라보는 서술자의 시선이 내재되어 있다. 두 번째 인용문에서 동욱의 웃음이 '원구에게 어떤 운명적인 중압을 암시'한다는 표현은 서술자가 원구의 어떤 시도가 결국 실패로 돌아갈 것을 통찰하

---

18) 「생활적」, 『비오는 날』, 81면.
19) 「비오는 날」, 위의 책, 99~100면.

고 있음을 보여준다.

이처럼 분열의 상황에 처한 인물들을 거리를 두고 바라보는 서술자의 존재는 『낙서족』에서도 그대로 드러나고 있는데, 이러한 서술자의 존재는 자아 분열의 기원에 대한 단서를 제공해 준다는 점에서 주목된다.

『낙서족』에서 서술자는 주인공 도현이 아버지로 인해 부과된 민족정체성을 받아들이는 과정에서 마주하게 되는 근본적인 불가능성을 통찰하고 있다. 서술자는 주인공 도현이 아버지의 위치에 도달하고자 분투할수록 아버지의 위치에 도달할 수 있는 길은 점점 멀어지게 될 수밖에 없다는 것을, 따라서 주인공의 시도는 '눈물겨운 넌센스'일 뿐이며 결코 '성공'할 수 없는 기획이라는 점을 절망적으로 통찰하고 있다. 이러한 주인공의 분투가 항상 실패할 수밖에 없는 이유는 아버지에 도달하고자 하는 자아의 내적 명령을 따를 수 없는 자아의 또 다른 차원이 도사리고 있기 때문인데, 그것은 바로 육체의 욕망이다.

> 여자가 옆방에 다녀가고 나면 도현은 자기가 먼저 피로했다. 그때마다 도현은 새삼스레 자신 속에 성숙한 남성을 발견했다. 열아홉이라는 자기의 나이를 헤아려 보고 수긍이 갔다. 자신 속에 눈 뜬 남성이란 도현에게는 주체스러운 괴물이었다. 그는 얼마 안 가서 그 괴물에게 자주 굴복당하게 되었다.[20]

위 인용문에서 도현이 자신의 내부에서 일어나는 욕망을 '주체스러운 괴물'로 발견하는 것은 자신의 욕망을 타자화하고 있음을 단적으로 보여준다. 문제는 이러한 타자의 시선이 어디에 위치해 있는가이다. 그것은 한편으로는 독립투사인 아버지가 서 있는 위치이자 일본 경찰의 억압에 맞

---

20) 『낙서족』, 22면.

선 대척점이며, 다시 말해 '민족'이다. 이러한 타자의 시선과 이로 인한 육체의 타자화는 자아의 분열로 이어진다.

그러나 육체가 민족국가 담론에 포섭되는 것은 불가능하다. 육체는 실재계에 속한 것으로서 상징화의 불가능성을 드러내며, 상징적 질서 자체의 균열 드러냄으로써 상징화에 저항한다. 작품의 표제에서도 드러나는 '낙서'는 이를 단적으로 보여주는 육체의 행위라 할 수 있다.

> 도현은 한손으로 호오스 끝을 조종해서 땅바닥에 글자를 쓰기 시작했다. 어려서부터의 버릇이다. 그것은 정신적 배설 작용의 핍색(逼塞)에서 오는 습관인지도 모른다. '개같은 놈'이라고 쓰려고 했지만 '은'자를 끝마치지 못한 채 오줌발이 끊어지고 말았다.21)

> 그는 변명하듯 '나는 일본 년에게 복수를 하는 거야' 그렇게 게정거리며 되는대로 밤거리를 걸었다. 소변이 마려웠다. 인가가 끊어져 있는 컴컴한 공터에 버티고 서서 사타구니의 단추를 따고 호오스를 집어냈다. 배설의 자유, 이 기분을 그냥 넘길 수 없다. 오줌발로 땅에 글자를 그렸다. 글자는 어두워서 제대로 되지도 않고 보이지도 않았다. 도현은 때에 따라 오줌발로 의미 있는 글자를 쓰기도 했다. 그 글자는 조국, 자유, 행복, 투쟁 그런 것이기도 했다.22)

오줌발로 글자를 쓰는 이 기괴한 육체의 글쓰기는 매우 아이러닉하다. 위 인용문이 놓여 있는 맥락으로 볼 때 이러한 배설 행위는 민족국가 담론의 상징적 위임에 도달하지 못하는 데서 오는 극도의 피로감과 자포자기적 심정의 표현이라 할 수 있다. 이 점에서 육체는 민족국가 담론의 포섭을 거부하는 주체의 또 다른 차원이라 할 수 있는데, 이 육체가 배설을 통

---

21) 『낙서족』, 41면.
22) 『낙서족』, 113면.

해 '조국', '자유' 등의 글자를 쓴다는 것은 육체 역시 상징화를 벗어난 곳에서는 어떤 의미도 지니지 못함을 의미하는 것이다. 물론 이때도 육체는 상징화될 수 없다. 육체의 글쓰기는 언제나 불완전하다. 글씨는 채 쓰여지지 못하고, 제대로 되지도 않고 보이지도 않는다. 이때 육체는 상징화의 불가능성으로 존재하는 동시에, 상징화를 벗어나서는 의미를 만들어내지 못한다는 점에서 아이러닉한 상황에 처해 있다.

이러한 서술자의 존재와 여기에서 비롯되는 아이러니는 상희와 도현 사이의 관계에서도 드러난다. 상희와 도현의 관계에서 주목되는 것은 상희가 도현에게 원하는 것과 실제 도현의 위치 사이의 불일치, 다시 말해 도현에 대한 상희의 시선과 서술자의 시선 사이의 불일치이다. 상희는 도현의 계속되는 어이없는 행동과 무모한 계획을 접하면서도, 심지어 노리꼬를 강간한 사실을 알고서도 도현에 대한 지지를 철회하지 않으며, 여기에 어떤 의심이나 망설임도 없다. 이에 반해 서술자는 주인공의 좌충우돌에 대해 '눈물겨운 넌센스', '저돌적인 행동'이라는 평가를 내린다.

> 제가 어줍잖게 이런 말씀 드려서 불쾌하실지 모르지만 저는 도현씨의 인품을 믿기 때문에 진심에서 말씀드린 거예요. 저는 도현씨를 알구 있다구 자부해요. 도현씨의 그 나이브한 성품과 저돌적인 용감성을 잘 조절만 하면 무슨 일을 하실 수 있다구 믿어요.[23]

> 도현은 비장한 각오가 넘쳐흐르는 표정을 지어 보였다. 그것은 정말 의식적인 포즈나 연기가 아니었다. 천성이 시키는 무의식적인 본연의 자세였다. 이러한 그의 외부적 조건과 내부적 자세는 그로 하여금 저돌적인 행동으로만 자꾸 밀고 나가게 마련이었다.[24]

---

23) 『낙서족』, 74면.
24) 『낙서족』, 90면.

　도현의 행동이 서술자에 의해 희화화되고 있는 것과 대비할 때 상희의 도현에 대한 절대적 지지는 아이러닉하다. 이 같은 도현에 대한 서술자의 판단과 상희의 태도 사이의 미묘한 불일치에서 다시 다음과 같은 물음이 도출된다. '그렇다면 상희가 원하는 것은 무엇인가?'[25]

　상희가 도현에게 관심을 가지고, 무모한 행동에도 불구하고 끝까지 도현을 지원하는 것은 도현이 '독립투사의 아들'로서 조국과 동포를 위해 가치 있는 일을 할 것을 기대하기 때문이다. 좀 더 정확히 말하자면, 상희가 도현에게 원하는 것은 도현 자신이 아니라 상징적 질서 속에서 위임된 도현의 위치인 동시에 도현에게 그 위치를 부여한 '민족' 자체이다. 도현이 상희가 원하는 그것을 충족시킬 수 있는 방법은 아버지의 위치에 도달하는 것, 다시 말해 아버지가 되는 것이다. 도현은 결코 아버지의 위치에 도달하지 못하고 민족국가 담론이 주체에게 위임한 자리를 얻지 못하지만, 서술자는 이러한 주체의 차원을 벗어난 지점에 존재하면서 민족국가 담론이 주체에게 일정한 자리를 위임하는 방식 자체에 의문을 제기하고 민족국가 담론의 균열을 보여줌으로써 주체의 가능성을 열어 놓게 된다.

　이처럼 『낙서족』이 표현하고 있는 민족정체성의 우연성은 한국전쟁 이후 민족국가 담론이 지배 담론으로 자리 잡고 있었던 당시의 사정을 고려한다면, 민족국가 담론에 대한 비판으로서의 의미를 지닌다. 그리고 민족정체성과 관련된 『낙서족』의 주제는 손창섭의 도일 후 작품인 『유맹』과도

---

25) 이 물음은 라캉적 의미에서 '어머니의 욕망'에 대한 물음이다. 아이는 자신이 어머니의 욕망을 완전히 충족시켜 주지 못한다는 사실과 어머니의 욕망은 자신을 넘어선 그 무엇인가에 향하고 있다는 사실을 곧장 깨닫고서, '너는 나로부터 무엇을 원하니?(Che vuoi?)'라는 질문에 대한 답을 찾고자 한다. 아이가 찾아낸 답은 어머니가 욕망하는 것이 상상적 남근이라는 사실이다. 그래서 아이는 상상적 남근을 동일시함으로써 어머니의 욕망을 충족시켜 주려고 노력한다. 딜런 에반스, 『라캉 정신분석 사전』, 인간사랑, 1998, 232~234면.

이어지고 있어, 도일하게 되기까지의 작가 내면의 사정을 간접적으로 보여준다.

2. 전통 / 근대의 구조 변동과 양가적 자아정체성의 형성

1) 생활 세계로의 진입과 성장 제의로서의 서사

월남작가들이 겪은 체제로부터의 소외는 이들의 소설이 생활 세계에 대한 탐구로 나아가는 데 있어서 방해 요인이 되었다. 이 경우 자아와 체제는 대립 혹은 불화(不和)의 관계로 드러나게 되고, 소설은 체제 내에서 일어나는 생활의 구체적 양상을 그릴 수 있는 시각을 확보할 수 없다. 소설에서 드러나는 생활 세계에 대한 탐구는, 작가가 자신의 주관에 의해 객관 세계를 변형시키지 않을 때 비로소 가능해 지는 것이다. 그것은 한편으로는 상상계적 대상과의 나르시시즘적 동일화를 벗어나는 것을 전제로 하고, 다른 한편으로는 이념의 틀로 현실을 추상화하는 것으로부터 벗어나는 것을 전제로 하는 것이었다.

이호철의 소설에서 월남은 생활 세계로의 진입으로서의 의미를 지닌다. 그의 소설은 모성적 세계를 벗어나 생활 세계로 진입하는 주인공을 설정하여 남한 사회의 구체적 실상을 탐구한다. 여기에서 이호철 소설이 그리고 있는 '생활 세계'는 전통적 질서와 근대 자본주의적 질서가 겹쳐지면서 만들어지는 매우 복잡하고 혼란스러운 습속의 세계로서, 이는 이념의 추상으로는 포착되지 않는, 개개인의 이질적인 내력과 복잡다기한 욕망이 사회적 차이를 만들어내며 충돌하는 공간이다. 이호철의 소설은 이러한 사회적 차이가 만들어지는 지점에서 자아정체성이 형성되는 과정을 보여준다.[26]

생활 세계로의 진입은 모성적 세계로부터의 벗어남을 전제로 하는데, 이는 이호철의 초기 단편이 보여주는 핵심적인 주제였다. 이호철의 초기 단편에도 모성적 세계가 드러나 있지만, 여기에는 이미 근대의 폭력성과 생활 세계의 고단함이 개입되어 있다. 이는 이호철 소설의 출발이 되는 작품인 「소묘」(1957, 「오돌 할멈」에서 게재)에서부터 드러난다.27) 오돌 할멈은 전쟁에 나간 오돌이가 무사하길 빌지만 오돌의 죽음이 할멈에게 전해진다. 이 작품에서 주목되는 것은 모성적 세계의 담지자인 오돌 할멈이 동일화의 대상으로 제시되지 않는다는 점이다. 오돌 할멈은 오돌에게서 온 편지의 내용을 읽지 못하지만 오돌의 죽음을 직감하고 비극적 결말에 이르게 되는데, 서술자는 이 과정을 거리를 두고 관찰하면서 차분한 어조로 전해준다. 그리고 이러한 서술자의 태도는 오돌 할멈과의 상상적 동일화를 허

26) 이호철 소설에 대한 지금까지의 연구는 주로 「탈향」, 『소시민』 등 초기 작품을 대상으로 하고 있다. 특히 정호웅은 「탈향」과 『소시민』에 주목하여, 「탈향」을 '얄팍한 인정주의와 감상주의와의 결별', '소박한 휴머니즘과 비장한 영탄조의 1950년대 소설과의 결별'을 표현하였다는 점에서 전후 극복의 예로 평가하였다. 그러나 지금까지의 연구는 이호철의 소설이 여타의 전후소설과 구별되는 계기에 대해 세밀하게 규명하지 못하였으며, 더욱이 『소시민』 이후 이호철의 다양한 작품 활동에 대해 일관된 관점으로 규명한 연구는 거의 없다. 본 연구는 이호철의 소설에 나타난 자아정체성의 형성 양상에 초점을 맞추어 초기 작품에서부터 1980년대 작품까지의 변모를 일관된 관점에서 해명하고자 하는 시도이다. 이호철의 초기 소설 및 이후 작품에 대한 포괄적인 해명을 시도한 연구로 다음을 참고할 수 있다. 정명환, 「실향민의 문학」, 『창작과 비평』, 1967년 여름 ; 권영민, 「닫힘과 열림의 변증법」, 『문학사상』 199권, 1989. 5 ; 정호웅, 「50년대 소설론」, 『1950년대 문학연구』, 예하, 1991 ; 정호웅, 「탈향, 그 소설사적 의미 – 이호철의 『소시민』론」, 『1960년대 문학연구』, 예하, 1993 ; 강진호, 「이호철의 『소시민』 연구」, 『민족문학사연구』 11집, 1997 ; 오현주, 「관조와 풍자의 관계 – 이호철론」, 『1960년대 문학연구』, 깊은샘, 1998 ; 김원철, 「이호철 소설의 변모과정 연구」, 서울대 석사논문, 1998 ; 이호규, 『'탈향'에서 '한살림 통일'로』, 나이스북 독서교육, 2005.

27) 「오돌 할멈」(1957)이라는 제목으로 『문학예술』에 발표된 이 작품은 이호철이 등단하기 전인 1950년 피난지 부산에서 경비원 생활을 하던 시절 틈틈이 썼던 것으로, 초고를 염상섭에게 보냈다가 격려 받은 적이 있다. 단편집 『나상』(사상계사, 1961)에서는 「소묘」로 개제되어 맨 앞에 실렸다. 이호철, 『문단골 사람들』, 프리미엄북스, 1997.

용하지 않는다.

이호철의 등단작 「탈향」(1955)은 월남한 주인공이 모성적 세계로부터 벗어나 남한 사회로 진입하는 과정을 보여준다. 이 점에서 작품의 표제가 되는 '탈향'은 '모성적 세계로부터의 벗어남'이기도 했다. 이 작품의 주요 인물들은 함께 월남한 이들로, 고향으로 돌아갈 것을 기대하면서 공동체적 연대를 지니지만, 생활 세계와 부딪히게 되자 이들 사이에 미묘한 틈이 벌어지게 되고 결국 각기 흩어지게 된다. 「탈향」의 마지막 장면에 드러난 '나'의 내적 독백은 하원이를 버리는 것과 어머니로부터 벗어나는 것을 동시적인 것으로 받아들이고 있음을 보여준다.

> 뭔가 못 견디게 그리운 것처럼 애탔다. 그러나 누가 알랴! 지금 내 마음 밑 속에서 일어나는 돌개바람 같은 것을…… 아 어머니! 이미 내 마음 밑 속에선 하원이를 버리고 있는 것이다. ……순간, 나는 입술을 악물었다. 와락 하원이를 글안았다. 눈물이 주룩 흘렀다.[28]

하원이는 모성적 세계와의 나르시시즘적 동일화를 벗어나지 못하고 있는 인물로 제시되어 있다. 따라서 주인공이 하원이를 버리는 것은 모성적 세계와의 결별인 동시에 새로운 체제로의 진입으로서의 의미를 지닌다.

한편 이호철의 소설이 보여주는 모성적 세계로부터의 벗어남은 선우휘의 소설이 보여주는 상상적 동일화의 해소와 다르다. 선우휘의 소설에서 주인공이 모성적 세계로부터 벗어나 부성적 세계로 진입하는 과정은 민족국가 담론과의 상징적 동일화로 이어지고 있는 반면, 이호철의 소설은 민족국가 담론과의 차별화를 통한 자아정체성의 형성 과정을 보여준다. 이호철의 소설이 그리고 있는 월남 및 전쟁은 '자유수호' 혹은 '자유 세계로의

---

28) 이호철, 「탈향」, 『나상』, 사상계사, 1961, 87면.

탈출' 등 이념으로 포착되는 관념과는 거리가 멀다. 오히려 그의 소설은 이념과 체제의 추상으로는 포착되지 않는 삶의 진면목에 시선을 집중시킨다. 선우휘가 이념적인 것을 앞세우며 거대 서사를 지향했다면, 이호철은 이념적인 것으로 포착되지 않는 삶의 실감을 표현하고자 했다고 할 수 있다.[29]

이호철의 소설이 이념의 도식을 벗어나 삶의 실감을 표현하게 된 것은 그의 체제 변전의 경험에서 비롯된다. 해방과 전쟁을 거치는 동안 이호철은 체제의 뒤바뀜을 연속적으로 경험하게 된다. 북한에서 공산주의 체제가 자리 잡는 과정에서 그의 부친이 반동으로 낙인찍혀 고향 마을에서 추방되었고, 전쟁이 나자 그는 인민군으로 동원되어 전투에 참가하기도 했으며, 포로로 잡혔다가 북송되던 중 풀려나 다시 고향으로 돌아왔고, 또 얼마 후 중공군의 참전으로 국군이 후퇴하게 되자 단신 월남하여 부산에서 부두 노동, 미군기관 경비원 등을 전전하며 남한 사회로 진입하게 된다.

이러한 일련의 체제 변전의 경험으로 인해 그는 특정한 체제와 이념을 자아정체성의 확고한 기반으로 받아들이지 않게 되고, 오히려 개개인의 삶은 이념의 추상을 벗어나 구체적인 실감에 의해 움직여간다는 것을 보게 된다. 또 그에게 있어서 이러한 체제 변전의 경험은 전통과 근대의 구조 변동의 경계 지점에서 일어나는 사건으로서, 이러한 경험으로 인해 이호철의 소설은 민족국가 담론의 공식적 해석을 벗어나 있는 삶의 실감을 표현하게 된다.

「빈 골짜기」(1956)와 「만조」(1959, 「만조기」에서 개제)는 이를 잘 보여준다.

---

29) 이호철 자신도 선우휘와의 문학적, 생리적 차이를 예민하게 받아들였다. 그는 당시 문단을 회고한 글에서 다음과 같이 적고 있다. '나도 나대로, 처음 만난 그이가 썩 마음에 들지는 않았다. '정열과 패기, 바이탈리티는 사 줄 만하지만, 그리고 그의 소설 세계도 우람하고 큰 점은 인정하겠지만, 저런 건 반(半)언론성 반(半)문학이지, 본격 문학은 아니지 않을까' 하고 나 나름대로 벌써 짚어 냈던 것이다.' 이호철, 『문단골 사람들』, 앞의 책, 278면.

이 두 작품은 고향 마을을 배경으로 하여, 북한 체제가 성립될 무렵 마을에서 추방되었다가 전쟁이 일어나고 국군이 북상해 오게 되면서 다시 마을로 돌아가게 된 경험을 그리고 있는 작품이다. 이 두 작품은 소년 주인공을 설정하여 국군의 점령으로 인해 갑작스럽게 뒤바뀐 상황을 그리고 있는데, 여기에서 소년 주인공의 눈에 비친 전쟁은 이념적인 것과는 거리가 멀다.

> 수완이는 열세 살이다. 그저 요즈음 어쩐지 서글펐다.
> 국군이 올라왔다, 해방이 됐다, 집을 다시 찾았다, 토지를 찾았다, 야아, 야아. 이렇게 움씰움씰 즐겁기도 했으나 어느 귀퉁이 허전한 구석을 어쩔 수 없었다.
> 과연 요즈음 동네 안은 새파란 바람이 이는 듯 법석스럽지만, 어느 구석엔 싸늘한 기운이 휘돈다. 사실 내평집 과수원 움 속엔 사람들이 갇혀 있다. 사람들이. 그 사람들이 우리를 내쫓았고 간난이를 빼앗아 갔고 동네를 망쳐 놓긴 했다.
> 그랬대서, 그 사람들을 이렇게 가두어 두었대서, 대관절 이렇게 세상이 뒤바뀌었대서 무엇이 어쨌다는 건구?[30]

열세 살의 수완이는 세상이 뒤바뀌는 와중에도 어딘가 허전함을 느끼고 동네 안에서 일어나는 법석스러운 바람에 대해서 의문을 품는다. 그의 의문은 이러한 법석스러운 바람이 어딘가 생소하고 삶의 핵심을 벗어난 것이라는 소년으로서의 실감을 표명한 것이라 할 수 있다. 이러한 실감으로 인해 이호철 소설의 주인공은 모성적 세계 혹은 이념의 도식을 벗어나 생활 세계로 진입할 수 있게 된다.

이 시기 체제의 변전을 당시 이호철이 어떤 위치에서 받아들이고 있었

---

30) 이호철, 「빈 골짜기」, 『나상』, 사상계사, 1961, 58~59면.

는지는 그의 자전적 소설인 『남녁 사람 북녁 사람』에 잘 드러나 있다. 북한에서 공산주의 체제가 자리 잡을 즈음 그는 고등학생이었는데, 이때 그는 '학교 안에서 매일같이 벌였던 딱딱하고 상투적이고 악악대는 과(過)정치적 집회들의 그 지겨움에서 빠져나올 수 있는' 도피 수단으로 청년구락부 합창단에 들게 된다.31) 이는 그가 북한 체제가 들어설 무렵의 이념의 도식을 거부하면서 이를 벗어난 곳에 자아의 위치를 정립하고자 하였음을 보여준다. 그리고 이 무렵 그는 북한과 남한의 차이를 이념의 도식으로서가 아니라 삶의 습속을 통해 예민하게 간파하였다.

> 그때 이광진에게서 풍기는 냄새는, 어느 구석이 어떻다고 꼭 집어낼 수는 없었으나, 바로 남쪽 냄새 그것이었다. 구두 끝에 차락차락 닿는 까만 나팔바지의 주름이 칼로 벤 듯이 서 있었으며, 향긋한 미안수(美顔水) 냄새가 코를 찔렀다. 그러나 그 미안수 냄새는 비록 향기는 좋았지만 매우 이색적이고 역겨웠다. 부도덕하고 썩은 냄새로 훅 끼얹쳐 오면서도, 밑 빠진 것 마냥 무원칙하게 시원시원한 느낌이기도 하였다. 큰 체제에 각기 하나의 분자로써 째여들어 있는 것이 아니라, 제각기 흩어진 상태의 알갱이로, 원칙도 아무것도 없이 제멋대로 돌아가는 세계가 흘낏 들여다 보이던 것이었다.32)

또 월남 후 그는 피난지 부산에서 한 부두 노동자 소년이 부르는 '신라의 달밤'을 들으면서 남쪽 체제의 '자유'를 처음으로 대면하게 되는데, 그는 이 '자유'를 '한 사람 한 사람 모두가 제각기 타고난 성향으로 자유롭게 양껏 살 수 있는 자연스러움'이라는 말로 표현하였다.33) 이러한 실감에 따라 그는 이념의 틀을 벗어난 곳에 자신의 자아정체성을 정립하게 된다.

---

31) 이호철, 『남녁 사람 북녁 사람』, 민음사, 2002, 52면.
32) 위의 책, 35면.
33) 이호철, 『문단골 사람들』, 앞의 책, 57~58면.

그는 단신 월남한 처지였음에도 불구하고 체제로부터의 극심한 소외를 극복하고 남한 체제 내의 생활 세계로 진입할 수 있게 된다.

「탈향」과 「무궤도 제2장」(1956), 「탈각」(1959) 등 이호철의 초기 단편소설은 월남 후 남한 사회로의 진입 과정을 그리고 있는데, 이들 작품에서 주인공들이 모성적 세계로서의 고향을 벗어나는 것은 쉽지 않은 과정이었다. 주인공들은 여러 단계의 성장 제의를 통과함으로써 모성적 세계를 벗어나 남한 사회의 생활 세계로 진입하게 된다. 「탈향」에서의 광석의 죽음, 「무궤도 제2장」에서의 과부 아주머니와의 관계, 「탈각」에서의 결혼 등은 이들 주인공으로 하여금 모성적 세계로서의 고향으로부터 벗어나 생활 세계로 진입하게 되는 계기가 된다는 점에서 '성장 제의'로서의 의미를 지닌다.

「무궤도 제2장」은 내용상 「탈향」의 속편이라고 할 만하다. 주인공 청년은 함께 월남한 친구들과 화차 살이를 하다 뿔뿔이 흩어지고 난 뒤 새로운 생활로 나선 인물이다. 청년은 과부와의 관계에서 이중적 감정을 느낀다. 그는 '무언가 팽개쳐 버린 연후의 어처구니없는 충일(充溢)'을 느끼는 한편, '뭔지 석연찮이 섭섭했고 스스로의 텅빈 몸짓 같은 것만 쑥스러히 의식'하기도 한다. 충일과 공허의 이중적 감정은 과부 아주머니와의 관계를 통해 한편으로는 이전의 자기 자신을 의식하지 않고 새로운 생활 세계 속으로 진입하지만, 다른 한편으로 아주머니의 집을 나설 때에는 여전히 모성적 세계에 속한 자기 자신을 의식하게 되는 데에서 오는 것이다.

> 어머이 어머이 내 꼴을 좀 보서요,
> 청년은 울고 있었다.
> 나는 지금 장가를 들려요, 설흔 세 살 먹은 과부와…… 아니, 과부가 아니라 스스로의 편집화(偏執化)한 의지(意志)로서 그런 투가 된 여자와…… 과부의 투가…… 바락크집 술집 여자와…… 어머이 어머이 이런 내 꼴을 좀 보시라구요, 보시라우요, 짓밟힐대로 짓밟힌 끝장에서 신기(新

崙)로운 편안을 얻은 여자가 내 색씨가 된단 말이야요, 어머이, 어머이.
　청년의 얼골엔 헤죽이 웃음이 비어져 나왔다.[34]

인용문은 청년이 과부와의 관계에서 모성적 세계에 속한 자기 자신을 여전히 의식하고 있음을 보여준다. 여기에서 청년은 과부와의 관계를 청산함으로써 이러한 이중 감정을 벗어나 또 다시 생활 세계로 한 걸음 더 진입하게 된다. 표제에서 드러나는 '무궤도'는 모성적 세계를 벗어나 생활 세계로 진입하는 길을 의미하는 것으로서, 주인공 청년이 남한 사회에서 자아정체성을 재정립하는 과정에서 겪는 진통을 표현하고 있는 것이라 할 수 있다.

성장 제의를 통과함으로써 생활 세계로 진입하게 되는 구도는 장편소설인 『소시민』(1964~1965)에서 더욱 선명하게 드러난다. 단신 월남한 주인공이 부산 완월동 국수 공장에 취직하여 겪게 되는 여러 가지 사건을 그린 이 작품에서 주인공 '나'는 자신이 처한 상황을 전통 사회의 해체와 새로운 자본주의 사회의 형성이 혼란스럽게 교차하는 시공간으로 받아들인다. 그는 한편으로는 완월동 제면소의 주변 인물들을 호기심을 가지고 관찰하면서, 다른 한편으로 그 역시 욕망으로 들끓은 생활 세계 속으로 진입하게 된다. '나'는 강노인의 죽음, 강노인의 딸 매리와의 이상한 연애, 주인마누라와의 기묘한 정사 등 일련의 성장 제의를 통과함으로써 남한 사회 구조 속으로 편입하게 된다.

이들 작품에서 주인공이 생활 세계로 진입하는 과정은 주인공의 성장 과정과 맞물려 있다. 여기에서 성장은 주체와 상황의 상호 작용을 통해 이루어지는 것이다. 주인공이 주변 인물 및 상황과 부딪힘으로써 생활 세계의 진면목을 새롭게 알게 되고, 이 과정에서 주인공 스스로도 일정한 변화

---

34) 이호철, 「무궤도 제2장」, 『문학예술』, 1956. 9, 48면.

를 겪게 될 때 비로소 '성장'이 이루어진다. '성장'은 자아의 변형 가능성을 전제하는 것으로서, 이 점에서 이호철의 소설이 보여주는 자아정체성의 형성 양상은 다른 월남작가의 소설의 경우와 구별된다.

2) 전통 / 근대의 경계에서 형성되는 자아정체성

❶ 전통 / 근대의 사회 구조 변동에 대한 인식과 이념의 상대화

1950년대 이호철의 단편소설은 월남 경험을 생활 세계로의 진입 과정으로 그리면서 이 과정에서 자아가 겪게 되는 진통을 보여준다. 그러나 이들 작품은 작가의 자전적 경험을 단편적으로 반영하고 있을 뿐 이를 보다 큰 역사적 맥락 속에서 인식하지 못함으로써 객관화된 형식으로 표현하지 못하였다.

한편 1960년대에 이르러 이호철은 그의 작품에 전통과 근대의 사회 구조 변동이라는 구도를 명확히 설정함으로써 자신이 겪은 체제 변전의 경험을 객관화된 형식으로 표현하게 된다. 이러한 구도를 명확히 하게 된 데에는 작가적 역량의 성숙과 더불어 1960년대 사회 여건의 변화가 그 요인으로 작용하였던 것으로 보인다. 4·19 혁명은 한국 사회의 근대적 모순에 대한 성찰적 인식을 가능하게 하였으며, 이는 이호철 소설이 자신의 경험과 한국전쟁 전후의 상황을 전통과 근대의 구조 변동 속에서 파악하게 되는 계기가 되었다. 「60년의 배당」(1963)과 「타인의 땅」(1964)은 이러한 시도를 보여주는 작품으로, 「60년의 배당」의 '작가의 말'은 이러한 시도가 4·19 혁명과 관련되어 있음을 분명히 하고 있다.

어떤 개인의 역사가 큰 배경의 흐름과 직결되어 있다는 것은 새삼 운위할 필요가 없을 것이다. 이런 의미에서 전근대적인 것과 최첨단적인 것이 엉망으로 혼재되어 있는 우리 한국의 오늘의 구조는 이 땅에서 문학하는 사람이면 본격적으로 다루어볼 만한 표적이다. (중략)
4·19 직후의 잠시간은 이 땅에 축적됐던 허다한 제요소들이 햇볕 바깥으로 잠시 양성화되었던 계절이었다. 그것이 미증유의 혼란이라는 명예롭지 못한 이름으로 낙인찍혔다. 그러나 작품의 무대치고는 집중도를 체현하고 있어 안성맞춤이었다. 이 작품의 무대는 그러니까 그 계절이다.[35]

「60년의 배당」과 「타인의 땅」은 전통적 사회 구조의 해체와 새로운 사회 구조의 출현 과정에서 드러나는 개개인의 삶의 양태를 그리고 있다. 그의 소설에서 전통은 이미 해체될 운명에 처해 있지만 어느 면에서는 완강히 제 부피를 지니고 있다. 그리고 인물들은 이 육중한 면모를 지닌 전통의 어느 한 구석에 자아를 뿌리내리고 있기도 하다. 한편 근대는 신선하고 활달한 기운이 넘치지만 다른 한편 경박스럽고 기괴한 삶의 양식을 만들어낸다. 「60년의 배당」과 「타인의 땅」에서 작중 인물들은 이러한 사회 구조의 변동 속에서 삶의 실속을 잃어버리고 점차 텅 빈 나락으로 떨어지게 되는데, 이는 한국 사회의 급속한 근대 경험으로 인해 개인들이 낯선 상황에서 소외될 운명에 처해 있음을 보여주는 것이다.

「타인의 땅」은 안변부사의 장손 남규일과 그의 세 아들을 주요 인물로 설정하여, 일본에 의해 근대적 양식이 들어오기 시작하던 시기부터 이들이 전쟁 후 남한 사회로 편입하여 완전히 몰락하기까지의 과정을 그린 작품으로, 한국 근대사의 한 축도를 그려 보인 것이라 할 수 있다. 주요 인물들은 공통적으로 한 체제의 무너짐을 경험하고 새로운 체제의 성립 과정에서 철저한 소외를 경험한다. 이러한 소외는 근대적 삶의 양식을 급진적으로 선취하고자 했던 인물에게서도 예외 없이 드러난다. 남규일은 안변부사

---

35) 이호철, 「60년의 배당-작가의 말」, 『사상계』, 1963. 4, 403면.

의 장손으로서, 동학란 때 집을 나가 객사한 아버지의 유복자로 태어난 인물이다. 그는 장손이면서도 마을에서 가장 먼저 상투를 자르고 원산 시내로 나가 어물상을 차린다. 그는 근대적 삶의 양식을 급진적으로 선취하려고 한 예외적 인물임에도 불구하고 그가 선취하려 했던 근대적 삶의 양식 속에서 소외되는 운명을 겪게 된다. 그리고 남규일을 비롯한 모든 인물들은 한 체제의 와해 속에서 세대 간의 급격한 단절을 경험하게 된다. 이러한 단절은 전통과 근대의 사회 구조 변동에 내재된 급격한 단절을 표현한 것이다. '피차 남의 땅에서 살았어. 남끼리가 되었어.'36)라는 숙부의 탄식이나, '이게 분명 우리 땅은 우리 땅인데, 우리 땅은 우리 땅인데, 희한하다, 아무리 생각해도 희한하다, 무엇이 이리 간지럽노? 전신이 근질근질 근지럽노?'라는 상운의 넋두리37)는 전통과 근대의 구조 변동 사이에서 소외된 인물들의 탄식이요 넋두리이다.

한편 「무너앉는 소리」 연작38)은 백치가 된 아버지와 그의 가족들의 풍경을 통해 전통적 질서의 해체와 새로운 체제로의 진입을 그리고 있는 작품이다. 이 연작에서 영희의 집은 무너져 가는 전통적 질서를 상징한다. 백치가 된 아버지와 밤낮 파자마 바람으로 카드패만 떼고 있는 큰아들 성식은 이를 단적으로 보여준다. 정체를 알 수 없는 쇠망치 소리는 전통의 해체를 되돌릴 수 없는 것으로 확정짓는 동시에 이를 가속화하는 외부적 힘이라 할 수 있다.

---

36) 이호철, 「타인의 땅」, 『현대한국문학전집 8』, 신구문화사, 1967, 405면.
37) 「타인의 땅」, 412면.
38) 「무너앉는 소리」 연작은 「닳아지는 살들」(『사상계』, 1962. 7), 「무너앉는 소리」(『현대 문학』, 1963. 7), 「마지막 향연」(『사상계』, 1963. 11) 등 3부로 구성되어 있다. 신구문 화사에서 간행한 이호철집에 이 세 작품은 중편소설 「무너앉는 소리」로 묶여져 있다.

그 소리는 이 방안의 벽 틈서리를 쪼개고도 있는 것이었다. 형광등 바로 위의 천정에 비수가 잠겨 있을 것이었다. 초록빛 벽 틈서리에서 어머니는 편안하시다. 돌아가서 편안하시다. 형편없이 되어가는 집안 꼴을 감당하지 않아서 편안하시다. 꽝 당 꽝 당, 저 소리는 기어이 이 집을 주저앉게 하고야 말 것이다. 집지기 구렁이도 눈을 뜨고 슬금슬금 나타날 때가 되었을 것이다. 그리고 향연이다, 마지막 향연이다. 유감이 없이 이별을 고해야 할 것이다. 모두 유감이 없이 이별을 고해야 할 것이다.[39]

이러한 상황에서 막내딸 영희는 이 집안의 답답하고 육중한 분위기를 바꾸고자 한다. 영희는 이북 출신으로 이 집에 얹혀 지내고 있는 선재와 성적인 관계를 맺는데, 이는 이 작품에서 거의 유일하게 의미 있는 사건으로서 성장 제의로서의 의미를 지닌다. 이 사건을 계기로 영희는 아버지에 의존되어 있는 질서를 벗어나 자기의 문제를 스스로 해결하고자 주도적으로 나서게 되며, 이로써 집안의 답답한 분위기에도 변화가 일어나게 된다.

한편 전통과 근대의 구조 변동이라는 이호철 소설의 기본 구도는 이념 문제를 다루는 데 있어서도 중요한 관점이 된다. 이호철의 소설은 이념의 문제를 삶의 습속의 문제로 바꾸어 놓으면서 이질적인 이념이 만들어 내는 삶의 습속을 상호 대비시킨다. 「판문점」(1961)은 이러한 방식으로 이념 문제를 다룬 작품이다. 통신사 기자 신분으로 판문점에 간 주인공 진수는 북한에서 온 여기자와 만나게 된다. 이 둘의 대화를 통해 남북한의 체제와 습속이 대비되는데, 그것은 현실주의(진수)와 본질주의(여기자)의 대비이기도 하고 동시에 개인의 자유를 우선으로 하느냐 전체 집단의 지향을 우선으로 하느냐의 대비이기도 하다. 이러한 대비 속에서 남북한의 체제는 상대적인 것으로 드러나게 된다.

이 두 체제와 그 체제가 만들어내는 습속 중에서 이호철은 북한 체제에

---

39) 이호철, 「닳아지는 살들」, 『현대한국문학전집 8』, 신구문화사, 1967, 248면.

보다 더 비판적이다. 진수의 입을 빌린 북한 체제 비판은 이를 잘 보여준다.

> "그렇지만 말요, 곡예사 같은 몸짓, 타락의 징조 운운하는데 말요, 그
> 것이 벌써 당신 머리 속의 어느 한정을 뜻하는 거죠, 알겠소? 무슨 소리
> 인지? 당신들은 어떤 양상을 객관적인 울타리와의 관련 속에서 포착하지
> 만 우리네에선 그렇지가 않아요. (중략) 타락의 징조라는 것도 명확한 개
> 념으로 간단히 치부될 성질의 것이 아니지요. 어떤 분위기가 완숙의 영역
> 에 이르러서 익어 터질 때 이를테면 타락의 징조라는 것이 나타나는데요,
> 전체적으로 포착하면 피상적으로 명료하지만, 그것만 고집하는 건 무리
> 지요. 그런 방법은 유형을 가르기만 하는 데는 필요하지만 경우의 섬세한
> 진실은 포착 못해요."40)

인용문은 남한 기자의 태도에 대해 이를 '타락의 징조', '속임수'라는 북
한 여기자의 비판에 대한 진수의 반론이다. 그는 '타락의 징조'라는 여기
자의 판단 자체를 부정하지는 않으면서도, 이러한 '타락의 징조'라는 것
역시 개인의 자유를 보여주는 현상이며, 이를 고정된 틀에 넣고 이를 비판
하는 것이 더 큰 잘못이라고 논박한다. 그렇다고 해서 남한의 체제와 습속
이 무작정 옹호되는 것도 아니다. 진수는 본질주의와 대비된 현실주의의
입장에서 북한 체제를 비판하는 것과는 반대의 시선으로 남한 체제의 일
상을 들여다본다. 이는 진수의 형과 형수, 그리고 그 주변 인물들의 소시
민적 일상을 다룬 이야기를 통해 엿볼 수 있다. 여기에서 드러나는 남쪽
체제와 습속은 '적당한 무위'와 '적당한 권태'에 절어 든 자본주의적 일상
의 착잡한 혼탁의 모습 그것이다.

여기에서 주목되는 것은 진수의 자아정체성이 정립되는 방식이다. 진수
는 북한의 꽉 짜인 이념의 틀을 비판하면서 남한의 무위와 권태에 대해서

---

40) 이호철, 「판문점」, 『현대한국문학전집 8』, 신구문화사, 1967, 397면.

도 거리를 두고 있는데, 이때 그의 자아정체성이 정립되는 곳은 이념의 상대성이 용인되는 지점 곧 체제의 경계 지점이라고 할 수 있다. 그는 판문점에서 돌아온 후 자리에 누워 상념에 빠져들어, 푸른 강물을 떠내려 가는 그녀의 조잘대는 목소리, 그리고 이백 년쯤 후의 판문점에 대한 생각 등을 떠올린다. 이 상념의 세계가 표현하는 언어는 이념이 만들어 놓은 벽을 매우 아련하고 익살스러운 어떤 것으로 바꾸어 놓는다. 이처럼 진수의 자아정체성이 정립된 곳은 민족국가 담론과 그 담론의 결과물로서의 고정된 이념 체계와 차별화된 지점이다.

이상에서와 같이 이호철이 이념으로는 포착되지 않는 개개인의 삶의 양태를 그릴 수 있었던 것은 그가 전통적 사회 질서에 자아정체성을 깊이 뿌리내리고 있었다는 사실과 관련된다. 그는 전통적 질서의 육중한 체계 속에 자신의 위치를 두고 있음으로 해서 해방과 전쟁 등 급격한 체제 변전을 전통과 근대의 사회 구조 변동 속에서 파악할 수 있는 시각을 확보할 수 있었다. 후에 이호철은 이 육중한 체계를 '큰 산'으로 비유하기도 하였다.

> 우리 마을 서쪽 멀리 청빛의 마식령 줄기가 가로 뻗어갔는데, 마을 사람들은 이것을 '큰 산'이라고 불렀다. 내 경우 이 '큰 산'은 그곳에 그 모습으로 그렇게 있다는 것만으로 항상 나의 존재의, 나를 둘러싼 모든 균형의 어떤 근원을 떠받들어주고 있었던 것이다. 내가 태어난 뒤 가장 먼저 익숙해진 것은 어머니의 젖가슴이었겠지만, 두 번째로 익숙해진 것은 '큰 산'이었을 것이다.[41]

어머니의 젖가슴과 대비될 만한 한 세계로서 자아의 내부에 존재하고

---

41) 이호철, 「큰 산」, 『이호철전집 1』, 청계, 1988, 211면. 이호철은 그의 「자서전적 연보」에서 이러한 '큰 산'에 대한 조망이 자전적 경험과 관련된 것임을 밝히고 있다. 이호철, 「자서전적 연보」, 같은 책, 414면.

있는 '큰 산'이란 부성적인 것으로서의 전통적 질서라 할 수 있다. 여기에서 이호철이 '큰 산'에 자신의 존재와 자신을 둘러싼 모든 균형의 근원을 두고 있었다는 것은 부성적 질서 속에 자아정체성의 안정된 기반을 확보하고 있었음을 보여 준다. 그리고 전통적 질서로서의 '큰 산'에 자아정체성의 기반을 두고 있음으로 인해, 이호철 소설의 주인공들은 근대 자본주의 사회의 출현에 대해 그것의 새로움과 경박스러움을 동시에 통찰해 냄으로써 특정한 이념 혹은 체제와의 동일화를 벗어나게 된다.

한편 『소시민』(1964~1965)은 월남 후 피난지 부산에서의 경험을 담은 자전적 소설로서, 작가 자신의 자전적 경험을 전통과 근대의 구조 변동이라는 구도 속에서 다룸으로써 전통/근대의 경계에서 자아정체성이 형성되는 과정을 그리고 있는 작품이다. 『소시민』은 피난지 부산을 배경으로, 이전까지의 사회 구조가 급격하게 무너지고 새로운 삶의 양식이 미국의 원조 물자의 흐름을 따라 비정상적인 속도와 양상으로 자리 잡게 되는 과정과, 이러한 상황을 살아가는 여러 인물 군상을 그리고 있다.

여기에서 주목되는 것은 주인공이자 화자인 '나'의 위치이다. 이 작품의 주인공 '나'는 주변 인물들의 삶의 내력과 자신을 둘러싼 이질적인 삶의 습속을 매우 예민하게 관찰하면서, 완월동 국수집을 중심으로 하여 일어나는 크고 작은 사건과 관계의 중심에 서 있다. 여기에서 '나'는 냉연한 관찰자인 동시에 감상적인 행동가로 드러난다는 점에서 이중적 성격을 지닌다.

단신 월남한 주인공이 피난지 부산에서 생활 세계로 진입하는 과정을 그리고 있는 이 작품에서, '나'는 완월동 제면소 주변의 여러 인물들을 냉연한 비평안을 가지고 관찰한다. 그리고 이러한 관찰은 자아정체성의 형성에도 영향을 끼친다. '나'의 관심은 한때 남로당 동지로서 이념에 투신하였으나 피난지 부산에서 각기 다른 길을 가게 되는 정씨와 김씨에 집중되어 있다. 정씨가 지닌 이념은 현실에 부딪히면서 점차 낡고 왜소한 것으로 되어 가는 반면, 김씨의 생활력은 점점 왕성해져 간다. 그러나 더 큰 맥락에서 보자면 이러한 상승과 몰락은 상대적일 뿐, 피난지 부산 바닥을 살아가는 모든 사람들은 전쟁으로 인한 비정상적인 사회 구조 속에서 한 덩어리로 휩쓸려, 사회 계층의 해체와 더불어 각 개인도 성격의 해체를 겪고 있는 셈이다.

정씨와 김씨의 중요성은 이들이 계층의 분화를 보여준다는 점에 있다기보다 이 둘이 '나'의 자아정체성 형성 과정에 영향을 끼친다는 점에 있다. '나'는 정씨와 김씨 사이에 자신을 위치시키면서 이들과의 교섭을 통해 자아정체성을 정립해 간다.

> 솔직한 얘기가 나는 아직 그들 나름의 순정으로 받아들이고 있는 그들의 체계와는 관계없이, 다만 모든 사람이 미치기 시작하고 무너지기 시작하는 마당에서, 어느 모서리 냉엄하고 건실한 것을 견지하고 있는 정씨의 그 어느 면인가에 반해 있고 의지하고 싶었던 것이었다.[42]
>
> 며칠 전만 해도 무너져 가는 이 거리의 어느 외곽에서 정씨 혼자 완강히 버티고 있다고 생각했었는데 지금의 생각은 정반대였다. 결국 정씨도 별수 없이 무너지기 시작하고 이제 무너지는 이 바닥 한가운데서 육중하게 버티고 걸어가는 것은 차라리 이 김씨라는 생각이었다.
> (중략) 나는 어느새 웃고 있었다. 이렇게 이런 김씨와 마주치면 살아간다는 일 자체가 무슨 큰 구멍이 펑 뚫리듯 까다롭지 않고 시원해서 좋았다.[43]

위 인용문은 주인공 '나'가 정씨와 김씨 사이에서 자아정체성을 정립하는 방식을 보여준다. '나'는 정씨 혹은 김씨와의 관계에서 이들의 욕망을

---

42) 이호철, 「소시민」, 『현대한국문학전집 8』, 신구문화사, 1967, 50~51면.
43) 「소시민」, 107면.

통해 자신의 정체성을 변형시킨다. '나'는 정씨가 자신을 지주의 아들로 전제하고 대하는 시선을 감지하고는 정씨를 자신의 편으로 생각하고 그가 가진 육중한 체계와 자신의 위치를 동일화한다. 그러나 김씨와 대면했을 때는 정씨의 체계가 무너지고 있음을 지각하면서 정반대의 위치에 자신을 정립한다. 이처럼 주인공의 자아정체성은 항상 타자와의 교섭을 통해, 다시 말해 타자의 욕망에 의한 자기 변형의 결과로 형성된다는 점에서 양가적이다.44) 이러한 자아정체성의 정립은 자아의 혼란 혹은 분열과는 분명 다르다. 사실 이 작품에서 급속한 사회 구조의 해체 속에서도 몰락하지도 않고 타락하지도 않는 인물은 '나' 한 사람뿐이다. '나'는 낡은 이념에 얽매여 낙오하거나 새로운 사회 구조에 편승하여 타락하지 않고, 자기 나름대로의 두터움으로 험한 세상을 건너고 있는 바, 이는 자아정체성의 양가성에서 비롯한 결과라 할 수 있다.

한편 이러한 관찰자로서의 위치와는 달리, 성(性)에 눈뜨게 되는 과정을 통해 생활 세계로 진입하게 되는 데에서 '나'는 주인공이 된다. '나'를 주인공으로 하는 이 이야기의 축은 '타락과 정화'를 기본 서사로 하고 있으며, 여기에서 성은 타락과 정화의 계기가 된다.

'나'는 처음에는 죽은 강영감의 딸 매리와, 나중에는 주인마누라와 성관계를 맺으면서 타락의 길로 접어들게 된다. 여기에서도 중요한 점은 이 일을 자아가 어떤 방식으로 받아들이느냐이다. '나'는 매리와 만나는 동안 매리와의 관계를 천안 색시의 청결함과 대비하면서 '무엇인가 조잡하고 청결하지 못하다'고 느낀다. 주인마누라와의 해괴한 관계를 치루면서도 그

---

44) 정체성의 형성과정이 양가적이라고 할 때 그 의미는, 첫째, 타자의 시선이나 위치와의 관계 속에서 성립된다는 것, 둘째, 정체성 형성의 위치 자체가 분열의 공간이라는 것, 셋째, 정체성 형성의 문제는 결코 미리 주어진 정체성의 승인이 아니라 항상 정체성의 이미지와 그 이미지를 가장하는 주체의 변형의 생산물이라는 것이다. 호미 바바, 『문화의 위치』, 소명출판, 2002, 103~104면.

는 자신의 태도를 합리화하려고 애쓴다. 결국 이 두 경우 모두 스스로 '타락'이라고 규정하고 있는 셈이다. 한편 '나'는 한쪽으로 매리나 주인마누라와의 정사에 빠져있으면서 다른 한쪽으로 정씨와 더불어 이념과 현실을 둘러싼 토론을 벌이기도 하는데, 이런 자기 자신을 수치스럽게 생각한다. 이런 두 가지 상반된 상황 사이의 격차를 민감하게 느끼면서도 '나'는 자아의 분열에 이르지는 않는다. 그것은 '나'가 자신의 타락을 전적으로 상황의 탓으로 돌리면서 이러한 상황에 처해 있는 자기 자신을 객관화하고 있기 때문이다.

> 참, 사람이란 여러 가지고, 술수라는 것도 여러 가지라고 익살을 섞어 생각하며 순간 정씨와는 제법 그런 대화를 나누는 주제에 겨우 이런 꼴로 이 주인마누라에게 당해야 하는 나 자신이 착잡한 심정이었다. 그러나 생각한다는 것은 금물이다, 감당해 가야 하는 것이다……
> (중략) 피폐해 가고 있다, 나는 주게 넘게 이렇게 속으로 중얼거렸다. 집단으로서의 규범에 반항을 할 수 있을 때 사람은 뜨거운 정열을 발산할 수 있는 것이지만 그런 규범을 완전히 잃어버릴 때 각 개개인은 무의미하게 부풀어 오른다. 그리고 이때 더 못 견디기 시작한다. 결국 성의 난무가 개시되게 마련이다.[45]

한편 '나'는 정씨의 누이 정옥과의 관계를 통해 정화됨으로써 타락으로부터 벗어나게 된다. '나'와 정옥의 관계, 그리고 정옥의 죽음은 『소시민』의 다른 부분과 비교할 때 매우 이채롭다. 다른 부분에서는 시종일관 '나'는 냉연한 관찰자적 시선을 유지하고 있고 이 시선은 자기 자신을 향해 있기도 하지만, 정옥과의 관계에서는 그렇지 않다. '나'는 한 눈이 흰자위뿐인 정옥을 보자마자 '그녀 속에 완전히 잠겨 들고 있는 듯한 조바심'을 느

---

45) 「소시민」, 98면.

낀다. 그리고 흰자위뿐인 눈에서 신비스러움을 느낀다. 또 그녀의 기구한 내력담을 듣고 '나'는 그녀의 신체적 결함과 더불어 비극적인 운명을 예감하게 된다.

이러한 정옥과의 관계를 통해 '나'는 정화의 길로 들어서게 된다. 정씨 누이의 내력담을 들은 '나'는 온몸에 열이 나면서 느닷없이 코피가 터지고 앓아눕게 되는데, 이는 타락에서 정화로 나아가는 과정에서의 진통이라 할 수 있다. 그리고 이제 서사는 정씨 누이의 죽음으로 달려간다. '나'는 정옥이 시집가는 꿈을 꾸고 난 후 그날 첫 새벽에 일어난 이상한 상황과 풍경을 정옥의 죽음과 관련시키면서 조바심에 사로잡힌다. '나'와 정옥의 관계가 어떤 의미를 지닌 것인지, 그리고 왜 정옥은 죽음을 맞이한 운명에 처해 있는지, 그 이유와 의미를 작가는 죽음을 앞둔 정옥의 말을 통해 제시한다.

> "요즈음은 살아남는다는 일이 차라리 뻔뻔한 일이 아닙니꺼. 더더구나 숱한 땀냄새와 피 냄새를 피하여서 외진 구석에서나마 이러한 사람 둘이 같이 있다는 것을 이 바닥의 신(神)이 있다면 용납이나 할 일이겠습니꺼? 신(神)이란 곧 그 바닥의 큰 대세(大勢)잉 기라요. 궁극의 풍경이라는 것이, 착하고 예쁘고 아름다운 사람들 사이라는 것이, 이 바닥에서 꽃필 자리가 못되능 기라요. 이런 꽃방석은 가까이 죽음을 전제하지 않고는 마련하지 않을 깁니다. 이 바닥의 신도 말입니더." (중략)
>
> "우연히 부딪히는 일들은 맨 밑속을 관통하고 지나가지는 않는 법입니더. 착한 사람은 얼핏얼핏 약한 기라예. 그러나 속은 더 단단한 기라예. 물들지 않는, 전염되지 않는 정신이 가장 귀하고 단단하다 안캅니꺼. 박 선생은 그 단단한 속을 지니고 계싱 기라예. 잠시 마음속은 멀쩡해 있는 신파극을 하는 것이지예."[46]

---

46) 「소시민」, 133~134면.

주인공이 정옥의 죽음을 통해 정화의 길로 나아갈 때, 그는 자신을 이 바닥의 신이 용납하지 않는 '착하고 예쁘고 아름다운 사람들' 속에 위치시킨다. 그리고 그녀의 말처럼 그의 타락은 그의 맨 밑, 즉 자아정체성의 근저를 관통하지 못한다. 그렇다면 '나'는 자신의 자아정체성의 궁극적인 바탕을 어디에 두고 있는가? 그것은 이제 피난지 부산이라는 상징적 질서 속에서는 불가능성으로만 존재하는 어떤 것으로서, 그것은 정옥이 '꽃방석'이라고 표현한 이 두 사람의 아름다운 관계이며, 타락하기 전 천안 색시가 지니고 있던 것이기도 하며, 작품의 마지막에서야 주인의 형의 집에 가서 느끼게 되는 '미묘하게 수줍은 듯한 감정과 짙은 향수'이기도 하다.

> "고향이 어디랬지유?"
> 한참만에 그녀는 이렇게 물었다.
> "이북이야요."
> 나는 이렇게 퉁명스럽게 대답했고, 그녀는 한참 동안 말이 없었다. (중략)
> 나는 어느새 그녀의 치마폭 위에 두 손을 얹어 놓고 있었다. 그러나 마음은 말할 수 없이 청결해 있었다. 그녀도 청결한 솜씨로 내 두 손을 조용히 쓰다듬어 주었다. 어느새 나는 또 울고 있었다. 그녀는 또 말없이 내 눈물을 닦아 주었다.[47]

'고향' 혹은 '전통'이라고밖에 표현할 수 없을 그것은 상징적 질서로의 편입을 완강히 거부하면서, 생활 세계를 살아가는 사람들의 깊은 곳을 이루고 있는 어떤 것이다. 또 낯선 근대로 인해 이제는 쉽사리 닿지 못하는 것이 되어 버린, 그래서 불가능성으로만 존재하는 삶의 진면목이다. 이 점에서 이호철 소설에서 '큰 산'으로 표현된 '고향' 혹은 '전통'은 라캉적 의미의 실재계에 속해 있다. 실재계로서의 전통에 자아정체성의 궁극적인 바

---

47) 「소시민」, 22~23면.

탕을 두고 있음으로 인해, 자아정체성은 양가적인 것으로 드러난다. 이호철의 소설에서 자아정체성은 타자와의 관계 속에서 형성되며, 타자의 욕망으로 인해 변형되는 과정을 통해 정립된다는 점에서 양가적이다.

❷ 풍자소설의 자기 희화화와 남한 체제 탐색

실향의 감상을 벗어나 남한 체제 내부로 진입한 이호철 소설의 주인공들은 이제 본격적으로 남한 체제를 탐구하기 시작하는데, 이때 우선적으로 선택된 방식은 '풍자'였다. 1960년대 중반에 풍자소설이 등장하게 되는 데 대해서는 보다 본격적인 논의가 필요하겠지만,[48] 이는 4·19 혁명으로 고양되었던 분위기가 급격히 냉각되고 체제가 경화되어 버린 당시의 정치적 상황과 무관하지 않다. 4·19에서 5·16으로, 다시 한일 회담에 따른 계엄 선포로 이어지는 이 시기의 정치적 상황은 혁명이 가져다 줄 자유를 기대했던 당시 지식인들에게 냉소와 허무를 불러일으킬만한 것이었다.

1960년대 중반 이후 이호철의 소설이 보여주는 자아정체성은 초기소설의 그것과는 다른 양상으로 드러나고 있다. 「탈향」, 「나상」, 『소시민』 등은 모두 자전적 소설로서 서정성·감상성을 특징적으로 보여주고 있거니와, 이는 생활 세계로의 진입 과정에서의 진통을 보여주는 것이라 할 수 있다. 이러한 진통은 사회적·심리적 뿌리는 고향에 두고 있는 주인공들이 고향을 벗어나 이제 막 남한 사회 내부로 진입하여 새로운 사회의 일원이 되는 과정에서 비롯되는 것이다. 이처럼 이호철의 초기소설이 '탈향'에

---

48) 1960년대 중반은 가히 풍자소설의 시대였다고 할만하다. 이호철의 풍자소설 외에도 남정현의 「너는 뭐냐」, 「분지」, 서기원의 「아리랑」, 「이유」, 「오산」, 최인훈의 「총독의 소리」, 「크리스마스 캐럴」 등 많은 풍자소설이 발표되었다. 1960년대의 풍자소설에 주목한 논의로 다음을 참고할 수 있다. 김영택, 「1960년대 한국소설과 풍자」, 『현대소설연구』 8, 1998 ; 김준현, 「반공주의의 내면화와 1960년대 풍자소설의 한 경향」, 『상허학보』 21, 2007.

의 의지를 드러내는 데 초점을 두고 있다면, 1960년대 중반 이후 소설은 이제 남한 사회에 진입한 주인공이 외부인의 시선으로 남한 사회 내부를 탐구하는 것으로 그 초점이 옮겨지게 된다. 뿐만 아니라 이러한 외부적 시선으로 자기 자신을 투시하게 됨으로써 자아정체성 정립의 문제 역시 새로운 단계로 나아간다. 이제 주관성·감상성을 넘어 남한 체제 내부에 속한 존재로서 월남민 정체성에 대한 탐색으로 나아가게 되는 것이다. 풍자를 통한 자기 희화화는 이 시기 남한 사회 내부를 탐구하는 동시에 남한 사회 내에 속한 월남민의 정체성을 탐색하기 위한 방법으로 채택되었는데, 이로써 이호철의 소설은 새로운 단계로 나아가게 된다.49)

이 시기 이호철의 풍자소설은 크게 두 부류로 나누어지는데, 그 하나는 경화된 남한 체제를 우회적으로 비판한 작품이고, 다른 하나는 월남민을 주인공으로 설정하여 이들이 남한 체제에 진입하지 못하고 소외된 상황을 풍자한 것이다.

「등기수속」(1964), 「부시장 부임지로 안가다」(1965), 「자유만복」(1965), 「1965년, 어느 이발소에서」(1966) 등은 첫 번째 부류에 포함되는 것으로, 이들 작품은 모두 확인되지 않은 불안과 조바심으로 인해 일어나는 희극적 해프닝을 그리고 있다는 점, 등장인물을 희화화하면서도 인물 자체에 대한 비판에 머무르지 않고 이들을 둘러싸고 있는 체제를 우회적으로 비판하고 있다는 점 등에서 공통점을 지닌다.

「등기수속」은 월남민인 주인공 현구가 친구의 권유로 2년 전에 사 놓았

---

49) 1960년대 중반 이후 이호철 소설에 대한 논의는 주로 풍자소설에 집중되어 있다. 그러나 이들 연구는 풍자소설을 그 이후 이호철 소설의 변모와 관련지어 해명하지 못함으로써 풍자의 양상을 현상적으로 드러내는 데 머물렀다. 이호철의 풍자소설에 대한 논의로 다음을 참고할 수 있다. 민현기, 「이호철의 풍자소설」, 『한국현대작가연구』, 민음사, 1989 ; 김택호, 「일상에 억압된 소시민들에 대한 풍자」, 『한중인문학연구』 14집, 2005 ; 김준현, 위의 논문.

던 땅을 자기 명의로 옮기는 과정에서 일어난 해프닝을 그린 것으로, 복잡한 등기수속 과정을 계엄 상황과 병치시켜 놓음으로써 당시 정치 상황을 풍자하고 있다. 등기수속을 하러 나섰지만 사태는 엉뚱하게 진행되어, 현구는 구청에서 등기소로, 대서소로, 동회로, 또 땅이 있는 현장으로 오가게 되고, 그 과정에서 주인공은 계엄하의 대한민국을 살아가는 월남민의 막연한 불안을 경험하게 된다. 「부시장 부임지로 안가다」는 '1960년대의 혁명', 보다 정확히 말해 5·16에 대한 신랄한 풍자이다. 이 작품은 마산 부시장 발령 사실을 알리러 온 군인을 용공분자를 잡으러 온 것으로 오해한 주인공이 이를 피해 이곳저곳으로 도망하면서 일어난 희극적 해프닝을 그렸다. 이 작품에서도 희극적 해프닝과 혁명 공약을 병치시켜 놓는 방식으로 당시 남한 체제를 풍자하고 있다. 또 「1965년, 어느 이발소에서」는 이발소에 들어온 두 청년의 태도로 인해 느슨한 분위기에 감겨 있었던 사람들이 모두 불안과 공포에 질리는 상황을 그렸다. 작품 마지막 부분에서 이두 청년이 대한민국의 일개 시민임이 밝혀지는데, 이와 같은 반전을 통해 작품은 반공을 앞세운 남한 체제가 당시를 살아가던 사람들의 실감과는 동떨어진 채 억압적인 분위기를 만들어내기만 할 뿐이라는 점을 풍자하고 있다.

이처럼 이들 작품은 희화화와 희극적 반전을 형식적 특징으로 하고 있거니와, 「등기수속」은 이러한 작품 중 가장 먼저 발표된 것이면서 작가의 자전적 경험을 제재로 삼아 월남민의 정체성 문제를 제기하고 있다는 점에서 주목된다. 월남민인 주인공이 땅을 사고, 이를 자기 명의로 확정 짓는 과정은 자아정체성 문제와 무관하지 않다. 땅을 가진다는 것은 이제는 더 이상 현재의 삶을 임시적인 것으로 여기지 않고 남한 사회에 자신의 터전을 마련하고자 하는 것이기 때문이다. 현구가 겪게 되는 여러 가지 해프닝 중에서 월남민으로서의 자아정체성을 확인하게 되는 과정이 삽입되어 있는 것은 이를 잘 보여준다.

> 세종로에서 내려 택시를 잡았다. 통인동 동회사무소로 가서 주민등록
> 카아드를 찾으니, 거기 꽤 두꺼운 모조지 한구석에 동거인으로서 '徐顯九'
> 라는 이름이 나왔다. 비로소 그는 허붓하게 웃으면서 10년 떨어져 있던
> 어버이나 만난 듯이 즐겁고 대견하고 대번에 안심이 되고, 이것으로 벌써
> 일의 반은 다 된 듯이 손수건을 꺼내 이마와 목을 훔치고 남방샤쓰 속의
> 가슴께에서까지 땀을 씻어 냈다. 그러면서 새까만 땟물이 묻은 손수건을
> 동회 서기에게 내보이기까지 하면서,
> "이거 보세요. 서울 거리라는 데가 이러니 이거 살 곳입니까."
> 점잖게 시 위생행정까지를 운위하는 것이었다.[50]

현구가 주민등록카드에서 자신의 이름을 확인하고 느끼는 감정은 어디
에도 소속되지 못한 채 살아온 월남민의 처지에서 비롯된 것이다. 자전적
소설인 『남풍북풍』에서도 동일한 모티프가 반복되고 있거니와, 「등기수속」
의 경우 이러한 월남민의 자아정체성을 자기 희화화를 통해 드러내고 있
다는 점이 특징적이다. 이러한 자기 희화화는 월남민으로서의 자기 처지를
초월하여 이를 냉소적으로 바라보는 또 하나의 시선을 설정할 때 가능해
진다. 물론 이러한 자기 초월은 객관적인 상황 변화를 담보하지 못하고 주
관적인 것에 머무르게 될 경우 허무주의로 떨어지기 쉬운 것인데, 이 시기
이호철의 풍자소설이 허무주의로부터 멀리 떨어져 있지 못한 것은 이를
잘 보여준다.[51]

그렇다면 남한 체제를 비판하는 동시에 자기 자신마저 희화화하는 이
시선이 궁극적으로 위치하는 곳은 어디인가? 그것은 전쟁이나 월남의 경
험에도 불구하고, 또 북한 체제나 남한 체제 등 삶의 겉모양을 규정하는

---

50) 「등기수속」, 『자유만복』, 서음출판사, 1968, 281~282면.
51) 권영민, 앞의 글 참고.

체제의 변화에도 불구하고, 변하지 않은 채 육중하게 자리 잡고 있는 삶의 진면목이라 할 수 있다. 이러한 삶의 진면목은 그때그때의 표준이라는 것으로 미리 규정된 일정한 척도를 넘어선 곳에 존재하는 것이라는 점에서 '생리' 혹은 '근원적 정서'라 할 수 있는 것으로, 이호철의 소설에서 조금씩 모습을 달리 하여 나타난다.

이처럼 이호철의 풍자소설은 특정한 이념에 기대어 현실을 규정하는 대신, '근원적 정서'에 기대어 남한 사회의 세태와 그 세태에 휩쓸려 다니는 인물들을 희화화한다는 점에서 세태 풍자로 그 성격을 규정할 수 있다.[52] 풍자가 현실에 대한 간접적이고 우회적인 비판이라고 할 때, 현실을 비판하는 근거, 즉 이념이 전제되는 것은 당연한데, 이호철의 풍자소설은 이념적인 근거를 지니고 있지 않음으로 인해 1960년대 중반이라는 특수한 상황을 벗어나서는 지속되기 어려운 것이었다. 『공복사회』(1967)와 『4월과 빙원』(1967, 뒤에 『4월과 5월』로 개제)은 이러한 사정을 잘 보여준다. 이 두 작품은 중·장편의 형식으로서, 1960년대의 경화된 남한 체제를 우회적으로 비판하고자 하였다는 점에서 풍자소설에 포함될 수 있지만, 풍자의 대상과 논리가 불명확하여 앞의 작품들에서 더 나아가지 못한다.

한편 1960년대 이호철의 풍자소설의 또 하나의 부류는 남한 체제 내부로 진입하는 데 실패하여 국외자로 전락한 월남민을 희화화한 것이다. 「퇴역선임하사」(1965~1966, 「고여 있는 바다」에서 개제), 『서울은 만원이다』(1966) 등은 이 부류에 포함될 수 있는 작품이다. 이들 작품은 월남민 주인공을 풍자의 대상으로 삼고 있으며, 이들을 둘러싼 체제에 대한 풍자로 나아가

---

52) 김준현은 「부시장 부임지로 안가다」와 「어느 이발소에서」를 분석한 글에서 이 작품들을 반공주의 비판으로 파악하였지만, 이는 이 시기 이호철의 풍자소설이 지닌 일반적 특징이라고 보기는 어렵다. 이 두 작품 역시 '반공'이라는 이념 자체에 대한 풍자라기보다 '반공주의'가 유포되는 과정에서 빚어진 희극적 해프닝을 그리고 있다는 점에서 세태 풍자에 초점이 있다고 할 수 있다. 김준현, 앞의 논문.

지는 않는다. 이들 월남민 주인공들이 풍자의 대상이 되는 주된 이유는 이들이 지닌 성격적 결함에 있으며, 이러한 성격적 결함은 개인적인 것에 머무를 뿐 사회적, 역사적 의미로 확대되지는 않는다.

「퇴역선임하사」의 주인공 상호는 월남 후 하사관으로 복무한 후 상사로 제대한 인물이다. 제대 후 이렇다 할 직업을 구하지 못한 채 형님의 도움으로 살아가면서도, 소신에 어긋나지 않게 하사관 생활을 한 것을 자랑으로 떠벌리는, 경박한 성격의 소유자이다. 그는 심씨가 자신을 대령으로 소개하자 표정을 바꾸어 대령 행세를 하려 들고, 일이 들통이 난 마당에도 도리어 이쪽에서 큰소리치는 치는 등 허황한 성격의 소유자이기도 하다. 소설은 이러한 성격을 지닌 상호가 취직 등으로 주변 인물들과 얽히는 과정에서 벌어지는 웃지 못한 해프닝을 그린다. 소소한 사건이 일어날 때마다 상호는 허풍과 자기 과시로 그 일에 대어들지만, 상황은 언제나 상호가 원하는 것과는 반대로 진행된다. 자기 쪽에서 취직이 급한 판이면서도, 편집 일을 맡아달라는 협회 사무장의 제의에 괜히 바쁜 척 거드름을 피우고, 그러다가 일이 꼬이게 되자, 이사장에게 욕을 퍼붓고 소동을 일으킨다. 또 취직 소동 사이에 아내의 출산이라는 또 하나의 에피소드가 삽입되어 있는데, 여기에서도 상호의 경박스러움이 잘 드러난다. 그는 아내가 해산하자 딸인지 아들인지 정확히 확인도 하지 않은 채 아들인 것으로 생각하고, 야밤에 시장으로 나가 고추를 사네, 약방으로 가서 여기저기 전화를 하네 소동을 피우고는, 집에 돌아와서 딸인 것을 알고 크게 실망한다.

『서울은 만원이다』의 남동표도 「퇴역선임하사」의 상호와 비슷한 인물이다. 『서울은 만원이다』는 1960년대 근대화, 도시화가 급속하게 진행되는 서울을 배경으로, 월남민인 남동표와 통영 출신으로서 서울에서 몸을 팔면서 살아가는 길녀를 주인공으로 설정하여 당시의 풍속을 그려낸 장편소설이다. 작품은 남동표와 길녀 외에도 길녀를 따라다니는 기상현, 창녀

이면서 길녀의 친구인 미경, 선린동집 사람들, 금호동집 사람들, 복실어멈 등 수많은 등장인물들을 종횡으로 엮어 복잡한 이야기를 만들어내면서, 이들 인물과 당시 서울의 세태를 풍자한다. 이 중에서도 남동표는 주된 풍자의 대상이 된다. 이 작품의 첫 대목의 제목을 '허황한 사람'으로 설정한 데에서도 드러나고 있거니와, 남동표는 겉으로는 호인이고 그때그때 닥치는 일에 대해서는 허풍을 떨고 시원시원하면서도, 뒷감당을 하지 못하여 늘 임시적인 삶을 면하지 못하는 인물이다.

> 남동표는 원래 어릴 적부터 큰소리치는 맛과 제 자랑하는 맛이 없으면 살맛이 없는 사람이었다. 당장 굶고 곧 죽어 가도 입으로는 큰소리가 술술 자연스럽게 흘러 나오는 것이다. 이 길에 들어서는 그야말로 팔자로 타고났다.
> 이런 사람이 흔히 그렇지만, 조금만 기분 좋고 조금만 유쾌하면 이 유쾌한 기분을 어디서라도 발산하고 폭발을 시켜야지 잠시도 참지를 못하는 성미다. 어떤 사람은 차근차근 삭여 가면서, 유쾌한 기분을 혼자 음미해 가면서 즐기는 사람이 있는데, 남동표는 백번 죽어도 그러지는 못할 사람이었다.53)

그는 기상현의 돈 8만 원을 훔쳐 그 돈으로 연합 서민 금융에 취직해 호인 행세를 하고, 회현동 하숙집에서 길녀와 버젓이 살림을 차린다. 시간이 지날수록 직장에서나 하숙에서나 그의 실속 없음이 드러나게 되고 길녀마저 잠적해버리자, 그는 다시 기상현을 찾아가는데 갚을 돈이 없으면서도 특유의 호인풍으로 기상현을 휘어잡는다.

「퇴역선임하사」와 『서울은 만원이다』에서 '국외자'형 월남민들은 서사의 진행에도 불구하고 그 성격과 처지가 변화하지 않는다. 이들이 겪는 사

---

53) 이호철, 『서울은 만원이다』, 문학사상사, 1994, 237면.

건들은 모두 이들의 허황한 성격을 부각시키는 기능을 할 뿐, 이들 존재의 근저를 관통하는 사건이 되지 못한다. 이 점은 『서울은 만원이다』에서 남동표와 길녀를 대비할 때 명확히 드러난다. 작품의 후반부에서 길녀는 동생의 편지를 받고 고향을 다녀오게 되는데, 이 과정에서 일정한 성격 변화를 겪게 된다.

> 스스로 생각해도 분명치는 않지만 무언가 본질적으로 흐느꼈다. 이때까지 살아오던 차원과는 다른 차원으로 넘어가고 있다고 생각되었다. 그 다른 차원이란 어떤 차원인지 길녀 스스로 알 수는 없었다.
> 한 시간 가량 울던 길녀는 갑자기 새침하게 가라앉은 표정이다가, 자기 백에 넣었던 칠만 원을 도로 남동표 가방에 넣어 두고 방을 나왔다.[54]

작품의 마지막 부분에서 길녀는 귀향했다가 다시 상경하는 도중 부산에서 우연히 남동표와 마주쳐 여관으로 들게 되지만, 스스로 남동표를 떠나게 된다. 남동표의 돈을 가지고 가려다가 다시 두고 나오는 것은 남동표와의 인연을 끊고 '이때까지 살아오던 차원과는 다른 차원'으로 살아가게 될 것을 암시한다. 이에 비해 남동표는 여전히 허황한 가락을 벗어나지 못하고, 도리어 모멸감을 가지고 바라보는 길녀의 시선에 의해 그 허황한 것이 포착됨으로써 타자화되고 있다.

> 길녀는 가타부타 말이 없었지만 일순간 남동표를 건너다보는 눈길에 또 그 모멸의 빛이 어리었다.
> 이런 사람과 한때 울고불고, 마음만은 착한 사람이다, 착한 사람이다, 하고 생각했던 것이 어이가 없기도 하였다.[55]

---

54) 『서울은 만원이다』, 416면.
55) 『서울은 만원이다』, 413면.

그렇다면 이때 남동표를 타자화하는 길녀의 시선이 근원적으로 위치하는 지점은 어디인가? 이 물음은 국외자형 월남민을 희화화하는 작가의 시선이 위치하는 지점이기도 한데, 여기에서 다시 작가가 기대고 있는 '삶의 진면목'으로 되돌아가게 된다. 길녀가 고향을 다녀온 후 남동표를 대하는 시선이 변모하였다는 점이 의미심장하거니와, 이는 급속한 근대화로 인해 뒤틀린 세태 속에서도 무언가 변하지 않고 어떤 실감을 지닌 삶의 진면목이 존재하고 있음에 대한 기대가 그 이면에 내재되어 있음을 보여준다.

월남민의 정체성 모색이라는 관점에서 볼 때, '국외자'형 월남민에 대한 이러한 희화화는 자기 내부에 속한 타자의 계기를 부정하는 것이라 할 수 있다. 즉, 이러한 희화화는 자기 내부에 속한 '타자'와 '자기'를 분리하고, '자기'의 시선으로 '타자'의 계기를 부정하는 데에서 비롯되는 것이다. 그러나 이러한 방식으로는 월남민으로서의 자기 존재를 해명하는 데 한계가 있다. 왜냐하면 희화화를 통해 부정한 타자의 계기 역시 자기를 구성하는 일부임에 틀림없는데, 이를 부정하고서는 타자의 계기를 끌어안음으로서만 이룰 수 있는 더 높은 차원의 자기를 구성하지 못하기 때문이다. 이 시기 풍자소설에 나타난 월남민의 존재는 남한 사회의 구조 속에서 그 위치와 의미를 찾지 못하고 희화화된 개인으로 남아 있는데, 이는 이러한 자기 및 타자 인식 방식에서 비롯된 것이라 할 수 있다.

한편 1970년대 이후 이호철의 소설은 월남민으로서의 개인적 체험을 통해 분단체제에 대한 인식으로 나아감으로써 질적인 변화를 거치게 되는데, 이에 이르면 분단체제라는 객관적 조건 속에서 월남민의 정체성을 파악하고자 하는 시도를 보여주게 된다.

3. 식민 / 피식민의 구조 변동과 양가적 자아정체성의 형성

1) 자아 분열의 기원 탐색으로서의 서사

전후 민족국가 담론은 식민지 시대와 한국전쟁에 대한 집단적 기억을 구성하였다. 그러나 이러한 집단의 기억은 이 시기를 살아온 개인들의 다양한 경험과 복잡다기한 욕망을 포착하지 못하며, 집단의 기억으로부터 벗어난 자아의 기억을 억압하고 이를 변형시킨다. 집단적 기억이 포착하지 못하는 자아의 내밀한 기억을 끊임없이 환기하고자 할 때 자아는 분열에 처하게 된다. 최인훈은 이러한 자아의 분열과 이를 극복하려는 시도를 실험적 형식을 통해 드러내 보여준다.

최인훈의 소설에서 서사는 집단의 공식적 기억과 자아의 내밀한 기억이 예각적으로 충돌하는 지점에서 시작된다. 그의 소설은 집단의 공식화된 기억에 수렴되지 않는 자아의 기억을 환기하고 이를 다양한 형식 실험을 통해 보여줌으로써 집단의 공식적 기억에 내재되어 있는 폭력성을 드러낸다.56) 그리고 자아의 내밀한 기억을 환기하는 과정에서 자아정체성이 형

---

56) 최인훈은 전후 월남작가 중 가장 많이 논의된 작가이다. 특히 최인훈 소설의 실험적 형식에 주목한 논의가 많았다. 개별 작품으로는 『광장』, 『회색인』 등 초기 작품에 대한 논의가 주를 이루었고, 최근 들어 탈식민주의적 관점에서 『총독의 소리』, 『태풍』 등을 규명하려는 시도가 진행 중이다. 최인훈 자신이 밝힌 바 있거니와, 『광장』에서 『회색인』, 『서유기』, 『소설가 구보씨의 일일』을 거쳐 『태풍』에 이르는 작품의 과정은 연속적인 것이다. 따라서 최인훈의 소설을 규명하기 위해서는 이들 작품이 지닌 실험적 형식을 포괄적인 관점으로 파악하는 것이 중요하다. 본 연구는 최인훈의 소설이 보여주는 실험적 형식이 자아정체성의 양가성을 보여주는 것으로 파악하고자 하였다. 즉, 최인훈의 소설은 체제 변전의 과정에서 자아의 내밀한 기억이 집단의 공식적 기억과 충돌하게 되면서 자아가 분열에 처하게 되고, 분열에 처한 자아가 분열의 기원을 거슬러 올라감으로써 이를 극복하고자 하는 시도를 보여준다. 최인훈 소설에 대한 포괄적 연구 성과로 다음을 참고할 수 있다. 허영주, 「최인훈 소설의 정신분석학적 연구」, 계명대 박사논문, 1995 ; 김인호, 「최인훈 소설에 나타난 주체성 연

성되는데, 이렇게 형성된 자아정체성은 분열을 그대로 내재하고 있음으로 해서 동일화를 통해 형성된 자아정체성과는 다른 형식으로 드러나게 된다. 최인훈은 그의 소설에서 자아의 기억과 관련된 시공간을 자아의 입장에서 다시 명명함으로써 집단의 공식적 기억을 벗어난다. 『두만강』(1970)의 'H읍', 『회색인』(1963)과 『서유기』(1966)의 '그 여름', 'W시' 등이 그것이다. 이러한 명명법은 상징적 질서로 편입하여 분열에 처한 자아가 그 분열의 기원을 탐색하기 위해 자아의 기억을 거슬러 올라가는 과정에서 만나게 되는 존재의 핵심을 표현하기 위한 것이라 할 수 있다.

최인훈이 겪은 체제 변전의 경험과 그로 인한 자아의 분열은 월남작가들에게서 공통적으로 드러나는 경험이며, 최인훈의 소설 역시 전쟁 및 월남 경험으로 인해 분열된 인물을 그리고 있다는 점에서 다른 월남작가의 소설과 공통점을 지닌다. 그러면서도 최인훈의 소설은 이러한 경험을 다양한 형식 실험을 통해 표현하고 있다는 점에서 다른 월남작가들과 크게 구별된다. 특히 최인훈의 소설은 집단적 정체성과 분리되는 지점에서 자아정체성이 형성되는 것을 보여주되, 이러한 자아정체성 형성 양상을 소설 형식에 대한 자각적 탐구로 확장하고 있다는 점은 크게 주목할 만하다.

최인훈은 식민지시대 말기부터 1960년대 초에까지 여러 차례 체제 변전의 경험을 하게 된다. 그가 학교에 입학하여 식민지 교육을 받은 것이 1943년이었고,[57] 이로부터 1960년대 초 그의 나이 20대 후반에 이르기까

구」, 동국대 박사논문, 1999 ; 권명아, 「한국전쟁과 주체성의 서사 연구」, 연세대 박사논문, 2002 ; 성지연, 「최인훈 문학에서의 '개인'에 관한 연구」, 연세대 박사논문, 2003 ; 양윤모, 『정체성 탐구와 소설의 형식』, 박이정, 2003 ; 정영훈, 「최인훈 소설에 나타난 주체성과 글쓰기의 상관성 연구」, 서울대 박사논문, 2005.

57) 최인훈은 함경도 회령에서 출생하여 성장하다가 해방 후 북한 체제가 들어서는 과정에서 원산으로 이주하게 된다. 회령의 기억에 대해서는 다음을 참고할 수 있다. 이창동(대담), 「최인훈의 최근의 생각들」, 『작가세계』, 1990 봄.

지 체제 변전에 전면적으로 노출되어 있었던 셈이다.

최인훈에게 있어서 해방은 처음으로 맞이한 체제 변전의 경험이었다. 『두만강』에서 볼 수 있듯 그에게 있어서 'H읍'에서의 유년기는 순수한 서정의 세계로 기억되지만, 민족국가 담론이 구성하는 공식적 기억에는 그것은 '일제 말기' 혹은 '암흑기'로 규정되었다. 최인훈의 처녀작이라 할 수 있는 『두만강』은 유년기의 안정된 세계상을 그림으로써 이 두 기억이 빚어내는 차이를 봉합하고자 한 시도였다.[58]

『두만강』은 1943년 두만강변에 있는 소도시 'H읍'을 배경으로, 소학교 3학년인 어린 아이 한동철과 그 주변 인물들의 평범한 일상을 다룬 이야기이다. 동철의 시선에 의해 그려지는 이 작품은 전체를 꿰뚫는 사건이 없고, 각 사건 사이의 선후 연결 관계는 매우 느슨하며, 작가 자신의 말처럼 '어디서 끝나서 안 될 성질의 작품이 아니'다.[59] 1950년 가족과 함께 월남했던 최인훈은 1952년 피난지 부산에 혼자 남아 이 소설을 썼다. 그래서 그는 이 작품을 '부산 1952년 한국'이라고 명명하기도 했다.[60] 이러한 명명법은 작품에 드러난 내용에 초점을 맞춘 것이 아니라, 이 작품이 작가 자신에게 어떤 의미를 지닌 것이었는가에 초점을 둔 것이라 할 수 있다. 즉 1952년 피난지 부산에서 자아의 분열을 극복하고 자아정체성을 정립하기 위해 쓴 작품이 『두만강』이었던 것이다.

> 나는 내 속에서 흘러간 시간을 따라가면서 한 세계를 만들어 내는 즐거움에 빠져 있었다. 지금 나는 그 행위에 대해서 이름을 줄 수 있을 것

---

58) 『두만강』이 담고 있는 자전적 모티프는 최인훈의 다른 소설에 나오는 '그 여름', 'W시'의 경험보다 시기적으로 앞선 것으로, 이 유년 시절을 다룬 최인훈의 작품으로는 『두만강』이 유일하다. 그럼에도 불구하고 『두만강』은 연구의 대상으로 거의 주목받지 못했다.

59) 최인훈, 「두만강—작가의 말」, 『하늘의 다리 / 두만강』, 문학과지성사, 1994, 122면.

60) 최인훈, 「원시인이 되기 위한 문명한 의식」, 『길에 관한 명상』, 청하, 1989, 31면.

같다. 내 손으로 만들어 낸, 그것은 자제(自制)의 통과의례(通過儀禮)였다고 말하고 싶다. 내 자신의 사회적 자아를 확인할 것을 주위에서 발견해 내지 못한 마음이 만들어 낸 사제(私製)의 의식(儀式), 그것이 『두만강』을 쓴다는 행위가 나에게 가진 뜻이었을 것이다.[61]

결국 『두만강』은 완성되지 못하였고, 처녀작임에도 불구하고 1970년에야 발표되었으며, 발표할 때는 처음 쓴 원고의 뒷부분 약 300매 분량을 잘라낸 채 발표하게 된다. 이 작품을 중단한 이유에 대해 작가는 '써 가는 도중에서 초심의 선명한 세계가 무너졌기 때문'[62]이었다고 밝히고 있다. 다시 말해 '써 나가는 동안에 자꾸 더 넓은 문맥에서 그것(작품에서 '아지랑이'라고 표현한 1943년 당시의 민족적 상황—인용자)을 봐야만 하겠다 하는 욕심이 계속되었기 때문'[63]이었으며, 발표 당시 뒷부분을 잘라낸 것도 소년의 눈으로서는 감당하기 어려운 내용이 작위적으로 처리되어 있었기 때문이었다.

작품의 내용과 이에 대한 작가의 설명을 살펴보게 되면 몇 가지 의문이 제기된다. 애초에 이 작품을 쓸 때 어린아이의 시점을 선택함으로써 '더 넓은 문맥'을 제한하고자 했던 이유는 무엇이었을까? 또 어린아이의 시점을 끝까지 관철시킬 수 없도록 작품 안으로 밀고 들어온 '더 넓은 문맥'이란 무엇이었으며, 그것이 작품 안으로 들어오고자 했던 힘은 어디에서 비롯된 것이었을까?

여기에서 집단의 공식적 기억과 자아의 내밀한 기억이 갈라서는 지점을 포착할 수 있다. 작가는 어린아이의 시점을 선택함으로써 일차적으로 아늑한 유년기의 세계를 표현할 수 있었다. 작중 주인공인 동철은 일본의 식민

---

61) 위의 글, 32면.
62) 위의 글, 34면.
63) 이창동(대담), 앞의 글, 47면.

지 교육을 아무런 조건이나 의심 없이 수용한다. 그의 작은 세계 안에서는 전쟁 말기 식민지 북단에 위치한 소도시의 긴장이나 갈등은 표현되지 않는다. 일본인들과 식민지 조선인들이 섞여 살아가는 H읍의 일상은 지극히 평화롭고 아늑하다. 이것은 아직 체제와 대면하기 이전, 그래서 아직 분열을 알기 전의 자아에 의해 포착된 세계상이며, 이는 최인훈 개인의 내밀한 기억으로 자리 잡고 있는 유년기 고향의 모습이다.

> 그동안 내 마음에는 늘 이 '강'이 흐르고 있었습니다. 그러나 그 강물에 다시 들어서기에는 너무 초심에서 멀리 와버렸습니다. 기억 속에 있는 강물은 삶의 강물과는 다릅니다. 삶의 시간에서는 다시 같은 강물에 들어설 수 없지만 문학의 강은 어느 아늑한 곡선을 돌아 처음과 끝은 맺어져 있습니다. 수원(水源)과 바다가 하나이며, 어머니와 딸이 한 인물인 이상한 세계입니다. 여기서는 흘러가면서도 흐르지 않고 흐르면서도 제자리걸음을 합니다.[64]

위 인용문은 최인훈에게 있어서 'H읍'의 기억이 어떤 의미를 지니는지를 비유적으로 표현해 주고 있다. 그것은 '삶의 강물'과 '기억 속에 있는 강물'이 다르다는 것, 이 차이로 인해 삶의 강물을 따라 내려온 자아는 분열되어 있다는 것, 그리고 그에게 있어서 문학은 삶의 강물과 기억의 강물을 이어주는 것으로서의 의미를 지닌다는 것이다. 전쟁과 월남으로 인해 자아의 분열을 경험한 1952년의 최인훈에게 있어서 삶의 강물과 기억의 강물을 만나게 하고자 한 것은 분열 이전의 세계와의 상상적 동일화를 통해 자아의 분열을 극복하고자 한 시도였다고 할 수 있다. '수원(水源)과 바다가 하나이며, 어머니와 딸이 하나인 이상한 세계', '흘러가면서도 흐르지 않고 흐르면서도 제자리걸음'을 하는 세계로 존재하는 H읍은 상상계로서

---

64) 「두만강―작가의 말」, 121면.

의 공간이다.

그러나 '삶의 강물'과 '기억 속에 있는 강물'을 잇고자 하는 이러한 시도는 처음부터 실패할 수밖에 없는 것이었는데, 그 이유는 1952년의 최인훈이 1943년 H읍을 바라보는 시선에는 이미 상징적 질서에 속한 민족국가 담론의 시선이 내재되어 있기 때문이다. 『두만강』은 프롤로그에서 이를 분명히 보여주고 있으며, 작품 곳곳에서 이런 의도를 드러내고 있다. 작가가 1943년 H읍을 '일상 속에 주저앉은 비극'[65]이라고 표현한 것은, 식민 지배자와 피식민지인이 아무런 거리낌 없이 섞여 살아가고 있는 상황을 비판하고, 그 이면에 들끓고 있었을 것으로 짐작되는 정치적 소용돌이를 포착하고자 한 의도를 보여주는 것이다. 이 두 시선이 통합되지 못한 채 한 작품 안에 들어와 있음으로 인해『두만강』은 중단될 수밖에 없었다. 『두만강』 이후 최인훈의 소설이 전통적 형식 규범을 벗어나고 있는 이유도 여기에서 찾을 수 있다. 『두만강』은 최인훈의 소설 가운데 전통적인 소설의 형식을 가장 충실하게 따르고 있는 작품이지만, 이러한 형식으로는 분열된 자아에 대한 탐구를 수행할 수 없었다.

『두만강』의 'H읍'이 분열을 경험하기 전의 상상계적 공간이라면, 전쟁의 기억, 즉 '그 여름', 'W시'는 분열의 기원이 되는 공간이다. '그 여름', 'W시'에서의 경험은 자아의 내부에 자리 잡고 있는 정신적 외상(外傷)으로서, 그의 소설은 이를 각기 다른 맥락과 형식으로 표현하고 있다.[66] 특히 『회색인』과 『서유기』는 연작 형식의 소설로 '그 여름', 'W시'의 경험을

---

65) 「두만강ー프롤로그」, 위의 책, 125면.
66) 최인훈의 소설 중 '그 여름', 'W시'의 기억을 최초로 그린 작품은 「우상의 집」(1960)이다. 이 작품은 수복 직후 명동의 풍경을 다루고 있는 최인훈의 초기 소설로서, 'W시'에서의 폭격과 성(性)에 대한 눈뜸 등 최인훈의 자전적 경험을 그리고 있다. 1960년 2월에 발표된 이 작품은 아직 전쟁의 상흔이라는 전후소설적 맥락에서 완전히 벗어나 있지 못하다는 점에서 최인훈의 다른 작품과 구별된다.

각기 다른 형식으로 보여준다. 이들 작품에서 주인공 독고준이 '그 여름', 'W시'의 기억을 환기하는 것은 분열의 기원이 되는 정신적 외상을 탐색하고 이를 교정하고자 하는 자기 성찰적 시도가 된다.

최인훈의 소설에서 전쟁은 주인공의 자아정체성 형성에 결정적인 영향을 준 사건으로 드러난다. 그것은 두 가지 의미에서 그러한데, 하나는 전쟁의 경험으로 인해 동일화를 통한 자아정체성 형성의 시도가 좌절되고 있다는 점이고, 다른 하나는 주인공이 집단의 공식적 기억과는 다른 자아의 내밀한 기억을 지니게 됨으로써 집단과 개인의 관계를 우연한 것으로 받아들이는 계기가 되었다는 점이다.

『회색인』(1963)이 보여주는 '그 여름', 'W시'의 기억에서, 소년 독고준은 체제로부터의 소외를 경험하게 된다. 그의 아버지는 이미 월남하였고, 그의 집에서는 밤마다 남한에서 보내는 대북 방송을 듣는 밤의 의식(儀式)이 벌어진다. 또 소년 독고준은 소년단 지도원 선생과 소년단 간부로부터 이데올로기적 폭력을 당하게 된다. 이러한 상황에서 소년 독고준은 '책 속으로 망명'함으로써 자아의 분열을 벗어나고자 한다. 그는 이야기의 세계를 통해 현실 세계를 해석하고자 하고, 이야기 속의 주인공을 거울로 삼아 자아정체성을 정립하고자 한다.

그는 밤나무숲에 누워서 책을 읽었다. 짜아르의 기병들이 달려가고 있었다. 폭음이 들린다. 눈을 들어 보면 멀리 도시에서는 검은 연기와 불꽃이 솟아오르고 있다. 폭격기가 오는 시간이었던 것이다. 그는 다시 책으로 고개를 숙였다. 소년은 산림관원의 산장으로 올라가고 있었다. 도시의 하늘에서 B29들은 살찌고 미끈한 사지를 눈부시게 뒤채면서 죽음의 검은 강철 촉매를 떨어뜨리고 있었다. 땅 위에서는 노예처럼 유순한 도시가 그때마다 상처에서 피를 흘리고 몇 개나 될지 알 수 없는 뼈다귀가 으스러져 간다. 그런 것은 아무튼 좋은 것이다. 소년은 뜨거운 여름날 산장으로

오르는 길을 걷고 있었다. 소년은 아름다웠다. 그러나 그는 가난하고 농
민의 아들이다. 하나님이란 거짓말쟁이가 아닐까 하고 생각하는 이상한
아이였다. B29들은 커다란 원을 그리며 곱돌아 돌면서 공격한다. 마치 상
처를 입은 짐승에게 달려드는 사냥개들처럼.[67]

위 인용문은 현실의 세계를 서술하는 문장과 이야기의 세계를 서술하는
문장이 아무런 표지 없이 병치되어 있다. 이는 소년 독고준이 현실의 세계
를 이야기의 세계라는 거울을 통해 받아들이고 있음을 보여주는 것이다.
소년 독고준은 이야기의 세계에 상상계적 성격을 부여하고 현실의 세계를
이야기의 세계에 맞추어 받아들이고자 하며, 이야기의 주인공의 태도에 자
기 자신을 동일화한다.

한편 소년 독고준은 학교로 나오라는 민청원의 지시에 따라 어머니와
형의 만류를 뿌리치고 폭격으로 폐허가 된 W시로 가게 되는데, 이 행동에
는 상상적 동일화와 상징적 동일화가 동시에 함축되어 있다.

혼자서 새벽 일찍이 폭격이 있는 곳으로 가는데도 두렵지 않았다. 오
히려 그는 포근한 안도감 속에서 꾸준히 발을 옮겼다. 학질에 걸렸다던
친구처럼 하고 싶지는 않았고, 그는 이제 해야 할 일을 했으므로 지도원
선생님에게도 꿀릴 일이 없다고 생각하니 무엇인가 가슴을 누르던 것이
툭 트인 느낌이었다. 그는 아래 호주머니를 들춰서 사과 열매를 집어내
입에 넣었다. 새큼한 맛이 좋았다. 그는 문득『집 없는 아이』의 레미를
생각했다. 그리고『강철은 어떻게 단련되었는가』의 주인공 소년을 생각
했다. 그들의 모험과 같은 일을 하고 있는 듯한 생각이 그를 기쁘게 했다.
그리고 자기 행동에 대한 그럴듯한 설명도 거기서 찾아낸 듯싶었다. 어른
들의 말이 다 옳은 건 아냐, 왜냐하면 그 책의 주인공들은 여러 번 어른
들의 말을 거슬렀지만 그 어른들은 다 옳지는 않았기 때문이다.[68]

---

67) 최인훈,『회색인』, 문학과지성사, 1977, 45~46면.
68)『회색인』, 53~54면.

소년 독고준이 'W시'로 가는 이유는 그렇게 해야만 지도원 선생에게 꿀릴 것이 없다고 생각했기 때문이다. 이때 지도원 선생은 상징적 질서의 집행자라 할 수 있는데, 그가 지도원 선생에게 꿀리지 않도록 행동하는 것은 지도원 선생이 부여하는 상징적 위임을 받아들이는 것으로서 상징적 동일화의 결과라 할 수 있다. 한편 소년 독고준은 자신의 행동을 정당화하기 위해 이야기의 주인공을 떠올리는데, 이는 자기 그렇게 되고자 하는 이미지와의 동일화, 다시 말해 상상적 동일화를 함축하는 것이다.

그러나 'W시'에 다다랐을 때 그는 충격에 빠지게 된다. 폭격으로 인해 학교는 절반만 남아 있었고, 교정은 텅 비어 있었다. 학교로 나오라고 했던 민청원도 학생도 아무도 없었다. 그는 학교를 나와 폐허가 된 W시를 보았을 때, '그의 마음이 기대고 있던 무슨 막대 같은 것'[69]이 훌렁 뽑히는 듯한 느낌을 갖게 된다. 그것은 자신의 존재론적 안정감을 떠받치고 있던 한 체제가 허물어지는 경험이었다. 폭격으로 허물어진 학교를 보았을 때 그것은 자신을 '소부르조아'라고 규정하던 한 체제, 그리고 그 체제를 대변하던 지도원 선생의 존재가 사라졌음을 알게 된 것이다. 이처럼 동일화를 통해 자아정체성을 정립하고자 한 시도는 동일화의 대상 자체가 사라져 버림으로써 좌절된다.

W시에서의 기묘한 경험은 여기서 끝나지 않는다. 폐허가 된 W시를 거닐던 소년 독고준은 뜰에 꽃이 가득 피어있던 한 집 앞에 머물다 폭격을 당하게 되는데, 이때 폭격은 '성(性)에 대한 눈뜸'이라는 자아의 내밀한 경험과 동시적으로 일어난 사건이었다. 독고준은 그 집에서 나온 한 여자와 함께 방공호로 피하게 되어, 강렬한 폭격 속에서 '부드러운 살의 공포',[70] 즉 성적 욕망을 발견하게 된다. 독고준은 이를 '부스럼'이라고 표현하는데,

69) 『회색인』, 56면.
70) 『회색인』, 63면.

이때 부스럼이란 자아의 내부에 자리 잡고 있는 분열의 계기를 말한다.

> 그렇다 저 여름날 은빛의 새들이 도시를 폭격하던 날 그 부스럼은 움트기 시작하였다 조갯살 속에 끼어든 한 알의 모래처럼 그 여자는 나에게 고칠 수 없는 부스럼을 심어 주었지 도시보다도 폭격보다도 조국보다도 나에게는 더 치명적인 한 알의 모래를 그것을 진주라 할 수 있을까 아니 그렇게 미화하지 못하는 게 내 병이다 그것은 부스럼이다 살에 파고드는 딴딴한 부스럼이다 곪지도 터지지도 않고 그저 저리고 쑤리는 부스럼이다71)

전쟁과 폭격은 독고준에게 있어서 한 체제의 허물어짐의 경험인 동시에 욕망을 발견하게 된 경험이기도 했다. 이 둘이 하나의 사건에 중첩되어 있다는 점은 독고준의 자아정체성 형성에 중요한 단서를 제공한다. 이 경험은 한 체제와 그 속의 개별 단위인 자아 사이의 관련을 극히 우연한 것으로 받아들이게 하는 근원적인 체험이 되고 있기 때문이다. 최인훈의 소설에 등장하는 주인공들은 대개 전체감(全體感) 혹은 연대감(連帶感)을 지극히 의심스러운 것으로 여기면서 외부 세계와 소통하지 못하는 방관자요 외톨이들인데, 이러한 이들의 성격은 한 체제의 허물어짐과 욕망의 발견이 동시적으로 일어난 이 사건에 그 기원을 두고 있다.

『서유기』에서 이 경험은 주인공으로 하여금 상징적 위임을 거부하도록 하는 '운명'으로 자리 잡고 있다. 『서유기』는 자아 분열의 기원이 된 '그 여름', 'W시'를 찾아가는 환상 여행을 그린 작품으로, 이 작품에서 독고준은 자기가 누구인지 어디로 가는지 전혀 알지 못하면서도 신문 광고란에 자기의 사진과 함께 실린 글을 보고 그것이 자기의 운명이라 직감한다. 그리고 그는 '그 여름'으로 가야 한다는 유일한 목적을 지니게 된다.

71) 『회색인』, 317면.

‘이 사람을 찾습니다. 그 여름날에 우리가 더불어 받았던 계시를 이야기하면서 우리 자신을 찾기 위하여, 우리와 만나기 위하여. 당신이 잘 아는 사람으로부터’

그랬었구나, 하고 그는 기쁨에 숨이 막히면서 중얼거렸다. 그랬었구나 하고 그는 거듭 중얼거렸다. 그는 이 광고를 낸 사람을 너무나 잘 알고 있었다. ‘당신이 잘 아는 사람으로부터’라구. 아무렴, 그는 너무나 벅차서 눈을 지긋이 감았다. 폭음 소리가 들려온다. W시의 그 여름 하늘을 은빛의 날개를 번쩍이면서 유유히 날아가는 강철 새들의 그 깃소리가. 태양도 그때처럼 이글거렸다. 72)

이제 이 광고란에 실린 글은 여행의 목적이 된다. 여로에서 독고준은 논개, 이순신, 이광수, 조봉암, 헌병, 역장 등과 조우하게 되며, 이들은 독고준에게 각기 다른 신분과 역할을 위임하고자 하지만, 독고준 자신은 이들에 의해 위임된 신분과 자기 존재를 전혀 연결시키지 못하며, 오직 ‘여름’으로 가야만 한다는 것을 거듭 다짐한다.

이들 인물들이 독고준에게 위임하는 역할은 모두 민족국가 담론의 상징적 위임과 관련되어 있다. 논개는 300년 동안이나 침략자들의 고문을 견뎌오면서 독고준이 오기를 기다리고 있다. 그녀는 독고준이 그녀와 결혼한다는 조건으로 석방되게 되어 있다. 독고준과 논개의 이러한 연결은 민족국가 담론이 한 개인을 국민으로 호명하는 것이 어떤 것인지를 보여준 것이라 할 수 있다. 독고준은 이러한 상징적 위임을 자신의 존재와 연관 짓지 못한다. 따라서 자신과 결혼해 달라는 논개의 요청에 대해 독고준은 당황스러워 할 수밖에 없다. 그가 논개의 호소와 헌병의 비난에도 불구하고 이러한 요청을 거부할 수 있는 것은 ‘그 여름’ 때문이다.

---

72) 최인훈, 『서유기』, 을유문화사, 1971, 7~8면.

터무니없는 일이다. 그런데도 그는 약간 취해 있었다. 그 기분은 국민학교 시절에 국경일 예식에서 애국가를 부를 때에 가슴을 찡하게 하던 그런 것이었다. 그러나 그와 때를 같이해서, 그 오르간 소리를 덮어 누르면서 은은한 폭음이 들려오는 것이다. 새파란 하늘을 날아가는 은빛의 강철의 새들. 엷고 몽실하게 떠도는 여름구름의 눈부신 백(白). 인적 없는 도시의 열려진 대문들과 그 속으로 들여다보이는 뜰에 피어 있는 하얀 꽃. 어느 때보다 자신 있게 우뚝 솟아 있는 천주교당의 뾰족 지붕. 아하 하고, 독고준은 한숨을 쉬었다. 그 여름이 내 목숨이 될 줄이야. 지금 그에게는 그 여름 속에 있었던 모든 것이 아름다웠다. 그 여름에 앓았던 가벼운 고뿔조차 다디단 꿈이었다. 그는 지금 그 여름 속으로 가는 길이었다. 그가 할 말은 정해져 있었다.[73]

『서유기』에서 독고준이 상징적 질서로부터 위임된 역할과 자기 자신을 필연적인 것으로 연결시키지 못하고 이를 거부하는 것은 『낙서족』이 보여주는 상징적 질서의 우연성에 대한 통찰과 유사하면서도 여기에서 한 걸음 더 나아간다. 『낙서족』의 도현이 상징적 위임에 도달하고자 시도함에도 불구하고 그것이 실패하게 되는 것으로 끝나는 반면, 『서유기』는 상징적 위임의 우연성을 확인하는 데서 작품이 시작된다. '여름'으로 가는 독고준의 여행은 따라서 『낙서족』의 도현이 실패한 곳에서 다시 출발하는 여행으로서 상징적 위임을 벗어난 자아의 존재에 대한 탐색이라 할 수 있다.

이 여행을 통해 자아 분열의 기원이 되는 '그 여름'과 'W시'의 위상이 드러나게 된다. '1950년의 전쟁'이나 '원산시'가 아니라 '그 여름', 'W시'라는 명명법에서도 알 수 있거니와, 독고준에게 있어서 '그 여름'은 상징적 질서의 위임에 절대적으로 저항하게 하는 영역이라는 점에서, 그리고 언어에 의한 의미화가 불가능하다는 점에서, 이는 실재계의 영역에 속하는 것

---

73) 『서유기』, 33~34면.

이라 할 수 있다.[74] 이렇게 볼 때 『서유기』는 자아 분열의 기원이 되는 경험이 놓여 있는 곳, 즉 실재계로의 환상 여행을 그린 작품이라 할 수 있다.

2) 식민 / 피식민의 경계에서 형성되는 자아정체성

❶ 아버지 찾기 서사와 상호주관적 자아정체성

한국전쟁 이후 정착된 분단체제는 개인의 자아정체성의 형성 과정을 크게 제한하였다. 전후 민족국가 담론은 반공주의와 공고히 결합하였으며, 이는 남한과 북한의 정치 체제에 대한 폭넓은 사유를 차단함으로써 분단체제에 대한 인식을 제한하였다. 자아정체성의 형성 과정 역시 이러한 제한으로부터 자유롭지 못하였는데, 이러한 사정은 1960년대로 접어들면서 변화를 겪게 된다. 4·19 혁명과 한일회담 반대 시위 등 일련의 정치적 사건은 이러한 변화를 가져다 준 계기가 되었다. 이를 계기로 한국 사회는 분단체제를 새롭게 인식하고 식민지 경험을 다시 기억할 수 있는 관점을 확보하게 되었다.

최인훈은 1960년대가 확보한 새로운 관점을 가장 명확하게 보여준 작가였다. 최인훈이 작품 활동을 시작할 무렵 일어난 4월 혁명은 전후 민족국가 담론과는 다른 관점에서 식민지 및 전쟁의 기억을 환기할 수 있는 시야를 열어주었다. 최인훈이 『광장』에서 '저 빛나는 4월이 가져다 준 빛나는 공화국에 사는 보람'[75]에 대해 열띤 어조로 말한 것이나, 『회색인』을 연재하기에 앞서 '4월'의 '신화'와 '4월 당원'의 이야기를 쓰겠다고 한 것[76] 등,

---

74) 딜런 에반스, 『라깡 정신분석 사전』, 인간사랑, 1998, 216~219면.
75) 최인훈, 『광장』, 정향사, 1961, 2면.
76) 『회색인』은 1963년 『세대』에 연재되었는데, 연재 당시 제목은 『회색의 의자』였다. 「광장 이후」라는 표제를 붙인 '작가의 말'에서 최인훈은 다음과 같이 쓰고 있다. '나는

최인훈의 소설 첫 머리에 '4월 혁명'이 비석과도 같이 서 있는 것은 이러한 사정을 반영한 것이다. 그러나 더 중요한 것은 이러한 1960년대 한국 사회의 변화가 그의 작품에 어떻게 구체적으로 드러나느냐 하는 것이다. 최인훈 소설은 분단체제를 새롭게 인식함으로써 전후 민족국가 담론을 벗어나게 되며, 이 지점에서 자아정체성이 형성되는 것을 보여준다.

최인훈의 소설의 주인공들은 예외 없이 체제로부터 소외되어 있고 체제 내에서 존재론적 안정감을 갖지 못하는 인물들이다. 이러한 자아의 위치는 최인훈 소설의 서사에서 '아버지의 부재'로 표현된다. 여기에서 '아버지'란 상징적 질서 자체이면서 이 질서 내에서 자아에게 일정한 위치를 부여해 주는 타자라고 할 수 있다. 상징적 질서 내에서 자신의 위치를 찾지 못하는 주인공들은 이러한 상황을 극복하기 위하여 '아버지 찾기'를 시도한다. 최인훈의 소설에서 아버지 찾기는 『광장』에서는 남한과 북한 체제를 가로지르며, 『회색인』에서는 전통 및 전통 단절에 대한 근본적 성찰과 더불어 진행된다. 그리고 이 과정에서 남한과 북한 체제 및 전통과 전통 단절 사이에 놓인 자아의 정체성을 탐색한다.

『광장』은 분단 상황을 무대로 하여 아버지 찾기와 그 실패를 그린 이야기이다. 『광장』의 주인공 이명준은 가족이 없이, 아버지의 친구 집에 얹혀 살고 있다. 그의 아버지는 반일투사이자 공산주의자로서 8・15 직후에 월북하여 이명준의 삶에서 잊혀진 존재가 되었다. 이러한 아버지의 부재는 이명준이 남한 체제 속에서 소외감을 갖게 되는 것과 조응된다. 그는 어느 장소에서나 '서먹서먹한 느낌'을 금할 수 없다. 이 느낌은 '실컷 맛본 끝에

여기 그런 사월당원 가운데 한 사람에 관해서 이야기 해 볼 생각입니다. 4월의 얼굴은 그날 거리를 달려간 사람의 얼굴만큼이나 많을 것입니다. 그 모든 얼굴을 다 그릴 수는 없으며 나로서는 그 가운데서 내가 아는 얼굴을 그려보자는 것입니다.' 「광장 이후—장편 『회색의 의자』 발표에 앞서」, 『세대』, 창간호, 1963, 298면.

느끼는 권태'가 아니라 애당초부터 가지는 배척이었다. 그는 어느 여름 날 교외로 나갔다가 어떤 '환각', 즉 세상이 제 자리에 놓여 완전한 순간이 된 것 같은 '순수한 상태'를 느끼게 되는데,[77] 이러한 환각은 세계와 자아 사이에 놓인 거리감의 역설적인 표현으로서, 체제와의 합일에 도달하고자 하는 자아의 욕망이 드러난 것이라 할 수 있다.

이처럼 체제로부터 소외된 그의 삶에 아버지가 불쑥 끼어들게 되고 그리하여 『광장』의 이야기는 다른 양상으로 전개된다. 아버지로 인해 체제와의 불화는 이제 돌이킬 수 없는 것이 되고, 체제와의 합일에 도달하고자 하는 주인공의 욕망은 성적 욕망으로 치환된다. 그는 이러한 합일을 윤애와의 관계를 통해 얻고자 하지만, 이러한 시도는 결국 실패하고 만다. 이명준이 추구하는 사랑은 체제와의 합일에 도달하고자 하는 욕망이 치환되어 드러난 것으로서, 그것이 어떤 찰나에 일어날 수 있는 순수한 합일 상태를 지향하는 한 실패할 수밖에 없다. 사랑은 타인과의 지속적인 상호 관계를 거치지 않는 일방적인 욕망으로는 이루어질 수 없기 때문이다.

사랑에서마저 실패한 명준은 체제로부터의 완전한 소외를 피할 수 없게 되고, 막다른 곳에 처한 그는 이제 다른 체제를 향해 나아가게 된다. 그가 북한으로, 다시 전쟁이 일어난 남한으로, 그리고 마지막으로 중립국으로 가는 타고르호를 선택하게 되는 것은 이러한 체제로부터의 소외를 극복하고자 하는 반복된 시도이다.

이러한 기본 구도를 통해 볼 때 『광장』은 전후 월남작가의 소설, 특히 『낙서족』의 기본 구도와 크게 다르지 않다는 것을 알 수 있다. 체제로부터 소외된 주인공의 설정, 소외를 극복하기 위한 시도로서의 아버지 찾기, 그리고 체제에의 욕망의 좌절에 따른 성적 욕망으로의 치환 등 『광장』과 『낙

---

77) 『광장』, 26~27면.

서족』은 공통된 구도를 지닌다. 그럼에도 불구하고 『광장』은 여러 가지 면에서 『낙서족』을 비롯한 여타의 전후 월남작가의 소설과 차이가 있다. 『낙서족』의 도현은 자신이 속한 체제에 대한 객관적인 인식을 보여주지 못한다. 그는 자신의 아버지 찾기의 이유와 목적을 자각하지 못하며, 이 시도가 왜 실패하게 되는지 알지 못한다. 따라서 『낙서족』은 식민지 경험을 제재로 하고 있으면서도 식민지 체제 비판으로 나아가지 못하며, 자아 분열의 극한을 보여줄 뿐 분열을 내재하는 자아정체성의 형성으로 나아가지 못한다. 반면 『광장』의 이명준은 자신이 속한 남한과 북한 체제의 문제점을 인식한다. 『광장』에서의 분단체제 비판은 이명준이 남한에서 북한으로, 그리고 다시 중립국으로 가는 상황 전개에 일정한 개연성을 부여해 준다. 따라서 『광장』에서 자아정체성이 형성되는 과정은 아버지 찾기와 그 실패라는 서사의 전개만으로 논의할 수 없고 이명준의 사유와 언설을 통해 제시되는 담론 비판을 함께 고려해야 한다. 이렇게 볼 때 『광장』은 남한 체제와 북한 체제가 서로를 투영하는 지점에서 자아정체성이 형성되고 있음을 알 수 있다.

> 밀실만 풍성하고 광장은 사멸했습니다. 각기의 밀실은 신분에 비례해서 그런대로 풍성합니다. (중략) 광장이 사멸한 곳. 이게 남한이 아닙니까. 광장은 비어 있습니다.[78]

> 아하, 당은 저더러는 생활하지 말라는 겁니다. 사사건건에 저는 느꼈습니다. 제가 주인공이 아니고 '당'이 주인공이란 걸. '당'만이 흥분하고 도취합니다. 우리는 복창만 하라는 겁니다.[79]

---

78) 『광장』, 54면.
79) 『광장』, 130면.

위의 인용문에서 남한과 북한은 각기 다른 체제의 거울이 되면서 체제 비판의 논리를 제공하고 있다. 『광장』에서 남북한 체제를 단적으로 표현하고 있는 '광장'과 '밀실'이라는 관념은 서로를 투영함으로써 그 의미가 만들어지는 상호보완적 대립 개념이다. 『광장』은 이 두 개의 거울을 맞보게 함으로써 두 체제를 상호 비판하며, 이러한 체제의 상호 비판을 통해 자아정체성이 정립되는 것을 보여준다. 이 점에서 『광장』에서 표현되는 자아정체성은 그 자체로 타자의 계기가 포함되어 있다.

『회색인』(1963) 역시 체제로부터 소외된 주인공의 아버지 찾기 서사를 기본 구도로 삼고 있다. 『회색인』의 주인공 독고준과 김학은 각자가 처한 상황에서 아버지 찾기를 시도한다. 독고준이 관계의 단절과 우연성 속에서 자아정체성 정립을 시도하는 인물이라면, 김학은 관계의 연대 속에서 자아정체성 정립을 시도하는 인물이다. 이 두 인물 역시 상호보완적 대립 관계에 있다. 독고준은 월남한 청년으로서, 체제 속에서 자신의 위치를 설정할 만한 아무런 기초적인 관계도 갖지 못한다. 그는 가족 관계로부터 단절되어 있으며, 사랑을 이루지도 못하며, 자신의 뿌리를 발견하지도 못한다. 반면 김학은 경주 출신으로 아버지와 형 등 가족이 있고, '갇힌 세대'라는 이름의 동인이 있고, 아늑한 고향과 두터운 전통이 주는 안정감을 가지고 있다. 이런 차이에도 불구하고 이 둘의 아버지 찾기는 접점을 지닌다. 그것은 한국의 근대가 식민지 경험과 더불어 시작됨으로써 새로운 세대가 자아정체성을 뿌리 내릴 근거를 구하지 못한다는 점이다.

독고준은 아버지를 찾아 월남해 오지만 아버지를 만나고 나서도 그의 아버지 찾기는 끝나지 않는다. 남한에 내려와 만난 아버지는 무기력한 생활인이었으며 남한 사회의 낙오자였다. 얼마 지나지 않아 아버지가 죽고 그는 이제 남한 사회에서 다시 혼자가 된다.

그는 왼쪽 엄지발가락의 사마귀를 지그시 밀었다. 혼자라는 생각이 이상한 감동을 주었다. 혼자다. 가족이 없는 나는 자유다. 신은 죽었다. 그러므로 인간은 자유다, 하고 예민한 서양의 선각자들은 느꼈다. 그들에게는 그 말이 옳다. 우리는 이렇다. 가족이 없다, 그러므로 자유다. 이것이 우리들의 근대 선언이다.[80]

이제 남한 사회 속에서 자신의 좌표를 설정한 아무런 근거도 없는 상황에서 독고준의 '아버지 찾기'는 다른 양상으로 전개된다. 그는 옛 일기장에서 누이의 옛 애인이었던 현호성의 노동당원증을 발견하게 되고, 이 '당증'을 매개로 하여 그는 현호성과의 관계 맺기를 시도한다. 당증을 발견한 독고준은 실질적으로는 자신의 생활고를 해결하기 위해, 명분상으로는 누이에 대한 복수심으로 현호성을 협박하고 결과적으로 현호성의 집에 식객으로 들어가게 된다. 현호성을 불편하게 하기 위해 들어갔지만 독고준은 거기에서 엉뚱하게도 '투묘(投錨)의 감정', 즉 사회의 '어떤 좌표에 자기를 얽어맸다는 안도감'[81]을 느끼게 되어 당혹스러워 한다. 현호성의 집에서 '가족'을 얻게 되었다는 이 아이러니는 가족이라는 상징적 질서와 그 속에서 주체가 상징적 위임을 얻게 되는 과정이 우연적인 것임을 보여준다. 한편 독고준은 또 하나의 '아버지 찾기'의 시도로 조부뻘 되는 분이 살고 계시다는 P마을로 가서 자신의 뿌리를 확인하고자 한다. 그러나 그 곳에서도 독고준은 자신을 확인할 만한 아무런 근거도 찾지 못한다. 그가 '가족은 흩어졌다, 그러므로 자유다.'라는 '근대 선언'에 도달한 것은 근대적 개인으로서의 원점을 확인한 것이라 할 수 있다.

가족 체제 속에서 얻게 되는 자아의 상징적 위임이 우연적이라는 점은 『서유기』에서 매우 낯선 형식으로 드러난다. 『서유기』에서 독고준은 월남

---

80) 『회색인』, 130~131면.
81) 『회색인』, 221~222면.

민으로서 동생들의 생계를 책임지고 있는 것으로 설정되어 있는데, 어느 날 아침 자신이 구렁이로 변한 것을 알게 된다. 이로 인해 그는 동생들과의 관계에서 멀어지고, 또아리를 틀고 엎드려 '날마나 자기 속에서 어떠한 다른 자기를 캐내'는 일에 열중한다.[82] 이 변신 모티프는 작품 전체에서 볼 때 서사의 흐름과 전혀 이어지지 않는다. 『서유기』는 작품 자체가 일관된 서사의 진행을 보여주지는 않더라도 느슨하게나마 여행의 구조를 지니고 있는데, 변신 모티프는 이러한 여행의 구조와 맥락이 닿아 있지 않다. 이러한 변신 모티프는 재현을 기본으로 하는 사실주의적 소설에서 볼 수 있는 '견고한 몸'과는 매우 다른 이미지를 보여준다.[83] 이는 전통적 사회관계에서 분리되어 나온 근대적 개인의 자아정체성을 보여주는 것으로, 이 경우 자아정체성은 정형화・고정화된 형식이 아니라 변형 가능성을 지니고 있으며, 친숙한 관계에서조차 소외되어 모호하고 불확정적인 것으로 드러난다.

한편 『회색인』에서 김학은 독고준과 다른 지점에서 아버지 찾기를 시도하는 인물이다. 그는 고향집이 있는 경주로 내려가 형과 함께 불국사를 다녀오면서, '전통'과 '고향', '전체'에 대해 생각한다. 그러나 김학과 그의 형이 말하는 것은 '전통' 혹은 '전체'에 대한 나르시즘적 동일화와는 거리가 멀다. 이들은 '고향' 혹은 '전통'으로 표현되는 자아의 위치가 우연이라는 것을 알고 있다.

> 내가 배를 타고 있을 때 불국사가 보고 싶어졌다는 것, 그건 뭐, 불국사가 세계에서 가장 뛰어난 예술이니 하는, 그런 쇼비니즘이 아니야. 이 넓은 천지에 유독 그곳이 나의 곁에 있었다는 그 우연(偶然)을 사랑스럽

---

82) 『서유기』, 189면.
83) 로지 잭슨, 『환상성』, 문학동네, 2001, 111~112면.

게 생각하게 됐다는 것뿐야. 그것을, 팔자를 사랑하는 것이래도 좋아. 내
가 한국인이라는 것, 그것은 내 팔자야, 운명이래도 좋고. 인연(因緣)의 사
슬에 그저 맹종해서 새로워지지 않으려는 건, 어리석겠지만 자기가 출발
하는 자리를 분명히 알고 그 자리가 불행한 자리라면 그런 자리에 더불
어 서 있는 이웃을 동경하고 도우려는 마음가짐, 이 길밖에는 없어.[84]

김학의 형이 내세우는 전통과 개인의 관계 정립은 황선생이 말하는 '역
사의 원우연(原偶然)'이라는 불교적 역사 인식과 닿아 있다. 황선생은 한국
사와 동서양의 문명사를 넘나들면서 한국의 정체성에 대한 논의를 전개하
는데, 결론적으로 불교를 한국의 전통으로 설정함으로 해서 그 위에 한국
인으로서의 정체성을 정립할 수 있다고 생각한다.

여기에서 독고준과 김학은 서로를 참조함으로써 자아의 위치를 정립한
다. 『회색인』은 이처럼 상반된 위치에 선 두 인물이 서로를 비추어 보는
과정을 통해 자아정체성이 형성되는 과정을 보여준다. 이 점에서 『회색인』
이 표현하는 자아정체성은 타자의 계기를 내재하고 있다. 『회색인』이 보
여주는 이러한 방식의 자아정체성 정립의 시도는 한국이 경험한 타율적
근대를 반영하고 있는 것이라 할 수 있다. 한국 사회는 타율적 근대 경험
으로 인해 전통과 근대 사이에 연속성을 발견하지 못하고, 이로 인해 한국
인의 자아정체성 정립의 시도는 난제가 되었다. 『회색인』이 독고준이라는
단절의 축과 김학이라는 연속의 축을 교차하게 함으로써 자아정체성을 상
호주관적인 것으로 표현하고 있는 것도 이러한 맥락에서 이해할 수 있다.
즉 전통에서 근대로의 급격한 사회 구조 변동으로 인해 분열에 처한 자아
가 그 어느 쪽에서도 자아의 확고한 좌표를 발견하지 못하고, 이 두 좌표
를 동시에 참고함으로써만 자아의 존재를 증명할 수 있다는 점을 보여주

---

84) 『회색인』, 148면.

는 것이라 할 수 있다.

그러나 이러한 자아정체성의 형성 과정에는 또 하나의 긴 우회가 필요하다. 이는 독고준의 사유와 언설을 통해 표현되는데, 여기에서는 서양과 동양을 상호 반영적인 거울로 설정하고 이 두 문화가 혼종되는 지점에서 자아정체성의 양가성이 드러나게 된다.

❷ 재현에 대한 의문과 자아정체성의 양가성

해방에서 전후에 이르는 시기는 식민 이후의 시기로서 새로운 식민지적 상태가 지속, 가중되는 시기이기도 했다. 이 시기는 민족국가 수립과 더불어 식민지적 후진성의 극복이 중대한 과제가 되었는데, 전쟁과 그 결과로 빚어진 분단 상황으로 인해 이 과제를 수행하는 것은 극히 어려운 과정이 되었다. 이러한 상황은 자아정체성의 형성 과정에도 영향을 끼쳤다. 식민과 피식민이 마주치는 지점에서 민족국가 담론이 형성될 때 이는 가공할 만한 폭력이 되어 개인을 억압하게 되며, 이렇게 해서 억압된 욕망은 다양한 방식으로 분출되면서 자아를 변형시킨다.

최인훈 소설은 식민과 피식민의 경계에서 자아정체성이 형성되는 과정을 다양한 형식 실험을 통해 보여준다. 이러한 형식 실험은 전통적인 재현의 방식으로는 식민지적 욕망을 그리지 못한다는 자각에서 비롯된 것으로, 식민과 피식민의 고착된 관계를 문제시하면서 그 경계 지점에서 발생되는 인물들의 욕망을 표현한다. 최인훈 소설의 형식 실험은 점차 재현의 규범을 벗어나는 방향으로 진행되고, 이에 비례하여 자아정체성 역시 더욱 모호하고 양가적인 양상으로 드러나게 된다.

재현은 제시하고자 하는 원래의 대상(現存, presence)을 기호를 통해 '다시 제시하는 것(re-presentation)'을 의미한다. 재현은 현존을 그대로 복사하는 것처럼 보이지만, 실상은 일정한 부분을 추출하고 선택하는 것일 뿐이다. 재현의 과정은 대상을 특정한 관점으로 조망하여 그 시야에 들어온 것만 선택함으로써 대상의 동일성을 구성하는 한편 이와는 이질적인 것은 배제하는 과정이라 할 수 있다.[85] 이런 의미에서 재현은 정체성의 문제와 연관되어 있다. 어떤 대상을 재현한다고 할 때 그것은 대상을 전체적으로 포착하는 과정인 동시에 그 대상을 바라보는 주체를 일관적이고 통합적인 존재로 전제하는 것이기도 하기 때문이다. 이때 재현하는 주체와 재현에 의해 드러나는 대상으로서의 주체는 모두 통합적이고 안정된 인격을 지닌 존재로서의 인간이다.

최인훈의 소설은 이러한 재현을 통해 구현되는 정체성, 즉 통합적이고 안정된 인격을 지닌 존재로서의 인간 정체성을 의문시하고 있다는 점에서 많은 관심의 대상이 되었다.[86] 최인훈에게 있어서 이러한 재현에 대한 의문은 특정한 관점 혹은 이념으로 세계를 총체적으로 파악할 수 없다는 허무감에서 비롯된 것으로, 이는 월남 경험에 그 기원을 두고 있다. 그는 LST를 타고 월남했을 당시의 충격을 '삶이라고 하는 것이 출렁거린다고 하는 이미지'라는 말로 표현한 바 있거니와,[87] 이처럼 출렁거리는 세계 위에 선 인간은 분열되어 있고 변형 가능한 존재로 드러나게 된다.[88]

---

85) 박성수, 「재현, 시뮬라르크, 배치」, 『문화과학』 24호, 2000, 39~43면 ; W. Nöth, "Crisis of representation?", in Semiotica, Vol.143, No.1~4(2003), pp.10~15 ; 이도흠, 「현실의 재현과 진실 사이의 거리」, 『문학과 경계』, 2004 봄 ; 이주영, 「재현의 관점에서 본 예술과 실재의 관계」, 『미학·예술학 연구』 21집, 2005 참고.

86) 최인훈의 소설에서 드러나는 재현 불가능성과 주체의 분열은 극복되어야 할 상태로 표현되고 있다는 점에서 탈근대주의 이론이 제기하는 재현에 대한 의문과 구별된다. 탈근대주의 이론에서 재현 불가능성은 현존과 기호를 통한 재현 사이에 놓여 있는 간극을 전제로 하며 그 자체로 존재의 조건이 되는 반면, 최인훈의 소설에서 재현 불가능성과 주체의 분열은 작가 자신이 경험한 불행한 개인사에 그 기원을 두고 있으며, 따라서 그것은 극복되어야 할 것으로 드러나고 있다.

87) 이창동(대담), 앞의 글, 50면.

88) 정영훈은 최인훈의 소설을 재현/표상 불가능성에 대한 인식과 재현/표상에 대한 의지 및 욕망이 빚어내는 긴장으로 파악하면서, 그의 다양한 글쓰기가 바로 이 과정에

식민과 피식민의 경계에서 형성되는 자아정체성의 양상을 본격적으로 탐구한 최인훈의 첫 작품은 『회색인』이다. 앞에서 『회색인』의 서사를 아버지 찾기를 통한 자아정체성 정립의 시도로 규정하였거니와, 이러한 서사의 진행은 단선적으로 진행되지 않는다. 독고준의 복잡한 사유와 언설은 서사의 진행을 지연시키면서 서사 내에서의 자아의 위치 및 행로에 대한 자기 성찰적 해명을 수행한다.

『회색인』에서 주인공 독고준의 성격 혹은 위치는 '회색의 의자'[89]라는 표현으로 집약된다. '회색의 의자'란 소속할 체계를 잃어버린 자아의 회의와 권태의 의자로서, 이때 회의와 권태는 식민과 피식민의 경계에 선 자아의 자기 확인의 결과이다.

> 우리들은 패배한 종족(種族)이야. 상황은 간단해. 우리들은 수백년 혹은 수십 년씩 식민지인(植民地人)이었어. 동양은 백인들의 노예로서 세계사에 끌려 나왔어. 맞먹는 경기자로서가 아니야. 이 사실이 모든 걸 설명해.[90]

> 우리 사회에 넘치고 있는 이 '심벌의 이중구조(二重構造)' 때문에 문제는 자꾸 순환하고 고뇌는 비극의 표정을 이루지 못하고 끝없는 신파가 되고 만다. 서양의 언어가 우리를 정복한 것이다. 핏줄이 다른 언어를(언어라고 얕보고) 받아들였을 때 우리는 그 언어 뒤의 역사까지도 받아들였던 것이다.[91]

서 만들어진 고투의 산물로 파악하였다. 이 연구는 최인훈의 소설에서 주체성의 드러남과 글쓰기 양상 사이의 관련을 세밀하게 분석하고 있지만, 이러한 작품 현상의 근저에 놓인 역사적 맥락을 밝히는 것으로 나아가지는 않는다. 정영훈, 「최인훈 소설에 나타난 주체성과 글쓰기의 상관성 연구」, 서울대 박사논문, 2005, 10면.
89) 『회색인』은 처음 발표될 때 『회색의 의자』라는 제목으로 『세대』에 연재되었다.
90) 『회색인』, 17~18면.
91) 『회색인』, 131~132면.

독고준의 사유와 언설은 한국의 근대화 과정에서의 비롯된 식민지적 상황 비판에 초점이 맞추어져 있다. 그에 따르면 한국 사회에서는 혁명도 불가능하고 문학도 할 수 없는 조건에 처해 있다. 이러한 상황에서 개인은 두 가지 태도를 취할 수 있는데, 그것은 '방관하는 것과 돈키호테가 되는 것'92)이다. 그리고 이 둘 중에서 독고준은 방관하는 것을 선택하는데, 이때의 자아의 위치가 '회색의 의자'이다.

그러나 독고준의 '방관'은 상황에 대한 무지나 무관심과는 거리가 멀다. 그것은 오히려 한국의 식민지적 상황에 대한 근본적인 통찰에서 비롯된 것으로서, 그 반대급부로서 체제 내에서 지배자가 되고자 하는 욕망을 내재하고 있는 것이기도 하다. 그가 '체계에의 집념', 즉 '세계를 한 가지 원리로 설명하고 싶은 욕망'93)에 사로잡히는 것은 이를 보여주는 것이다. 『회색인』 전체에 걸쳐 있는 독고준의 '사유와 언설의 향락'은 이러한 '체계에의 집념'을 표현한 것이라 할 수 있다. 그는 사유와 언설의 세계에서는 모든 것을 할 수 있는 지배자이지만, 현실 세계에서는 아무 것도 할 수 없는 무기력자이다. 그가 현실 세계에서 방관의 태도를 택할 때 이는 반대급부로서 사유와 언설의 세계에서 지배자가 되는 것을 선택한 것이라 할 수 있다. 이 점에서 '회색의 의자'는 식민과 피식민의 경계에 선 자아의 양가적 위치를 표현한 것이라 할 수 있다.

한편 사유와 언설의 향락은 자아의 양가적 위치를 정립하는 과정에서 식민 담론 비판을 수행한다. 『회색인』의 첫 머리를 장식하고 있는 '갇힌 세대'에 실린 독고준의 글은 『회색인』 전체의 서사 구도를 예시(像示)하는 동시에 식민 담론 비판으로서의 성격을 지닌다.

---

92) 『회색인』, 228면.
93) 『회색인』, 76면.

> 만일 우리 나라가 식민지를 가졌다면 참 좋을 것이다. 우선 그 많은 대학 졸업생들을 식민지 관료로 내보낼 수 있으니, 젊은 세대의 초조와 불안이 훨씬 누그러지고 따라서 사회의 무드가 유유(悠悠)해질 것이다. (중략) 우리들의 식민지를 가령 나빠유(NAPAJ)라고 부른다면 '鄭松江과 나빠유를 바꾸지 않겠노라' 이런 소리를 탕탕 할 것이다. (중략)
>
> 나는 몹시 괴로워서 마침내 내가 평소에 존경하는 나의 여자 친구를 찾아가서 여차여차 자초지종을 말하고 묘안의 유무를 물었다. 그녀는 먼저 나의 애국심을 칭찬하고 난 다음 말하는 것이었다.
>
> "식민지의 대용물을 찾아야죠."[94]

위의 독고준의 글은 『회색인』의 서사의 구도를 예시(豫示)하고 있다. 식민지를 찾지 못해 정치에서 지배자가 되지 못한 자아는 '식민지의 대용물'을 찾아 그 세계에서 지배자가 되고자 하는데, 그것은 바로 사랑이다. 이를 통해 본다면, 『회색인』 등 최인훈의 소설에 나타난 '아버지 찾기'와 그 치환으로서의 사랑은 식민지적 욕망이 발현된 구체적 양상이라고 할 수 있다.

뿐만 아니라 위의 독고준의 글은 식민 담론 비판으로서의 성격을 지니고 있다. 위의 글은 식민지 역사와 식민 / 피식민의 고착된 관계를 배경으로 놓고 있으면서, 이러한 실제 역사에서 비롯된 고착된 관계를 전복함으로써 억압된 식민지적 욕망을 풀어 놓는다. 일본을 나빠유(NAPAJ)로 명명하면서, 식민과 피식민의 관계를 역전시켜 놓은 것은 식민지적 욕망을 해방시키고자 하는 탈식민의 전략이라 할 수 있다. 아나그램을 통해 식민 / 피식민의 역사를 역전시키려는 전략은 『태풍』에서 본격적으로 드러나거니와, 여기에도 언어의 재현적 기능에 대한 의문이 내재되어 있다고 하겠다.

탈식민의 전략은 독고준의 사유와 언설에도 곳곳에서 드러나고 있다.

---

94) 『회색인』, 9~11면.

독고준은 서양과 동양을 상호 반영적인 거울로 설정한다. 그의 사유에서
한국 사회 비판은 서구라는 타자를 설정함으로써 이루어지고 있지만, 다른
한편 서구의 문화를 뒤집어 읽음으로써 한국 사회의 모습을 찾고자 하는
시도를 보여주기도 한다. 그가 잡지『애틀랜틱』을 읽으면서 거기에서 '새
아프리카', 즉 '아프리카인의 아프리카'를 발견하고는 '원주민'으로서의 자
기 인식에 도달하게 되는 것, 또 드라큘라가 기독교에 자리를 빼앗긴 토착
신이라면 그것이 우리의 모습이라고 생각하는 것 등이 그 예이다. 따라서
이러한 사유와 언설의 세계로서의 '회색의 의자'는 서양이라는 타자가 개
입한 상태에서, 타자와의 역동적인 관계를 통해 정립된 자아의 위치라 할
수 있다.

　『구운몽』과『서유기』는 여기에서 한 걸음 더 나아가, 재현을 통한 자아
정체성 형성 방식에 근본적인 의문을 제기한다. 이들 작품에서 '소리'는
환상적인 상황과 관련됨으로써 작품의 환상성95)을 강화하는 기능을 하였
다.『구운몽』에서 주인공 독고민은 자신을 '시인', '사장님', '남편' 등으로
호명하는 사람들을 피해 도망하는 과정에서 '정부군 방송'과 '혁명군 방
송'을 듣는다. 또『서유기』의 주인공 독고준은 '그 여름', 'W시'로 가는
환상 여행의 여로에서 '상해 정부의 소리', '북한 체제의 소리' 등 여러
'소리'들을 듣게 된다.

　『구운몽』과『서유기』의 '소리' 형식에서 발화자와 피화자의 관계는 미
묘하게 어긋나 있다. 발화자는 그 정체 혹은 위치가 불명확하다. 또 '소리'
는 피화자를 직접 호명하지만, 피화자는 '소리'의 호명에 대해 왜 자신이

---

95) '환상성'은 '사실적 재현을 우선으로 하지 않는 문학적 경향'으로 정의할 수 있다. 이
　　때 환상은 실재적인 것도 비실재적인 것도 아닌, 그 둘 사이의 어디엔가에 불확정적
　　으로 위치한다. 그것은 전혀 생소한 비인간적 세계를 창조하는 것이 아니라, 이 세계
　　의 요소들을 전도시킴으로써 새롭고 낯선 어떤 것을 산출하는 양식이다. 로지 잭슨,
　　『환상성』, 문학동네, 2001, 서문 참고.

'소리'가 호명하는 그 사람인지 알 수 없기 때문에 당혹감을 느낀다.

> "현재 중대사명을 띠고 기차여행을 하고 있는 독고준 동지는 도착 즉시로 혁명 위원회에 출두하십시오. 위원회는 귀하에 대한 무고한 고발을 이유없는 것으로 간주하고 이를 각하하였습니다. 신변의 안전을 보장하겠으니 즉시 출두하십시오."

> 독고준은 소스라치게 놀랐다. 그가 처해 있는 처지는 생각했던 것보다 훨씬 복잡하는 것을 그제서야 알게 되는 것이다. 출두하라니 무슨 말인가.96)

> "방금 들어온 정보를 말씀드리겠습니다. 간첩은 우리 공화국을 파괴할 목적으로 일찍이 二十六년 전 우리 시에서 출생한 독고준으로 판명되었습니다. 이 치욕스러운 향토의 적을 체포합시다. 그는 현재 인민극장을 탈출하여 W역 방면으로 숨어들어간 것으로 짐작됩니다."

> 독고준은 선 자리에 얼어붙은 듯이 서 버렸다. 그는 역 구내에서 누군가 달려나올 것이라고 느꼈으나 아무 일도 일어나지 않았다.97)

'소리'의 출처는 불분명하고, 따라서 '소리'는 그것을 듣는 주인공의 존재의 핵심을 건드리지 못한다. 이러한 발화자와 피화자의 어긋남은 이데올로기와 주체 사이에 놓인 근본적인 간극을 표현하는 것이라 할 수 있다. 이처럼 이데올로기의 호명을 벗어난 주체는 그 정체성이 모호한 채로 남아 있게 된다. 『구운몽』과 『서유기』가 표현하는 파편화되고 변형된 육체의 이미지는 이를 잘 보여주는 것이다.

---

96) 『서유기』, 88면.
97) 『서유기』, 233면.

바다처럼 망망한 강. 빨리 건너야 한다. 그는 힘차게 헤엄쳐나간다. 이른 봄 얼음 풀린 물처럼 차다. 한참 헤엄쳤는데도 댈 언덕은 아득하기만 하다. 그러자 민은 보는 것이다. 그의 왼팔이 어깻죽지에서 홀렁 빠져나가는 것을. 저런. 그 팔 끝에 달린 다섯 손가락. 고물고물 물살을 휘젓는 다섯 손가락. 마치 다섯 발짜리 문어처럼 그것은 저 혼자 헤엄쳐 나간다.[98]

독고준은 천장에서 눈길을 옮기면서 몸을 일으키었다. 싸늘한 공포가 그의 심장을 꽉 틀어쥐었다. 이것은 어떻게 된 일인가 이것은 어떻게 된 일인가 이것은 어떻게 된 일인가. 그의 몸은 정말 변해 있었다. 구렁이가 된 그의 몸에는 네 개의 발이 달려있다. 다섯 손가락과 발가락이 있는 손과 발이 팔과 다리는 어디다 잃어버리고 동체에 달려있다.[99]

이상에서와 같이 『구운몽』과 『서유기』의 '소리' 형식이 표현하는 실패한 호명과 변형된 주체의 이미지는 1960년대 상황에 대한 문학적 대응이라 할 수 있다. 최인훈은 『광장』에 대해 '내가 살고 있는 사회의 의미와 그 속의 한 개인의 의미를 자기 자신을 소외시키지 않는 감정이입을 행복하게 곁들이면서 만들어 낸 <사제(私製)의 통과의례 전범 1960>'이라며, 『광장』을 쓸 당시 '무언가 개방된 지적 토론의 분위기가 통상화되는 그런 것이 될 것이라는 전망'을 가졌었다고 밝힌 바 있다.[100] 『구운몽』과 『서유기』 등 1960년대의 작품은 이러한 '전망이 달리 전개된 상황에서 또 다시 자기 자신이 어디에 있는가, 어떤 사회에 사는가를 자기에게 다시 설명해야 하는', '암중모색의 기록'이었다.[101] '행복한 감정이입', '전망' 등은 소설이 자신과 사회의 전체상을 포착하여 이를 재현하기 위해 필요한 이념,

---

98) 최인훈, 『광장 / 구운몽 － 최인훈전집 1』, 문학과지성사, 1989, 196면.
99) 최인훈, 『서유기』, 앞의 책, 174면.
100) 최인훈, 「원시인이 되기 위한 문명한 의식」, 앞의 책, 21면.
101) 이는 최인훈이 『회색인』의 의미를 설명하는 것이지만, 『회색인』을 포함한 1960년대 소설 전반으로 확장할 수 있을 것으로 본다. 위의 글, 21면.

혹은 관점이라 할 수 있는데, 이것이 다시 깨어진 상태에서 자기 자신의 정체성 문제를 해명하고자 하였을 때 소설은 비재현의 형식을 지닐 수밖에 없게 된다. 『구운몽』과 『서유기』의 '소리' 형식은 이러한 시도의 산물이며, 이들 작품에서 정체성은 파편화되어 있고, 변형 가능한 것으로 드러나게 된다.

『서유기』에서 독고준이 '그 여름', 'W시'로 가는 환상 여행은 이처럼 식민 담론과 전체주의 담론의 상징적 위임이 지니고 있는 근본적인 우연성을 가로지르는 과정으로 그려진다. 마침내 '그 여름'에 도착한 독고준은 자신의 정신적 외상으로 자리 잡고 있는 이데올로기적 폭력에 대해 지도원과 더불어 변론하며, 결과적으로 그에게 가해진 이데올로기의 폭력이 부당한 것이었음을 주장하게 된다.

『서유기』의 여행 과정에서 독고준은 자신에게 부여되는 상징적 위임을 거부함으로써 '그 여름'에 이르게 된다. 독고준이 자아 분열의 기원이 된 현장으로 되돌아가 이를 교정하려는 시도는 이처럼 자아에게 상징적 위임을 부여하는 식민 담론을 가로지르는 과정을 거쳐야 했다. 그리고 이 과정에서 자아정체성은 양가적인 것으로 드러난다. 상징적 질서의 위임을 거부한 자아는 자기 동일적인 정체성을 갖지 않는다. 그의 운명을 결정한 '그 여름'은 상징적 질서 내의 자아의 존재에 대해 아무 것도 설명해 주지 않으며, 따라서 자아정체성의 형식은 극히 모호하고 불확정적인 것으로 드러나게 된다.

『서유기』와 최인훈의 소설이 보여주듯, 식민과 피식민의 경계에서 자아는 분열되어 있으며, 자아의 이미지는 정형화되지 않은 채 흩어져 있다. 이런 방식의 자아정체성의 형성 과정은 식민과 피식민 사이의 관계를 모호하고 불확정적인 것으로 드러냄으로써, 탈식민적 주체의 가능성을 열어 놓게 된다.

제5장

자아정체성 서사의 확장과 심화

1. 난민의 정체성과 근대 민족국가 비판

1) 가부장되기 욕망과 그 좌절

　1960년대 이후 월남작가들은 남한 체제 내에서 작가로서 공인된 위치를 지니게 되었고, 전후 시기와 비교할 때 안정된 생활을 할 수 있었다. 이러한 신변상의 변화와 더불어 사회적 변화가 맞물리면서 월남작가들은 변화된 창작의 환경을 맞이하게 되었다. 우선 1950년대 후반 들어 전후의 재건이 이루어지게 되면서 1960년대 소설은 고립된 주체와 파편화된 일상을 그리던 전후소설의 관심사로부터 벗어나게 되었다. 따라서 월남작가들은 남한 체제에 대한 탐구를 수행하는 한편, 그 체제에 속해 있는 한 개인의 존재 방식을 해명하는 것으로 나아가야 했다. 한편 4·19 혁명에 이어 군사정권이 들어서게 되면서 남한의 국가 체제는 반공주의와 근대화 이데올로기 등 민족국가 담론을 통해 개인을 동원하고자 하였다. 선우휘, 이범선 등 민족국가 담론과의 동일화를 통해 자아정체성을 정립하고자 했던 작가들의 경우, 1960년대 이후 의미 있는 작품 활동을 이어가지 못하였다. 반면 손창섭, 이호철, 최인훈 등 민족국가 담론과의 차별화를 통해 자아정체성을 정립하고자 했던 작가들은 1960년대 이후 변화된 상황 속에서도 지속적인 작품 활동을 이어가게 된다. 이들은 작품 속에서 변화된 상황에 대한 대응으로 자아정체성 서사를 확장·심화시켜 나갔다.

　여기에서는 먼저 손창섭의 1960년대 이후 작품을 도일 전 작품과 도일 후 작품으로 나누어 자아정체성 서사의 확장 및 심화 양상을 살펴보기로 한다.[1] 1960년대 손창섭은 모두 9편의 장편소설을 신문에 연재하였고,[2] 1973년 말 도일 후 2편의 장편소설을 연재하였다.[3] 1960년대 장편소설은 소재를 모두 동시대의 일상에서 찾은 것으로, 작품에서 다루는 주제나 구도에서 질적 변화를 거치지 않은 것으로 파악하여 『부부』(1962)를 중심으로 논의하기로 한다.[4]

---

1) 손창섭은 1973년 12월 25일 도일한 것으로 알려져 있다. 고은, 「'상황'은 절망을 낳고 절망은 이주를 낳는가」, 『조선일보』, 1974. 1. 31, 5면 참고.

2) 1960년대의 10년 동안 손창섭은 전업 작가로서, 생활을 위해 신문연재소설을 썼다. 1960년대 손창섭의 장편소설 목록을 제시하면 다음과 같다. 『세월이 가면』(『대구일보』, 1959. 11~1960. 3), 『저마다 가슴속에』(『세계일보』, 1960. 6. 15~30, 『민국일보』, 1960. 7. 1~1961. 1. 31), 『내 이름은 여자』(『국제신문』, 61. 4. 10~10. 29), 『부부』(『동아일보』, 1962. 7~12), 『인간교실』(『경향신문』, 1963. 4. 22~1964. 1. 10), 『결혼의 의미』(『영남일보』, 1964. 2. 1~9. 31), 『아들들』(『국제신문』, 1965. 7. 14~1966. 3. 21), 『이성연구』(『서울신문』, 1965. 12. 1~1966. 12. 30), 『길』(『동아일보』, 1968. 7. 29~1969. 5). 국제신문에 연재된 『내 이름은 여자』는 1970년에 <주간여성>에 연재된 『삼부녀』와 이후에 출간된 『여자의 전부』와 동일 작품이다. 『저마다 가슴속에』는 『손창섭대표작전집』에 『통속의 벽』이란 제목으로 실렸다.

3) 『유맹』은 『한국일보』에 1976년 1월 1일부터 같은 해 10월 28일까지, 『봉술랑』은 『한국일보』에 1977년 6월 10일부터 1978년 10월 8일까지 연재되었다.

4) 단, 『길』은 다른 관점에서 볼 여지가 있다. 이 작품은 손창섭의 도일 전 마지막 작품으로 시골 소년 성칠의 상경 이야기를 다루었다는 점에서 이전 작품과 구별된다. 그러나 본 연구의 관점인 '가부장되기의 욕망과 그 좌절'의 구조를 취한다는 점에서는 앞의 작품과 동일하다.

유년기 가족 관계에서 겪은 기초적 안정감의 결여, 만주와 일본 등에서의 방랑과 고학, 그리고 해방 따라지 경험 등의 사적 체험으로 국가 체제에 대한 귀속감을 지니지 못하였던 손창섭은 1960년에 이르러 어느 정도 안정된 생활을 하게 된다. 손창섭의 자전적 소설인 『유맹』에서 이 시기 자신의 생활을 '나의 생애를 통해 가장 안정된 시기'였다고 회고한 바 있다.

> 16, 17년 살아온 흑석동을 찾아가보기로 했다. 어려서부터 안주를 모르고 전전 유랑의 오십 평생을 통해 내가 가장 긴 기간 정주했던 곳이다.
>
> 보통학교 6년을 졸업할 때까지는 평양서, 그 뒤 만주의 봉천 주변서 2년, 일본 교토에서 4년, 도쿄에서 6년, 해방 직후 서울서 1년, 평양서 2년여, 피난 시와 그 뒤의 전거(轉居)를 합치면 부산서 근 5년, 환도 후는 주욱 서울서 살았지만 해마다 이리저리 셋방을 전전하다가 흑석동 한구석에 초라한 날림집을 장만하고 17년간 살았다. 그것이 나의 생애를 통해 가장 안정된 시기였을지 모른다. 그런 만큼 흑석동은 잊을 수 없는 고장이기도 하다.[5]

손창섭의 도일한 것이 1973년 말이라는 점에 비추어볼 때 흑석동 시절은 대략 1958년경부터 도일하기 전까지가 되는데, 이로써 손창섭의 1960년대 장편소설은 모두 흑석동 시절에 쓰인 것임을 알 수 있다. 17년간의 정주 기간 동안 손창섭이 남한 체제에 귀속함으로써 부성적 질서로부터의 소외를 극복하고자 했을 것으로 짐작할 수 있거니와, 이러한 사정은 이 시기 손창섭의 소설에도 드러난다.

부성적 질서로부터 소외된 주인공의 자아 분열과 이를 극복하고자 하는 시도로 요약되는 전후 시기 손창섭 소설의 내적 논리는 1960년대 이후 손창섭의 소설에도 작품의 기본적인 구도가 되었다. 이들 작품에서 주인공들

---

5) 손창섭, 『유맹』, 실천문학사, 2005, 488~489면.

은 행복한 결혼을 통해 가부장이 됨으로써 부성적 질서 속에서 지배자가 되고자 하지만, 이러한 시도는 결국 좌절된다. 다만 이 시기의 작품이 그 이전 시기와 다른 점은 1960년대의 일상을 배경으로 하여 결혼 문제를 둘러싼 갈등을 그리고 있으며, 부성적 질서로부터 소외된 상황을 극복하기 위한 시도가 보다 구체적으로 드러나고 있다는 점, 그리고 이 시기 작품 대부분이 신문에 연재되었다는 데서 짐작할 수 있듯 통속성이 작품의 전면에 드러나 있다는 점 등이다.

1960년대 손창섭의 장편소설은 행복한 결혼에 실패한 주인공들이 진정한 아내(혹은 남편)를 찾아 가족이라는 안정된 울타리에서 가부장이 되고자 하는 시도를 담은 이야기이다. 이러한 이야기는 손창섭의 1950년대 단편소설에서부터 반복되어 온 것이다. 「사연기」와 「생활적」 등이 그것으로, 손창섭의 단편소설은 전쟁 직후의 가족 상실의 상황을 단적으로 표현하고 있다. 어긋난 결혼으로 인해 뒤바뀐 아내, 그리고 가부장의 위치를 상실한 남편이 빚어내는 비극적 이야기는 전후소설의 한 전형을 이루고 있다. 1960년대 손창섭의 소설에서 주인공들은 전후의 분위기를 벗어나 일상적인 생활세계에서 자신에게 닥친 불행의 조건을 벗어나고자 욕망하는데, 이 욕망은 남성 주인공의 경우에는 가부장이 되고자 하는 것으로, 여성 주인공의 경우에는 가부장과의 관계 속에서 안정과 행복을 얻고자 하는 것으로 드러난다. '아내 찾기' 혹은 '가부장되기' 욕망과 그 좌절은 손창섭의 첫 신문소설인 『세월이 가면』에서부터 시작하여 1960년대 손창섭의 마지막 신문소설인 『길』에 이르기까지 다양한 방식으로 변형되면서 두루 나타난다.6)

---

6) 1960년대 손창섭의 장편소설은 『부부』, 『길』 등을 제외하고는 그간 거의 주목받지 못하다가 최근 들어 손창섭 작품 연보가 작성되는 등 관심의 대상이 되고 있다. 손창섭의 장편소설에 대한 논의로 다음을 들 수 있다. 김병익, 「현실의 도형과 검증—손창섭

1960년대는 전통적인 가족 중심의 사회 체제가 해체되고 새로운 사회 질서가 대두되던 시기였다. 박정희 군사 정권은 '국가 재건'이라는 슬로건 아래, 자본주의적 산업화, 반공, 민족정체성 확립이라는 세 가지 목표를 천명하였는데, 이러한 '국가주의'는 전통적 사회질서와 차별되는 한편 가족주의의 유기체적 관계론을 국가와 민족으로 확장하고자 했다는 점에서 가부장적인 것이었다. 이렇게 볼 때, 이 시기 손창섭의 소설에 나타나는 주인공의 가부장되기 시도는 가부장적 국가 체제로 편입되고자 하는 것과 등가의 의미를 지닌다. 그러나 이러한 가부장되기 시도는 결국 좌절되고, 그 과정에서 전통적 가부장제 및 이와 결합된 민족국가 담론에 대한 비판적 시각이 드러나게 된다.

『부부』는 연재 당시 큰 논란을 불러일으킬 만큼 대중적으로 성공을 거둔 작품이다.[7] 이 작품이 대중적 논란을 불러일으킨 가장 큰 원인은 전통적 가부장제의 윤리를 뒤집어 놓은 데에서 찾을 수 있을 것이다. 전통적 가부장제의 윤리로 보았을 때 공공연하게 말해질 수 없는 내밀한 이야기를 공적인 담론의 장으로 끄집어내어 말하고 있는데다, '여필종부(女必從夫)가 아니라 남필종부(男必從婦)'(1회)라는 말에서 단적으로 드러나듯 남편에 의한 아내 지배라는 가부장제의 질서를 전복시켜 아내가 남편을 지배하는

의 『길』」, 『현대한국문학의 이론』, 민음사, 1972 ; 최희영, 「손창섭 장편 『낙서족』, 『부부』의 작중 인물 연구」, 한국외국어대 석사논문, 1985 ; 김동환, 「『부부』의 윤리적 권력 관계와 그 의미」, 『작가연구』 창간호, 1996 ; 최미진, 「손창섭의 『부부』에 나타난 몸의 서사화 방식 연구」, 『현대문학이론연구』 16집, 2001 ; 류동규, 「손창섭 장편소설 『세월이 가면』에 나타난 윤리 문제」, 『국어교육연구』 38집, 2005 ; 공종구, 「손창섭의 『길』에 나타난 '서울'과 '도일'」, 『현대소설연구』 36집, 2007 ; 홍주영, 「손창섭 소설에 나타난 부성 비판의 양상 연구」, 서울대 석사논문, 2007. 특히 홍주영의 논문에서는 손창섭의 작품 연보를 상세히 작성하였다.

7) 『부부』의 대중적 성공과 관련하여 다음 두 글을 참고할 수 있다. 손창섭, 「작가 손창섭씨의 변」, 『동아일보』, 1963. 1. 4 ; 손창섭, 「나는 왜 신문소설을 쓰는가」, 『세대』, 1963. 8.

것으로 그리고 있다는 점이 그것이다.[8]

아내의 가출로 시작되는 이 작품의 이야기에서 주도권은 언제나 아내에게 있다. '나'는 아내의 결정을 되돌리기 위해 노력하지만 그럴수록 아내와 멀어지는 결과를 낳는다. 뿐만 아니라 아내는 어긋난 결혼으로 인한 불행을 바로잡기 위해 '나'와 이혼하고 한박사와 결혼하고자 한다. 한박사 역시 아내인 은영 여사와 이혼함으로써 이 두 사람의 결합 가능성은 커지게 된다. 여기서 한 걸음 더 나아가 이 두 사람의 결합을 막기 위해 은영 여사와 차성일이 육체적 관계를 맺게 됨으로써 이들 인물들의 아내 혹은 남편 찾기 시도는 '부부 바꿔치기'[9]의 형국으로 바뀌게 된다. '부부 바꿔치기'는 전통적 가부장 윤리로 보자면 윤리의 한계지점에 접근한 것으로 볼 수 있을 것이다. 부부 관계와 가정이라는 기존의 틀을 깨는 위험을 감수하면서까지 개인의 행복한 결혼을 위해 행동하는 아내의 시도는 전통적인 가부장 질서에 대한 도전으로 볼 수 있을 것이다.

그러나 그 내적 논리에 있어서는 또 다른 가부장제로의 회귀에 다름 아니다. 왜냐하면 아내의 남편 지배는 가족이라는 테두리를 넘어서 존재하고 있는 가부장적 권위에 의존하고 있기 때문이다. 가족이라는 테두리를 넘어서 존재하는 가부장적 권위란 구체적으로는 장인과 한박사의 사회적 위치이면서 동시에 당시 국가 주도의 근대화 논리에 내재되어 있었던 가부장성이다.

> 석간 신문 한 귀퉁이의 '내방'이란 조그마한 커트 밑에 – 서현봉(보건
> 계몽 봉사회 회장), 한덕만(동 부회장), 서인숙(동 총무), 동 회의 정식 발
> 족과 본격적인 사업 착수 인사차 – 라는 몇 줄의 기사가 실려 있었는데,

8) 손창섭은 이 작품에 대한 독자의 비난과 공격의 내용을 '외설'과 '남성에 대한 모독'이었다고 밝히고 있다. 손창섭, 「작가 손창섭씨의 변」.
9) 최미진, 앞의 논문.

‘서현봉’이란, 일생을 바쳐온 교육계에서 군사 혁명 후 정년으로 물러난 나의 장인이요, ‘한덕만’이란, 아내의 여학교 시절의 동기 동창생의 남편인 동시에, 장인의 옛날 제자로서, 나도 잘 아는 ‘한씨 병원’의 원장이며, 상당히 유명한 의학 박사인 바로 그 사람인 것입니다. (『부부』 17회)

인애 남편은 5·16혁명 후에도 부정 축재로 몰리지 않을 만큼 착실하고 실력 있는 실업가여서, 지금은 오개년 경제 계획의 붐을 타고, 경제 사절로 외국을 다녀오는 등 (중략) 다만 국가 민족의 보다 더 큰 이익에 직결되는 일에, 자신의 전 인격, 전 역량, 생명까지도 걸고 분투하는 그 숭고한 인간적인, 정신적인 자세가 부러울 뿐예요. (『부부』 31회)

아내는 가정생활까지도 특정한 이상(理想)을 위해 통제되어야 할 것으로 여긴다. 이때 아내가 말하는 이상은 위의 인용문에서 짐작할 수 있듯 1960년대 국가 주도의 근대화와 연관된다. 자식 둘만 낳고 자녀생산을 거부하고, 가계를 규모 있게 운영하며, 화폐개혁 등 당시의 제도 변화에 능동적으로 대처하고, 더욱이 봉사회 일에 유능함을 보여 ‘나’와 장형이 아내의 도움으로 봉사회에 취직하게 되는 등 아내의 면모는 국가 주도의 근대화 논리와 순방향에 놓인다. 아내의 관점에서 볼 때, ‘나’의 나태함과 성적 방종은 타기되어야 할 불결한 것이 된다. ‘나’는 십수 년 째 말단 공무원으로서 더 나은 삶을 위해 살기는커녕 지금의 자리에서 떨어질 것을 염려해야 하는 상황에 처해 있고, 퇴근 후에는 술친구들과 요정을 드나들고 집에 와서는 아내의 육체를 탐하는 것이 고작이어서 어떠한 진보나 발전도 기대할 수 없기 때문이다.

이처럼 남편 차성일(나)과 아내 서인숙의 불화의 근저에는 가부장제와 결합된 민족국가 담론의 논리가 자리 잡고 있는데, 이러한 민족국가 담론의 논리는 정신 / 육체의 이분법에서 단적으로 드러난다.

> "이런 소릴 한다고, 당신은 또 무작정 날 점잖지 못한 사람이라고 탓
> 할지 모르지만, 부부생활이란 결국 정신적인 애정과, 육체적인 애무가 수
> 레의 양쪽 바퀴처럼 균형을 잡아 나가는 데 원만한 부부생활의 기초가
> 이루어지는 게 아닐까 하고 나는 생각해요." (중략)
>
> "당신이 말씀하신 부부생활의 정신적 면과 육체적 면의 평행을 지켜
> 나간다는 것은 참말 중요한 일예요. (중략) 그렇지만 문제는 평행의 기준
> 을 어디다 두느냐 하는 거예요. (중략) 당신은 절더러 왜 인간의 자연적인
> 욕구를 불결시하고, 지나치게 그것을 기피하려고 하느냐고 하셨는데, 제
> 가 묻고 싶은 건, 반대로 인간의 보다 더 고상한 욕구 혹은 이상을 무시
> 하고, 당신은 왜 그런 저속한 욕구에만 충실하려 하시느냐 하는 점예
> 요……" (『부부』 5회)

위의 대사는 남편인 차성일의 말이고, 아래의 대사는 아내인 서인숙의 말
이다. 위 인용문에서 드러나듯 두 사람은 모두 원만한 부부생활을 위한 기
초가 되는 것이 육체와 정신의 조화라고 말하고 있지만 그 조화에 대한 기
준은 서로 다르고 이 기준의 차이는 결코 조화될 수 없다. 이러한 '정신 / 육
체'의 이분법에서 정신이 육체를 지배하고 통제할 수 있는 이유, 다시 말
해 아내가 남편을 지배할 수 있는 이유는 '정신'은 윤리적이고 정상적인
반면, '육체'는 비윤리적·비정상적인 것으로 드러나고 있기 때문이다. 나
의 '육체'적 욕구는 그의 불행한 출생담과 약혼 시절 있었던 실수와 연결
됨으로써 비정상적·비윤리적인 것으로 낙인찍힌다. 또 아내가 목욕하는
장면을 훔쳐보려다 망신을 당한다거나, 잠자리에서 벗고 자는 습관 때문에
아내에게 핀잔을 듣는 등 여러 에피소드는 '육체'의 비정상성을 강화함으
로써 정신의 육체 지배에 정당성을 부여해 준다.

아내를 가정으로 돌아오게 하고자 하는 '나'의 시도는 가부장제와 결합
된 민족국가 담론의 논리에 역행하는 것이라는 점에서 파국이 예고되어
있다. 그러나 이처럼 파국을 향해 치닫던 서사는 의외의 결말을 만나게 된

다. 아내와 한박사 사이에 처제인 정숙이 끼어들게 되고 결국 한박사는 정숙과 결혼하게 됨으로써, 아내는 다시 집으로 돌아오게 되어 나와 아내의 갈등은 봉합되기에 이른다. 그러나 갈등의 봉합에도 불구하고 '나'는 여전히 가부장적 국가 체제의 바깥에 놓여 있는 반면 아내는 여전히 이러한 체제의 대변자의 위치를 포기하지 않고 있기 때문에 이들이 행복한 결말에 이른 것이라 볼 수 없다.

『부부』의 갑작스러운 결말은 작품 외적 상황이 낳은 결과이다. 즉 독자의 비난 여론 때문에 작품 후반부의 내용이 당초 구상과 달라지게 된 것이다.10) 이와 관련해 볼 때 『부부』에 이어 연재된 『인간교실』(1963)이 주목된다. 작가 자신이 『부부』와 『인간교실』은 같은 주제를 다룬 작품이라고 밝히면서, 『부부』에서 독자들의 여론 때문에 미처 다루지 못한 것을 여론에 구애받지 않고 다루어 보겠다고 한 것으로 보아 이 두 작품이 보여주고 있는 결말의 차이는 주목할 만하다.11)

『인간교실』은 주인공 주인갑 씨의 문화주택을 배경으로 펼쳐지는 이야기를 담고 있는데, 주인갑 씨와 그의 아내 서혜경 여사, 그리고 한때 주인갑 씨의 문화주택에 세를 들어 이들과 알게 된 황 여인 사이의 미묘한 삼각관계에서 펼쳐지는 '아내 찾기' 서사를 한 축으로 하고, 황 여인의 뒤를 이어 주인갑 씨 집에 세 든 두 여학생을 중심으로 벌어지는 매춘 행위와 사회사업(삼정학원), 그리고 이들이 주인갑 씨의 집을 빼앗으려고 들면서 이를 지키고자 하는 '집 찾기' 서사를 또 다른 한 축으로 하고 있다. 이 가운데 『부부』와의 결말의 차이에 초점을 맞출 때 주목되는 이야기의 축은 역시 '아내 찾기' 서사이다. 『부부』의 경우 차성일과 서인숙 부부는 해결될 수 없는 갈등에도 불구하고 결국 재결합하는 것으로 끝나는 반면 『인간교

---

10) 손창섭, 「작가 손창섭씨의 변」.
11) 손창섭, 「나는 왜 신문소설을 쓰는가」.

실』은 주인갑 씨가 끝내 서혜경 여사와 이혼하고 농촌으로 떠나는 것으로 결말이 난다. 『인간교실』의 결말은 주인공들의 가부장되기의 시도가 결국 실패로 끝나게 되는 것을 잘 보여준다.

그러나 가부장되기의 시도가 실패하는 과정에서 이 시기 근대화 담론의 내재되어 있던 민족국가 담론에 대한 비판이 드러나게 된다. 가부장되기의 시도가 실패하는 근본적인 원인은 주인공들의 비정상적인 성적 욕망으로 인해 가부장적 윤리를 위반하고 있는 데 있다. 『부부』에서 '나'는 비정상적 성적 욕구로 인해 아내가 기대하는 가부장적 권위를 유지하지 못한다. 이때 아내가 기대하는 가부장적 권위란 민족국가 담론과 결합된 가부장제 이데올로기인데, '나'의 성적 일탈은 이러한 권위의 통제 속에 있기를 거부하는 것이라는 점에서 민족국가 담론을 우회적으로 비판하는 것이라 할 수 있다. 가부장되기의 시도와 그 좌절의 이야기는 전통적 가부장제와 민족국가 담론이 지배 담론으로 자리 잡고 있던 1960년대의 가족 제도에서도 주인공들이 자신의 정체성을 뿌리 내리지 못하는 것을 보여준다.

2) 재일조선인의 난민으로서의 민족정체성

❶ 민족 서사(national narrative)의 구성 방식

민족정체성이 개인의 정체성을 규정하는 핵심적인 요인이 된 시대에 민족국가 체제로부터 뿌리 뽑힌 개인은 어떤 상황에 처하게 될 것인가? 『유맹(流氓)』(1976)은 손창섭이 도일(渡日) 후 쓴 첫 작품으로, 작품의 제목이 뜻하는 것처럼 '유랑민', 즉 민족국가 체제로부터 뿌리 뽑힌 개인인 재일조선인의 이야기를 다루고 있다.12) 여기에서는 『유맹』을 근대 민족국가가

---

12) 『유맹』에 대한 지금까지의 연구는 리얼리즘적 성격에 주목한 것과 자전적 성격에 주

만들어내는 집단성의 서사13)와 이를 가로지르는 사적 체험이 교차하고 있
는 것으로 파악하고, 이러한 교차에서 나타나는 정체성의 분열 양상과 그
의미를 규명하고자 한다. 민족국가가 만들어내는 서사에 사적 체험이 개입
될 때 그것은 궁극적으로 민족국가가 지닌 집단성 자체를 의문시하는 결
과를 낳게 된다.14)

　민족정체성은 민족을 환기시키는 이질적인 두 요인의 결합으로 이루어
진다. 하나는 영토, 문화, 언어, 종교 등 원초적 감수성과 관련된 것이고,
다른 하나는 정치 및 경제적 상황 등 근대 체제와 관련된 것으로, 이는 근
대 민족국가가 양가적인 시간성 위에 구축되는 것임을 보여준다.15) 그리
고 민족정체성을 구성하는 이 두 요인이 특정한 역사적 조건에 따라 결합
하는 과정에서 하나의 관념으로 수렴되지 않을 때 민족정체성의 분열이

목한 것으로 대별된다. 강진호는 『유맹』을 '사실적이고 역사주의적인 시선에 의해서
포착된 재일 한인들에 대한 문학적 보고서이자 동시에 리얼리스트로서의 작가의 완
숙한 경지를 보여준 작품'으로 평가하였다. 이런 관점에서 보면 최원복을 중심으로
하는 식민지 조선인들의 수난 이야기가 이 작품의 중심이 된다. 한편 방민호는 『유맹』
의 곳곳에 드러나 있는 자전적 서술에 주목하여 이를 작가의 다른 작품과 비교 분석
함으로써 이 작품이 '상당히 순도 높은 자전적 소설'이라고 평가한다. 이렇게 보면
최원복 노인과 관련된 이야기, 재일조선인 2세들의 이야기에서도 그 이야기를 전달
하는 화자의 위치가 중요한 문제가 된다. 이들 논의는 『유맹』이 지닌 성격의 일면을
부각시켜 드러내고 있지만, 이 두 성격이 결합되는 내적 원리를 세밀하게 밝히는 것
으로 나아가지는 못하였다. 강진호, 「재일 한인들의 수난사」, 『작가연구』 창간호,
1996 ; 방민호, 「손창섭의 『유맹』과 '在日'의 운명」, 『한국 전후문학과 세대』, 향연,
2003.
13) 본 연구는 이를 바바의 논의에 기대어 '민족 서사'로 규정한다. '민족 서사'는 바바가
'국민' 혹은 '민족'을 문화적, 담론적 생산물로 파악하기 위해 전략적으로 제안하는 개
념으로, 이에 따르면 '국민' 혹은 '민족' 개념은 '양가적인 시간성' 속에서의 '이중적인
서사적 운동'을 통해 구성된다. 호미 바바, 『문화의 위치』, 소명출판, 2002, 8장 참고
14) 위의 책, 280면.
15) 임지현은 운동사의 관점에서 민족주의를 파악하면서, 민족주의가 '원초성'과 '근대성'을
동시에 지니고 있음을 지적하였다. 한편 바바는 민족주의가 지닌 이러한 특성을 '국가
적 서사'가 지닌 '이중적 시간'과 관련시킨다. 임지현, 「'운동'으로서의 민족주의」, 『민
족주의는 반역이다』, 소나무, 1999, 26~27면 ; 호미 바바, 앞의 책, 285~286면 참고.

첨예하게 나타나게 된다. 원초성으로서의 민족이 환기하는 세계는 원환적이고 완결적인 세계상을 보여주는데, 민족정체성의 분열은 이러한 세계상의 깨어짐에서 비롯된다. 개인은 이러한 원초성의 세계로부터 벗어나 일정한 경계와 배제의 논리가 작동하는 근대 민족국가 체제로 귀속되며(혹은 귀속되지 못하며), 이 과정에서 개인은 민족정체성의 분열을 경험하게 된다.

이렇게 볼 때 재일조선인은 민족정체성 문제에 있어서 매우 특수한 상황에 처해 있다.[16] 일반적인 '에스니시티'(ethnicity)[17]와는 달리 본국을 가진 정주(定住) 외국인이라는 점, 일반적인 이민자 및 그 자손과 달리 그 정주지(定住地)가 옛 식민지 종주국이라는 점, 그리고 여기에다 본국이 남북으로 분단되어 있고 특히 북한의 경우 정주지인 일본과 교류가 단절되어 있다는 점 등은 재일조선인의 민족정체성을 특수한 것으로 만드는 복합적인 요인들이다.[18] 손창섭이 도일한 1970년대는 1세대 재일조선인과 2세대 재일조선인 사이에 민족정체성의 세대별 분화가 나타나기 시작한 시점으로

---

16) 재일조선인은 '일제 식민지배의 역사적 결과로 구종주국인 일본에 거주하게 된 조선인과 그 자손'으로 규정된다. 해방 당시 약 230만 명 이상의 조선인이 일본에 있었으며 이 중 대부분은 스스로 고국으로 귀환하였지만, 해방이 된 이후에도 약 60만 명은 일본에 남아 있게 된다. 일본 정부는 1947년 5월 '외국인 등록령'에 따라 재일조선인을 '당분간 외국인으로 간주한다'고 규정하였고, 1952년 4월 샌프란시스코 강화조약 발효에 따라 재일조선인들은 일본 국적을 상실하게 되었다. 이후 한일기본조약이 체결됨으로써 재일조선인 가운데 한국 국적을 가진 사람에게만 '협정영주권'을 주었다. 조선적을 가진 재일조선인은 1991년 '특별 영주'가 허가되어서야 겨우 안정된 지위를 보장받을 수 있었다. 이러한 법적 지위의 문제 외에도 이들은 진학과 취업의 기회에 있어서 차별을 받아 왔으며, 심각한 사회적 편견에 노출되어 있었다. 서경식, 『난민과 국민 사이』, 돌베개, 2006, 120~131면 ; 한일민족문제학회 엮음, 『재일조선인 그들은 누구인가』, 삼인, 2003, 2부 참고.
17) 에스니시티(ethnicity)는 민족국가 내의 종속적 하위 집단(subalternity) 전반, 곧 주류 민족의 문화에 완전히 동화되지 않는 문화집단들의 정체성을 의미하면서, 민족문화를 기반으로 삼는 내셔널리즘 개념과는 대립적인 함의를 갖는다. 강상중, 『오리엔탈리즘을 넘어서』, 이산, 1997, 246~247면, 옮긴이 주 참고.
18) 서경식, 앞의 책, 150면.

서, 당시 2세대 재일조선인들이 당면한 민족정체성의 혼란은 재일조선인 사회 내부에서 뿐만 아니라 일본 사회 전체에서도 심각한 문제를 일으켰다. 『유맹』에도 언급되고 있는 이진우 사건, 김희로 사건 등은 모두 2세대 재일조선인의 민족정체성의 혼란상을 단적으로 보여주는 사례들이다.[19] 『유맹』은 1세대 재일조선인의 형성과 수난, 그리고 이들과는 구별되는 2세대 재일조선인의 민족정체성의 혼란을 역사적 관점을 통해 그려내면서, 이들 모두가 민족국가 체제로부터 뿌리 뽑힌 개인, 즉 난민이라는 인식을 보여준다. 이러한 인식은 작가 자신이 겪은 난민으로서의 경험과 이어져 있는 것으로, 이는 손창섭이 자신의 체험을 동시대 공통의 경험으로 확장하였음을 보여준다.

　『유맹』은 재일조선인이 처한 민족정체성의 문제를 이중적인 시간성 속에서 다루고 있는 작품이다. 작품 내 서사는 현재의 이야기와 과거의 이야기가 서로 교차하면서 진행되다가, 작품의 마지막에 이르러 서로 만나게 된다. 현재의 이야기에서 화자는 일본에 일시적으로 정주하면서 재일조선인의 민족정체성의 문제를 분석적으로 전달해 준다. 화자는 지인의 부탁으로 재일조선인의 의식에 대한 설문 조사를 하면서, 여러 등장인물들의 민족정체성에 대한 인식을 분석적으로 보여 준다. 한편, 『유맹』의 중심 서사가 된다고 할 수 있는 과거의 이야기는 원복 노인을 주인공으로 하여 재일조선인의 형성과 수난의 역사를 전해 준다. 과거의 이야기에서 다루어지는 원복 노인의 개인사는 재일조선인의 형성과 수난의 원형이라 할 수 있는데, 이는 현재 화자의 주변 인물들인 2세대 재일조선인의 민족정체성의 혼

---

19) 이진우 사건과 김희로 사건은 재일조선인에 의해 저질러진 살인 사건으로서, 일본 사회 내에서 조선인의 민족정체성 문제를 전면에 부각시킨 것으로 당시 일본 사회에서 조선인이 '타자'로 존재하고 있었음을 보여준다. 서경식, 「괴물의 그림자」, 위의 책, 79~114면 참고.

란을 가져온 전사(前史)가 된다.

이렇게 해서 구성된 서사는 민족 서사(nation narrative)로서의 성격을 지닌다. 『유맹』의 중심 서사를 이루고 있는 원복 노인의 과거 이야기는 민족 수난과 겹쳐져 있고, 여기에서 원복 노인은 민족의 원형을 보여주는 인물로 설정되어 있다. 원복은 식민지 근대화로 인한 농촌 사회의 분화 과정에서 일거리를 찾아 고향을 떠나 일본으로 오게 되고, 식민지시대 말기와 일본 패전 후의 혼란한 상황에서 극심한 수난을 겪게 된다. 해방 후 조국으로 돌아가지 못하고 일본에서 살아오면서도 그는 조선인으로서의 생활을 완강히 고수하여, 지금은 김치제조업을 하고 있으며, 조선 음식 만드는 것을 더 없는 즐거움으로 여긴다. 젊은 시절부터 환국을 유일한 희망으로 여기고 살아온 그는 아내마저 죽게 되자 고국으로 돌아가고자 하는 열망은 더욱 커지게 된다. 이처럼 원복 노인을 주인공으로 하는 민족 서사는 원초적 공동체를 파괴하는 근대의 폭력과 이를 극복하고 고향으로 돌아가고자 하는 주인공의 소망으로 요약되며, 따라서 원복 노인의 환국이 민족 서사의 결말을 이루는 것은 자연스럽다.

『유맹』의 서사를 민족 서사로 규정할 수 있는 또 다른 특징은 민족정체성의 형성 양상에 따라 원복 노인을 비롯한 주요 인물들의 위치가 설정되어 있다는 점이다. 작중 인물들은 우선 민족에 대한 원초적 감수성을 지니고 있는지 여부에 따라 1세대 재일조선인과 2세대 재일조선인으로 분류된다. 1세대 재일조선인의 경우 민족정체성은 개인의 성격 혹은 윤리와 직결되고 있는데, 이는 원복 노인과 다카무라 사장의 대비를 통해 확연히 드러난다. 다카무라 사장은 원복 노인의 대척점에 위치한 인물로, 돈을 벌기 위해서라면 민족정체성마저 손바닥 뒤집듯 하는 기회주의적이고 비윤리적 성격의 소유자이다. 이에 반해 민족정체성을 확고히 지니고 있는 원복 노인은 고지식하지만 인정이 많고 근면한 인물로 제시되어 있다. 이처럼 민족정체성이 개인 윤리와 연관될 때, 민족정체성은 확고하게 지켜야 할 절대 가치로서의 위상을 얻게 된다. 한편 1세대 재일조선인들이 민족에 대한 원초적 감수성을 지니고 있는 데 반해 성기, 백청년, 다케오 소년 등 2세대 재일조선인들은 조선어를 거의 사용하지 못하며 민족을 환기할 만한 원초적 감수성을 지니고 있지 못하다. 이로 인해 2세대 재일조선인들은 민족정체성에 극심한 혼란을 겪는다. 성기는 원복 노인의 막내아들로 재일조선인으로서 겪는 사회적 차별 때문에 고민하다가 일본인 여성으로부터의 실연, 아버지 원복 노인의 환국 등 어려운 일이 겹치게 되자 자살을 선택하게 된다.[20] 백청년은 성기의 친구로, 조총련계 학교 출신의 아내와 결혼하였지만 사상 문제로 극심한 불화를 겪다 결국 이혼하게 된다. 다카무라 사장의 아들 다케오 소년이 겪는 민족정체성의 혼란으로 인한 자아의 분열은 이보다 더 심각하다. 가정을 돌보지 않고 귀화한 아버지 때문에 다케오는 민족정체성을 왜곡된 방식으로 표출한다. 화자의 딸 종숙과 같은 반인 그는 자신이 귀화한 조선인이면서 조선인에 대한 혐오를 더욱 강하게 드러내어 종숙을 괴롭힌다. 결국 그는 형 구니오와 함께 이복동생을 납치하는 소동을 벌여 사회적 물의를 일으키게 된다.

이상에서 살펴본 바와 같이 『유맹』의 서사는 민족 서사로서의 성격을 지니고 있으며, 여기에서 중심 되는 주제는 재일조선인들의 민족정체성이다. 그런데 문제는 이러한 민족정체성이 이중적인 시간성이 교차하는 지점, 즉 민족국가 사이의 경계에서 형성됨으로 인해 분열된 양상으로 드러나게 된다는 점이다.

20) 일본인 여성과의 관계에서의 실연, 분신자살 등 성기와 관련된 주요 사건은 당시 일본 사회를 떠들썩하게 했던 양정명 사건에서 주요 모티프를 차용하였을 것으로 추측된다. 양정명은 와세다 대학 문학부 학생으로서, 조선인이라는 데에서 오는 차별과 편견, 가족의 귀화에 대해 느낀 고뇌와 죄책감 등으로 인해 1970년 분신자살하였다. 서경식, 앞의 글.

❷ 민족정체성의 분열과 난민의 정체성

『유맹』에서 민족정체성은 원초적 감수성으로서의 민족 관념과 근대 체제로서의 민족 관념이 결합되는 방식에 따라 다양한 양상으로 형성된다. 그 하나는 원복 노인으로 대표되는 유형으로, 민족에 대한 원초적 감수성이 강하게 자리 잡고 있는 경우이다. 원복 노인에게 있어서 민족정체성 형성의 가장 중심이 되는 요인은 모어(母語), 토속 음식 등 민족에 대한 원초적 감수성이다. 원복 노인은 화자를 '고향 손님'이라 부르는데 이러한 호칭에는 원복 노인과 화자 사이의 육친과도 같은 친밀함이 그대로 표현되어 있다.

반면 대부분의 2세대 재일조선인들은 언어와 문화 등 민족에 대한 원초적 감수성을 잃어버림으로 해서 확고한 민족정체성을 지니기 어려운 상태에 놓여 있다. 이들에게 있어서 민족정체성은 현재의 정치적 상황에 의해 형성될 수밖에 없는데, 이들이 처한 정치적 상황의 복잡성으로 인해 이들의 민족정체성은 지극히 혼란스러운 것으로 드러난다.

> 대한민국인임을 자랑스럽게(혹은 수치스럽게) 생각하는가, 라는 1항의 설문에 대해서 성기 군은 놀라운 답변을 하고 있다.
> '나는 순수한 남조선인도 북조선인도 아니다. 구태여 자신의 정체를 분석해 본다면 4, 3, 3의 비율로 남조선인, 북조선인, 일본인이다. 그러니 어찌 40퍼센트만의 입장을 대변할 수 있겠는가.'[21]
> 나를 증오의 눈으로 쏘아보던 다카무라 다케오 소년도, 명확하게 의식은 못한 채 어쩌면 이러한 자아 분열 속에 살고 있는 것이 아닐까. 그 증오의 눈은, 따지고 보면, 그 자신 속에 있는 북한인과 일본인이 남한인에 대한 그것이 아니었을까. 그렇다면 반면, 그 속의 남한인과 일본인이 북한인을, 남한인과 북한인이 일본인을 증오하기도 하지 않을까. 그래서 소

---

21) 손창섭, 『유맹』, 실천문학사, 2005, 89면.

> 년 속에 공존 대립하는 이 세 가지 사람이 항시 상대방에 대한 증오심을
> 불태우고 있는 것이 아닐까.[22]

　2세대 재일조선인들이 겪고 있는 민족정체성의 혼란은 근대 민족국가의 형성 과정에서 발생한 체제의 경계가 개인의 내면에까지 영향을 주고 있음을 보여준다. 식민과 피식민 사이의 경계, 남과 북의 이질적인 체제 사이의 경계가 그것으로, 성기와 백청년, 그리고 다케오 소년이 비극적인 운명에 처하게 되는 것은 이들이 특정한 민족국가 체제에 귀속되지 못하는 데에 그 근본적인 원인이 있다고 할 수 있다.

　한편 민족 서사를 전달해 주는 화자는 이 두 유형의 재일조선인의 정체성을 관찰하고 분석하는 위치에 서 있으면서, 이들과는 다른 민족정체성 형성의 양상을 보여준다. 화자는 원초적 감수성의 측면에서는 원복 노인과 동일한 지점에 서 있으면서, 다른 한편으로 남한 체제의 대변자라고 해도 좋을 정도로 민족국가 체제에 확고하게 귀속되어 있다. 그는 북한과 남한의 실상을 묻는 재일조선인들에게 남한 체제의 우월성을 일관되게 주장한다. 또 남한이 일본에 비해 정치적으로 부패했고 경제적으로도 낙후되어 있다는 비판에 대해서는 일부 인정하면서도 여전히 남한 체제를 옹호하는 태도를 견지하며, 심지어 이런 태도로 인해 화자는 '북한 맹종자'인 한창일 노인과 충돌하기도 한다. 그러나 이처럼 민족국가 체제와의 관계에서 확고한 것으로 보였던 화자의 위치는 2세대 재일조선인들이 겪은 개인적 경험을 마주하게 되면서 다소 모호해진다. 화자는 2세대 재일조선인들의 민족정체성의 혼란을 접하면서, 이들의 민족정체성 혼란이 자신이 처한 상황과 무관하지 않음을 조심스럽게 드러내며, 이들이 민족정체성 혼란을 상당 부분 공감하기도 한다.

---

22) 『유맹』, 90면.

이렇게 볼 때 화자의 민족정체성은 원복 노인 및 2세대 재일조선인과 일정한 공통점을 지니고 있으면서도 어떤 부분에서는 이들과 다른 면을 지니고 있는 것을 알 수 있다. 민족 서사는 이러한 이중적 시선을 지닌 화자에 의해 서술되어 있음으로 해서, 겉으로 드러난 서사와는 다른 의도를 지니게 된다. 그렇다면 재일조선인들의 민족정체성의 혼란상을 전달해주는 화자가 위치하는 곳은 어디인가? 그리고 화자의 민족정체성은 무엇인가? 이는 민족 서사와는 다른 또 하나의 서사, 즉 화자 개인의 이야기가 그 모습을 드러냄으로써 분명히 드러나게 된다.

『유맹』의 화자 '나'는 일본인 아내와 그 사이에 난 딸을 두고 있으면서, 지금은 어떤 이유로 일본에 일시적으로 정주하고 있는 가장이다. 화자는 대체로 관찰자의 위치에 머물면서 재일조선인들의 민족정체성과 관련된 이야기를 전해 주는데, 이 과정에서 화자 자신에 대한 정보는 필요한 만큼만 단편적으로 제공될 뿐이어서, 화자 자신의 이야기가 일관된 서사를 이루지는 않는다. 그러던 것이 작품의 마지막 부분인 '가재 사냥'에 이르러 화자의 개인사가 그 전모를 드러낸다. 화자는 일본 생활에서 오는 피로감으로 인해, 한국 여행길에 오르게 되고, 이 여로에서 그는 자신의 개인사를 풀어 놓는다.

> 그러는 동안에 차는 나고야를 지나, 교토에 접근하게 되면서부터, 나의 마음은 더욱 산란해지기 시작했다. 교토란 우리 내외에게 있어서는 잊을 수 없는 곳이요, 지금은 터부시되는 고장이기도 하다. 거기에는 우리 사이에 태어난 한 생명이, 우리와는 상관없이 이미 청년으로 성장해 있는 것이다.[23]

---

23) 『유맹』, 478면.

화자 자신이 해방 전 일본에서 아내와 만나 결혼하게 된 것, 첫 아들을 가졌지만 해방 후 귀국길에 동행하지 못하고 일본인 친척에게 입적시켜 지금도 자신과 무관하게 일본인으로 성장하고 있다는 것, 그리고 해방 후 단신 귀국하여 전쟁을 겪기까지 평양에서 서울로, 다시 대구, 부산 등지로 전전하며 피난살이를 하다 피난지 부산에서 아내와 극적으로 만나게 된 것, 그리고 이후 한국 생활 내내 화자와 아내에게 있어서 첫 아들의 일은 차마 꺼내 놓을 수 없는 고통스러운 과거의 흔적으로 자리 잡고 있었으며 이것이 아내가 일본으로 돌아가고자 한 근본적인 원인이 되었다는 것 등 이 이 서사의 골격을 이룬다.

화자 개인의 이야기에서 주목되는 것은 화자가 민족국가 체제의 형성 과정에서 어느 한 체제에 확고하게 귀속되지 못하고 있다는 점이다. 화자 가 재일조선인의 삶을 전달하는 위치에 머물러 있을 때 남한 체제에 확고 한 귀속의식을 지니고 있는 것으로 드러났지만, 이는 재일조선인 사회에서 '한국인'으로 살아가는 사회관계 속에서 드러난 자신의 위치일 뿐, 자아의 내밀한 부분을 구성하는 것이라고 보기는 어렵다. 오히려 청소년기 이후 만주를 전전하다, 북한과 남한 체제를 차례로 경험하고, 지금은 타국 생활 을 하고 있는 화자의 삶은 '유맹'으로서의 삶이며, 이러한 개인사를 통해 형성된 화자의 정체성은 민족국가 체제로부터의 뿌리 뽑힘을 경험한 데에 서 비롯된 난민으로서의 정체성이라고 할 수 있다.

화자가 원복 노인이 지닌 원초적 감수성으로서의 민족을 동경하면서도, 결국 원복 노인과 다른 운명에 처할 것을 직감하게 되는 것도 이 때문이 다. 영주 귀국하는 원복 노인을 전송하는 화자의 모습은 이를 암시한다.

> 노인의 모습에서 나는 자신의 몰골을 보는 듯했다. 나도 머지않아 단
> 신 돌아가리라, 돌아가리라 벼르고 있는 것이다. 하지만 처자의 반대를

무릅쓰고 과연 돌아갈 수 있을는지, 만일 돌아가게 된다면 그 시기가 언
제쯤 될는지 자신의 일이면서도 아득하기만 하다. 흡사 나는 대학 입시에
합격한 친구와 헤어진 낙방생의 심경이었다.
　　아무에게도 눈치 채이지 않게 나는 혼자 떨어져 도쿄 역을 나왔다. 왜
그런지 혼자되고 싶었다. 목적 없이 걷다 보니 히비야 공원에 이르렀다.
아침이라 공원 내에는 소풍객이 더러 눈에 띨 뿐 조용했다. 나는 착잡한
심정으로 그 안을 언제까지나 혼자 거닐었다.24)

　위 인용문은 작품의 마지막 장면으로 민족 서사와 화자 개인의 이야기
의 결말이 확연히 갈라지게 되는 것을 보여준다. 그리고 이는 서사 구조의
차이로 명확히 드러나게 된다. 민족 서사가 원복 노인의 환국, 즉 민족국
가 체제로의 뿌리 내림으로 귀결되는 '고향 회귀의 구조'를 지니는 데 반
해, 화자의 이야기는 돌아가고자 하지만 그렇게 하지 못하고 '유랑민'으로
서의 자기 확인에 머무르는 '환멸의 구조'를 지닌다.
　이러한 두 서사의 갈라짐은 민족정체성의 분열을 표현한 것이라 할 수
있다. 원초성으로서의 민족 관념에 기초한 민족정체성은 그 자체로는 완결
된 것이지만, 근대 체제와 마주치게 될 때 그 완결성은 유지될 수 없는 것
으로 판명된다. 그리고 이제 개인은 근대 체제로서의 민족국가에 귀속되어
야 하지만, 이러한 귀속이 원초적 감수성으로서의 세계와 조화되지 못하는
경우 분열된 민족정체성, 즉 난민으로서의 정체성을 지니게 된다.
　화자의 개인적 이야기는 『유맹』 전체를 놓고 볼 때 민족 서사에 비해
작품 전체에서 비중이 큰 것은 아니지만, 민족 서사에서 고정되어 있는 것
처럼 보였던 화자의 시선을 이중적인 것으로 드러냄으로써, 민족 서사가
바람직한 가치로 표현하고 있는 원초적 감수성으로서의 민족 관념과 이를
기초로 하여 형성된 민족정체성을 불완전하고 불확정적인 것으로 드러내

---

24) 『유맹』, 517면.

고 있다는 점에서 큰 중요성을 지닌다. 『유맹』의 민족 서사는 민족을 절대 가치로 하여 완결된 서사를 지향하지만, 이러한 시도는 민족 서사의 불가 능성을 드러내는 또 다른 시선에 의해 방해를 받는다. 이 시선에 따르면 원복 노인의 민족정체성과 그의 환국의 의미 역시 양가적인 것이 된다. 화자는 원복 노인의 민족정체성을 옹호하는 입장에 서 있지만, 원복 노인의 환국을 재일조선인이 처한 민족정체성의 혼란을 극복할 수 있는 길로 제시하지는 않는다. 실제로 원복 노인의 민족정체성은 여전히 문제로 남아 있다. 원복 노인은 단신으로라도 환국을 결심할 만큼 확고한 민족정체성을 가지고 있지만, 그의 아들들은 각기 다른 선택을 하게 된다. 큰 아들은 북한으로 간 후 연락이 닿지 않고, 둘째 인기는 일본에 남게 되고, 셋째 성기는 자살을 선택한다. 원복 노인이 지닌 민족정체성이 아들들과도 공유하지 못하는 것이라면, 아들들과 헤어져 단신 환국한 원복 노인이 환국 이후의 삶에 대해 스스로도 확신을 갖지 못하는 것은 당연하다. 또 원복 노인이 원초적 감수성을 지니고 있기 때문에 한국인으로서의 민족정체성을 형성하는 것이 당연하다는 논리를 2세대 재일조선인에게 적용하게 되면, 일본에서 나서 일본말을 모국어로 사용하고 있는 이들은 일본인으로 귀화하는 것이 당연하다는 논리가 될 수 있다.

이렇게 해서 궁극적으로 남게 되는 것은 '유맹'의 초상, 다시 말해 난민의 정체성이다. 원복 노인의 환국을 전송하는 재일조선인은 물론이고, 남한 체제에 확고하게 귀속되어 있는 것처럼 보였던 화자, 심지어 남한으로 환국하는 원복 노인까지 모두가 '유맹'이라는 것이 이 작품의 결말이 보여주는 것이라 할 수 있다.

『유맹』의 등장인물들이 지닌 난민으로서의 정체성은 『낙서족』 및 「신의 희작」에서 드러나는 민족정체성에 대한 인식과 이어져 있다. 그럼에도 불구하고 『유맹』은 이들 작품과 발표 시기의 간격만큼 큰 차이를 보여준다. 전후 시기 손창섭의 소설에서 주인공은 체제로부터 소외되어 있고 주변 인물들과 소통할 수 없는 예외적 인물로 그려져 있다. 따라서 이 시기 작품은 체제로부터 소외된 개인의 기괴한 반응으로 가득 차 있다. 이들은 한편으로는 체제의 내부로 진입하기 위해 급진적으로 행동하지만 이 행동은 전혀 엉뚱한 결과를 낳게 되고, 다른 한편으로는 체제의 부조리함을 간파하면서 이에 대한 모멸과 냉소의 태도를 지닌다. 손창섭의 초기 소설이 아이러니로 가득 차 있는 것도 이처럼 체제로부터 소외된 개인이 체제에 대해 지니는 이중적 태도에 그 근원을 두고 있다고 하겠다. 반면『유맹』에서 화자는 재일조선인들의 정체성 문제를 역사적·분석적으로 파악하고 있을 뿐만 아니라 자신의 경험과 태도에 대해서도 객관적 시선을 견지하고 있다. 또『유맹』의 화자는『낙서족』및「신의 희작」의 주인공과 달리 민족국가에 대한 귀속의식을 확고하게 지니고 있으며, 이를 바탕으로 주변 인물들과 적극적으로 소통하면서 재일조선인들의 정체성 문제에 대해 조언자 혹은 상담자의 역할을 맡는다. 이러한 변모는 1950~1960년대의 기간 동안 손창섭이 남한 체제 내에서 작가라는 신분으로 정주하면서 체제에 대한 귀속의식을 지니게 된 데서 비롯된 것이다.

흑석동에 정주한 17년간의 세월 동안 화자는 남한 체제에 대한 귀속의식을 지니게 되었을 것인데,『유맹』이 구성하고 있는 민족 서사는 바로 이러한 체제에 대한 귀속의식에 기반을 두고 있다. 한 체제에 대하여 귀속의식을 지닌다는 것은 그 체제에 속한 구성원들과 공통의 경험을 갖게 된다는 의미이다. 민족 서사는 이처럼 민족국가에 귀속된 구성원들의 공통의 경험이 전제되어 있을 때 비로소 형성될 수 있는 것이라 할 수 있다.『유맹』에서 민족 서사가 중심이 되고 여기에 자전적 경험이 개입되고 있는 것은 손창섭이 자신의 경험을 예외적인 것이 아닌 동시대 공통의 경험, 즉 근대 민족국가 체제와의 관련 속에서 해명하고자 한 것이라는 점에서 이

전 작품에 드러난 자전적 경험의 소설화 방식과 큰 차이를 보여준다.

뿐만 아니라 『유맹』이 그리고 있는 이러한 민족정체성의 분열은 근대 민족국가의 형성 과정에서 개인이 경험하게 되는 근대의 모순을 드러낸 것이라는 점에서 근대 비판으로서의 의미를 지닌다. 한국의 민족국가 형성의 과정은 식민 지배에 의한 타율적 근대 경험에서 시작되었다. 이 과정에서 개인은 식민지 근대 체제를 먼저 경험한 후 이에 대비된 원초적 감수성으로서의 민족 관념을 소급하는 방식으로 민족정체성을 형성하게 된다. 특히 재일조선인들은 식민지 조선인으로서 식민지 종주국인 일본에서 생활해야 했던 특수한 조건으로 인해 원초적 감수성의 세계로서의 민족 관념과 근대 체제로서의 민족 관념 사이의 괴리, 즉 민족정체성의 분열을 첨예하게 경험하였다. 1세대 재일조선인이 원초적 감수성의 세계에 고착되어 있는 것이나, 2세대 재일조선인이 원초적 감수성을 세계를 잃어버려 근대 민족국가 체제에 귀속되지 못하는 것은 모두 이러한 역사적 경험에서 비롯된 것이다.

손창섭이 『유맹』을 발표할 당시 남북한과 일본 등 동아시아의 정치적 상황을 감안한다면 『유맹』이 민족정체성의 분열을 깊이 있게 포착하고 있다는 점은 주목할 만하다. 이 시기 동아시아는 냉전에 따른 국가주의 체제가 확고하게 자리 잡고 있었으며, 남북한에는 각기 다른 전체주의적 국가 체제가 가동되고 있었다. 이러한 상황에서 개인이 자신이 속한 민족국가 체제를 벗어난 정체성을 상상하는 것은 극히 어려운 일이었다. 이렇게 볼 때 『유맹』이 재일조선인의 존재를 근대 민족국가 체제가 낳은 난민으로 인식하면서 이들의 민족정체성을 분열의 형식으로 표현하고 있는 것은 국가주의 체제에 대한 비판이 된다.

그러나 『유맹』은 재일조선인들의 민족정체성 문제를 극복할 수 있는 논리를 제시하지는 못한다. 1970년대의 상황에서 볼 때 재일조선인의 민족정체성 문제에 대한 극복 논리를 제시하기는 어려웠을 것이다. 『유맹』은 다만 이를 징후적으로만 보여줄 뿐이다. 일본 내에서 재일조선인의 존재는 한국과 일본의 근대 민족국가 형성 과정에서 발생한 중층적 모순을 보여주는 것이다. 재일조선인이 마주하게 되는 인종주의적 배제의 논리는 일본 식민주의 담론의 결과이다. 그리고 이러한 담론에 의해 재일조선인들은 스스로를 타자화하게 된다. 『유맹』은 일본 내에서 인종주의적 배제의 논리가 작동하는 장면과 이로 인해 재일조선인이 자기 식민화에 이르는 과정을 보여준다. 이는 재일조선인 문제의 극복이 한국과 일본의 근대 경험을 아우르는 시야를 확보하고, 더 나아가 일본의 식민주의와 재일조선인의 자기 식민화의 논리를 극복할 때 이루어질 수 있음을 예시(豫示)하는 것이라 할 수 있다.

2. 월남민의 정체성과 분단체제의 인식

1) 소시민의 자기 고백과 타자 인식 방식의 변모

『소시민』과 1960년대 이호철의 풍자소설이 월남민의 남한 체제로의 진입과 남한 체제 내부의 탐색을 그린 작품이라면, 1970년대 이호철의 소설은 남한 체제 내부로 진입한 월남민의 소시민적 삶을 그리는 데 초점이 맞추어져 있다. 이들 작품을 통해 작가는 남한 체제 내에서 월남민의 존재를 해명하고자 하였다. 이는 1960년대 이호철의 풍자소설이 보여주는 자기 존재 해명의 방식과는 일정한 차이를 보여준다. 1960년대의 풍자소설이 자기 희화화를 통해 주관적 자기 초월로 나아간 반면, 1970년대 작품은 자기 고백을 통해 타자와의 새로운 관계를 모색하고 있다. 1970년대 작품에는 작가를 연상하게 하는 인물들이 등장하고 있는데, 이는 작가 자신의 삶을 작품을 통해 표백(表白)함으로써 남한 체제 내부로 진입한 월남민의 정체성을 탐색하고자 한 시도라 할 수 있다. 이러한 시도는『이단자』연작과『남풍북풍』에서 특징적으로 드러난다.25)

　『이단자』는 자전적 요소를 담고 있는 연작소설로, 작가 자신을 연상시키는 1인칭 주인공이 '국외자'형 월남민을 거리를 두고 관조하는 것을 기본 구도로 설정하고 있다. 「이단자 (1)」의 강씨는 황해도 사내로 화자가 사는 동네로 이사 오자마자 외등을 단다, 수도를 들여온다 해서 집집마다 돈을 걷고 수선을 피우다 동네 사람들의 인심을 잃고 쫓겨나는 신세가 된다. 「이단자 (2)」는『남풍북풍』에서도 작품의 제재가 된 교환전화에 얽힌 에피소드를 그린 작품으로, 이 작품에서 강씨는 자신이 손을 써서 전화가 잘 들리게 되기라도 한 것처럼 화자를 찾아와 거드럼을 피우지만, 정작 교환수들조차 그의 허황한 성격을 꿰뚫을 만큼 세상인심은 호락호락하지 않다.

　『이단자』에서 '국외자'형 월남민을 그리는 방식은 이전 작품과 현저한 차이를 보여주는데, 그것은 '국외자'형 월남민을 바라보는 화자의 시선에서 비롯되는 것이라 할 수 있다. 강씨의 성격은 화자와 대비되어 더욱 선명하게 드러난다. 예컨대, 교환전화를 잘 들리도록 하기 위해 교환수에게 돈을 건네는 일이 화자에게는 매우 힘든 일이어서, 화자는 어렵사리 돈 천

---

25)『이단자』연작은 1972년부터 1974년까지 5편이 발표되었고,『남풍북풍』은 1972년 7월에서 1973년 10월까지 연재되었다. 이 두 작품은 발표 시기가 겹칠 뿐만 아니라 작가를 연상하게 하는 인물을 주인공으로 설정하고, 소시민의 일상을 다루고 있다는 점에서 1970년대 초 이호철 소설의 특징을 잘 보여준다. 이 시기 이호철의 소설은 아직 본격적으로 연구되지 않았다. 당시 평단에서는 이 시기 이호철 소설의 소시민적 경향에 대한 부정적 평가가 주롤 이루었다. 그러나 이 시기 남한 체제 내에서의 자기 확인을 전제하지 않고서는 1970년대 후반 이후 이호철 소설의 변모를 설명하기 어렵다는 것이 본 연구의 입장이다. 이 시기 이호철 소설에 대한 연구로는 다음을 들 수 있다. 이호규, 「1970년대 일상인의 조건－『이단자』,『문』」,『이호철 소설 연구』, 새미, 2001.

원을 교환수에게 건네고는 뒤도 돌아보지 않고 뛰어나오고, 정작 이쪽 전화번호를 알리지 않은 것이 생각나 다음날 다시 쪽지를 집어넣고 도망치듯 돌아나온다. 이에 반해 강씨는 교환수 하나를 다방으로 불러내어 자기 밑에 있는 사람이니 잘 봐 달라는 둥 온갖 생색을 낸다.

> 나는 미간을 찌푸렸다. 원체 강시라는 사람이 이웃지간에 조금이라도 생색을 낼 일이 있으면 잠시를 못 참는 성미다. 어떤 식으로든 그만한 보수를 요구해 나서는 것이다. 지금 저러는 것도,
> '나는 엄연히 이 집 커어피 마실 권리가 있읍니다아, 있어요.'
> 이런 투로 독을 피우고 있는 것일 터였다.
> 강씨가 이웃지간에 무언지 꺼끄럽고 불편스러운 것은 저렇게 괜히 아무 필요없이 이웃사람들을 저런 식으로 무겁게 만들기 때문이다.[26]

> "그렇다고 댁이 뭐 분명하게 나헌테 손해를 보았습니까. 손해본 건 없지 않아요. 이건 내 불운이고 내 부덕이지 당신들과는 상관이 없어요"
> 그는 어느 척추 틈에서 우러나오듯이 내뱉고는 사람들 틈을 비켜서 지나갔다. 이때 그의 두 눈은 뚜릿뚜릿하였다.
> 일순 동네 사람들은 조용해졌다.
> 그는 꺼부정한 뒷모습을 보이며 골목길로 꺾어들어갔다.[27]

이러한 강씨를 바라보는 화자의 시선에는 혐오와 연민이 뒤섞여 있다. 위의 첫 번째 인용문은 강씨에 대한 화자의 혐오를 드러낸다. 이때 화자는 강씨가 이웃사람들에게 불편한 감정을 불러일으키게 되는 원인을 냉연하게 분석하는 입장에 있다. 이에 반해 두 번째 인용문은 화자의 연민의 시선이 부각된다. 강씨에 대한 반목이 군중심리처럼 온 동네에 퍼지게 되고

---

26) 「이단자 (2)」, 『이단자』, 창작과비평사, 1976, 114면.
27) 「이단자 (2)」, 119면.

이러한 흉흉한 분위기 앞에서 강씨는 왜소해진 모습을 보이게 되는데, 이러한 강씨의 모습을 화자는 연민의 시선으로 바라본다. 혐오와 연민은 그것을 바라보는 '자기'의 입장이 내재된 것이라는 점에서, 1960년대 풍자소설이 보여주는 국외자형 월남민에 대한 풍자와 구별된다. 화자가 혐오의 시선으로 강씨를 바라볼 때 그 시선에는 강씨의 부덕(不德)과는 구별되는 화자 자신의 순수함이 뚜렷이 드러나고 있으며, 반대로 연민의 시선으로 바라볼 때에도 거기에는 이웃사람들의 막연한 군중심리에 대한 비판과 더불어 이에 동조한 것에 대한 미안한 심정이 내재되어 있다. 이 점에서 『이단자』 연작은 타자를 통한 자기 이해를 보여준다고 할 수 있다.

한편 『남풍북풍』은 이 시기 작품 중 자전적 경험을 가장 직접적으로 드러낸 작품으로, 월남민인 이준서를 주인공으로 하여 그가 집을 구입하는 과정에서 겪게 되는 기묘하고 복잡한 에피소드를 담고 있다.[28] '나 자신의 치부를 너무 드러내는 듯'하여 '여간 쑥스러웠었다'는 작가의 말에서도 드러나거니와,[29] 『남풍북풍』은 작가 자신이 월남한 후 겪은 십여 년 동안의 하숙 생활과 결혼을 둘러싼 에피소드를 다룬 매우 순도 높은 자기 고백의 이야기이다.

집을 구입하게 되는 계기부터가 기묘하다. 하숙방을 전전하던 준서는 을씨년스런 날씨 탓에 아침부터 동향 친구 김광일의 집을 찾아가게 되고, 천호동에 맞춤한 집이 있다는 김광일의 처 미세스 최의 말에 솔깃하여 집을 보러 나서게 된다. 한편 김광일은 사업상 돈이 필요하던 차에 준서에게

---

28) 『남풍북풍』이 자전적 소설로서, 『소시민』과 이어지는 작품이라는 점은 작가 스스로도 밝히고 있다. '『남풍북풍』은 나 자신의 자전적 요소가 짙은 작품이다. 따라서 작품 계열로 따지자면 『소시민』과 한 세트를 이룰 수가 있을 것이다. 『소시민』이 월남 직후 20세 전후이던 나의 피난지 부산 생활이 소재라면, 이 『남풍북풍』은 같은 주인공의 꼭 그 20년 후의 이야기다.' 이호철, 「후기」, 『남풍북풍』, 현암사, 1977, 345면.
29) 「후기」, 『남풍북풍』, 345면.

돈이 있음을 알게 되자 미세스 최를 동원하여 준서의 돈을 융통하고자 하고, 준서는 이들 부부의 분위기에 휘어들어 점점 복잡한 상황으로 빠져들게 된다. 그리하여 집을 소개해 준 김광일 부부에게 돈을 잡히기도 하도, 집 주인인 이성영 씨의 부도로 인해 등기를 옮겨오지 못하게 되고, 그러다 언제 집달리(執達吏)들이 들이닥칠지도 모른다는 불안 때문에 엉뚱하게도 근처의 다른 집을 하나 더 사게 되고, 처음에 산 집을 전세로 놓았는데 그 집에 세 든 사람이 또 엉뚱하게 소유를 주장하고 나서게 되면서 골치를 썩이기도 하는 등 여러 복잡한 사건이 꼬리를 물고 일어나게 된다.

한편 '집'과 더불어 이 소설의 이야기를 이끌어 가는 또 하나의 축은 '결혼'이다. 결혼 이야기 역시 매우 기묘한데, 준서의 처음 의도와는 다른 방향으로 엉뚱하게 전개된다는 점에서 '집' 이야기와 유사하다. 미세스 최의 주선으로 혼담이 오가게 되어 미세스 최의 친구인 미스 정을 만나게 되지만, 혼담을 주선한 미세스 최는 준서와 미스 정의 사이를 교묘히 떼놓으려 하고, 이를 알게 된 준서와 미스 정은 미세스 최를 따돌리고 천호동 집으로 갑작스러운 이사를 단행한다. 이렇게 잘 되어 가던 미스 정과의 관계는 또 다시 엉뚱한 사태를 맞게 된다. 미세스 최가 자신의 남편 김광일과 미스 정의 부정한 관계를 준서에게 알려 준 것이다. 준서는 이 일로 미스 정과는 안 될 거라는 생각을 막연히 하면서도 스스로 결정을 내리지 못하고 자신을 상황에 내맡기고 있다가, 결국 미스 정의 결심으로 혼사가 틀어지는 결과를 맞게 된다. 한편, 미스 주와의 관계 역시 기묘하다. 여기에는 또 한 사람의 동향 친구 송완혁이 개입되어 있다. 준서는 구입한 천호동 집 문제로 얽혀들어 이를 해결하는 과정에서 뜻하지 않게 근처에 있는 집을 또 한 채 구입하게 되는데, 이를 위해 몇 년 전에 사 두었던 불광동 땅을 처분하게 된다. 이 과정에서 준서는 자신의 주소지가 어디인지 몰라 이전에 하숙을 전전하던 동사무소를 찾게 되고, 이때 같이 하숙하던 송완혁을 기억하게 되는데, 이렇게 주소지를 확인하고 이전하는 것이 계기가 되어 며칠 후 송완혁의 전화를 받게 된다. 새 집에 다시 이사한 준서는 가정부를 구하는 것이 시급하여 이를 송완혁에게 부탁하는데, 송완혁은 엉뚱하게도 가정교사 자리를 구하는 대학원생인 미스 주를 연결해 준 것이다. 미혼인 준서와 가정부로 들어와 있는 미스 주의 관계는 주변 사람들에게 오해를 사기도 하여 이야기는 또 엉뚱한 방향으로 전개된다.

이처럼 『남풍북풍』은 결국 '집'과 '결혼' 문제를 둘러싼 소시민의 일상을 다루고 있다. 그러나 이러한 소시민의 일상은 그 자체로 머무르는 것이 아니라 보다 넓은 역사적 맥락 속에 위치하면서 의미를 만들어낸다. 여기에는 단신 월남하여 외톨이가 된 이북나기 이준서가 남한 사회에서 자신의 터전을 잡고 살아가고자 하는 신산한 삶의 과정이 내재되어 있기 때문이다. 사리분별을 잘 하고 온건한 성격을 지닌 준서가 '집'을 사는 과정에서나 '결혼'과 관련된 문제에서 스스로 어떤 결정을 내리기보다 주변 상황에 끌려가게 되는 데에는 '집'과 '결혼'이라는 문제를 대하는 월남민으로서의 태도가 결부되어 있다.

> "암튼 이씨도 우리 집에 있다가 집 하나 장만하시고 참한 색시 가음 골라서 장가 들어 나가세요. 내가 중신 서 드릴까"
> 준서는, 산뜻한 가내복 차림으로 서글서글하게 웃고 있는 쥔 아주머니를 쳐다보면서,
> (응, 나라는 사람이 그닥 첫인상이 나쁘지는 않았던 모양이구나)
> 하고, 내심으로 흡족하게는 생각하면서도 무언가 가슴 한복판이 뭉클해지는 것이었다. '내 집'이나 '장가'라는 말이 그전처럼 생소하지만은 않고 사무친 그리움 섞어 그의 가슴 한복판을 살그머니 후비는 것이었다.[30]

---

30) 『남풍북풍』, 25~26면.

결국 월남민인 주인공이 '집'을 사고 '결혼'을 하는 것은 남한 사회에서 온전한 일원으로 자리 잡게 됨을 의미하는데, 이 과정이 이렇게도 복잡한 양상으로 흘러가게 되는 것은 월남민으로서 남한 사회에 정착하여 살아가는 것이 그만큼 신산한 과정이었음을 보여주는 것이라 할 수 있다.

뿐만 아니라 『남풍북풍』은 '집'과 '결혼' 이야기 사이의 곳곳에 분단체제의 기원에 대한 통찰을 담고 있다. 그것은 해방 직후 북한 체제와 그 체제를 피해 내려온 월남민들의 삶의 모습이 현재와 어떤 방식으로든 이어지고 있다는 인식이다.

> 그러고 보니 이젠 근 이십 년이나 지나간 세월의 얘기다. 그러나, 정말로 정말로 지나간 얘기일까. 지나간 세월이라고 할 수 있을까. 오늘의 이 세월이, 그 세월에서 달라졌다면 어느 만큼이나 달라졌을까. 김광일은 지금도 그 점을 여전히 겁내고 있지 아니한가. 이준서나 김광일이나 어언 사십이 가까워지고, 그렇게 남쪽으로 나와서 개인적으로는 숱한 역정(歷程)을 지나오고, 그런 개개적인 역정 속에서 개개적으로 이러저러하고, 결국은 어슷비슷하게 살이 찌고 어슷비슷하게 타락한 생활을 하고 있고, 하지만 시대의 기본 단위는 여전히 같은 단위가 아닐까.[31]

분단체제를 인식하는 방식에 있어서도 이호철은 특정한 이념에 기대지 않는다. 오히려 분단의 기원이 되는 시점에서부터 현재까지를 살아온 개개인의 구체적 삶의 양태를 보여줌으로써 현재 분단체제의 윤곽을 그려내고자 한다. 작가 자신의 표현에 따르자면, 개개인은 '구체적인 특정 상황 속에서', '제각기의 욕망과 성품과 교양을 바탕으로', '빠르게 움직이고 선택하고 판단'하는데, 이호철은 이러한 '인간들이 지닌 섬세한 부분'을 파악하여 이를 통해 한 시대의 핵심에 다가가고 있다.[32] 물론 『남풍북풍』에서

---

31) 『남풍북풍』, 7면.

의 이러한 시도는 '집'과 '결혼'을 둘러싼 이야기와 느슨하게 연관되고 있
을 뿐이어서 만족스럽다고 할 수는 없다. 그러나 이러한 시도가 1970년대
후반 이후 소설에서 보여주는 분단체제 인식의 단초가 되고 있다는 점은
분명해 보인다.

이러한 분단체제에 대한 인식은 『남풍북풍』이 보여주는 자기 고백과 무
관하지 않다. 『남풍북풍』이 담고 있는 순도 높은 자기 고백은 보다 넓은
시각에서 자기 삶을 조망하지 않고서는 불가능한 것인데, 『남풍북풍』은
분단체제 속에서의 월남민의 정체성이라는 민족적 관점을 확보함으로써
이러한 자기 고백이 가능하였다. 이 점에서 『남풍북풍』은 「등기수속」이
보여주는 주관적 자기 초월을 넘어 객관적 상황 인식에 근거한 자기 극복
으로 나아갔다고 할 수 있을 것이다.

뿐만 아니라 『남풍북풍』은 '국외자'형 월남민을 역사적 조망을 통해 파
악함으로써 '타자'와 '자기'를 통합한 새로운 월남민 정체성의 인식으로
나아가고 있다. 『남풍북풍』은 1960년대의 풍속을 그리면서, 계속해서 해
방 직후의 상황으로 되돌아가 이를 현재와 연속적인 것으로 파악하고자
하는데, 이러한 시도는 '국외자'형 월남민인 김광일의 역정을 추적하는 데
에서 잘 드러난다.

김광일은 허황하고 경박스러운 성격의 소유자로 '국외자'형 월남민의
전형을 보여주는 인물이다. 김광일은 사업상 필요 때문에 아내인 미세스
최를 동원하여 준서의 돈을 빌리고는 이에 대해서는 아무 말도 없다가 결
국 미세스 최와는 이혼하고 미국으로 떠나 버린다. 『남풍북풍』은 이러한
김광일의 인생 역정을 준서가 걸어온 길과 대비하여 매우 소상하게 그리
고 있다. 그는 해방 직후 북한 체제에서 민청 간부를 지냈으며, 전쟁이 나

---

32) 한수영(대담기), 「탈향, 그 신산(辛酸)한 역사적 삶의 도정」, 『실천문학』, 1997년 봄,
404면.

자 문화 공작대라는 이름으로 서울로 파견되기까지 하였으나, 전세가 역전되자 후퇴하는 행렬에 끼지 않고 남쪽에 남아 미군이 모집하는 특수부대에 응모하였고, 제대 후에도 유숨 관련 기업체를 전전하다 지금은 무역 브로커가 되어 있다. 그리고 결국 남한 체제에도 살아남지 못하고 미국으로 이민을 가지만 그 곳에서도 제대로 살아가지 못한다. 이렇게 볼 때, 이호철 소설이 그리고 있는 '국외자'형 월남민은 결국 체제의 변전 속에서 자신의 일관성을 유지하지 못하고 자기를 부정해 온 사람들로서, 이들에 대한 비판은 곧 체제 변전 속에서도 일관된 자기정체성을 유지하려고 한 작가의식에서 비롯된 산물이라 할 수 있을 것이다. 이 점에서 '국외자'형 월남민은 자기 바깥에 존재하는 타자가 아니라 자기 속에 있는 또 다른 자기로서의 타자라고 보아야 할 것이다. 준서는 김광일의 행태를 혐오하면서도 '공범 관계이기나 한 듯한 착각', 혹은 '공범까지는 아니더라도 책임의 일단이 있는 듯한 느낌'33)을 갖는데, 이러한 느낌은 '국외자'형 월남민이 '자기 속의 타자'라는 점을 보여주는 것이라 할 수 있다. 이러한 타자의 계기를 자기 안에 통합시킬 때 비로소 월남민으로서의 통합된 정체성에 이르게 될 것인데, 『남풍북풍』은 이러한 통합된 정체성의 단초를 보여준다.

뿐만 아니라 『남풍북풍』은 여기에서 한 걸음 더 나아가 이러한 월남민의 존재가 '타락'으로 표현되는 남한 체제의 구체적 면면을 이루어왔으며, 개개인 모두가 어느 정도는 이러한 타락에 휩쓸려 있다는 통찰에 이르게 된다.

> 이북 사람들이 월남하면서 몰고 온 바람은 이북 바람이 아니라, 개개인 사정만큼은 반(反) 이북 바람이었다. 함경도적(的) 혹은 평안도적(的)이라는 생리적인 패턴은 그대로 보전(保全) 내지는 과장(誇張)한 채 그들이

---

33) 『남풍북풍』, 329~330면.

몰고 내려온 실질적인 바람은 북쪽에서 개개적으로 닥쳤던 사정만큼의 반(反) 체제적인 바람이었다. 그 가운데서도 김광일이 걸렸던 사정은 가장 처참한 종류가 아니었을까. 차라리 이북에서 반동으로 몰려서 월남을 하고, 그렇게 월남을 해서도 일관하게 반공 전선의 일선에 서 있던 사람들이라면 이 대한민국에서 그 나름의 일관성은 있고 스스로 떳떳할 수 있는 면은 있다. 그러나 김광일처럼 그 체제에 붙어 있다가 본의든 아니든 배반한 꼴로 나온 사람들이 그후 걸어온 길은 더 비뚤어져 있고 도덕적으로 더 처참하다.[34)]

물론 『남풍북풍』에서 보여준 분단체제 인식은 불완전하다. 이준서와 김광일이 1960년대 상황 속에서 움직이면서 만들어내는 사소한 사건과 이를 보다 넓은 맥락에 위치시키려는 작가의 의도는 다소 동떨어져 보이기도 한다. 그러나 『남풍북풍』에서 보여준 타자 인식과 이를 통한 분단체제 인식은 이후 작품에서 보다 진전되어 타자와의 화해로 나아가게 된다는 점에서 그 의의가 크다. 『그 겨울의 긴 계곡』(1978)이 보여주는 세계가 바로 그것이다. 『그 겨울의 긴 계곡』의 주인공 이억구는 북한 체제에 붙어 있다가 그 체제를 배반하고 월남한 인물로서, 『남풍북풍』에서 혐오해마지 않았던 김광일과 같은 부류의 인물이다. 그러나 『그 겨울의 긴 계곡』은 이억구를 주인공으로 설정하고 그의 편에서 지나온 역정을 그려내면서, 북한 체제에서 반동으로 몰려 월남한 고향 사람들과 결국 화해를 이루게 되는 과정을 보여준다. 여기에 이르면 이호철의 소설은 또 한 번 새로운 차원으로 진입하게 되거니와, 이러한 변모는 1960년대 중반 이후부터 1970년대 초에 이르는 이호철의 소설에 그 계기가 내장되어 있었던 것이라 할 수 있다.

---

34) 위의 책, 331면.

2) 분단체제와의 대면과 월남민의 정체성

❶ 분단체제와 '일본'이라는 공간

이호철 소설에 대한 지금까지의 연구는 이호철의 소설이 1970~1980년대를 지나오면서 일정한 변모를 보여준 것으로 설명해 왔다.[35] 그리고 그 변모란 '실향민 의식에서 분단 의식으로의 변모'로 요약되는데,[36] 이는 이호철 소설을 규명하는 데 있어서 핵심적인 문제를 지적한 것이라 할 수 있다. 그러나 이러한 변모의 내적 계기와 그 구체적 양상에 대해서는 제대로 규명되지 못하였다.

이 시기 이호철의 소설은 분단체제가 월남민의 정체성에 어떤 방식으로 구조화되어 있는지를 다양한 양상으로 보여준다.[37] 개인의 정체성은 기본

---

35) 이 시기 이호철 소설의 서지 사항을 간단히 정리하면 다음과 같다. 『역려』는 1973년 12월부터 이듬해 2월까지 연재되던 중, 문인 간첩단 사건으로 옥고를 치르게 되어 중단되었다가 1975년 3월부터 1976년 12월까지 연재되었으며, 1978년 세종출판공사에서 단행본으로 간행되었다. 『그 겨울의 긴 계곡』은 1977년~1978년 『한국문학』에 연재되었으며, 1978년 현암사에서 단행본으로 간행하였다. 『물은 흘러서 강』은 1982년 12월부터 1983년 12월까지 『마당』에 연재, 1984년 창작과비평사에서 단행본으로 간행하였다. 『문』은 『문예중앙』에 1988년 봄부터 겨울까지 연재되었으며, 1989년 청계연구소판 이호철 전집에 수록되었고, 1995년 문학세계사에서 단행본으로 간행하였다. 『남녘 사람 북녁 사람』은 연작소설집으로 1996년 프리미엄북스와 2002년 민음사에서 간행하였는데, 민음사판의 경우 「세 원형 소묘」가 포함되어 있고 일부 작품의 배열 순서가 바뀌었다. 이 연작소설집에는 모두 다섯 편의 중·단편이 실려 있는데 이 중 앞에 실린 네 작품은 모두 1983년에서 1987년 사이에 발표된 것들이다. 여기에서 민음사판에 실린 '작가의 말'에 따라 이를 정본으로 삼았다.

36) 권영민, 「닫힘과 열림의 변증법」, 『문학사상』, 1989. 5. 이호철의 1970년대 후반 이후 작품에 대한 연구는 아직 본격적으로 이루어지지 않았다. 이호철 소설의 변모에 대하여 살핀 논문으로는 다음을 참고할 수 있다. 김원철, 「이호철 소설의 변모과정 연구」, 서울대 석사논문, 1998.

37) '분단체제'라는 개념은 백낙청에 의해 처음 제기된 개념으로 대강 다음과 같이 규정된다. (1) 다른 두 개의 분단 사회를 망라하는 특이한 복합체로서, (2) 생성 및 재생산에서 외세가 개입하고 있고, (3) 지속성을 지니며 자기를 재생산하는 물질적 기반을 가지고 있어서, 대중들이 자발적으로 순응하고 있다. 백낙청, 『분단체제 변혁의 공부

적으로 체제와의 관계 설정을 통해 형성되는데, 월남민들은 한편으로는 북한 체제에 대한 거부와 금기를, 다른 한편으로는 남한 체제 내부로의 급진적 진입을 통해 자신의 정체성을 확립하고자 함으로써, 분단체제의 성격을 자신의 정체성에 내장하고 있는 존재들이라고 할 수 있다. 그러나 이러한 방식으로 구조화된 월남민의 정체성은 북한 체제에 속해 있던 과거의 '자기'와 남한 체제에 속한 현재의 '자기'를 연속적으로 구성하지 못한다는 점에서 불안정한 상태에 놓여 있게 된다. 1970년대 후반 이후 이호철의 소설이 보여주는 변모는 이러한 불안정한 상황에 처한 월남민들이 통합된 '자기'를 새롭게 정립하고자 하는 시도와 관련되어 있다.

한편 이호철 소설의 변모는 1972년에서 1974년 사이의 정치적 상황과 이 시기에 겪은 작가의 자전적 경험을 전제하지 않고는 설명하기 어렵다. 1972년 7월 남북 공동성명 이후 10월 유신선포에 이어 1973년 4월 남북 대화단절에 이르는 정치적 상황 변화는 작가에게 큰 혼란과 충격을 가져다 준 것으로 보인다. 이 시기의 정황에 대해 작가는 『남풍북풍』 후기에서, '바로 이 기간은 우리 상황이 한바탕 크게 물구나무라도 서듯이, 이편 끝에서 저편 끝까지 곤두박질을 친 기간'으로, '남북의 대표들이 떼를 지어 서울 평양으로 오르락내리락 하여, 우리 사회가 깊은 원천으로부터 속속들이 흥분의 도가니를 이루고 온통 거족적으로 기대에 차 있던', '너무나도 뜻밖에 너무나도 급격한' 변화를 겪은 시기라고 술회하고 있다.[38] 「남북의 벽이 헐리는가」, 「북에 계신 아버님에게」, 「북의 아우에게」 등 남북 공동성명을 즈음하여 쓴 글에서 드러나는 뜨거운 감상과, 불과 일 년여 지

길』, 창작과비평사, 1994 ; 이병창, 「분단체제 변혁의 공부길－백낙청 선생의 분단체제론과 근원적 진리관에 대하여」, 『시대와 철학』 5권 2호, 1994, 268면. 이 글에서는 이러한 개념 규정을 참고하되, 특히 이호철의 소설이 보여주는 바 분단체제가 월남민의 정체성을 구성하는 양상에 주목하여 논의하고자 한다.

38) 『남풍북풍』, 343면.

난 시점에 쓴 「남과 북에서」가 보여주는 차가운 회의는 이 시기의 급격한 변화를 잘 대변해 준다.39) 또한 이호철 소설의 변모는 이 시기 작가가 겪은 자전적 경험과도 깊이 관련되어 있다. 1973년 이호철은 일본을 방문하였고, 이 일을 빌미로 '문인 간첩단 사건'에 연루되어 옥고를 치르는데, 이러한 일련의 경험은 작가로 하여금 분단체제하에서 자신이 처한 위치를 새삼 확인하게 하는 계기가 되었다.

이호철은 1972년 11월 17일부터 12월 2일까지 15일간 일본을 방문하였고, 이후 이것이 빌미가 되어 옥고를 치르게 된다.40) 이 경험은 이호철의 소설이 소시민의 일상을 그리는 데에서 벗어나 분단체제를 살아가는 월남민의 존재 양상에까지 그 시야를 확장하는 데 결정적인 계기가 되었다. 이 경험이 이호철 소설에 끼친 영향은 일차적으로 '일본'이라는 공간이 지니고 있는 성격에서 찾아야 할 것이다. 이호철의 일본 방문은 '일본'이 작품의 공간으로 설정되는 계기가 되었는데, 이때 '일본'은 분단체제의 일부를 이루면서 남과 북을 매개하는 공간으로서 작품 안에서 다양한 양상으로 기능하면서 분단체제의 윤곽을 드러내 보여준다.

『역려』(1978)는 일본을 방문한 지 일 년 후 연재하기 시작한 장편소설로, 일본 방문 중 보게 된 일본의 분위기를 참고하여 쓴 작품이다.41) 이 작품은 남북관계를 한일관계와 결부하고, 이러한 체제가 형성되는 과정을 역사적인 관점으로 파악함으로써 분단체제의 성격을 본격적으로 드러내고 있다. 『역려』는 지금까지 이호철 소설 연구에서 거의 주목되지 않았지만, 이

39) 이호철, 『작가수첩』, 진문출판사, 1977, 제2부 「남과 북에서」 참고.
40) 이호철, 「소위 『한양』(漢陽)지 사건의 전말」, 『山 울리는 소리』, 정우사, 1994, 118면.
41) 이 작품의 후기에서 작가는 '내가 옥고를 치른 계기가 1973년 초겨울 일본에 약 보름동안 갔던 일로써였는데, 그때 본 일본 나라의 그런저런 분위기는 나대로 이 소설을 쓰는데 거의 결정적인 참고가 되었다'고 밝히고 있다. 「후기」, 『역려』, 세종출판공사, 1978.

호철 소설의 변모를 본격적으로 보여주는 첫 작품이라는 점에서 그 의의가 크다.

『역려』는 1970년대 시점에서 한일관계와 남북관계가 결부되어 있는 양상을 일본인인 다쯔오와 조선인 여성인 조여사의 결혼으로 맺어진 복잡한 가족 관계를 통해 조명하고 있다. 패전 후 다쯔오가 일본으로 돌아간 뒤 조여사는 다쯔오와의 사이에 태어난 성갑, 경자와 더불어 조선에 남게 되고, 곧 박훈석과 재혼하여 북한 체제가 형성되던 시기를 살다가 전쟁 중 월남하여 현재 조치원에 살고 있다. 한편 다쯔오는 한일관계가 열리게 되자 조여사와 두 자녀 게이꼬와 게이스께(경자와 성갑의 일본 이름)의 안부를 궁금하게 여겨 탐문을 하던 중 이들이 남한에 살고 있음을 알게 되고, 이들을 만나기 위해 아들인 게이조오를 한국으로 보내게 된다. 게이조오의 한국 방문에서 이 작품이 시작되고 있거니와, 게이조오는 이 여행에서 한편으로는 잊고 있었던 패전의 기억을 떠올리게 되고, 다른 한편으로는 경자와 박훈석 등 일본에 대한 한국인의 서로 다른 태도와 이해관계를 접하게 되면서, 한일관계 및 남북관계의 복잡한 국면과 부딪히게 된다.

『역려』에서 '일본'이라는 공간은 '분단체제의 축도(縮圖)'로 제시된다. 게이조오가 한국 여행을 마치고 돌아간 이후에도 그와 그의 아내, 그리고 아버지 다쯔오는 계속해서 분단체제의 성격에서 기인하는 복잡한 상황에 말려들어가게 되어 불안과 혼란을 겪게 된다. 게이조오의 아내는 '느닷없이 집안에 한반도라는 도깨비가 수울 들어와 있기나 한 듯' 하다며, 그 불안의 출처로 '지금 일본 안에 들어와 있는 한반도', '일본에 사는 우리의 운명과 당면하게 관련되어 있는 그런 한반도'를 지목한다.[42] 한편 게이조오의 방한을 계기로 박훈석은 이를 연줄로 삼아 성갑이 하고 있는 양어장 사

---

[42] 『역려』, 144~146면.

업에 일본 자본을 끌어들이려 하는데, 여기에 북한 쪽과 닿아 있는 공작원인 나가노와 일본 내각조사실 요원까지 개입하게 됨으로써 박훈석, 다쯔오와 게이조오 부자 등 주요 인물들은 뜻하지 않게 분단체제의 핵심 국면에 들어서게 된다. 결국 경자의 제보로 조사에 나선 남한 당국이 나가노의 정체를 파악하고 박훈석을 조사하게 됨으로써 이 사건은 흐지부지 종말을 맞게 된다. 이 작품의 주인공들인 게이조오와 다쯔오, 박훈석과 경자는 처음에는 각기 자신의 이해타산과 일정한 태도를 가지고 사건에 뛰어들지만 정작 사건은 엉뚱한 방향으로 흘러가고, 이들 인물들은 자신의 판단 능력과 행동의 범위를 벗어나 있는 체제의 황량함을 경험하는 것에서 작품은 끝을 맺게 된다.

『물은 흘러서 강』(1984)은 한일협정이 조인된 후 재일교포의 재산반입을 관세 없이 허용하게 된 사정을 작품의 배경으로 삼아 분단체제의 성격을 보여주는 작품이다. 이 작품에 등장하는 인물들은 나루터집 김서방, 왕골댁 박서방, 기호, 말례, 성수 등은 그 명명법에서도 드러나듯이 모두가 토속적인 공동체의 일원이며, 이 작품에서 일어나는 사건 역시 강월리라는 작은 마을을 벗어나지 않는다. 이러한 인물과 배경 설정을 통해 이 작품은 분단체제가 토속적인 삶의 공동체에까지 영향을 끼치고 있음을 보여준다. 여기에서 '일본'은 작품에서 사건이 일어나는 공간이 아니면서도, 분단체제의 성격을 드러내기 위한 소설적 장치로 설정되어 있다.

나루터 김서방의 큰 아들인 영수는 6·25 당시 월북하였는데, 그가 '일본'에 살아 있을 뿐만 아니라 재산반입을 하고자 한다는 소식이 17년 만에 전해지게 된다. 이 일이 발단이 되어 김서방의 사위될 사람인 기호가 이를 확인하기 위해 서울로 가게 되고, 거기에서 어떤 사람을 만나 '대국적 통일관'을 얻어 돌아와 소위 '통일운동'을 전개하게 되는데, 이로 인해 기호를 비롯한 마을 청년들이 당국에 연행된다. 성수가 연행되는 장면에서 작품은 시작되고, 말례, 기호 등이 차례로 조사를 받는 과정을 통해 사건의 전말이 조금씩 드러나게 되는데, 작품의 마지막까지 영수가 살아 있다는 소식의 진위 여부는 명확히 밝혀지지 않는다. 뿐만 아니라 기호가 서울에서 여드레 동안 머물면서 만난 사람이 누구인지, 그가 어떤 과정으로 대국적 통일관을 확립하게 되는지도 밝혀지지 않는다. 다만 이 모두가 '일본'에 살아 있는 것으로 알려진 영수와 관련되어 있다는 점은 분명한 사실이다.

작품의 사건이 일어나는 공간은 강월리를 벗어나지 않고, 또 일본에 살아 있다는 영수는 작품에 단 한 번도 등장하지 않고 있으면서도, '일본'이라는 공간은 사건 진행에 중요한 요소로 기능한다. '일본'이라는 공간이야말로 사건의 발단과 결정적인 국면 전환을 설명할 수 있는 유일한 근거가 되기 때문이다. 이 작품이 '일본'을 이런 방식으로 설정해야만 했던 것은 이 시기 분단체제의 성격을 전제하지 않고서는 설명하기 어렵다. 1980년대 초 시점에서 분단체제의 윤곽을 그리고자 하되, 남한과 북한이라는 두 체제를 추상적으로 대비하는 데 머무르지 않고, 분단체제를 살아가는 동시대의 인물들이 겪고 있는 모순을 구체적으로 그리고자 한다면, 이러한 장치를 설정하지 않고서는 불가능하였을 것이다.

한편 『문』(1989)은 작가의 일본 방문과 이로 인해 겪게 된 수감 생활의 경험을 작품의 제재로 삼고 있는 자전적 소설이다. 이러한 자전적 경험을 소설에서 직접적으로 다루게 된 것은 1980년대 후반의 정치적 상황 변화와 관련이 있다. 특히 이 작품은 문인 간첩단 사건의 빌미가 된 일본에서의 경험을 월남민의 정체성과 관련하여 드러내고 있다.

『문』은 주인공이 뜻하지 않게 독거수(獨居囚) 신세가 된 데에서 시작되는데, 이런 상황에 처하게 되는 것은 '일본'에서 느닷없이 과거 북쪽에 있을 때의 '자기'를 만나게 된 사건 때문이다. 일본을 방문한 주인공은 숙소로 찾아온 한 남자를 통해 월남하기 전에 다녔던 원강고급중학교의 졸업장을 전해 받게 되는 것이다.43) ‘일본’은 이처럼 과거의 ‘자기’를 대면하게 되는 공간으로 설정되어 있다.

> 아, 이럴 수가. 별안간 일본 땅에서 이십이 년 전의 자신의 모습과 맞대면을 하게 되다니. 자의건 타의건 간에 제 고장을 떠나간 자에게 뒤늦게나마 형편이 닿아 미처 전하지 못했던 것을 이런 식으로라도 전달한다는 뜻일 것이었다. 비록 네가 고향 쪽 체제를 버리고 떠나가긴 했지만, 이쪽에선 너를 완전히 버리지는 않았다. 이날 이때까지 이렇게 잘 보관했다가 마침 인편이 있어, 전달해 준다……
> 과연 그것은 비록 싯누렇게 바래고 낡아 있긴 했지만, 따뜻하게 겨드랑이에 감쳐오는 것이 있었다. 고향 쪽의 솔바람 소리 같은 산천 냄새가 솔솔 묻어 있었다.44)

이십이 년 만에 월남 전 다녔던 학교의 졸업장을 받게 되는 이 장면은 분단체제의 단면을 보여주는 극적인 사례라 할 수 있다. 월남민인 주인공은 분단으로 인해 과거의 ‘자기’와 현재의 ‘자기’를 연속적으로 파악하지 못하는데, 이처럼 과거의 자기와 단절되어 있고 그것을 다시 환기하는 것조차 금기가 되어 있는 체제, 그리고 그 체제의 흔적이 고스란히 담겨 있는 이러한 정체성의 형식이야말로 분단체제의 모순을 단적으로 보여주는 것이라 할 수 있을 것이다. 이처럼 느닷없이 자기를 찾아온 과거의 자기를 대면하게 됨으로써 이제 정체성은 새롭게 정립되어야 할 기획이 된다. 그리하여 작품은 또 다른 계기를 통해 해방 직후 북한 체제의 기억을 다시 환기함으로써 과거의 자기와 현재의 자기를 연결하여 통합된 정체성을 구축하는 것으로 나아가게 된다.

---

43) 이 사건은 작가가 일본을 방문하였을 때 실제로 겪은 일이다. 이 점은 작가의 다른 사실적 기록을 통해 확인할 수 있다. 이호철, 「소위 『한양』(漢陽)지 사건의 전말」, 앞의 책.
44) 이호철, 『문』, 청계, 1989, 47면.

이처럼 분단체제의 윤곽을 드러내는 데 '일본'이라는 공간이 설정되고 있는 것은 분단체제가 식민지 체제에 그 기원을 두고 있으며 따라서 현재에도 일본이 분단체제의 일부를 이루고 있다는 점을 보여주는 것이라 할 수 있다. 또 분단체제의 당사자인 남한과 북한 사이의 관계가 극도로 경직되어 있어 제3국을 경유하지 않고서는 그 전체상을 그릴 수 없음을 보여주는 것이기도 하다. 이처럼 '일본'을 경유함으로써 남한과 북한이 대면할 수 있는 상황에 대해 1970~1980년대 시점의 작가는 어떤 느낌을 가지고 있었을까? 그것은 일종의 '무안함', 혹은 '죄의식'으로 표현될 수 있는 역사에 대한 부담감이 아니었을까? 『역려』에서 성갑이 경자에게 보낸 편지는 이를 잘 보여준다. '북에 있는 외갓집 소식을 알고만 있더라도, 이토록까지 무안한 느낌은 안들텐데. 남북의 장벽보다 현해탄의 바다가 먼저 뚫렸다는 게 어쩐지 우리 자신이 그 무슨 죄인이 된 느낌이구나.'[45]라는 고백이 바로 그것이다. 또 성갑과 경자, 조여사 등이 게이조오를 맞이하면서 민족의 자존심을 지나칠 정도로 의식하고 있는 것도 같은 맥락으로 볼 수 있다. 이들 인물들이 느끼는 무안함, 혹은 죄의식에는 분단체제를 살아가는 작가의 역사의식이 저변에 놓여 있다고 할 수 있을 것인데, 이호철은 이 점을 동시대 작가 중에서도 가장 민감하게 받아들임으로써 분단체제 극복을 위한 소설쓰기로 나아가게 된다.

❷ '해방'의 기억과 월남민의 정체성

정체성은 과거로부터 현재로 이어지는 시간의 연속성 위에 자기를 구축하는 과정이라는 점에서 서사의 형식을 지닌다. 여기에서 '기억'은 과거의 사건을 현재화하는 정신 작용이라는 점에서 중요한 의미를 지니게 된다.

---

45) 『역려』, 25면.

그런데, 개인의 특정한 경험이 체제의 공식적 역사에 의해 조명되지 못하고 도리어 위반과 금기의 경험이 된다면, 그리하여 기억이 억압된 채 현재 시점에서 의미화 되지 못한다면 개인의 정체성은 어떤 상태에 놓이게 될 것인가?

이호철 소설의 월남민 주인공들이 환기하는 해방기 북한 체제의 기억은 의미화 되지 못한 채 억압되어 있던 경험들이다. 해방기 북한 체제의 경험이 의미화 되지 못하고 억압되는 이유는 이 경험이 월남 후 남한 체제가 공유하는 공식적 역사와는 이질적인 것이기 때문이다. 이렇게 억압되어 있던 기억은 어떤 계기에 의해 환기되어 주체에게 되돌아오고,46) 이로 인해 지금까지 지니고 있던 월남민의 정체성은 불안정한 상태로 떨어지게 되며, 그리하여 월남민 주인공들은 억압되어 있던 기억을 현재의 자기 속에 통합함으로써 안정된 정체성을 구축하려는 새로운 기획을 시작하게 된다. 이 기획을 수행하기 위해서는 수치와 죄의식에 쌓여 있는 과거의 '자기'를 대면하여, 이를 새로운 방식으로 의미화 하는 과정이 필수적인데, 이호철의 소설이 기억을 환기하는 과정에서 지루한 우회를 거듭하고 있는 것은 월남민의 정체성을 재정립하려는 시도가 얼마나 어려운 일이었는지를 보여주는 것이라 할 수 있다.

『역려』에서 게이조오와 조여사, 성갑 등은 게이조오의 한국 방문을 계기로 '패전' 혹은 '해방'의 기억을 각기 다른 양상으로 떠올리게 되는데,

---

46) 오카 마리는 기억에 대해, "'사람'이 무엇을 '떠올린다'고 할 때, '사람'이 생각해내는 것이 아니라, 기억이 사람에게 도래하는 것'이라고 표현하면서, 프루스트의 『잃어버린 시간을 찾아서』의 한 대목을 언급한다. 『잃어버린 시간을 찾아서』의 주인공 '나'는 '어느 날 우연히 홍차에 적셔 먹은 마들렌'을 통해 잊혀진 과거를 재생시키고 이를 현재화시킴으로써 과거의 '나'와 현재의 '나' 사이의 단절을 메우고 지속적인 연결을 이루게 되는데, 이 점은 기억과 정체성 사이의 관련을 잘 보여주는 예라 할 수 있다. 오카 마리, 『기억·서사』, 소명출판, 2004, 43~49면 참고.

이처럼 느닷없이 되돌아온 기억 앞에서 이들이 일차적으로 느끼는 감정은 당혹스러움이다.

> "정말 모를 일이다"
> 하고 혼자 입 속으로 중얼거렸다.
> 　이십여 년 동안이나 까맣게 잊어 버렸던 그 옛날의 일이 이제 한국으로 건너가는 비행기 위에서 비로소 생생하게 되살아 오르는 것이다. 북한 땅의 정거장 이름이라든지, 그 날 밤 화찻간 속에서 겪었던 그런 일이 어제 일인듯이 떠오른다.[47]

> 　그러나 이상한 일이다. 일본에 살아있다는 전 남편 다쯔오며 게이조오를 떠올리려고 하면, 어떤 분명한 세부(細部)가 떠오르기보다는 덮어놓고 마음부터 조급해질 뿐이었고, 차라리 이 마당에 월남하기 1, 2년 전후해서의 친정 큰 오빠와의 일이 떠오르는 것이다.[48]

게이조오는 한국으로 오는 비행기에서 그동안 잊고 있었던 패전 직후 조선에서의 기억을 떠올린다. 이처럼 이십여 년 동안이나 까맣게 잊어 버렸던 그 옛날의 일이 한국으로 건너가는 비행기 위에서 비로소 생생하게 되살아 오르는 것은, '패전'이라는 체제의 공식적 의미화로 인해 억압해 왔던 기억이 한국 방문을 계기로 되돌아오는 과정을 보여준다. 조여사의 경우도 비슷하다. 일본인과 결혼하여 자녀를 낳고 살았던 경험은 해방 후 북한 체제의 성립 과정에서 수치스러운 일로 치부된다. 결국 이 일 때문에 조여사는 여맹 위원장의 자리에서 물러나고 남편인 박훈석과 함께 월남하게 된다. 이러한 조여사가 게이조오의 일로 과거의 기억을 환기하지만, 이때 조여사는 덮어놓고 마음부터 조급해질 뿐이다. 한편 성갑에게 있어서 '해방'은

---

47) 『역려』, 23면.
48) 『역려』, 59면.

'온 집안이 울음바다가 된 낭패와 절망의 구렁텅이'49)였다. 그는 해방 후 다쯔오의 집을 떠나 독립투사였던 외삼촌의 집으로 옮겨오게 되고, 여기에서 일본인의 자식이라는 모멸감을 겪게 된다. 그에게 있어서 '해방'은 새골집 큰아들의 죽음으로만 단순화되어 있고 그 밖의 모든 것은 쑥스러운 느낌으로만 남아있다. 이렇듯 게이조오와 조여사, 성갑의 예는 '해방'이라는 공식적 역사에 의해 개인의 경험이 억압되어 있음을 보여준다.

되돌아온 기억 앞에서 이들이 당혹스러움을 느끼는 이유는 무엇일까? 그것은 이들이 기억을 억압함으로써만 체제 속에서 자신의 위치를 가까스로 정할 수 있었기 때문일 것이다. 되돌아온 기억은 체제와의 관련성을 통해 구축해 온 정체성에 대해 의문을 제기함으로써, 한편으로는 지금까지 몸담고 살아 온 체제의 성격을 드러내고, 다른 한편으로는 새롭게 확인된 체제 속에서 정체성을 재정립하는 과정을 시작하게 한다.

『그 겨울의 긴 계곡』(1978)은 7·4 남북공동성명을 배경으로, 분단체제를 살아가는 월남민의 정체성 문제를 본격적으로 제기한 작품이다. 이 작품에서 7·4 남북공동성명은 해방기 북한 체제의 기억을 떠올리게 되는 계기이면서, 분단체제의 성격을 새로운 차원에서 조명하게 하는 사건이 된다.

주인공 이억구는 북한 체제에서 '리책(里責)'을 맡았다는 것 때문에 남한 사회에서 20년이 넘는 세월을 살아오면서도 늘 어느 한쪽으로는 불안과 죄의식을 안고 있는 인물이다. 새벽 동이 채 트지도 않은 시간에 이억구는 박영감의 죽음 소식을 전하는 장운학의 불안에 사로잡힌 전화를 받게 되고, 이 일로 이억구과 장운학 등은 파출소로 소환되어 조사를 받게 되는데, 이 과정에서 실체 없는 불안은 점점 증폭된다. 불안 때문에 이억구와 장운학은 필요 이상으로 과거의 일을 감추려 드는 나머지, 상가(喪家)에도 일부

---

49) 『역려』, 130면.

러 늦게 가고, 눈치를 보며 앉아 있다가 먼저 일어서고, 사우나를 간다, 가게에 들른다, 또 장지에는 미리 약속을 해서 엇갈리게 가는 등 내내 일정한 방향을 잡지 못하고 움직인다. 불안을 벗어나려고 하다가 또 느닷없이 불안에 사로잡히고, 그리하여 마침내 불안 자체가 주인공의 행동을 이끌어 가는 형국이 된다. 이 과정은 작품의 마지막 부분까지 지루하게 이어지는데, 이는 그만큼 불안의 층이 깊어 해방기의 기억을 있는 그대로 대면하는 것이 어려운 일임을 보여주는 것이라 할 수 있다.

한편 작품은 불안으로 인해 벌어지는 해프닝을 그리는 사이에 억압되어 있던 기억을 조금씩 드러내 보여준다. 종가의 서출로 태어난 억구는 일제 치하에서는 부청 양정과(糧政課)에 근무하다가, 해방이 되자 태도를 바꾸어 종가를 마을에서 쫓아내는 데 앞장서고, ‘리책’을 맡기도 하지만 북한 체제가 확립되어 가는 과정에서 자리에서 밀려나게 되고, 그 후 전쟁이 나자 1·4 후퇴 때 월남하게 된다. 이억구의 삶의 여정은 급격한 체제 변전에 휩쓸리는 과정에서 개인이 체제 속에서의 자신의 위치를 바꿈으로써 자신의 정체성을 급진적으로 재조직하려는 시도를 보여주는 것이거니와, 다른 한편 이 와중에 여러 사람들로부터 오해와 원한을 사기도 하고, 자기 스스로 과거의 자기를 부정해야 했던 만큼 불안정하고 불구적인 정체성을 지닌 채 살아온 과정이기도 하다. 이런 역정을 거쳐 온 이억구에게 있어서 해방과 월남의 기억을 떠올리는 것은 과거와의 화해를 필수적으로 수반하게 되는데 이를 통해 그는 정체성의 재정립으로 나아가게 된다.

한편 『문』은 월남민 개인의 정체성의 재정립 문제를 넘어 체제 간 대화를 시도함으로써 분단체제의 기원을 탐색하고 이를 극복하고자 한다. 이 작품에서 ‘감옥’은 단절된 남북 관계를, ‘문’은 남북 관계의 회복을 상징하는 것으로, ‘해방’을 기억하는 것은 이러한 분단 모순에 대한 소설적 해결 방식이 된다.

　감옥에서 주인공은 강원도 평강 출신의 간첩 사형수 강씨를 만나게 되고 우연히 강씨가 주인공이 해방 무렵 가깝게 지냈던 강복순의 오빠였음을 알게 되는데, 이를 계기로 주인공은 해방기 북한 체제에 대한 기억을 떠올리게 된다. 이 작품에서도 '해방'의 기억은 새골집 큰아들의 죽음에서부터 시작된다. 이 사건은 『역려』에 그려진 성갑의 기억과도 일치하고 있거니와, 『문』의 경우 이 사건은 소련군이 진주하고 북한 체제가 형성되는 정황과 더불어 그려짐으로써 '그 뒤에 벌어진 모든 일들의 시작이며 기묘한 시사(示唆)'로 표현된다. 해방된 세상에서, 마을 청년이 비행기 창고에서 쌀가마니를 가지고나오다 소련군의 총에 맞아 죽게 되는 이 기묘한 아이러니는 해방 후 들어서게 될 북한 체제의 성격을 예시(豫示)하는 것이다. 주인공의 기억에 따르면 그만큼 북한 체제가 형성되는 과정은 너무나도 어색하고 생경한 사건들의 연속이었으며, 이처럼 생경한 것들이야 말로 분단체제의 기원을 이루는 것이기도 하다.

> 　그렇게 새 세상은 열리고 있었다. 인민위원회가 조직되고, 벌써 각 단위마다 공산당 세포가 생겨나면서 골목 어귀 같은 데서 바람결에 색다른 새 노래가 들려오는 빈도수도 늘어났다. '높이 들어라, 붉은 깃발을' 하는 그 가사와 곡조는 무척 쉽고 단순하면서도 무언지 송곳끝 같은 첨예한 정취를 담고 있었다. 그것은 어떤 사람들에게 있어서는 충분히 공포여서 그들은 벌서 거개가 야반도주로 남쪽으로 내뺐다.50)

　이 급격한 변화의 외중에 주인공은 청년구락부합창단 활동을 하면서 강복순을 만나게 되는데, 이 기억을 매개로 하여 주인공은 사형수 강씨와 대화를 시도하게 된다. 물론 기억의 과정 및 대화의 과정은 순탄하지 않다. 주인공과 강씨 모두 죄수의 신분이기 때문에 편지로 대화를 주고받는 것

---

50) 『문』, 159면.

이 쉽지 않다. 주인공은 강씨와 강복순의 관계를 확신하고 장문의 편지를 써 보내지만, 강씨의 회신은 자신과 강복순의 관계를 부정하고 있어서 대화는 중단되고, 얼마 후 강씨의 사형이 집행된다. 뿐만 아니라 작품의 형식에서도 기억의 진행은 재판의 진행이라는 또 다른 서사의 개입으로 인해 계속해서 지연된다.

그러나 기억을 통한 체제 간 대화는 강씨의 죽음으로도 끝나지 않는다. 주인공이 강씨와 강복순의 관계 여부에 관심을 기울이는 것과, 반대로 강씨가 이 관계를 묵살하는 태도 사이에 놓인 간극에서 작가는 분단체제의 한 단면을 보여주고자 한다. 강씨에게 미처 전달되지 못한 두 번째 편지는 강씨와 주인공 자신의 차이에서 출발하여, 해방 이후 남한 체제와 북한 체제가 각기 걸어온 길을 되짚는다. 이 편지에서 작자는 남북 양측이 '제각기 그 체제 나름의 최소한의 정통성이 보장'된 전제에서, 다시 말해 민주정권을 수립한 후에 '남북 양측의 권력 상호 간에 툭 털어놓고 일단 이야기'해야 함을 주장한다.

이 작품의 중요성은 공식적 역사에 의미화 되지 못한 채 억압되어 있던 '해방'의 기억을 환기하고 이를 새롭게 의미화 함으로써, 개인의 정체성의 차원을 분단체제의 차원으로 확장한다는 점에서 찾을 수 있다. 주인공과 강씨의 대화가 강씨의 죽음으로 끝내 중단되고 마는 것은 분단체제의 냉혹함을 보여주고 있거니와, 주인공과 강복순과의 관계는 이러한 체제의 냉혹함과 대비되어 사람 사는 본연의 자연스러움을 그려내고 있다. 작가가 파악하는 바, 해방기 북한 체제가 결여하고 있었던 것이 바로 '사람살이의 본래적인 모습'이라고 할 때, 그리고 이러한 북한 체제의 성격이 분단체제의 기원을 이루는 것이라고 할 때, 이처럼 강복순과의 관계를 기억하고 이를 매개로 체제 간 대화를 시도하는 것은 분단체제를 극복하기 위한 시도가 된다.

❸ 민중적 전망을 통한 분단체제의 극복

이호철의 소설에서 분단체제는 국가 권력 간의 문제로 추상화되지 않는다. 오히려 그것은 개인의 일상을 규정하는 구체적인 상황인 동시에 개인 사이의 관계의 총화로 제시된다. 이호철의 소설에서 분단체제는 개인의 정체성을 불구적인 것으로 만들고 개인 사이의 관계를 단절시키는 근본적인 원인으로 자리 잡고 있다. 이로 인해 작품의 서사는 불구적인 상태에 놓인 정체성을 재정립하고 단절된 관계를 회복함으로써 분단체제를 극복하는 방향으로 진행된다.

이호철 소설의 서사가 지향하는 분단체제 극복의 논리를 규명하고자 할 때 우선 주목할 것은 이호철의 소설이 분단체제를 비판하는 근거를 어디에서 찾고 있는가의 문제이다. 이는 크게 두 가지로 살펴 볼 수 있다. 하나는 이호철 소설에서 분단체제 비판은 '체제적인 것'과 '자연적인 것'의 대비를 통해 드러나고 있다는 점이다. 분단체제는 등장인물들의 인간 본연의 삶을 불가능하게 하고, 이들로 하여금 지금까지 살아온 삶의 터전으로부터 떠나게 만들며, 인간 윤리에 기초한 관계를 단절시킴으로서 공동체적 질서를 훼손하는 근본적인 요인으로 제시된다. '자연적인 것'의 옹호를 통한 '체제적인 것'에 대한 비판은 『문』에서 주인공이 강씨에게 보내는 두 번째 편지에서 선명하게 드러난다.

> 월남해 온 사람들 누구나가 그 체제에 진절머리를 쳤던 첫째 이유는 자유가 없다는 점, 곧 강한 권력, 따라서 공포였습니다. 별안간에 세상이 무시무시해졌고, 사람들마다 악마로 변했습니다. 혁명과 계급투쟁이라는 이름 밑에, 사람 사는 세상은 일거에 그 원천적인 자연스러움을 잃어버렸습니다. (중략) 우리대로의 오랜 조선 사람의 슬기로 살아온 본래의 우리들과 판이하게 다르고 겉도는, 유럽 쪽 세계의 황당한 유령이 일거에 광기로 회오리바람으로 이 나라 이 강산을 휘감으며, 그야말로 수천 년 동

> 안 조선 사람답게 살아오던 우리 모두를 졸지에 도깨비들로 둔갑시켰던
> 것입니다.[51)]

인용문은 북한 체제의 대변자라 할 수 있는 강씨에게 보내는 편지이기 때문에 북한 체제의 획일성에 대한 신랄한 비판을 담고 있거니와, 이 편지의 논리는 당시 남한 체제에 대한 비판에도 적용될 수 있음은 물론이다. 이 점에서 『물은 흘러서 강』은 남한 체제에 대한 비판으로 읽을 수 있다. 기호와 말례는 수사 과정에서도 '대국적 통일론'을 지나칠 만큼 자신 있게 표백하고 있거니와, 이들이 지닌 이러한 민중적 건강성은 통일논의 자체를 금단의 영역에 묶어두고자 하는 체제의 냉혹함과 대비되고 있다.

'체제적인 것'과 '자연적인 것'의 대비를 통한 비판의 논리는 분단체제에 대한 낭만적 부정에 머무를 위험을 안고 있는 것이지만, 이호철의 소설은 또 다른 논리를 통해 이러한 위험을 넘어선다. 그것은 분단체제의 기원에 대한 역사적 인식이다. 이때 역사는 체제의 공식적 역사가 아니라 개인의 기억을 환기함으로써 이를 통해 재구성되는 역사이다. 개인의 기억에 의해 재구성된 역사에서 권력 간의 관계로 형성된 분단체제는 해체되고, 대신 개인과 개인의 관계의 총화로 형성된 분단체제의 윤곽이 드러나게 된다.

『그 겨울의 긴 계곡』은 이억구의 기억 외에도 여러 가지 판본의 해방의 기억을 드러낸다. 하나는 박영감의 장황한 회고를 통해 드러나는 기억이고, 다른 하나는 박영감의 장례식장에서 조사를 낭독하던 늙은이의 기억이다. 이억구는 이 둘의 기억에 대해 거리감을 느끼는데, 그것은 이 둘의 기억이 남한 체제의 상투성을 벗어나 있지 못하기 때문이다.

---

51) 『문』, 252면.

그러나 거듭 생각해도, 이건 너무너무 무원칙하고 너무너무 밑창이 빠져 있는 것이나 아닐까. 바로 이래서, 이런 이유에서 과연 자유세상이고 좋은 세상이기만 할까. 바로 저런 일이 백주에 통할 수 있고 통하고 있는 게 이 남쪽 세상이다. 아니, 통하고 자시고도 없이, 통하겠으면 통하고 말겠으면 말고, 누구나 지껄이고 싶은 사람은 제멋대로 지껄이지만, 그런 소리 안 듣고 싶은 사람도 안 들어도 그만인 세상이다. 그 뒤범벅이 되어 있는 부피, 혼탁한 덩어리의 부피, 바로 그것이 이 남쪽 세상을 밑받치고 있는 기둥뿌리나 아닐까. 저런 희극이 공식 비공식을 막론하고 아무데서나 무시로 통할 수 있고 통하고 있는 세상, 그러나 실은 억구 자신도 이 남쪽에 나와서는 바로 이런 세상 덕을 누구보다도 맛보면서 이날 이때까지 이만큼이라도 살아온 것이 아닌가.52)

위 인용문이 비판하는 상투성이야말로 남한 체제의 성격을 이루는 것이라 할 수 있는데, 이억구의 기억은 이러한 상투성을 가로지르면서 이로 인해 자신의 삶을 규정짓고 있는 불안과 죄의식을 극복하고자 한다. 여기에서 이호철의 소설은 분단체제 극복의 논리로 나아가게 된다. 그것은 불안정하고 불구적인 정체성의 재정립인 동시에, 단절된 관계의 회복이며, 수천 년간 이 땅에서 살아온 사람들의 공동체적 삶의 회복이기도 하다.

『그 겨울의 긴 계곡』의 서사는 작품의 마지막 부분에서 이억구가 주변 인물들과의 관계 회복을 통해 정체성의 재정립으로 나아가는 과정을 그리고 있다. 그는 같은 문중 사람으로 월남해 있던 길삼이와 두용이 등과 월남 후 수십 년간이나 연락조차 하지 않고 살아오고 있는데, 이는 일차적으로는 북한 체제 성립의 와중에 쌓인 원한과 오해 때문이고, 다음으로 월남 후 부박(浮薄)한 남한 사회를 살아오는 동안 이들과의 관계를 돌아보지 못한 때문이기도 하다. 박영감의 죽음 사건으로 불안에 사로잡혀 있던 이억

52) 이호철, 『그 겨울의 긴 계곡』, 현암사, 1978, 298~299면.

구는 길삼이와 길삼이 모친, 두용이 등을 차례로 만나게 되고, 수십 년 묵은 원한과 오해를 해소함으로써 자신을 사로잡고 있던 막연한 불안과 죄의식을 떨쳐 버리게 된다.

> 억구는 비로소 눈을 들어 쏘아보듯이 정면으로 두용이를 건너다보았다.
> "나는 늘 세상을 속이면서 살아온 것 같아서요. 허나, 정작 세상은 속아주질 않드면. 우선 나 자신부터가 속지를 않고. 이북 세상에선 사람들이 안 속아 줍디다만, 남쪽에 나와 사는 요즘에 와서는 나 자신이 속아주지를 않는구면요."53)

두용이와의 만남은 일종의 속죄의식으로서, 이억구는 이 속죄의식을 치름으로써 비로소 실체가 없는 불안으로부터 벗어나고 관계의 단절에서 오는 묵은 빚을 청산하게 된다. 작품은 이억구와 두용이를 비롯하여 남쪽에 내려와 살고 있는 고향사람들이 함께 북한 방문단을 맞이하는 것으로 작품은 마무리되고 있거니와, 이는 월남민의 정체성의 재정립이 분단체제의 극복과 결부되어 있음을 보여주는 것이라 할 수 있다.

이호철의 소설에 있어서 월남민 정체성의 재정립과 이를 통한 분단체제 극복의 시도는 현재진행형이다. 이를 보여주는 작품이 『남녘 사람 북녘 사람』(2002)이다.54) 『남녘 사람 북녘 사람』은 작가 자신의 인민군 병사 체험을 담은 자전적 소설인 동시에, 해방에서 전쟁에 이르는 시기 분단체제의 기원에 대한 직절(直截)한 축도이다. 이 작품은 작가 개인의 '기억'을 민족공동체 공동의 경험으로 확장함으로써 분단체제 극복의 전망으로 나아간다.

---

53) 『그 겨울의 긴 계곡』, 337면.

54) 연작소설인 이 작품은 1980년대 초부터 발표하기 시작하여 1996년 「헌병 소사」와 「남녘 사람 북녘 사람」을 추가하여 단행본으로 출간하였다가, 2002년에 다시 이전에 썼던 「세 원형 소묘」를 추가하고 배열 순서를 바꾸어 출간하여 현재에 이르고 있다. 이 과정에서 일부 개작이 이루어지기도 하였다.

『남녘 사람 북녘 사람』은 연작소설의 형식을 지니고 있어 일관된 서사의 진행을 보여주지는 않는다. 따라서 이 작품은 서사의 진행을 통해 분단체제의 극복을 시도하는 대신, 1950년 전쟁의 와중에 겪은 사건을 선택하고 그것을 특정한 맥락에 배치함으로써 이를 의미화 하는 방식을 통해 분단체제 극복의 논리를 제시한다. 이 점에서 『남녘 사람 북녘 사람』은 작가의 다른 자전적 소설과 구별되는데, 그 구별되는 지점은 바로 자신의 경험을 민중적 전망에 위치시키고 있다는 점이다. 이때 '민중'은 '고압적인 당위 개념'과는 거리가 멀다. 작가에게 있어 '민중적 세계'란 오랜 옛날부터 이 땅에 살아온 사람들의 자연스러운 인정과 윤리의 세계로서, 작중 화자 '나'의 눈에 비친 전쟁기의 수많은 군상은 이를 기준으로 배열되고 평가된다. 심지어 미군 카키복에 선글라스를 쓴 남한의 헌병에게서도 화자는 '민중'의 모습을 본다.

> 그는 이런 모든 짓거리에 본원적으로 울분 섞어 이의(異議)를 제기하며, 드러내놓고 정나미 떨어져 하고 있었던 것이다. 그는 헌병이면서도 바로 그만큼 이 땅의 자연스러운 민중이었다. 그리고 정작 농군복이라는 본판 민중옷 차림의 내 실체까지도 이미 대강은 꿰고, 작금으로 친다면 코미디 한 장면 보듯이 보고 있었을 것이다. (중략)
>
> 그러나 미군 카키복에 선글라스를 쓰고 세련된 헌병 완장을 찬 그의 속마음과, 포로 신문 직분을 맡아내는 행태가, 물에 기름 뜨듯이 겉돌았던 바로 그만큼으로, 그는 당대 이 땅의 민중에게 가까이 있었던 것이다.[55]

그리하여 이 작품은 분단체제의 밑바닥을 가로지르고 있는 민중적 전망

---

55) 『남녘 사람 북녘 사람』, 261~262면. 인용 부분은 연작소설 중 '헌병 소사'라는 대목에서 뽑은 것이다. 「헌병소사」는 1996년에 발표된 작품으로 본 연구가 다루는 대상 시기인 1970~1980년대를 벗어난 것이지만, 『남녘 사람 북녘 사람』 전체가 위 인용문이 보여주는 것과 같은 맥락에 있다고 할 수 있다.

을 구현해 내기에 이른다. 이는 전쟁을 앞두고 급하게 동원된 인민군들의 첫 오락회에서 타령과 민요, 창가 등을 부르며 모두가 뜨거운 분위기로 녹아드는 장면에서, 그리고 포로로 끌려가는 도중 포로와 헌병이 인민군 군가와 남한 유행가를 한 덩어리가 되어 부르는 장면에서 잘 드러난다. 그리고 마침내 이 작품에서 가장 감동적인 장면이라 할 수 있는 어느 홑바지저고리 차림의 포로의 이야기 등에서 극적으로 제시된다.

> "어서 가라니까 이 새끼. 가서 네 부모 잘 모셔. 소 닭 쳐다보듯 쳐다보긴 자, 어서 가, 가래도. 생각 달라지기 전에 어서 뛰어."
> 하고 다시 한번 엉덩이를 걷어차려고 하자, 비로소 얼씨구나, 그 홑바지저고리는 길가의 움푹 패인 논두렁길로 한 발 내려서며 샛길로 빠져, 죽을 둥 살 둥 제 집을 향해 달려가기도 했던 것이었다. 그 순간, 우리 일행은 단지 정적일순 속에 휘감겨 있었다. 이 경우의 우리 일행이라는 건, 물론 감시 헌병들까지 같이 껴셔였다. 뉘엿뉘엿 해가 지는 저녁답이었는데, 아닌 게 아니라, 산천도 히죽히죽 웃고 있었다. 우리 산천이 이렇게도 아름다울 수가 없었다.[56]

이 작품이 자전적 형식을 취하고 있음으로 인해 기억은 기억하는 '나'와 기억되는 '나' 사이의 분리를 통해 드러나게 된다. 기억하는 '나'는 1980년대, 혹은 1990년대의 시점에서 1950년의 경험을 환기하면서 기억되는 '나'와 그 주변 인물들을 판단한다. 그러나 기억하는 '나'와 기억되는 '나'는 수십 년의 시간적 거리에도 불구하고 그 당시의 상황을 바라보는 시선에서 거의 아무런 차이를 보이지 않는다.[57] 이는 과거의 '자기'와 현재의 '자기'를 통합적으로 인식하고 있음을 보여주는 것으로서, 작가 자신 '민중적 전망'을 통해 월남민으로서의 정체성을 재정립하고 있음을 보여주는

---

56) 『남녘 사람 북녘 사람』, 271면.
57) 김재영, 「이호철의 『남녘 사람 북녘 사람』론」, 『작가연구』 9호, 2000, 101면.

것이기도 하다.

한편 이러한 민중적 전망은 작가의 '한살림 통일론'의 근저를 이룬다. '한살림 통일론'은 '남북한 민중 간에 '한솥밥'을 먹기 시작하면 그것이야말로 바로 통일의 시작'이라는 것, 그렇다면 '우리 모두가 조상 대대로 익숙해 있는 본래적인 우리 삶의 터로 일단 돌아와 보자'는 직절한 주장으로 요약되는 바,58) 이는 1970~1980년대 이호철의 소설에서 보여주는 분단체제 극복의 논리와 직접적으로 이어지고 있다. 이러한 통일논의의 타당성 여부 및 소설과의 관련성 여부는 다시 세밀하게 논의되어야 하겠으나, 이를 과거 지향적 혹은 이상주의적인 것으로 간단히 치부할 수는 없다. 이 주장이 유럽공동체와 같은 동아시아공동체라는 근대 이후의 국제 질서를 염두에 두고 있다는 점에서도 그러하거니와, 그보다도 이호철의 소설이 보여주는 분단체제 극복의 논리가 분단체제의 기원을 이루는 '기억'을 환기함으로써 민족공동체의 '역사'를 재구성하고자 하는 시도를 그 근저에 두고 있다는 점에서 더욱 그러하다.

3. 탈식민적 정체성과 식민주의 체제 비판

1) 비재현의 형식과 탈식민적 정체성

1960년대 중반 이후에도 최인훈 소설의 실험적 형식은 계속 이어지는데, 이때 형식 실험은 대체로 비재현적 성격이 더욱 강화되는 방향으로 진행되었다. 이는 최인훈에게 있어 식민과 피식민의 경계에서 자아의 분열이 더욱 심화되어 재현의 방식으로 정체성을 표현하는 것이 더욱 어려워졌음

---

58) 이호철, 『한살림 통일론』, 정우사, 1999, 101~103면.

을 보여주는 것이라 할 수 있다. 이러한 방향의 형식 실험의 중요한 분수령이 된 것은 1965년 한일협정이었다.

『총독의 소리』 연작59)은 한일협정에 대한 반응으로 씌어진 것으로 최인훈의 실험적인 소설 중에서도 가장 파격적인 형식의 작품이다.60) 이에 대해 최인훈은 '문학의 형식을 파괴하면서라도 온몸으로 부딪쳐야 할 위기의식'을 느꼈다고 술회하였다.61) 그가 느낀 '온몸으로 부딪쳐야 할 위기의식'이란 무엇이었을까? 이는 한일협정 체결과 비준에 대한 당시 지식인들의 반응을 통해 짐작할 수 있다. 대학생들의 주도로 일어났던 한일협정 반대운동은 1965년 6월 이후 비준 반대운동으로 전환되면서 운동의 주체가 지식인 전반으로 확대되기에 이른다. 한일협정 반대의 논리는 한일협정이 일제의 식민지 지배를 합법화한 것이고, 청구권을 포기한 매국적인 협정이며, 이후 일본의 독점자본에 의한 재식민화를 피할 수 없을 것이라는 것 등이었다.62) 여기에 당시 군사 정권에 대한 불신이 더해져 한일협정 반대운동은 반정부 운동으로까지 확장되었다. 『총독의 소리』는 이러한 상황에 대한 문학적 대응으로서 당시 지식인의 식민지적 불안 의식이 표출되어

---

59) 본 연구가 대상으로 삼는 『총독의 소리』 연작에는 「총독의 소리」 1-4와 「주석의 소리」가 포함된다. 발표된 순서와 발표 지면은 다음과 같다. 「총독의 소리 1」(『신동아』, 1967. 2), 「총독의 소리 2」(『월간중앙』, 1967. 8), 「총독의 소리 3」(『창작과 비평』, 1968. 겨울), 「주석의 소리」(『월간중앙』, 1968. 4), 「총독의 소리 4」(『한국문학』, 1976. 8).

60) 최인훈 소설 연보를 보면, 『총독의 소리』 연작은 1967년과 1968년에 집중적으로 발표되었는데, 이 두 해 동안 최인훈은 『총독의 소리』 연작 외에 다른 작품을 쓰지 않았다. 또 1976년 삼 년여의 미국 연수에서 돌아온 후 「총독의 소리 4」를 발표하게 되는데, 이는 「총독의 소리 1」이 발표된 지 거의 10년이 지난 시점이었고, 미국 연수 이후 희곡 창작으로 전환하는 과정에서도 이 작품의 형식을 반복해서 썼다는 점 등에서 특기할 만하다. 이는 그만큼 『총독의 소리』가 지닌 형식이 1960년대에서 1970년대에 이르는 시기 한국의 상황과 한국인의 정체성을 드러내는 데 효과적인 형식이라고 작가 스스로 판단하였기 때문일 것이다.

61) 최인훈, 「원시인이 되기 위한 문명한 의식」, 『길에 관한 명상』, 솔과학, 2005, 25면.

62) 최기영, 「한일협정 반대선언문집」, 『근현대사강좌』 6집, 1995.

있다. 조선총독부 지하부가 보내는 총독의 담화 방송이 작품의 대부분을 차지하고 있는 이 작품에서, 현재까지도 총독이 여전히 활동하고 있다는 설정은 이러한 불안 의식을 드러내는 것이라 할 수 있으며, 이러한 설정을 통해 작품이 궁극적으로 의도하는 것은 식민성의 극복, 즉 탈식민이라 할 수 있다.63)

'충용한 제국 신민 여러분'으로 시작되는 『총독의 소리』는 조선총독부 지하부에서 보내는 총독의 담화와 이 담화를 듣는 시인의 상념으로 구성되어 있다. 총독의 담화가 작품의 대부분을 차지하고 있어서 전통적 소설이 일반적으로 지니는 것과 같은 서사적 골격을 갖추고 있지 않다.

『총독의 소리』는 『구운몽』과 『서유기』의 '소리' 형식이 지니는 담화적 성격을 대체로 공유하고 있다. 총독의 소리가 '조선총독부 지하부'가 보내는 '유령해적방송'이라는 것을 명시함으로써 환상적인 성격을 지닌다는 점, 발화자의 위치를 불분명하게 설정하고 있다는 점, 그리고 이 방송을 듣는 시인은 총독의 담화 내용과는 다른 이데올로기적 위치에 서 있다는 점 등이 그러하다. 그러면서도 『총독의 소리』는 담화의 형식에서 앞의 작품들과는 다른 특징적인 면모를 보여 준다. 먼저 발화자인 총독이 상정하

---

63) 『총독의 소리』에 대한 논의로 다음을 들 수 있다. 권영민, 「정치적인 문학과 문학의 정치성」, 『작가세계』, 1990 봄 ; 양윤모, 「타자의 시선을 통한 현실의 이해」, 『어문논집』 40집, 1999 ; 서은선, 「최인훈 소설 「총독의 소리」, 「주석의 소리」의 서술 형식 연구」, 『문창어문논집』 37집, 2000 ; 안남일, 「역사인식에 대한 응전의 한 양상」, 『민족문화』 11집, 2002 ; 이상갑, 「최인훈의 『총독의 소리』론—문학의 무력감과 '말'의 위력」, 『1970년대 장편소설의 현장』, 민족문학사연구소 현대문학분과 편, 국학자료원, 2002 ; 김인호, 「탈식민, 탈형식, 탈이데올로기」, 『해체와 저항의 서사』, 문학과지성사, 2004 ; 구재진, 「최인훈 소설에 나타난 타자화 전략과 탈식민성」, 『한중인문학연구』 13집, 2004. 한편 최인훈의 소설을 탈식민주의적 관점에서 해명하려는 시도도 여러 차례 이루어졌다. 김정화, 「최인훈 소설의 탈식민주의적 연구」, 서울대 석사논문, 2002 ; 하정일, 「탈식민 서사와 식민적 무의식」, 『작가연구』 14호, 2002 ; 구연주, 「최인훈 문학의 탈식민성 연구」, 서강대 석사논문, 2006.

고 있는 피화자와 작품에 드러난 실제 피화자가 다르게 설정되어 있다는 점이다. 총독이 상정하고 있는 피화자는 두말 할 것도 없이 '충용한 제국 신민', '제국 군인과 경찰, 밀정과 낭인'인데, 이 '소리'를 듣고 있는 이는 '시인'이다. 게다가 총독과 총독이 피화자로 상정하는 제국 신민은 공모 관계가 형성되어 있는 데 반해, 총독과 총독의 소리를 듣고 있는 시인은 적대 관계에 있음으로 해서 이 소설의 담화 상황은 시인이 적들의 소리를 엿듣는 상황이 된다.

여기에서 이러한 복잡한 담화 상황을 만들어 내는 작가(내포작가)를 상정 할 수 있다. 작가는 일차적으로는 이상에서 설명한 담화 상황을 거쳐 독자 (내포독자)에게 소설의 담화를 전달한다. 그러나 그뿐만 아니라, 작가는 총 독과는 적대 관계에 있고 독자와는 공모 관계에 있음으로 해서 겉으로 드 러난 총독의 담화와는 다른 어떤 정보 내지는 판단을 복화술적(複話術的)으 로 전달하게 된다. 총독의 발화는 때로는 풍자적 목소리를 지니는가 하면, 또 다른 상황에서는 계몽적 목소리를 지니기도 하는데, 이러한 이중적 발 화는 위와 같은 복잡한 담화 상황이 만들어 내는 것이라 할 수 있다. 『총 독의 소리』에서 드러나는 탈식민적 정체성 역시 이러한 이중적 발화와 관 련된다. 탈식민적 정체성은 식민과 피식민의 경계 지점에서 형성되는 것으 로, 총체적이고 통합된 이미지 대신 이중적이고 모호한 담화의 공간에서 드러나게 된다.

최인훈은 『총독의 소리』의 형식에 대해 '별다를 것 없는 풍자소설의 정 통 적자(嫡子)'이며, '적의 입을 빌어 우리를 깨우치는 형식', 즉 '빙적이아 (憑敵利我)'라고 설명한 바 있다.64) 작가의 이러한 설명은 『총독의 소리』의 형식이 지닌 특성을 간명하게 지적한 것임에 틀림없지만, 이를 보다 분석

---

64) 최인훈, 「원시인이 되기 위한 문명한 의식」, 앞의 책, 25면.

적으로 파악할 필요가 있다. 『총독의 소리』를 ‘풍자소설’로 본다면, 다음과 같은 물음이 제기된다. 누가 누구를 풍자하는가, 그리고 이때 풍자는 무엇을 겨냥한 것인가?

『총독의 소리』에서 총독의 담화는 지배적인 서사를 지니고 있지 않은 대신, 근대 민족국가의 역사를 바탕에 두고 이 역사에 비판적으로 개입함으로써 민족 서사를 재구성한다. 이때 ‘소리’의 발화자인 총독은 전지(全知)한 역사비평가의 입장에 서서 서구 근대 민족국가의 형성과 전개, 일본 제국주의의 흥망, 2차 세계대전의 처리 과정과 그 이후 한반도를 둘러싼 국제 질서, 그리고 ‘반도’의 분단과 ‘반도인’의 열등성 등을 비판한다. 여기에서 총독의 이데올로기적 위치는 두말할 것도 없이 일본 제국주의의 부흥과 반도의 재영유를 꿈꾸는 제국주의자의 그것이다. 이러한 이데올로기적 위치로 인해 총독의 담화는 여러 층위의 적대 관계를 만들어내게 된다. ‘제국’ 즉 일본과 ‘귀축미영’ 사이의 적대 관계, ‘제국’과 ‘적마 러시아’와의 적대 관계, 그리고 ‘제국’과 ‘반도’ 사이의 적대 관계 등이 그것이다.

『총독의 소리』가 풍자의 목소리를 지니게 되는 것은 이러한 구도에서 비롯된다. 풍자는 풍자의 주체와 대상 사이의 적대 관계를 전제로 하며, 풍자의 주체가 대상에 대해 우월한 입장에 있을 때 나타날 수 있기 때문이다. 이렇게 볼 때, 『총독의 소리』에서 풍자의 주체는 총독이며, 풍자의 대상이 되는 것은 총독이 적대 관계로 설정하는 ‘귀축미영’, ‘적마 러시아’, 그리고 ‘반도’가 된다.

> 그 당시 大本營은 일조 패전의 날에는 鬼畜米英은 본토에 상륙하는 즉시로 일대 학살을 감행하여 맹방 독일이 아우슈비츠에서 실험한 민족 말살 정책을 조직적으로 아국에 대하여 감행할 것이며 아국민의 골육을 럭스 비누와 콜게이트 치약의 원료로 삼을 것이며 왕성한 성욕을 가진 그들 군대는 아민족의 부녀자들을 신분 고하 없이 욕보임으로써 민족을 명

실공히 쑥밭으로 만들 것으로 예측하고 차라리 一億全員玉碎의 비장한 결
심을 굳힌 바 있었으나 인류 사상 전대미문의 신병기 원자폭탄의 저 가
공할 위협 아래 끝내 후일을 기약하고 작전을 포기하였던 것입니다. (중
략) 그러나 천기는 거역할 수 없어 반도에 주둔한 병력과 거류민도 폐하
의 명에 따라 철수하였거니와 무엇보다 다행한 것은 철수하는 내지인에
대하여 반도의 백성이 취한 공손한 송별 태도였습니다. 피해 입은 내지인
은 거의 없었으며 이는 오로지 그 동안 제국의 반도 경영에서 과시한 막
강한 권위와 그로 인한 반도인의 가슴 깊이 새겨진 신뢰의 염과 아울러
방향 감각을 상실한 반도인의 얼빠진 무결단에서 온 것으로서 오랜 통치
의 산 결실이었다고 하겠습니다.65)

위의 인용문의 전반부는 '귀축미영'과의 적대 관계를, 후반부는 '반도'
와의 적대 관계를 설정하고 있다. 그리고 '귀축미영'의 잔인성과 '반도인'
의 열등성을 풍자하고 있다.

『총독의 소리』에서 풍자의 주체와 대상은 모두 집단, 즉 민족국가이다.
풍자의 주체인 총독은 특정한 이데올로기적 위치를 지니고 있을 뿐 개별
자로서의 성격을 지니지 않으며, '귀축미영', '적마 러시아', '반도' 등 총
독에 의해 풍자되는 대상들은 모두 근대 민족국가의 역사가 만들어낸 집
단 주체들로서, 그 명명법에 이미 적대와 타자화가 내재되어 있다. 총독의
담화는 근대의 역사를 민족국가의 각축장으로, 민족국가를 인간의 조건으
로 파악한다. 이는 근대 민족국가의 기원과 전개 과정에서 근본적인 적대
관계를 피할 수 없음을 의미한다. 이러한 의미에서 민족국가는 그 자체로
서가 아니라 다른 민족국가와의 적대를 통해 발견되는 것이라 할 수 있다.
총독의 담화에 나타난 풍자는 민족국가 사이의 경계에 자리 잡고 있는 적
대적 욕망을 드러냄으로써 민족국가의 정체성을 탐색한다.

---

65) 최인훈, 『총독의 소리 - 최인훈전집 9』, 앞의 책, 68~69면.

> 역사의 주체는 민족입니다. 역사의 주체가 민족인 것이 옳으냐 그르냐
> 가 아니라 현실적으로 그렇다는 것이 문제의 핵심입니다. 세계가 앞으로
> 는 한 혼혈아가 될 것이라는 것이 문제가 아니라 그렇게 되는 사이에는
> 여전히 민족이 주체라는 데 문제가 있는 것입니다. 이것이 인간의 조건입
> 니다. (중략) 사정이 이러한 인간의 조건에 대한 감각이 모자란 종족이란
> 것이 있는 모양이며 그들은 政治的 音痴이며 풍문에 사는 자들이며 현장
> 에 있으면서 없는 자들이며 이목구비가 있으면서 죽은 자들이며 다시 말
> 하면 반도인들입니다.[66]

위의 인용문에서도 총독의 풍자에 의해 '반도인'은 타자화된다. 이러한
방식의 타자화는 적대 관계가 명확하게 드러나 있음으로 인해 반대로 민
족국가의 정체성을 강화하게 된다. 작가와 시인, 독자가 공모 관계에 있으
며 이들은 모두 총독에 의해 '반도인'으로 명명되어 타자화된다. 독자는
총독의 담화를 읽는 과정에서 총독을 적대 관계에 놓는 한편, 작가와 시인
을 공모 관계로 설정한다. 이러한 적대와 공모는 민족국가라는 집단 주체
의 경계를 만들어 냄으로써, 한편으로는 구성원을 결속시키는 동시에 다른
한편으로 구성원이 아닌 타자를 배제하는 역할을 하게 된다. 타자화를 통
한 정체성의 구성이라는 역설이 바로 '빙적이아'의 의미이다.
　여기에서 또 한 번 이 작품의 담화 상황을 환기할 필요가 있다. 총독이
'반도', 혹은 '반도인'을 적대 관계로 설정할 경우, 여기에도 작가와 독자
사이의 복화술적 대화가 내재되어 있어서 총독의 발화는 이중적 울림을
지니게 되기 때문이다. 드러난 총독의 발화 자체에 강조점이 놓일 경우 이
는 '반도인'에 대한 풍자가 되지만, 이를 통해 당시 민족국가가 처한 상황
을 독자에게 일깨우고자 하는 작가의 의도에 강조점이 놓일 경우 이는 독
자에 대한 계몽이 된다.

---

66) 『총독의 소리』, 72~73면.

「주석의 소리」와 「총독의 소리 4」는 여기에서 더 나아가 총독의 풍자보다 작가의 계몽적 의도가 전면에 드러나게 된다. 「주석의 소리」는 '환상의 상해임시정부'가 보내는 방송으로, 총독 대신 주석이 역사비평가로 나선다. 이 작품은 『총독의 소리』가 보여주는 이중적 담화 상황을 보여주지 않는다. 발화자인 주석과 그것을 듣는 시인, 그리고 작가와 독자 모두 민족적, 이데올로기적 입장을 같이 하는 공모자이기 때문이다. 또 「총독의 소리 4」는 총독이 역사비평가로 나서고 있음에도 불구하고 그 담화의 내용에서 '반도'를 적대 관계로 설정하는 부분이 최소화된 반면, 1970년대 국제 정세에 대한 설명이 작품의 대부분을 차지하고 있다.

「총독의 소리 4」는 계몽적 목소리를 통해 한반도 내외의 정치 질서가 근대 민족국가의 기원에 내재되어 있는 적대 관계 위에 성립되어 있다는 것을 드러내 보여준다. 이는 당시 한국 사회에서 지배 이데올로기로 자리 잡고 있던 냉전 이데올로기를 통한 국제 질서 인식과는 큰 차이가 있는 것이었다. 민족국가의 경계에 놓여 있는 적대적 욕망에 주목하게 될 때, 분단과 한일협정 등 1960년대 한반도의 상황은 식민지적 질서의 연장이라는 점이 드러나게 된다.

『총독의 소리』의 형식 실험은 '소리'의 실제 피화자인 '시인'을 서술하는 대목에서도 계속된다.67) 총독의 담화가 끝나고 '여기는 총독의 소리입니다'라는 방송의 알림이 있은 후, '시인' 혹은 '그'가 모습을 드러내는데, 이는 매우 갑작스럽다. 이러한 갑작스러움은 총독의 담화 부분과 이를 듣고 있던 시인에 대해 서술하는 부분이 서로 이질적인 어조를 띠고 있는 데에서 생겨난다. 총독의 담화가 식민주의적 수사를 동원한 풍자와 계몽의 목소리로 이루어져 있다면, '시인'을 서술하는 대목은 지루한 중얼거림, 혹

---

67) 「총독의 소리 1」에서는 '그'로 설정되어 있고, 「총독의 소리 3」에서는 피화자가 설정되어 있지 않다.

은 끝없이 이어지는 상념을 연상시킨다. 또 총독의 담화에서 총독을 비롯한 모든 행위 주체는 집단 주체인 민족국가(혹은 국민)이었는데, 이 부분에서 비로소 개별성을 지닌 주체가 등장한다. 따라서 이 대목에서 관심의 대상이 되는 것은 집단 주체인 민족국가와 개별 주체인 시인 사이의 관계 설정 문제라 할 수 있다.

시인에 대한 서술은 매우 모호하고 뜻이 닿지 않는 장광설로 이루어져 있다. 이 서술이 시인에 대해 알려주는 확실한 것은 시인이 총독의 담화를 들었다는 것, 그리고 이제 더 이상 '소리'가 들리지 않는 어둠 속에서 도시를 바라보고 서 있다는 것뿐이다.

> 방송은 여기서 뚝 그쳤다. 시인은 어둠을 내다보았다. 그리고 창틀을 꽉 움켜잡으며 귀를 기울였다. 그 소리는 더는 들리지 않았다. 넝마를 입었으면서 의젓해 보이려고 안간힘하는 자기를 사랑하면서 거기에 엿보이는 허영을 부끄러워한다는 데 무슨 구원이 있는가고 물을 만한 힘을 가지고 있는 것을 저주하면서 진창에 떨어진 백조라고 자신을 꾸미고 싶어하는 마음에 매일 날에날마다 깊은 밤 피흐르는 매질을 가하면서 (중략) 이런 모든 것을 알기 때문에 그곳으로 가야 할 사람들과 그 자신이 살고 있는—이 도시를 바라보면서 오래오래 서 있었다.[68]

'넝마를 입었으면서 의젓해 보이려고 안간힘하는 자기'로부터 시작하는 장광설은 4쪽에 걸쳐 이어져 있다. 자기 반영적 진술로 보이는 이 장광설은 그러나 시인에 존재에 대해 의미 있는 정보를 담고 있지 않다. 총독의 담화가 적대 관계를 내포하고 있는 이데올로기 담화이므로 그것을 듣는 시인이 이에 대한 특정한 태도를 표명하는 것은 당연해 보이는데, 그럼에도 불구하고 이 서술은 시인은 누구인지, 시인이 이 담화에 대해 어떤 태

68) 『총독의 소리』, 101~105면.

도를 지니는지에 대해 거의 아무 것도 알려주지 않는다.

시인의 존재는 「주석의 소리」에서도 같은 방식으로 드러난다. 앞에서 살펴본 것처럼 「주석의 소리」는 풍자를 통한 적대 관계를 드러내지 않는다는 점에서 「총독의 소리」와 그 담화적 성격이 다른 데도 불구하고, 이 서술이 시인을 같은 방식으로 드러내고 있다는 점은 의미심장하다. 이러한 시인의 태도는 특정한 민족국가에 편입되기를 거부하는 것이면서, 더 나아가 어느 특정한 민족국가에 편입되어야만 하는 근대의 조건 자체에 환멸감을 표현한 것이라 할 수 있다. 여기에서 '환멸'이란 '현재의 삶에 대립되는, 이상적인 삶을 향한 상승되고 고조된 욕망이 무위로 끝나 버릴 것이라는 사실에 대한 절망적 통찰'을 의미한다.[69] 시인은 민족국가의 경계 지점에 서 있으면서 민족국가가 인간의 조건이 되는 근대의 질서를 벗어나고자 하지만, 이것이 불가능하다는 점을 통찰하며 환멸을 경험하게 된다.

> 방송은 여기서 뚝 그쳤다. 시인은 창으로 걸어가서 밤을 내다보았다. 헛된 소망이 아닌가 하고 자기의 소망에 섞여 들었을지도 모르는 허영을 부끄러워하면서 그러나 자기에게 책임이 있을 리 없는 목숨의 씨앗의 운명을 용서하면서 (후략)[70]

「주석의 소리」에도 시인에 대한 서술은 매우 장황하게 이어진다. 이 장광설은 의미가 닿지 않는 기표들의 놀이로 채워져 있고, 첫 부분과 마지막 부분에서만 의미가 통하는 내용이 제시되어 있다. 위의 인용문은 첫 부분인데, 여기에 자신의 소망이 헛된 소망이 아니었는지, 그리고 그 속에 허영이 섞여 있지 않은지에 대한 자기 성찰적 진술이 드러나고 있다. 이때 '소망'이란 주석의 담화에서 드러나는 것처럼 정부와 기업인, 그리고 국민

69) 게오르크 루카치, 『소설의 이론』, 심설당, 1985, 153면 참고.
70) 『총독의 소리』, 59면.

이 각기 자신의 역할을 다함으로써 근대 민족국가의 면모를 갖추는 것이다. 이것이 헛된 소망인 이유는 이미 제국에 의해 근대적 질서가 갖추어진 상황에서 후진국은 매우 불리한 조건에서 경쟁하지 않으면 안 되기 때문이다.71) 시인의 환멸은 이처럼 후진국이 처한 어려움을 알고 있으면서도, 현재의 질서가 민족국가를 단위로 생존해야만 하는 상황이므로 자신이 속한 민족이 민족국가의 면모를 온전히 갖추기를 소망하지만, 그것은 헛된 소망일 뿐이라는 것을 통찰하는 데서 비롯된다. 따라서 장광설은 민족국가 사이의 적대적 욕망으로부터 벗어날 수 없는 개별 주체의 정체성을 보여주는 것이라 할 수 있다.

이처럼 민족국가가 인간의 조건이 되는 근대의 질서를 거부하는 것은 식민과 피식민의 적대 관계를 용인하지 않음을 의미한다. 그리고 탈식민은 식민지를 둘러싼 적대 관계를 만들어 놓은 근대 질서의 기원에 대해 문제를 제기함으로써 이와는 다른 인간의 조건을 창출하고자 한다. 이 과정에서 드러나는 인간 주체의 정체성을 탈식민적 정체성이라 할 수 있을 것인데, 이는 시인에 대한 서술에서 드러나는 것처럼 모호하고 불확정적인 방식으로 드러나게 된다. 개별 주체가 민족국가와의 거리두기를 시도할 때 그 정체성은 비재현의 방식으로 드러날 수밖에 없다. 민족국가를 벗어난 정체성을 상상한다는 것은 근대의 특정한 이념을 벗어나고자 하는 것이며, 이 경우 재현의 방식으로 정체성을 표현하는 것은 불가능해지기 때문이다.

---

71) 「주석의 소리」에서 주석은 후진국이 처한 특별한 난관을 10가지로 열거하고 있다. 그리고 이러한 난관으로 인해 후진국의 국민은 '환상성', 즉 주체성의 상실에 빠질 위험에 처해 있음을 경고하고 있다. 『총독의 소리』, 49~50면.

2) 탈식민적 기억하기와 식민 역사 다시쓰기

❶ 식민주의 담론 비판과 식민지 기억의 서사화

『태풍』(1973)은 최인훈 문학의 한 시기를 마감하는 자리에 놓여있다. 1959년 등단 이후 약 15년간 이어온 문학 활동에서, 최인훈은『광장』,『회색인』,『서유기』,『소설가 구보씨의 일일』을 거쳐『태풍』에 이르기까지 이른 바 5부작을 발표하게 된다. 최인훈은『태풍』연재 후 몇 년간 미국에 체류하게 되고 귀국 후에는 희곡 창작에 힘을 기울이게 되어, 문학 활동의 전환을 맞게 된다. 이런 작품 외적 상황을 차치하더라도『태풍』은 그 주제와 형식에 있어서 앞의 작품들에 대한 총화라 할 만하다.[72] 따라서『태풍』을 제대로 파악하기 위해서는 최인훈의 앞선 작품을 경유하는 것이 필수적이다. 여기에서는『태풍』에 대한 본격적인 논의에 앞서 최인훈의 이전 작품이『태풍』과 이어지는 대목을 두 가지 맥락에서 살펴보고자 한다. 하나는 식민주의 담론 비판이 서사와 관련되는 양상이고, 다른 하나는 작가의 식민지 기억이 서사화 되는 양상이다.

1960년대 이후 최인훈은 그의 소설에서 다양한 형식을 통해 한국인의

---

72) 『태풍』은 발표 당시 평단의 관심을 끌지 못하였고 그 이후로도 오랫동안 연구자들의 주목을 받지 못하였으나, 최근 들어 집중적인 논의의 대상이 되고 있다. 이는 1990년대 말 이후 탈식민주의 이론이 집중적으로 소개되어 문학 연구의 방법론으로 자리잡게 된 사정과 무관하지 않다. 『태풍』에 대한 최근의 논의로 다음을 들 수 있다. 박진영, 「되돌아오는 제국, 되돌아가는 주체-최인훈의『태풍』을 중심으로」,『현대소설연구』15, 2001 ; 정과리, 「모르기, 모르려 하기, 모른 체 하기」,『시학과 언어학』1, 2001 ; 이상갑, 「식민국과 식민지의 이분법을 넘어서」,『작가연구』14, 2002 ; 강진구, 「반식민(Anti-Colonization)의 이중성을 넘어」,『탈식민의 텍스트, 저항과 해방의 담론』, 이회, 2003 ; 구재진, 「최인훈의『태풍』에 나타난 탈식민주의적 연구」,『현대소설연구』24, 2004 ; 주민재, 「가상의 역사와 현실의 관계-최인훈의『태풍』을 다시 읽다」,『한국근대문학연구』5-2, 2004 ; 권오현, 「1970년대 소설의 알레고리 기법 연구-최인훈의『태풍』과 이청준의『당신들의 천국』의 대비를 중심으로」,『어문학』90, 2005 ; 손미순, 「최인훈의『태풍』에 대한 탈식민주의적 연구」, 한국교원대 석사논문, 2007.

내면과 한국 사회구조에 스며들어 있는 식민주의를 비판해 왔다. 앞서 논의한 『회색인』, 『서유기』, 『총독의 소리』 연작 등이 대표적이다. 1960년대의 작품들에서 식민주의 담론 비판은 작중 인물의 사유나 언설, 혹은 불특정 발화자에 의한 '소리' 등의 형식으로 직접 제시된다. 이들 작품은 1960년대 후반으로 갈수록 식민주의 담론의 편재성은 점점 강화되는 반면, 주체의 행동과 자기 결정의 범위는 점점 좁아지게 되어, 정체성은 점점 모호해지는 흐름을 보여준다.

『회색인』에서 식민성 비판은 주인공 독고준의 사유와 장황한 언설을 통해 직접적으로 제시되는데, 이는 식민지인으로서의 자기 확인으로 요약된다.73) 독고준은 미국 잡지 『애틀랜틱』에 실린 아프리카 특집 기사를 읽고 서양인의 아프리카가 아닌 아프리카인의 아프리카를 만나게 되고, 이 아프리카인의 초상이 바로 독고준 자신임을 인식하게 된다. '그리고 아프리카인이라는 것과 한국인이라는 데는 무슨 차이가 없다. 다를 것 없는 원주민(原住民)이다.'74)라는 원주민으로서의 자기 선언에 이른다. 또 뱀파이어 영화를 본 그는 드라큐라 백작의 형상에서 기독교에 의해 타자의 위치로 쫓겨난 토착신의 모습을 본다. 이후 김순임을 만난 자리에서 창에 비친 자기 모습이 드라큐라의 형상을 하고 있는 것을 보고 깜짝 놀란다. 이런 독고준의 사유는 서양의 문화를 거꾸로 읽음으로써 서양에 의해 타자화된 자기를 발견하고자 하는 탈식민적 인식의 산물이다.

『회색인』에서 이러한 탈식민적 사유와 언설은 서사와 긴밀하게 연관되어 있지 않다. 『회색인』은 하나의 서사가 작품 전체를 지배하지 않고, 독

---

73) 이는 다음의 독고준의 선언에서 잘 드러난다. '우리들은 패배한 종족(種族)이야. 상황은 간단해. 우리들은 수백 년 혹은 수십 년씩 식민지민(植民地民)이었어. 동양은 백인들의 노예로서 세계사에 끌려 나왔어. 맞먹는 경기자로서가 아니야. 이 사실이 모든 것을 설명해.' 『회색인』, 문학과지성사, 1977, 17~18면.
74) 위의 책, 272면.

고준과 주변 인물들과의 일상적 관계, 그리고 독고준의 'W시'에 대한 회상 등으로 이루어져 있다. 이 서사에서 독고준은 상황과 맞부딪혀 자신의 운명을 찾아가기 위한 어떠한 행동도 하지 않는다. 이로 인해 독고준은 이중적 성격을 지니게 된다. 사유와 언설의 주체로서 독고준은 전지한 주체이지만, 서사의 흐름 속에서 그는 어떠한 행동도 하지 않는 무기력자이다. '회색인'이란 바로 독고준의 이중적 성격을 이름인데, 최인훈은 이러한 이중적 성격 역시 식민성의 산물이라고 보고 있다. 식민과 피식민의 대립으로 짜여진 근대 세계의 구조 속에서 한 개인의 행동은 무력할 수밖에 없다는 것이다. 근대 세계를 '한없이 계속될 이 아킬레스와 거북이의 경주'로 파악하고, '그러니까 거북이는 기를 쓰고 따라갈 것이 아니라 먼저 주저앉아라.'라는 독고준의 사유는 이를 잘 보여준다.[75] 특히 『회색인』의 첫 장과 마지막 장에는 『갇힌 세대』라는 학술 동인지에 실린 독고준과 김학의 글이 전문 그대로 제시되어 있는데, 이 글은 식민지 역사에 대한 전복적 가정을 기초로 하고 있으며 아나그램을 활용하고 있다는 점에서, 『태풍』의 형식적 특징을 미리 보여준다.[76]

한편 『서유기』에서는 식민주의 담론이 한국인의 무의식에까지 구조화된 것으로 드러난다. 『서유기』가 특징적으로 보여주는 것은 식민주의 담론 비판이 곧 민족주의 담론과의 동일시로 이어지지는 않는다는 점이다. 주인공 독고준은 정체성의 기원을 탐색하기 위한 환상 여행에서 논개, 이순신, 조봉암, 이광수 등을 만나게 되는데, 이들은 모두 '민족의 나'를 얻기 위해

---

75) 위의 책, 274면.
76) '만일 우리나라가 식민지를 가졌다면 참 좋을 것이다. 우선 그 많은 대학 졸업생들을 식민지 관료로 내보낼 수 있으니, 젊은 세대의 초조와 불안이 훨씬 누그러지고 따라서 사회의 무드가 유유(悠悠)해 질 것이다. (중략) 우리들의 식민지를 가령 나빠유(NAPAJ)라고 부른다면 '鄭松江과 나빠유를 바꾸지 않겠노라' 이런 소리를 탕탕 할 것이다.' 위의 책, 9~10면.

'자기의 나'를 희생시킴으로써 민족국가 담론의 담지자가 되었다는 점에서 공통점을 지닌다.77) 이들은 식민 역사의 희생양으로서 모두 비극적인 형상을 하고 있는데, 이들의 형상이 지닌 비극성과 숭고함이 너무나 압도적이어서 독고준은 이들의 요청을 뿌리치기 어렵다. 이들이 독고준에게 남아달라고 요청하는 것은 '민족의 나'로의 호명을 의미하는데, 독고준은 이를 거부하고 '자기의 나'를 구성하고 있는 '그 여름', 'W시'로의 여행을 계속한다.

특히 식민주의 담론 비판과 관련되는 대목은 이광수와 만나는 장면이다. 이 장면은 헌병의 입을 빌려 이광수를 비판하는 내용과 이에 대한 이광수의 변론으로 구성되어 있는데, 여기에서 이광수의 변론은 『태풍』이 설정하고 있는 기본적인 상황과 일치한다.

> 아무튼 아시아의 대부분이 서양사람들에게 강점돼 있던 당시에 그들 서양사람들에게 싸움을 걸고 나선 일본의 모습이 그만 깜빡 나를 속인거요. 나는 잊어버렸던 거요. 바로 그 일본이야말로 우리 조선에 대해서는 서양이었다는 사실을 말이요. 그렇게 간단한 일을 잊을 수 있느냐 하겠지만 사실이니 어떻게 하겠소. 그때 내 눈에는 노예 소유자인 서양을 대적한 일본만 보였지만 그 일본이 우리의 원수라는 사실은 보이지 않았소.78)

식민주의 담론과의 동일시를 통해 정체성을 구성하고자 한 이광수의 시도는 결국 자기 자신을 잃어버리는 결과가 되었다. 그러나 식민주의 담론 비판이 곧바로 민족주의 담론과의 동일시를 의미하지는 않는다. 이광수의 변론과 참회 이후 독고준은 이광수와 함께 남아달라는 요청을 받지만, 여

---

77) 권명아, 「한국 전쟁과 주체성의 서사 연구」, 연세대 박사논문, 2002, 186면. 권명아는 이러한 주체성의 기원적 형식을 '이광수적인 것'이라 명명하고, '대아'와의 상상적인 동일시(실은 오인의 메커니즘)에 의해 구성되고 있음을 밝혔다.
78) 『서유기』, 을유문화사, 1971, 159~160면.

기에서도 독고준은 끝내 이 요청을 거절한다. 근대의 역사가 식민과 피식민의 이항 대립으로 이루어졌다는 것은 식민주의와 민족주의 중 하나를 선택해야 하는 상황을 의미하는데, 작가는 이러한 상황 자체를 넘어서고자 한 것이라 할 수 있다. 이때 이 둘 중 하나가 아닌 다른 길로 제시되는 것은 바로 '자기'의 길이다.

『서유기』에서도 식민주의 담론 비판은 서사의 흐름과 매우 느슨하게 연결되어 있을 뿐이다. 『서유기』의 서사는 의도적인 단절과 반복, 지리멸렬한 분위기 등으로 인해 지배적인 흐름을 갖지 않으며, 등장인물들의 발언은 서사의 흐름을 방해할 정도로 장황하게 제시되고 있다. 이러한 단절과 반복, 지리멸렬한 분위기로 인해 주인공의 정체성 역시 모호한 것으로 드러나게 된다. 독고준은 그의 여로에서 이들 민족국가 담론의 담지자들을 만나지만, 자신이 왜 이들을 만나며 이들은 왜 자신을 호명하는지, 심지어 자신이 누구이며 어디로 가는 것인지에 대해 거의 알지 못한다. 다만 이들의 호명이 자기 존재의 본질과 상관이 없으며 따라서 독고준은 '그 여름'을 향한 여행을 계속하고자 할 뿐이다. 이들의 호명을 '남의 일'로 치부하고 '남의 일 때문에 나의 일을 망치고 싶지' 않다고 할 때 '나의 일'이 무엇인지, '나'는 누구인지는 여전히 모호한 상태로 남는다.

『총독의 소리』의 경우 식민주의 담론의 편재성은 더욱 강화되어 드러나며, 상대적으로 식민지적 주체의 정체성은 더욱 모호한 상태로 드러난다. 총독의 담화는 아무런 설명 없이 제시되어 식민주의 담론을 유포하며, 이 식민주의 담론에 의해 '반도인'은 타자화된다. 『총독의 소리』가 전제하고 있는 식민주의 담론의 편재성은 『태풍』의 기본적인 상황 설정이 된다. 이는 심지어 오토메나크가 태풍을 만나 무인도에 표류하게 되는 상황에서도 계속 이어진다. 이러한 점에서 식민주의 담론의 편재성은 식민지적 주체가 자신의 정체성을 확립하는 데 있어서 기본적인 제약이 된다고 할 수 있다.

1960년대 최인훈의 소설이 보여주는 다양한 형식 실험은 식민주의 담론 비판 및 탈식민적 주체 형성이라는 과제를 수행하기 위한 작가의 암중모색의 과정을 보여준다.[79] 『태풍』이 내장하고 있는 탈식민성은 1960년대 작품이 보여주는 탈식민적 인식이 점진적으로 진화한 것이다. 그럼에도 불구하고 『태풍』의 탈식민성은 앞의 작품의 그것과 큰 차이를 보여준다. 앞의 작품들이 식민주의 담론 비판을 직접 제시함으로써 서사의 흐름과 긴밀하게 연관되지 않고 있는 데 반해, 『태풍』의 경우 탈식민성은 서사를 통해 드러나고 있다는 점이다. 『태풍』에서 식민주의 담론은 직접적으로 제시되는 대신 서사의 배경이 되어 드러난다. 주인공은 자신의 사유 혹은 언설을 통해 식민주의 담론을 비판하는 전지한 인물이 아니라, 식민주의 담론이 편재화된 상황 속에서 자신의 운명, 즉 정체성을 찾기 위해 행동하는 인물이다. 1960년대 최인훈 소설의 흐름으로 볼 때 『태풍』이 보여주는 이러한 면모는 큰 변화를 보여주는 것이라 할 수 있다.

이러한 변화는 어떻게 가능하였을까? 이에 답하기 위해서는 또 다른 우회가 필요하다. 그것은 식민지 기억의 서사화라는 맥락에서 『태풍』에 이르는 길을 되짚어 보는 것이다. 앞서 살펴본 것처럼 최인훈의 소설은 '그 여름', 'W시'로 표현되는 자전적 경험을 반복해서 다루고 있다. '그 여름', 'W시'는 자아 분열의 기원이 된 시공간이며, 해방 후 W시에서 겪은 자아비판, 그리고 폭격으로 폐허가 된 W시에서의 성에 대한 눈뜸 등은 자아 분열의 기원이 된 경험이다. 『회색인』과 『서유기』 등에서 표현되고 있는

---

79) 최인훈 자신도 『회색인』에 대해 4 · 19 혁명이 가져다 준 '전망이 달리 전개된 상황에서 또 다시 자기 자신이 어디에 있는가, 어떤 사회에 사는가를 자기에게 다시 설명해야 하는 일을 해야 하는 새 통과의례 전범 작성의 암중모색의 기록'이었다고 하였다. 또 『총독의 소리』에 대해서는 한일국교 파동을 겪으면서, '문학의 형식을 파괴하면서라도 온몸으로 부딪쳐야 할 위기의식을 느꼈다'고 하였다. 「원시인이 되기 위한 문명한 의식」, 21, 25면.

이 경험은 그 자체의 폭력성과 강렬함에 초점이 맞추어져 있어서, 이러한 경험을 하게 되는 원인에 대한 인식으로 나아가지는 않는다. 1970년 이후 최인훈의 소설은 이 경험의 원인이라 할 수 있는 식민지 시대 경험에 대한 자기 성찰적 서사를 담게 된다.

식민지 경험의 서사화라는 관점에서 『태풍』을 해명하고자 할 때, 『태풍』의 앞자리에 놓이는 작품은 『두만강』이다. 1943년 H읍을 배경으로 삼고 있는 『두만강』은 최인훈의 유년 시절을 다룬 작품이라는 점에서, 그리고 전통적 재현의 방식으로 그려냈다는 점에서 최인훈의 다른 소설들과 구별된다.

『두만강』은 어린아이의 시점을 선택함으로써 이 작품은 식민지 시대의 경험을 아늑한 유년기의 세계로 표현한다. 작가의 말을 빌리자면, 이 세계는 '수원(水源)과 바다가 하나이며, 어머니와 딸이 한 인물인 이상한 세계'이다.[80] 그러나 다른 한편으로 이 유년기의 세계는 식민주의 담론이 지배하고 있는 세계이기도 하다. 이 세계에서 동철은 식민지 체제 교육을 받으면서도 이에 대해 의심하지 않으며, 식민 지배자와 피식민지인들은 아무런 적대감도 없이 공존하고 있다. H읍에서는 일본이 싱가포르를 함락시킨 것으로 축제가 벌어지며, 이 축제로 인해 동철은 마리꼬라는 일본인 소녀와 만나게 된다. 또 일본이 왜 전쟁을 하느냐고 묻는 선생님의 질문에 동철은 아무런 의심 없이 "우리 일본을 해치려는 적 베이에이를 무찔러 대동아 공영권을 세우려고 싸웁니다."라고 대답한다.

이처럼 아직 분열을 알지 못하는 아늑한 유년기의 세계가 식민주의 체제였다는 것은 이제 유년기의 원환적 세계를 벗어나 이를 다시 환기하는 자아에게 있어서 양가적인 경험이 된다. 자아의 내밀한 기억은 유년기의

---

80) 「두만강 – 작가의 말」, 『하늘의 다리 / 두만강』, 문학과지성사, 1994, 121면.

세계 그 자체를 그리워하고 긍정하지만, 사회적 자아를 구성하는 담론 체계, 즉 민족국가 담론은 이 시기를 부정하고 있기 때문이다. 『두만강』을 쓸 당시 최인훈이 이 두 시선 사이의 분열을 지니고 있었음은 물론이다. 『두만강』의 곳곳에 어린아이의 시선으로는 포착될 수 없는 외부 세계에 대한 암시가 드러나고 있는 것은 이를 잘 보여준다.

> ─물론 어리석은 자에게만이지만, 1943년의 H읍은 이런 아지랑이 속에 있다.
> 현경선은 그 아지랑이 속의 아지랑이 같은 젊은 처녀다. 한동철은 그보다 더 작은 아지랑이이다. 그 밖의 모든 인물들이 모두 그렇다. 무쇠와 같은 사람들은 다 어디 갔는가? 그들은 아지랑이의 저편, 결코 속지 않는 그들의 무쇠 심장이 인도하는 곳, 깎아 지른 바위산 꼭대기에서 진정한 봄을 기다리고 있다.[81]

1943년의 H읍을 '일상 속에 주저앉은 비극', 혹은 '아지랑이' 등으로 표현하는 데에는 유년기 세계 바깥의 시선이 개입되어 있다. 그것은 두말할 것도 없이 '무쇠와 같은 사람들'의 세계에 속한 시선이다. 『두만강』은 어린아이의 시선으로 시점을 제한함으로써 '아지랑이'로 표현되는 유년기의 세계를 그려낼 수는 있었지만, '무쇠와 같은 사람들'이 만들어가는 세계를 표현할 수는 없었다. 그러나 1952년 시점의 작가가 '아지랑이'의 세계를 그리는 것으로 만족할 수는 없었을 것이다.

이런 의미에서 『태풍』은 『두만강』의 결락된 부분을 잇고 있다고 할 수 있다. 그러나 이 두 작품이 표현하고 있는 세계는 전혀 다른 세계이다. 『두만강』이 분열을 알지 못하는 어린아이의 세계라면, 『태풍』은 첨예한 분열의 세계이며, 따라서 『태풍』에서는 분열에 처한 한 식민지인의 자아정체

---

81) 「두만강─프롤로그」, 위의 책, 125면.

성 확립을 위한 시도가 서사의 골격이 된다.

『태풍』이 그리고 있는 식민지인의 자아 분열은 최인훈의 식민지 체제 경험 및 해방으로 인한 체제의 뒤바뀜에 그 기원을 두고 있다. 최인훈의 또 다른 자전적 소설인 『화두』는 이 시기의 사정을 잘 보여준다. 『화두』의 첫 부분은 소년 최인훈이 H읍에서 해방을 맞이하고, 체제가 재편되는 와중에 온 가족이 'W시'로 이주하게 되는 사정, 그리고 'W시'에서 겪은 과도기의 체제 경험을 그리고 있다. 여기에서 중심이 되는 이야기는 두 가지이다. 하나는 'W시'에서의 학교 교육이 작가가 되는 바탕이 된 모순된 경험을 가져다주었다는 점이다. 그는 자신이 쓴 글로 인해 '자아비판'이라는 이름의 체제의 폭력을 경험하지만, 또 다른 글로 인해서는 '이미 유망한 신진 소설가의 '소설''이라는 예언과도 같은 칭찬을 접하게 된다. '자아비판'은 최인훈의 소설에서 반복해서 등장하는 모티프가 되고 있으며, 그의 작품에 등장하는 주인공들은 거의 예외 없이 체제로부터 소외된 개인이라는 점은 이 경험의 중대성을 잘 보여준다. 다른 하나는 책읽기의 경험이다. 자아비판 이후 학교에 흥미를 잃은 그는 도서관에 다니면서 책읽기에 몰두하게 되는데, 이때 그는 '현실의 세계'와는 다른 '책 속의 세계'를 경험하게 된다.[82] 더구나 그의 책읽기는 일본말 책읽기였으며, 그가 읽은 책은 『쿠오 바디스』, 『죄와 벌』, 『니벨룽겐의 노래』 등 서양의 문학이었다. 일본말을 경유하여 서양의 문학을 읽음으로써 '현실의 세계'와는 다른 '책 속의 세계'를 경험한다는 것, 이것이 소년 최인훈의 책읽기의 본질일 것인데, 이 경험은 그로 하여금 보편적인 것을 추구하는 것으로 나아가게 하였다.[83]

---

[82] 최인훈, 『화두』 1권, 민음사, 1994, 71~72면.

[83] 이창동(대담), 앞의 글, 49면. 한편 최인훈은 『화두』에서 이 책읽기의 의미에 대해 다음과 같이 표현하고 있다. '숙제가 아닌 그 책읽기에서 나는 '인류의 본질'인 '생물 수준의 지각(知覺)을 기호에 의해 초생물적 수준으로까지 증폭하는 일'이라는 학교에 다니고 있었다.' 『화두』 1권, 72면.

『태풍』이 작가가 겪은 식민지 체제 경험 및 체제 변전의 경험을 담고 있음은 물론이다. 『태풍』의 서사는 한 개인의 정체성을 떠받치고 있던 식민주의 담론이 무너지게 됨으로써 비롯된 자아의 분열과 이 분열을 극복하기 위한 시도로 이루어져 있다. 또 정체성 변모 과정에서 중요한 계기가 되는 '비밀의 방' 모티프는 작가의 'W시 도서관에서의 책읽기'와 구조적으로 일치한다. 소년 최인훈이 '현실의 세계'와 '책 속의 세계'를 분리하여 경험한 것과 마찬가지로 오토메나크는 비밀의 방의 문서를 읽는 재미에 빠져 낮의 세계와 밤의 세계가 나누어진 생활을 하게 된다. 또 소년 최인훈이 일본말로 된 서양 문학 읽기를 통해 자아정체성 확립을 시도한 것과 마찬가지로 오토메나크는 식민주의자들의 문서를 읽는 과정을 통해 거꾸로 자기에 대한 인식을 얻게 된다. 이런 의미에서 『태풍』은 작가의 식민지 체제 경험 및 이로 인한 자아 분열의 경험을 바탕으로 하고 있는 것으로, 탈식민적 맥락에서의 자기 존재 해명의 결과물이라 할 수 있다.

❷ 탈식민적 정체성 서사와 서양 문학 다시쓰기

『태풍』은 식민지 애로크인인 오토메나크가 아이세노딘인인 바냐킴으로 변모하게 되는 과정을 그린 정체성 서사이다. 여기에서 식민과 피식민의 대립 구도는 이러한 정체성 변모를 일으키는 근본적인 상황이 된다. 식민주의 담론과의 동일화를 통해 정체성을 확립하고자 했던 오토메나크는 우연한 계기에 의해 자신이 식민지 애로크인이라는 자각을 얻게 된다. 이는 식민주의 담론과의 동일화가 실패하였음을 의미하는데, 실패한 동일화의 결과는 여전히 주체에게 남아 있게 되므로 주체는 분열을 피할 수 없다. 『태풍』의 서사는 여기에서 시작된다.

친나파유주의자인 할아버지와 아버지의 영향으로 자라난 식민지 청년 오토메나크는 나파유 정신을 자기 피로 선택함으로써 자기가 물려받은 부끄러운 피를 바꾸기로 결심한 나파유군의 하급 장교이다. 그런 그에게 마야카씨가 전해 준 이야기는 지금까지 자신의 정체성을 지탱해 준 식민주의 담론 체계가 일시에 무너져 내리는 계기가 된다.

> 그는 그 밤의 한복판에 있는 한 남자를 보았다. 그 남자의 얼굴은 유리창에 어려 있었다. 이 남자는 하룻밤 사이에 스물 몇 해를 살아온 인생이 와르르 무너져버린 한 아시아인이었다. 식민지에 태어났으면서도, 자기를 종으로 삼고 있는 나라를 적으로 생각해보지 못한 청년이었다.[84]

식민주의 담론과의 동일화를 통해 자아정체성을 구성한 개인에게 있어서, 이 담론의 붕괴는 곧 상징적 죽음을 의미한다. 그리고 이어지는 이야기는 정체성을 새롭게 구성하고자 하는 시도, 즉 재생의 이야기가 된다.

그리하여 『태풍』의 정체성 서사는 '죽음과 재생' 모티프의 반복으로 그려진다.[85] 여기에서 '죽음'은 식민주의 담론에 호명된 주체의 죽음으로서, 실패한 동일화의 결과를 주체에게서 지워내기 위한 과정이다. 『태풍』이 죽음과 재생의 구조를 반복적으로 제시하는 것은 식민주의에 호명된 주체가 그것으로부터 벗어나 탈식민적 주체가 되는 것이 얼마나 어려운 과정인지를 보여준다.

'죽음과 재생'의 이야기는 세 단계로 진행된다. 여기에서 주목되는 것은 정체성 변모의 과정을 그리는 데에 서양 문학에서 흔히 볼 수 있는 모티프를 차용하고 있다는 점이다. 서양 문학의 모티프는 식민과 피식민의 이항대립이라는 새로운 맥락에 놓임으로써 탈식민적 정체성을 드러낸다.

---

84) 최인훈, 『태풍』, 문학과지성사, 1992, 59면.
85) 이 점에서 『태풍』은 『광장』의 다음에 놓이는 작품이기도 하다. 『광장』에서 이명준의 죽음은 『태풍』에서 부활의 논리로 이어지고 있는 셈이다. 『광장』과 『태풍』의 연관에 대해서는 다음 논의를 참고할 수 있다. 정과리, 「모르기, 모르려 하기, 모른 체 하기」, 『시학과 언어학』 1, 2001.

첫 번째 단계는 '비밀의 방' 모티프로서, 이는 환상물에서 흔히 볼 수 있는 모티프이다. 주인공은 우연한 계기에 의해 비밀의 방을 발견하게 되고, '머뭇거림'의 과정을 거쳐 이 비밀의 방으로 들어간다. 주인공은 이 환상의 세계에서 현실 세계에서는 찾을 수 없는 가치 혹은 진실을 발견함으로써 정체성의 변화를 겪게 된다. 이는 『태풍』의 '비밀의 방' 모티프에서도 그대로 드러난다. 걸쇠에 걸려 있던 탈이 떨어진 일로 인해 비밀의 방을 발견한 오토메나크는 밤마다 비밀의 방에서 니브리타군이 남기고 간 비밀문서를 읽으면서 식민과 피식민의 대립으로 이루어진 세계에 대한 진실을 발견하게 된다.

> 어느 날 마침내 오토메나크에게 의당 오고야 말 결론이 떠오르고 말았다. 이 문서들과 똑같은 것이, 애로크에 있는 나파유 총독부의 어느 문서 창고나, 혹은 관계자만이 아는 이런 장소에 보관되어 있다면? 아니 반드시 있다. 생각이 여기에 미치자, 쇠망치로 가슴 한복판을 얻어맞은 듯 숨이 막혔다.86)

밤마다 이 비밀의 방에서 벌어지는 의식은 죽음과 재생의 의식이다. 진실이 확실해지면 확실해질수록 오토메나크는 지금까지 살아온 날의 무지와 앞날에 대한 두려움 때문에 절망하고, 이 절망으로 인해 그는 새로운 정체성 찾기로 나아가게 된다.

『태풍』에서 '비밀의 방' 모티프는 식민과 피식민의 대립 구도에 재배치됨으로써 탈식민적 정체성을 드러내는 기능을 하게 된다. 서양의 환상물에서 드러나는 현실과 환상의 대립 구도는 『태풍』에서 식민과 탈식민의 대립으로 치환된다. 오토메나크는 낮에는 여전히 나파유 군인으로서 살아가

---

86) 『태풍』, 92면.

지만, 밤에는 비밀의 방에서 치르게 죽음과 재생의 의식을 통해 탈식민적
자각에 이르게 된다.

두 번째 단계는 아만다와의 사랑이다. 이국 여성과의 낭만적 사랑 역시
서양 문학에서 흔히 볼 수 있는 모티프이다. 아만다와의 사랑은 자동차 폭
파 사건 이후, 그리고 오토메나크가 심한 열병을 앓은 후 갑작스럽게 이루
어진다는 점에서 '죽음과 재생'의 구도를 보여준다.

식민주의 담론과의 동일화를 통한 정체성 확립의 시도가 실패하고, 분
열에 처한 오토메나크는 이제 또 다른 동일화를 통해 정체성을 찾고자 한
다. 오토메나크와 아만다의 사랑을 바다와 카누의 움직임으로 비유하고 있
는 것은 이를 잘 보여준다.

> 아만다는 바다처럼 미끈하고 따뜻했다.
> 오토메나크는 카누를 타고 눈부신 바다를 저어갔다. 바다는 요람처럼
> 출렁거렸다. (중략)
> 잊어버린 것이 돌아온 것이었다.
> 잊음의 고향에 들어온 바닷속의 카누는 이름을 모두 잊어버렸다. (중략)
> 이름 없는 바다는 이름 없는 카누를 태우고 이름 없는 고향에 들어
> 섰다.[87]

여기에서도 아만다와의 사랑은 서양 문학의 그것과 비슷하면서도 다르
다. 서양 문학에 흔히 등장하는 이국 여성과의 사랑 모티프에서 남성은 식
민주의자의 위치에 서게 되고, 여성의 몸은 식민주의자의 시선에 의해 묘
사된다. 오토메나크의 경우도 이와 유사하다. 아만다를 바라보는 오토메나
크의 시선에는 식민주의자의 시선이 내재되어 있다. 그러나 이 모티프 역
시 탈식민의 맥락으로 옮겨져 있다. 오토메나크가 아만다와 결혼하고자 하

---

87) 『태풍』, 132~133면.

는 것은 식민주의자로서 식민지 여성을 구원하고자 하는 것이라고 보기 어렵다. 오히려 여기에는 식민지인으로서 같은 처지에 있는 여성에 대한 동일화가 내재되어 있다. 이 동일화를 통해 오토메나크는 나파유 군인이 된 자신의 과거를 지우고 새로운 정체성을 확립하고자 한다.

물론 이러한 동일화는 오인의 결과이다. 오토메나크로서는 자신이 식민지 애로크인이라는 것을 알릴 길이 없으며, 따라서 오토메나크를 나파유군 장교로만 알고 있는 아이세노딘인은 식민주의자에게 보내는 차가운 눈길을 되돌려 보낸다. 에필로그처럼 붙여져 있는 '로파그니스―30년 후'에서 아만다가 카르노스의 정부(情婦)였다는 점이 밝혀짐으로써 아만다와의 사랑을 통한 동일화는 오인의 결과였음이 드러나게 된다.

세 번째 단계는 표류 모티프이다. 카르노스와 니브리타인 포로들을 송환하기 위한 항해 도중 포로들의 반란이 일어나고, 이로 인해 오토메나크 등은 태풍에 대한 정보를 듣지 못한 채 태풍을 만나게 되어 무인도에 표류하게 된다. 오토메나크는 포로 송환에 실패하고 이제는 사령부와의 연락마저 끊어지게 되는데, 이는 식민주의 담론 체계에 속한 주체의 상징적 죽음을 의미한다.

『태풍』의 표류 모티프는 서양 문학에서 익숙하게 볼 수 있는 것의 반복이면서 동시에 차이를 만들어 낸다. 서양 문학에서 표류 모티프는 식민주의 담론이 기본 구도로 삼고 있는 문명과 야만의 이분법을 잘 보여준다. 『로빈슨 크루소』에서 크루소는 표류 후에도 여전히 유럽 문명과 단단히 연결되어 있으며 이 문명을 원주민에게 이식한다. 이때 원주민은 '식인종', 즉 야만인이 되고, 크루소로 대변되는 문명의 주체는 세계의 진정한 주인으로 등장하게 된다.[88] 『태풍』의 오토메나크는 크루소와 같으면서도

---

[88] 『로빈슨 크루소』에 대한 비판적 읽기의 시도로는 다음을 참고할 수 있다. 강내희, 「영문학의 연구와 버텨 읽기」, 『문학의 힘, 문학의 가치』, 문화과학사, 2003.

다르다. 오토메나크 역시 표류 이후에도 식민주의 담론 및 식민주의가 부여한 위치와 어느 정도 연결되어 있다는 점에서는 크루소의 경우와 유사하다. 그는 무인도에서도 '중위님'이며, 이 지위를 이용해 그 곳에서 나파유군과 니브리타 여성 포로를 구성원으로 하는 작은 사회를 세운다. 그리고 여기에서 오토메나크는 지배자가 된다. 그러나 그는 크루소와는 달리 극심한 분열에 처한 지배자이다. 그는 무전실에서 무전기를 이용해 니브리타의 방송이 들려주는 '진실의 소리'를 들으면서 전황을 짐작한다. 오토메나크는 이 정보를 독점하고 나파유주의를 강조함으로써 작은 사회의 질서를 유지한다. 그러나 이처럼 오토메나크가 질서 유지를 위한 수단으로 사용하는 나파유주의는 이제는 자신의 정체성 확립을 위해 더 이상 붙잡을 수 없는 허상의 담론 체계일 뿐이다.

『태풍』의 서사는 이처럼 서양 문학의 모티프를 차용함으로써 식민과 피식민의 사이에서 형성되는 자아정체성의 양가성을 드러내고 있다. 오토메나크가 정체성 확립의 근거로 삼고 있었던 식민주의 담론이 그의 내부에서 무너지게 되자 또 다른 동일시의 시도를 통해 정체성을 찾고자 하지만 이 시도들은 계속해서 실패 혹은 유보되어, 오토메나크는 분열의 극한, 즉 죽음이 아니고는 정체성을 찾을 수 없게 된 자포자기의 상황에 다다르게 된다.

❸ 아나그램의 효과와 식민 역사 다시 쓰기

『태풍』은 식민지 애로크인 오토메나크가 아이세노딘인 바냐킴으로 바뀌는 과정을 다룬 정체성 서사이다. 그런데 이러한 변모를 한편의 서사에 담아내는 것은 간단한 일이 아니다. 오토메나크에서 바냐킴으로의 변모는 식민의 역사를 가로지르는 주체의 고단한 여정이기 때문이다. 식민과 피식민의 이항 대립으로 형성된 근대 세계는 식민지를 경험한 이들에게 식민주의자가 될 것인가 민족주의자가 될 것인가라는 양자택일적 질문을 제기하는데,『태풍』은 이러한 이에 대해 제3의 해결을 제시하고 있다. 이는 양자택일적 질문의 구도, 즉 식민과 피식민의 이항 대립의 구도를 벗어나는 것인 바, 이를 위해서는 독특한 형식적 장치가 필요했다. 아나그램이 바로 그것이다.

이미 알려진 것처럼 오토메나크(Otomenak)는 가네모토(Kanemoto, 金本)를 거꾸로 읽은 이름이다. 가네모토라는 이름에는 창씨개명의 역사, 다시 말해 식민지 조선인이 일본 제국의 국민으로 바뀌게 되는 정체성 변모의 역사가 아로새겨져 있다. 따라서『태풍』을 정체성 변모의 서사로 파악할 때, 이는 식민지 역사가 낳은 또 하나의 정체성 서사를 함께 읽고 있는 셈이다. 그러나 동시에 아나그램은 실제의 식민지 역사에 대한 거리두기이기도 하다. '오토메나크'라는 이름은 창씨개명이 지닌 민족적 위기나 조선인의 수난을 전혀 환기하지 않는다. '오토메나크'는 식민지 역사의 구체적 맥락을 직접 환기하는 대신, 식민과 피식민의 보편적 상황 속에 놓이게 된다. 이 점에서 오토메나크는 민족적 주체인 동시에 보편적 주체라는 이중성을 지닌다. 아나그램이 만들어 내는 이러한 이중성은 또 다른 아나그램의 산물인 애로크, 아니크, 나파유 등에서도 마찬가지로 드러난다. 식민지 애로크와 식민제국 나파유는 일본과 한국 사이의 식민과 피식민의 역사를 환기하지만, 다른 한편으로 아나그램의 효과로 인해 역사의 구체성으로부터 일정한 거리를 두게 된다. 식민지 애로크라고 명명할 때 이 단어가 지닌 생소함으로 인해 민족주의적 동일화가 즉각적으로 일어나지 않게 되는 것이다.

이처럼 실제 역사로부터의 거리두기는 탈식민적 주체 및 탈식민의 역사를 새롭게 구상하기 위한 전제 조건이라 할 수 있다. 아나그램은 식민과 피식민의 이항대립의 역사가 주체에게 가하는 압력으로부터 어느 정도 벗

어나도록 함으로써 이러한 이항대립의 구도를 벗어난 역사를 새롭게 구상
할 수 있도록 해 준다.

> 1941년초.
> 남태평양 일대에 퍼진 섬들을 무대로 두 나라의 군대가 공방전을 벌이
> 고 있었다.
> 이 지역의 지리적 상황은, 근대에 비롯한 유럽 사람들의 항해 이래 알
> 려진 것으로 되어 있다.
> 그들이 동쪽으로 동쪽으로, 신기한 물건을 찾아나선 뱃길을 끼고 수없
> 이 산재한 크고 작은 섬들은, 유럽 사람들로 본다면 신기한, 약탈의 대상
> 이었으나 그곳에 원래부터 사는 사람들에게는 예부터 살아오는 고장일
> 뿐이다.
> 어느 편이 야만인인가는 그들이 만났을 때 어느 편이 싸움에 이겼는가
> 로 정해진다. 배를 타고 온 사람들이 이기고, 원래 살던 사람들이 연이어
> 졌다. 그렇게 해서 이 지역은, ~령(領), ~령 하는 식으로, 그들의 고유한
> 이름 위에 정복자의 모국의 이름이 얹혀서 불리는 신세가 되었다.[89]

프롤로그에 해당되는 위 인용문에서 작가는 서양 중심의 세계사를 '유
럽 사람들로 본다면'이라는 단서를 붙임으로써 상대화한다. 여기에서 유럽
사람의 역사가 아닌 '원래 살던 사람들'의 역사, 다시 말해 식민의 역사가
아닌 피식민자들의 탈식민 역사를 재구성하고자 하는 의도를 엿볼 수 있
다. 그리고 이러한 의도는 결말을 통해 분명히 제시된다.

나파유주의가 허구임을 깨달은 오토메나크는 이제 더 이상 나파유주의자
일 수도 없고 그렇다고 다시 식민지 애로크인으로 돌아갈 수도 없다는 점
때문에 절망한다. 『태풍』의 서사는 여기까지이다. '로파그니스 — 30년 후'라
는 제목이 붙은 마지막 장은 서사의 진행으로부터 일정한 단절을 포함한 상

---

89) 『태풍』, 7면.

태로 그려진 이상적 세계이다. 이 이상적 세계는 오토메나크가 이제 바냐킴
이 되어 재생한 모습을 보여주는데, 문제는 어떻게 이러한 재생이 가능하였
는가라는 점이다. 이에 대해 작품은 카르노스의 해결을 제시한다.

> 당신은 아이세노딘 사람이 될 생각은 없습니까. 그러나 나는 애로크
> 사람입니다. 당신은 얼마 전까지 자기를 나파유 사람이라고 믿고 있지
> 않았습니까. 지금 당신은 자기를 애로크 사람이라고 말합니다. 당신은
> 아이세노딘 사람도 될 수 있습니다. 아니 니브리타 사람도 될 수 있을
> 것입니다. 인연이 다한 이름은 버리면 됩니다. 사람은 육체로서는 한 번
> 나는 것이지만, 사람으로서는, 사회적 주체로서는 몇 번이고 거듭날 수
> 있습니다.90)

카르노스의 해결은 '사회적 주체로서는 몇 번이고 거듭날 수 있다'는 선
언에서 드러나는 것처럼, 식민과 피식민의 이항대립의 역사가 주체에게 강
제한 정체성 형성의 구도를 벗어나는 것을 의미한다. 앞에서 『태풍』의 서
사는 '김(金)'에서 '가네모토(金本)'로의 변모라는 정체성 서사를 전제로 하
고 있음을 언급하였거니와, 이 실제 역사에서의 정체성 변모는 주체의 자
기 결정에 따른 것이 아니라 식민주의 담론의 강제에 의해 이루어진 것이
다. 반면 오토메나크에서 바냐킴으로의 변모는 '인연이 다한 이름은 버리
면 된다'는 주장에서 드러나는 것처럼 주체의 자기 결정의 산물이다.91) 이
점에서 『태풍』은 식민지 역사에 대한 다시쓰기로서, 식민지 역사의 폭력
에 대한 상징적 회복으로서의 의미를 지닌다. 애로크인이면서 아이세노딘
인이 된 바냐킴과 니브리타인이면서 아이세노딘인이 된 메어리나, 그리고
아만다와 카르노스 사이에 태어난 딸 아만다, 이 세 사람이 이루고 있는

---

90) 『태풍』, 360면.
91) 정체성의 형성 과정에서 주체의 자기 결정을 강조하는 것은 2장에서 언급한 『회색인』,
   『서유기』 등 최인훈의 다른 소설에서도 공통적으로 드러난다.

가족은 『태풍』이 그리고 있는 이상적 세계를 단적으로 보여준다.

여기에서 '로파그니스—30년 후'의 이야기가 빈틈없는 서사의 진행으로 이어진 것이 아니라는 점이 중요하다. 이는 『태풍』이 그리고 있는 오토메나크에서 바냐킴으로의 정체성 변모가 '죽음과 재생' 모티프의 반복을 통해 예고되고 있음에도 불구하고, 서사의 단절을 통하지 않고서는 표현하기 어려운 것이었음을 보여준다. 이런 의미에서 바냐킴으로의 재생이 자아의 분열 상태를 완전히 해결하고 있다고 보기는 어렵다. '로파그니스—30년 후'의 이야기에서 바냐킴으로의 변모는 카르노스와의 동일화를 전제로 하는 것인데, 이 동일화 역시 아무런 잔여물도 없이 완전하게 이루어진 것이 아니다. 바냐킴과 코드네주의 대화 도중에 암시되는 바냐킴의 고뇌의 흔적은 이를 잘 보여준다. 이렇게 볼 때 '로파그니스—30년 후'에 드러나는 바냐킴이라는 정체성 역시 오토메나크가 30년 후에 도달한 하나의 봉합점으로 보아야 할 것이다.

『태풍』이 제시하는 제3의 길은 1960년대와 1970년대 한국 사회의 상황을 놓고 볼 때 매우 의미심장하다. 식민 이후의 역사에서 식민성 비판은 곧 민족주의로 이어졌다. 이 과정에서 주체의 자기 결정이 생략되고 식민 이후 역사가 강제하는 정체성이 강조될 경우 이는 또 다른 전체주의로 나아가게 된다. 최인훈의 1960년대와 1970년대 소설이 개인의 존재와 자유를 옹호하는 데에는 이러한 사정이 있다. 제3의 길은 식민주의 담론와 민족국가 담론 등 식민 역사가 주체에게 가한 강제를 거부하고, 주체의 자기 결정을 최우선적인 것으로 삼는다는 점에서, 당시 한국의 권력에 대한 간접적인 비판으로서의 의미를 지닌다.

최인훈은 『태풍』 이후 희곡 창작으로 전환하게 된다. 소설에서 희곡으로의 전환에 대해서는 별도의 논의가 필요하겠지만, 『태풍』을 통해 어느 정도 짐작할 수 있다. 소설은 기본적으로는 재현의 형식을 벗어날 수 없기 때문에, 역사가 주체에게 가하는 압력을 감당해야만 하는 장르이다.『태풍』의 서사가 일정한 단절을 포함하고 있는 것은 한 편의 서사가 역사가 가하는 압력을 감당하는 것이 지극히 어려운 것임을 보여준다. 뿐만 아니라 재현은 특정한 관점을 선택함으로 얻어지는 것으로서, 그 시야에서 벗어나는 것을 배제하는 과정이다. 이로 인해 재현은 재현의 대상을 타자화하는 위험을 안게 된다. 아만다를 바라보는 오토메나크의 시선에서 보듯, 그리고 아만다와의 동일화가 실패하는 데에서 보듯 재현에 의한 동일화는 항상 잔여물을 남기게 된다. 최인훈은 희곡 창작을 통해 소설이라는 장르가 지닌 이러한 제약을 벗어나고자 하였을 것이다.

전후 월남작가의 자아정체성 서사

　본 연구는 전후 문단에서 월남작가가 차지하는 비중 및 전후 월남작가의 소설이 지니고 있는 공통된 내적 형식에 주목하여, 전후 월남작가의 소설에 나타난 자아정체성의 형성 양상을 규명하였다.

　전후 월남작가들은 전쟁의 충격을 가장 직접적으로 받은 작가들로서, 이들에게 있어서 월남 및 전쟁 경험은 복합적인 의미를 지니고 있었다. 그것은 가족으로부터의 독립을 가져다 준 사건이었고, 고향 상실의 계기이기도 하였으며, 특히 안정된 체제로부터 벗어나 새롭고 낯선 체제로 진입하게 된 사건이었다는 점에서 체제 변전의 경험이기도 했다. 그리고 이러한 경험은 전후 월남작가의 소설에서 자아의 분열로 드러나게 된다. 전후 월남작가의 소설은 월남 경험에서 비롯된 자아의 분열상을 그리는 한편 이러한 자아의 분열을 극복하고자 하는 시도를 보여준다.

한편, 전후 월남작가 및 이들 작품의 주인공들이 월남하여 남한 사회에 정착하는 과정은 월남 이전 이들이 속해 있던 전통적 사회 질서를 떠나 근대 민족국가 체제 속으로 편입하는 과정이었다. 이는 전후 월남작가의 소설에서 전통적 사회의 집단적 정체성에서 분리된 개인이 민족국가의 일원으로 자아정체성을 정립하는 과정으로 표현되었다. 이 과정에서 개인은 민족정체성을 자아정체성의 핵심을 구성하는 요인으로 받아들이게 된다. 전후 사회에서 민족국가와 개인 사이의 관계가 일방적인 관계로 설정됨으로써, 개인은 민족정체성을 지니게 되는 과정에서 소외 혹은 억압을 경험하게 되며, 이러한 상황은 월남작가의 소설이 취하고 있는 서사의 출발점이 된다.

전후 월남작가의 소설에 나타난 자아정체성이 형성 과정은 민족국가 담론과의 관련 양상에 따라 유형화할 수 있다. 본 연구는 이를 민족국가 담론과의 동일화 혹은 차별화로 대별하여 논의하였다.

이범선과 선우휘의 소설은 민족국가 담론과의 동일화를 통해 자아정체성이 형성되는 과정을 보여준다. 이범선의 소설에서 민족은 모성적인 것으로 상상되었다. 여기에서 주인공은 상실된 모성의 세계에 대한 나르시즘적 동경을 통해 자아정체성을 형성하게 된다. 「학마을 사람들」은 모성적 민족 신화를 구현하는 작품으로, 이 작품의 주인공들이 학마을의 아늑함을 그리워할 때 이는 모성적 민족과의 상상적 동일화를 내포하고 있으며 이는 반공주의의 내면화로 이어지게 된다. 한편 선우휘의 소설에서 민족은 부성적인 세계로 드러나며, 여기에서 주인공은 모성적 세계를 벗어나 투쟁을 통해 스스로 부성의 자리에 서고자 한다. 「불꽃」은 모성적 세계를 벗어나 이념 투쟁의 장으로 나아가는 것을 서사의 기본 구도로 삼고 있다. 이 작품에서 이념 투쟁에 나선 주인공은 윤리적 정당성을 얻음으로써 투쟁에서 우위에 서고자 하는데 이는 '형제 갈등'으로 표현되는 한국전쟁의 성격에서 비롯된 것이다. 이렇게 해서 이념 투쟁의 장으로 나선 주인공은 민족국가 담론의 상징적 위임을 받아들임으로써 반공주의자가 된다. 『싸릿골의 신화』 등 1960년대 이후 선우휘의 소설은 반공주의의 전체주의화 경향을 보여주게 된다.

이범선의 「오발탄」과 선우휘의 『깃발 없는 기수』는 민족국가 담론과의 동일화 과정을 보여주고 있으면서, 자아의 내부에 내재되어 있는 분열의 계기를 보여주고 있다는 점에서 주목된다. 그러나 이러한 분열의 계기는 1960년대로 접어들어 점차 민족국가 담론이 전체주의의 경향을 띠게 되면서 동일화 과정에 포섭되는 과정을 보여준다. 동일화 과정을 통한 자아정체성의 형성 과정은 자아의 분열을 모면하고자 한 시도였다. 그러나 동일화는 민족국가 담론 및 그 담론이 제시하는 특정한 이미지에 자신의 일부를 내어줌으로써 가능하게 되는 것으로서, 이로 인해 자아는 소외를 겪게 된다. 따라서 동일화를 통해 분열을 극복하고자 하는 시도는 실패할 수밖에 없다.

민족국가 담론과의 차별화를 통해 자아정체성이 형성되는 과정은 이 지점에서 다시 시작된다. 손창섭의 소설은 부성적 질서로부터 소외된 인물을 설정하여 부성과의 관계로 표현되는 민족정체성이 지극히 우연적인 것임을 보여준다. 『낙서족』의 주인공은 민족국가 담론의 상징적 위임에 도달하고자 분투하지만 결국 그것으로부터 실패하게 되는 반면, 서술자는 이러한 주인공의 분투와 실패를 아이러닉한 시선으로 바라본다. 이러한 서술자의 시선은 민족국가 담론의 상징적 위임 과정에 의문을 제기하고, 민족국가 담론 자체도 균열을 내재하고 있음을 보여주는 것이라 할 수 있다. 손창섭의 소설은 이러한 서술자의 설정을 통해 민족국가 담론에 포섭되지 않는 주체의 가능성을 보여주게 된다.

한편 이호철과 최인훈의 소설은 각기 전통과 근대의 경계 지점, 식민과 피식민의 경계 지점에서 자아정체성이 형성되는 과정을 보여준다. 이호철은 월남민이 남한 사회에 정착하게 되는 과정을 이념의 틀로서가 아니라 생활 세계로의 진입으로 받아들였다. 1950년대 단편소설에서 1960년대 중반『소시민』에 이르는 그의 작품에서 주인공들은 성장 제의를 통과함으로써 생활 세계로 진입하게 된다. 이호철은 전쟁 및 월남 과정에서 여러 차례 체제 변전의 경험을 하게 되는데, 이를 전통 사회의 해체와 새로운 자본주의 사회의 형성이라는 보다 큰 사회구조의 변동 속에서 파악함으로써 그의 소설은 이념으로 포착되지 않는 개인의 삶의 실감을 그리게 된다. 전통과 근대의 경계에서 자아정체성은 자기 동일적인 방식으로 형성되는 것이 아니라 타자와의 교섭을 통해 상호주관적으로 형성된다.

최인훈의 소설에서 전쟁의 기억은 민족국가 담론이 규정하는 공식적 기억과는 다른 방식으로 환기된다. 그리고 '그 여름', 'W시'의 경험은 자아 분열의 기원이 된 경험으로서, 그의 소설은 이러한 자아의 기원을 탐색하는 시도가 된다. 최인훈의 소설은 자아정체성의 정립 과정을 다양한 형식 실험을 통해 낯선 방식으로 보여준다.『두만강』에서 보여준 재현의 방식으로는 자아의 분열 및 식민과 피식민의 경계에서 형성되는 자아정체성을 표현하지 못하게 됨을 자각하게 되면서, 최인훈의 형식 실험은 점차 재현에서 멀어지게 된다.『회색인』이 보여주는 사유와 언설의 향락, 그리고『서유기』가 그리고 있는 실재계로의 환상 여행은 이를 잘 보여준다. 최인훈의 소설이 단일한 서사를 취하지 않고 다양한 형식 실험을 통해 자아정체성이 형성되는 것을 보여주는 것은 식민과 피식민의 경계에 서 있는 자아의 위치를 포착하고자 하는 의도에서 비롯된 것이다. 식민과 피식민의 경계에서 형성되는 자아정체성에는 식민 권력이라는 타자가 이미 개입되어 있다. 자아는 항상 분열되어 있으며 자아의 이미지는 정형화되지 않은 채 흩어져 있다. 이러한 자아정체성의 형식은 민족국가 담론의 포섭으로부터 벗어난 주체의 새로운 가능성을 보여준 것으로 평가할 수 있다.

전후 월남작가의 소설은 민족국가 담론과의 관련 속에서 자아정체성이 형성되는 과정을 그려내는 과정에서, 민족국가 담론의 공식적 전쟁 해석과는 다른 지점에서 발생하는 개인의 기억과 욕망을 드러냄으로써, 민족국가 담론에 대한 비판을 수행하였다. 민족국가 담론과의 동일화를 통해 자아정체성이 형성되는 과정을 보여주는 이범선과 선우휘의 소설에서도 자아는 민족국가 담론에 완전하게 포섭되지 않고 분열의 계기를 내재하고 있음을 보여준다. 뿐만 아니라 손창섭과 이호철, 최인훈 등의 소설은 이러한 자아의 분열을 봉합하지 않고 이를 소설 형식을 통해 드러냄으로써 민족국가 담론과 차별화되는 지점에서 자아정체성의 정립을 시도하고 있다. 이처럼 전후 월남작가의 소설이 보여주는 자아정체성의 형성 과정은 1950년대 말에서 1960년대 초 사이에 집중적으로 제기된 집단과 개인 사이의 새로운 관계 설정 문제에 대한 근본적인 성찰을 담고 있다. 이는 전후 극복의 방향을 모색한 것으로서, 이후 소설사에서 이 문제에 대한 보다 진전된 논의를 펼칠 수 있는 단초를 제공해 준 것으로 평가된다.

1960년대 이후 전후 월남작가들은 자신의 신변의 변화와 더불어 사회정치적 환경의 변화를 겪게 되면서 자아정체성을 새롭게 정립해야 했고, 이는 이들의 작품에서 자아정체성 서사의 확장과 심화로 나타나게 된다. 특히 손창섭과 이호철, 최인훈 등 민족국가 담론과의 차별화를 통한 자아정체성 형성 과정을 보여준 작가들의 경우, 자아정체성 재정립의 문제는 더욱 중대한 문제가 되었다. 대부분의 전후 월남작가들이 전후 시기가 마감되는 1960년대 중반 이후 의미 있는 작품 활동을 하지 못하게 되는 반면, 손창섭과 이호철, 최인훈 등은 지속적으로 작품 세계를 확장하면서 작품 활동을 이어가게 되는데, 이는 이들의 작품에 나타나는 자아정체성의 형성 양상과 무관하지 않다.

전후 월남작가들은 남한 체제 내에서 작가로서 일정한 사회적 위치를 지니게 되었으며, 가정을 이루어 안정된 생활의 기반을 마련하기도 하였다. 이 시기 전후 월남작가들의 작품이 '결혼'과 '집'을 둘러싼 소소한 갈등을 다루고 있는 것은 작가 자신의 신변의 변화를 보여주는 것이라 할 수 있다. 손창섭의 『부부』, 『인간교실』 등 1960년대의 장편소설, 이호철의 『이단자』 연작, 『남풍북풍』 등 1970년대 작품이 그것이다.

손창섭 소설의 주인공들은 결혼 생활에서 가부장되기를 통해 행복한 삶을 꿈꾸지만, 이러한 가부장되기 욕망은 결국 주인공 자신의 내적 결함 때문에 실패하게 된다. 주인공의 가부장되기의 시도는 이 시기 근대화 논리와 결합된 민족국가 담론 속에서 자신의 위치를 정립하고자 하는 것이라 할 수 있다. 결국 이 시도가 실패하는 것은 민족국가 체제 내에서 자신의 정체성을 확립하는 데 실패하고 있음을 보여주는 것이기도 하다. 이러한 서사의 결말은 손창섭의 도일을 예고하는 것이라는 점에서 의미심장하다. 한편 이호철의 소설은 월남민 주인공이 남한 체제 내부로 진입하여 겪게 되는 소시민으로서의 일상을 다루고 있다. 특히 『남풍북풍』은 농도 짙은 자전적 소설로서, '집'과 '결혼'을 주된 모티프로 삼아 남한 사회의 한 일원으로 자리 잡게 되는 과정을 그리고 있다. 이 작품이 지닌 자기 고백의 형식은 보다 넓은 시각에서 자신의 삶을 조망하는 데서 가능했던 것인 바, 이후 이호철 소설이 보여주는 분단체제 인식의 단초가 된다.

1965년의 한일협정과 1972년 7·4 남북공동성명을 겪으면서 전후 월남작가들은 민족정체성에 대한 새로운 문제의식을 가지게 된다. 한일협정과 이에 대한 반대투쟁은 식민지 경험을 어떻게 의미화할 것인가에 대한 새로운 화두를 던져주었다. 전후 월남작가들이 그들의 작품에서 식민과 피식민의 문제, 그리고 특히 당시 상황에서 일본의 의미를 해명하고자 한 것은 이러한 사정에서 비롯된 것이었다. 또 남북공동성명은 월남민들에게 남북 체제 문제를 본격적으로 제기한 계기가 되었다. 남북의 대표단들이 서울과 평양으로 오르내리는 것을 본 월남민들은 자신들 역시 곧 고향으로 돌아가게 될 것이라는 기대를 지니게 되었으며, 이에 비추어 현재 자기 자신의 위치를 정립하고자 하였다. 전후 월남작가의 작품은 해방기의 기억을 환기함으로써 분단 상황을 그 기원에서부터 새롭게 인식하고, 이를 통해 분단체제 극복의 논리를 구상하고자 하였다.

손창섭의 『유맹』은 도일 후 연재한 장편소설로서, 근대 민족국가의 형성 과정에서 소외된 개인인 재일조선인들의 민족정체성 문제를 전면적으로 다루고 있다는 점에서 한국소설사에서 유례를 찾기 어려운 작품이다. 이 작품은 민족 서사와 화자 개인의 이야기의 결합으로 구성되어, 재일조선인 1세대와 2세대의 민족정체성 분열의 양상을 그려내고 있다. 이 두 서사는 재일조선인의 난민으로서의 민족정체성을 다루고 있다는 점에서 공통점을 지니면서도, 작품의 마지막 부분에서는 결국 확연히 갈라지게 된다. 이 두 서사의 교차를 통해 작품은 작중 인물들이 원초적 감수성으로서의 민족 관념과 근대 체제로서의 민족 관념을 사이에서 분열되어 있는 존재, 다시 말해 난민의 정체성을 지닌 존재라는 점을 보여준다.

이호철은 1970년대 초 일본 방문이 빌미가 되어 옥고를 치르게 되는데, 이를 계기로 그의 소설은 분단체제에 대한 인식으로 나아가게 된다. 『역려』, 『그 겨울의 긴 계곡』, 『문』 등은 이를 잘 보여준다. 『역려』에서 '일본'은 분단체제의 축도로 제시되며, 『문』에서 '일본'은 월남하기 전 과거의 자기를 만나게 되는 공간이 된다. 과거의 자기를 현재의 자기와 연속적으로 파악할 수 없었던 것은 분단체제의 모순을 보여주는 것인데, '일본'에서 월남 이전의 자기 자신을 만나게 됨으로써, 이제 자아정체성 서사는 새로운 국면으로 접어들게 된다. 그리하여 이후 이호철의 소설은 해방의 기억을 환기하고, 이를 통해 과거의 자기와 현재의 자기를 연속적으로 파악하고자 하며, 이 과정에서 분단체제 속에서 월남민의 정체성을 규명하고자 하는 것으로 나아가게 된다. 이러한 월남민의 자아정체성 서사는 민중적 전망과 결합됨으로써 '한살림 통일론'이라는 이호철 특유의 분단체제 극복의 논리를 구성하게 된다.

최인훈은 『총독의 소리』 연작과 『태풍』을 통해, 사적 체험을 통해 식민지를 기억하고 식민 역사를 다시 쓰고자 하였다. '소리'의 형식은 『구운몽』과 『서유기』에서도 부분적으로 활용되었지만, 『총독의 소리』에 이르면 작품 전체가 '소리'로만 이루어져 있다. 조선총독부 지하부가 보내는 유령 해적방송인 '소리'는 그 출처가 불분명하고 발화자와 피화자가 어긋나 있다는 점에서 민족국가 담론의 편재성과 실패한 호명의 효과를 드러내는 것이라 할 수 있다. '소리'의 형식을 통해 표현되는 정체성은 총체적이고 통합된 이미지 대신 이중적이고 모호한 담화의 공간에서 구성되는 탈식민적 정체성이다. 『태풍』은 식민주의 담론을 서사의 배경으로 설정하고, 여기에 식민과 피식민 사이에서 정체성이 형성되는 과정을 그린 정체성 서사이다. 『태풍』은 다양한 형식적 장치를 활용하여 탈식민적 정체성을 구성하고자 한다. 서양 문학의 모티프를 식민과 피식민의 경계 지점에 재배치하고, 아나그램을 활용하여 식민과 피식민 역사를 보편성의 맥락으로 재배치하며, 이를 통해 식민 역사를 다시 쓰고자 한다. 이러한 최인훈의 글쓰기를 탈식민적 다시 쓰기라고 할 수 있을 것인데, 『태풍』의 서사가 보여주는 바 나파유주의자였던 주인공 오토메나크가 식민지 애로크인으로의 자기 발견에 이어 다시 아이세노딘인인 바냐킴으로 나아가게 되는 정체성 변모는 이러한 탈식민적 다시 쓰기를 통해 이루어진 것이다.

전후 월남작가의 소설에 나타난 자아정체성의 형성 양상에 주목한 본 연구의 논의는 지금까지의 전후소설 연구가 작품의 내적 논리를 세밀하게 분석하지 못하고 있다는 문제의식에서 출발한 것으로서, 전후소설의 성격과 본질을 보다 면밀하게 밝히는 데에도 도움을 줄 수 있을 것으로 본다. 이제 본 연구에서 밝힌 것과 미처 밝히지 못한 것을 정리함으로써 이후 논의의 방향을 가늠해 보고자 한다.

첫째, 본 연구는 월남 및 전쟁의 경험이 작품의 내적 논리로 드러나게 되는 양상을 세밀하게 밝혔다. 월남 경험은 그것을 경험한 개인의 상황에 따라 복합적인 의미를 지니고 있었으며, 이는 전후 월남작가의 소설이 자아정체성의 형성 양상을 다양하고 풍부하게 드러내는 요인이 되었다. 전후 월남작가의 소설이 지니고 있는 이러한 공통성 및 다양성에 대한 논의를 통해 이들이 전후 문단 및 소설사에서 차지하는 위치를 보다 분명히 규정할 수 있을 것이다.

둘째, 본 연구는 전쟁 및 월남 경험이 자아정체성의 형성 과정에 끼친 영향을 한국의 근대화 경험이라는 보다 넓은 맥락 속에서 파악하였다. 이런 관점에서 한국전쟁을 파악하게 될 때 한국전쟁의 복합적인 성격이 드러나게 된다. 한국전쟁은 한국 사회가 당면하고 있었던 근대의 모순을 일부 해소하는 한편, 또 다른 복합적이고 중층적인 모순을 낳았다고 할 수 있다. 전후 월남작가의 소설에 나타난 자아정체성은 이러한 근대 경험과 그 과정에서의 모순을 풍부하게 표현한 것이라 할 수 있다. 이 점에서 본 연구가 수행한 자아정체성의 형성 양상에 대한 논의는 전후소설을 포함하는 한국 소설의 근대성 논의로도 이어지게 된다.

셋째, 본 연구는 전후 월남작가와 이들의 작품을 포괄적으로 다루고자 한 시도로서, 개별 작가의 작가론 연구에 기여할 뿐만 아니라 전후소설의 지형을 새롭게 그리는 데 도움이 될 것으로 본다. 전후 월남작가의 작품을 자아정체성 형성 양상으로 파악할 경우 그 내적 형식을 통해 작가 및 작품 사이의 연관을 분명히 파악할 수 있게 된다. 특히 4장과 5장은 손창섭, 이호철, 최인훈 등 주요 월남작가의 작품을 전후 시기부터 1970~1980년대까지 연속적으로 파악하고자 한 것으로, 이전까지의 연구가 주목하지 않은 작품을 많이 포괄하였다. 뿐만 아니라 본 연구의 결과는 전후 월남작가의 소설이 1960년 이후의 소설사에서 어떤 위치를 차지하는지, 그리하여 전후소설이 그 이후 소설사와 어떤 맥락으로 이어지고 있는지에 대한 논의로 이어지게 됨으로써 소설사 논의에도 새로운 시각을 제공할 수 있을 것으로 본다.

한편 전후 월남작가의 존재를 살펴볼 때, 여성 작가가 거의 없다는 점은 주목할 만한 현상이다. 이는 전쟁 및 월남이 그 자체로 젠더화된 사건이었음을 의미한다. 본 연구가 전후 여성의 자아정체성 문제를 포괄하지 못한 것은 전쟁이 지닌 이러한 성격에서 비롯된 것이다. 전후 월남작가의 작품에 나타난 여성상 및 월남작가가 아닌 전후 여성작가의 소설에 나타난 여성의 자아정체성에 관한 논의는 본 연구에서 수행한 자아정체성 논의와 관련하여 더 진전시켜야 할 과제일 것이다.

본 연구의 논의에서 중요 월남작가를 더 많이 포괄하지 못한 점도 한계라 할 수 있다. 특히 장용학, 김성한 등은 본 연구에서 다루지 않았지만, 전후 문단에서 중요한 위치를 지니고 있는 월남작가들이다. 이들의 소설을 포괄하여 다루지 못한 이유는 이들의 주요 작품이 월남 및 전쟁과 관련된 자전전 경험을 제재로 삼고 있지 않기 때문이다. 이에 대한 원인 규명과 더불어 이들의 소설이 본 연구에서 다룬 월남작가의 소설과 관련되는 지점을 밝히는 것도 전후소설 연구에서 중요한 과제가 될 것으로 본다.

참고문헌 ···

1. 텍스트

이범선, 『학마을 사람들』, 오리문화사, 1958.
이범선, 『오발탄』, 신흥출판사, 1959.
이범선, 『피해자』, 일지사, 1963.
이범선, 『동트는 하늘 밑에서』, 삼성출판사, 1972.
이범선, 『분수령』, 정음사, 1972.
이범선, 『흰 까마귀의 수기』, 여원문화사, 1979.
선우휘, 『불꽃』, 을유문화사, 1959.
선우휘, 『선우휘 문학선집』 1-5, 조선일보사, 1986.
선우휘, 『노다지』, 동서문화사, 1986.
선우휘, 「나의 언론생활 40년」, 『월간조선』, 1986. 4.~7.
손창섭, 『비오는 날』, 일신사, 1959.
손창섭, 『낙서족』, 일신사, 1959.
손창섭, 「부부」, 『동아일보』, 1962. 7. 2.~12. 29.
손창섭, 「인간교실」, 『경향신문』, 1963. 4. 22.~1964. 1. 10.
손창섭, 『유맹』, 실천문학사, 2005.
이호철, 『나상』, 사상계사, 1961.
이호철, 「인생대리점」, 『경향신문』, 1964. 1.~5.
이호철, 『자유만복』, 서음출판사, 1968.
이호철, 『사월과 빙원』, 을유문화사, 1971.
이호철, 『큰산』, 정음사, 1972.
이호철, 『이단자』, 창작과비평사, 1976.
이호철, 『남풍북풍』, 현암사, 1976.
이호철, 『작가수첩』, 진문출판사, 1977.
이호철, 『그 겨울의 긴 계곡』, 현암사, 1978.
이호철, 『역려』, 세종출판공사, 1978.
이호철, 『물은 흘러서 강』, 창작과비평사, 1984.
이호철, 『이호철 전집』, 청계, 1988.

이호철, 『산 울리는 소리』, 정우사, 1994.
이호철, 『문단골 사람들』, 프리미엄북스, 1997.
이호철, 『이호철의 한살림 통일론』, 정우사, 1999.
이호철, 『이호철 소설선집』, 새미, 2001.
이호철, 『남녘사람 북녘사람』, 민음사, 2002.
최인훈, 『광장』, 정향사, 1961.
최인훈, 『문학을 찾아서』, 현암사, 1970.
최인훈, 『서유기』, 을유문화사, 1971.
최인훈, 『최인훈 전집』, 문학과지성사, 1977.
최인훈, 『길에 대한 명상』, 청하, 1989.
최인훈, 『화두』 1-2, 민음사, 1994.
『현대한국문학전집』, 신구문화사, 1967.
『전선문학』, 『문예』, 『현대문학』, 『문학예술』, 『사상계』, 『세대』, 『동아일보』, 『서울신
　　　문』, 『경향신문』, 『한국일보』, 『조선일보』 등.

2. 국내논저

강내희, 『문학의 힘, 문학의 가치』, 문화과학사, 2003.
강진호, 「재일 한인들의 수난사」, 『작가연구』 창간호, 1996.
공종구, 「손창섭의 『길』에 나타난 '서울'과 '도일'」, 『현대소설연구』 36집, 2007.
구인환 외, 『한국전후문학연구』, 삼지원, 1995.
구재진, 「1960년대 장편소설 연구」, 서울대 박사논문, 1999.
구재진, 「최인훈 소설에 나타난 타자화 전략과 탈식민성」, 『한중인문학연구』 13집,
　　　2004.
구재진, 「최인훈의 『태풍』에 대한 탈식민주의적 연구」, 『현대소설연구』 24집, 2004.
권명아, 『가족이야기는 어떻게 만들어지는가』, 책세상, 2000.
권명아, 「한국전쟁과 주체성의 서사 연구」, 연세대 박사논문, 2002.
권명아, 『역사적 파시즘』, 책세상, 2005.
권오현, 「1970년대 소설의 알레고리 기법 연구」, 『어문학』 90집, 2005.
권영민, 「닫힘과 열림의 변증법」, 『문학사상』, 1989. 5.
권영민, 「정치적인 문학과 문학의 정치성」, 『작가세계』, 1990 봄.
권혁태, 「'재일조선인'과 한국사회─한국사회는 재일조선인을 어떻게 '표상'해 왔는가」,
　　　『역사비평』, 2007 봄.

김건우, 「1950년대 후반 문학과 <사상계> 지식인 담론의 관련 양상 연구」, 서울대 박사논문, 2002.
김귀옥, 『월남민의 생활 경험과 정체성』, 서울대학교출판부, 1999.
김귀옥, 『이산가족, '반공전사'도 '빨갱이'도 아닌…』, 역사비평사, 2004.
김동리, 『문학과 인간』, 백민문화사, 1948.
김동윤, 「1950년대 신문소설 연구」, 제주대 박사논문, 1999.
김동춘, 『전쟁과 사회』, 돌베개, 2006.
김동춘 외, 『자유라는 화두』, 삼인, 1999.
김동환, 「한국전후소설에 나타난 현실의 추상화 방법 연구」, 『한국의 전후문학』, 한국현대문학연구회, 1991.
김동환, 「『부부』의 윤리적 권력관계와 그 의미」, 『작가연구』 창간호, 1996.
김미영, 『최인훈 소설 연구』, 깊은샘, 2005.
김병익 외, 『현대한국문학의 이론』, 민음사, 1972.
김상선, 『신세대작가론』, 일신사, 1964.
김영택, 「1960년대 한국소설과 풍자」, 『현대소설연구』 8집, 1998.
김원철, 「이호철 소설의 변모과정 연구」, 서울대 석사논문, 1998.
김윤식, 『한국근대문학사상비판』, 일지사, 1978.
김윤식·김현, 『한국문학사』, 민음사, 1973.
김윤식·정호웅, 『한국소설사』, 문학동네, 2000.
김은실, 「한국근대화 프로젝트의 문화논리와 가부장성」, 『당대비평』, 1999 가을.
김인호, 「최인훈 소설에 나타난 주체성 연구」, 동국대 박사논문, 1999.
김인호, 『해체와 저항의 서사』, 문학과지성사, 2004.
김재영, 「이호철의 『남녘 사람 북녁 사람』론」, 『작가연구』 9집, 2000.
김주현, 「『카인의 후예』 개작과 반공 이데올로기의 문제」, 『민족문학사연구』 10호, 1997.
김준현, 「반공주의의 내면화와 1960년대 풍자소설의 한 경향」, 『상허학보』 21집, 2007.
김지영, 「손창섭 소설에 나타난 주체형성 연구」, 서울대 석사논문, 1997.
김진기, 「손창섭 소설 연구」, 건국대 박사논문, 1998.
김진기, 「반공주의와 자유주의」, 『현대소설연구』 25집, 2005.
김택호, 「일상에 억압된 소시민들에 대한 풍자」, 『한중인문학연구』 14집, 2005.
김 현, 『사회와 윤리』, 일지사, 1974.
김효석, 「전후월남작가 연구」, 중앙대 박사논문, 2006.
김희진, 「손창섭의 『낙서족』 연구」, 숙명여대 석사논문, 2004.

류동규, 「손창섭 소설의 아이러니 연구」, 경북대 석사논문, 1997.
류동규, 「전후 월남작가의 자아정체성 기원」, 『비평문학』 24집, 2006.
류동규, 「'탈민족'의 관점에서 본 『낙서족』」, 『어문학』 96집, 2007.
문학과비평연구회, 『탈식민의 텍스트, 저항과 해방의 담론』, 이회, 2003.
문학사와비평연구회, 『1950년대 문학연구』, 예하, 1991.
민족문학사연구소 현대문학분과, 『1960년대 문학연구』, 깊은샘, 1998.
박동규, 『전후 한국소설의 연구』, 서울대학교출판부, 1996.
박선희, 「손창섭 소설의 '소수성' 연구」, 경북대 석사논문, 2007.
박은태, 「이호철 소설에 나타난 낭만적 세계의 변화 양상 연구」, 『비평문학』 19집,
　　　2004.
박태순·김동춘, 『1960년대의 사회운동』, 까치, 1991.
박헌호, 『한국인의 애독작품-향토적 서정소설의 미학』, 책세상, 2001.
박혜경, 『황순원 문학의 설화성과 근대성』, 소명출판, 2001.
방민호, 「전후소설에 나타난 알레고리 연구」, 서울대 석사논문, 1993.
방민호, 『한국 전후문학과 세대』, 향연, 2003.
배경열, 「선우휘 문학 연구」, 서울대 박사논문, 2001.
배경열, 『한국 전후 실존주의소설 연구』, 태학사, 2001.
백낙청, 「시민문학론」, 『창작과 비평』, 1969 여름.
백낙청, 『민족문학과 세계문학』, 창작과비평사, 1978.
백낙청 편, 『민족이란 무엇인가』, 창작과비평사, 1981.
백낙청, 『분단체제 변혁의 공부길』, 창작과비평사, 1994.
서은선, 「최인훈 소설 「총독의 소리」, 「주석의 소리」의 서술 형식 연구」, 2000.
성지연, 「최인훈 문학에서의 '개인'에 관한 연구」, 연세대 박사논문, 2003.
손미순, 「최인훈의 『태풍』에 대한 탈식민주의적 연구」, 한국교원대 석사논문, 2007.
손정수, 『한국 근대 문학사의 틈새』, 역락, 2005.
손정수, 「전후세대 작가들의 소설에 나타난 장편화 경향에 대한 고찰」, 『한국현대문학
　　　연구』 17집, 2005.
손종업, 『전후의 상징체계』, 이회, 2001.
송하춘 외, 『1950년대의 소설가들』, 나남, 1994.
송하춘, 「전후시각으로 쓴 일제체험-손창섭의 『낙서족』론」, 『작가연구』 창간호, 1996.
신경득, 『한국전후소설연구』, 일지사, 1988.
신오현, 『자아의 철학』, 문학과지성사, 1987.
양윤모, 『정체성 탐구와 소설의 형식』, 박이정, 2003.
엄해영, 『한국전후세대소설연구』, 국학자료원, 1994.

염무웅, 「선우휘론」, 『창작과 비평』, 1967 겨울.

유선혜, 「'아버지 되기'의 실패와 '실체 없는' 구원의 여성상」, 『한국문학이론과 비평』 3집, 1998.

유임하, 『분단 현실과 서사적 상상력』, 태학사, 1998.

유종호, 『비순수의 선언』, 신구문화사, 1962.

유철상, 「한국 전후소설의 관념지향성 연구」, 서울대 박사논문, 1999.

역사문제연구소 편, 『1950년대 남북한의 선택과 굴절』, 역사비평사, 1998.

윤효녕 외, 『주체 개념의 비판』, 서울대학교출판부, 1999.

이대영, 『한국 전후실존주의소설 연구』, 국학자료원, 1998.

이동하, 「한국 전후문학의 한 모습」, 『문예중앙』, 1986 여름.

이득재, 『가족주의는 야만이다』, 소나무, 2001.

이상갑, 「최인훈의 『총독의 소리』론 ─ 문학의 무력감과 '말'의 위력」, 『1970년대 장편소설의 현장』, 국학자료원, 2002.

이상갑, 「식민국과 식민지의 이분법을 넘어서」, 『작가연구』 14집, 2002.

이어령, 『저항의 문학』, 경지사, 1959.

이원동, 「1950년대 황순원 소설 연구」, 경북대 석사논문, 1998.

이은자, 「월남작가 작품에 나타난 반공이데올로기 수용과 비판양상」, 『현대소설연구』 1집, 1994.

이익성, 「한국 전후 서정소설 연구」, 『개신어문연구』 15집, 1998.

이임하, 『여성, 전쟁을 넘어 일어서다』, 서해문집, 2004.

이주형, 『한국 현대소설과 민족현실의 인식』, 역락, 2007.

이주형 외, 『한국현대작가연구』, 민음사, 1989.

이창동, 「최인훈의 최근의 생각들(대담)」, 『작가세계』, 1990 봄.

이현석, 「전후소설의 서사구조와 수사적 성격 연구」, 서울대 석사논문, 1997.

이호규, 「1960년대 소설의 주체 생산 연구」, 연세대 박사논문, 1999.

이호규, 「'탈향'에서 '한살림 통일'로 ─ 이호철 소설의 지평」, 나이스북 독서교육, 2005.

이호철 외, 『이호철 문학앨범』, 웅진출판, 1993.

임지현, 『민족주의는 반역이다』, 소나무, 1999.

임지현 외, 『우리 안의 파시즘』, 삼인, 2000.

장양수, 『한국 실존주의 소설 연구』, 새미, 2003.

전광식, 『고향』, 문학과지성사, 1999.

전진성, 『역사가 기억을 말하다』, 휴머니스트, 2005.

정과리, 「모르기, 모르려 하기, 모른 체 하기」, 『시학과 언어학』 1집, 2001.

정명환, 『한국작가와 지성』, 문학과지성사, 1978.

정영훈, 「최인훈 소설에 나타난 주체성과 글쓰기의 상관성 연구」, 서울대 박사논문, 2005.

정희모, 「한국 전후장편소설 연구」, 연세대 박사논문, 1995.

조동숙, 「1950~60년대 소설에 나타난 이데올로기 연구」, 고려대 박사논문, 1993.

조명기, 「『서울은 만원이다』 연구」, 『문창이문론집』 37집, 2000.

조옥라 외, 「한국인의 문화적 정체성에 내재된 전통과 근대의 문제」, 『한국문화인류학』 36집, 한국문화인류학회, 2003.

조윤제, 『국문학개설』, 동국문화사, 1955.

조윤제, 『한국문학사』, 동국문화사, 1963.

조현일, 「손창섭·장용학 소설의 허무주의적 미의식에 대한 연구」, 서울대 박사논문, 2002.

조혜정, 『한국의 여성과 남성』, 문학과지성사, 1988.

천정환 외, 『혁명과 웃음』, 앨피, 2005.

최문규 외, 『기억과 망각』, 책세상, 2003.

최미진, 「손창섭 『부부』에 나타난 몸의 서사화 방식 연구」, 『현대문학이론연구』 16집, 2001.

탁석산, 『한국의 정체성』, 책세상, 2000.

하정일, 「전후 소설의 성격과 이범선 문학」, 『한국문학연구』 21집, 1999.

하정일, 「탈식민 서사와 식민적 무의식」, 『작가연구』 14집, 2002.

하정일, 『탈식민의 미학』, 소명출판, 2008.

한국문인협회 편, 『해방문학 20년』, 정음사, 1966.

한국사회학회 편, 『한국전쟁과 한국사회변동』, 풀빛, 1992.

한국정신문화연구원 편, 『한국전쟁과 사회구조의 변화』, 백산서당, 1999.

한 기, 「문학대담 / 최인훈 - 인간은 생각하는 짐승!」, 『문예중앙』, 1999 여름.

한수영, 「1950년대 한국 문예비평론 연구」, 연세대 박사논문, 1996.

한수영, 「월남작가의 작품세계에 나타난 반공이데올로기와 1950년대 현실인식」, 『역사비평』 21집, 1993 여름.

한수영, 「탈향, 그 신산한 역사적 삶의 도정」, 『실천문학』, 1997 봄.

한수영, 「윤리적 인간, 혹은 반공 이데올로기의 기원」, 『실천문학』, 2001 봄.

한수영, 「한국의 보수주의자 선우휘」, 『역사비평』, 2001 겨울.

한일민족문제학회 엮음, 『재일조선인 그들은 누구인가』, 삼인, 2003.

허영주, 「최인훈 소설의 정신분석학적 연구」, 계명대 박사논문, 1995.

홍주영, 「손창섭 소설에 나타난 부성 비판의 양상 연구」, 서울대 석사논문, 2007

3. 국외논저

강상중(이경덕・임성모 옮김), 『오리엔탈리즘을 넘어서』, 이산, 1997.

강상중(임성모 옮김), 『내셔널리즘』, 이산, 2004.

고모리 요이치(송태욱 옮김), 『포스트콜로니얼』, 삼인, 2002.

도미야마 이치로(임성모 옮김), 『전장의 기억』, 임성모 옮김, 이산, 2002.

마루야마 마사오(김석근 옮김), 『현대정치의 사상과 행동』, 한길사, 1997.

서경식(임성모・이규수 옮김), 『난민과 국민 사이』, 돌베개, 2006.

오카 마리(김병구 옮김), 『기억・서사』, 소명출판, 2004.

우에노 치즈코(이선이 옮김), 『내셔널리즘과 젠더』, 이선이 옮김, 박종철출판사, 1999.

후지타 쇼오조오(이순애 엮음・이홍락 옮김), 『전체주의의 시대경험』, 창작과비평사,
        1998.

Althusser, Louis(김동수 옮김), 『아미엥에서의 주장』, 솔, 1991.

Anderson, Benedict(윤형숙 옮김), 『상상의 공동체』, 나남출판, 2002.

Bergson, Henri(정연복 옮김), 『웃음』, 세계사, 1992.

Bhabha, Homi(나병철 옮김), 『문화의 위치』, 소명출판, 2002.

Evans, Dylan(김종주 외 옮김), 『라캉 정신분석 사전』, 인간사랑, 1998.

Fanon, Frantz(이석호 옮김), 『검은 피부 하얀 가면』, 인간사랑, 1998.

Felski, Rita(김영찬・심진경 옮김), 『근대성과 페미니즘』, 거름, 1998.

Foucault, Michel(이규현 옮김), 『성의 역사』 1-2, 나남출판, 1990.

Freedman, Ralph(신동욱 옮김), 『서정소설론』, 현대문학, 1989.

Freud, Sigmund(김정일 옮김), 『성욕에 관한 세 편의 에세이』, 열린책들, 2003.

Freud, Sigmund(윤희기・박찬부 옮김), 『정신분석학의 근본 개념』, 열린책들, 2003.

Freud, Sigmund(김석희 옮김), 『문명 속의 불만』, 열린책들, 2003.

Gandhi, Leela(이영욱 옮김), 『포스트식민주의란 무엇인가』, 현실문화연구, 2000.

Giddens, Anthony(배은경・황정미 옮김), 『현대 사회의 성・사랑・에로티시즘』, 새물
        결, 1996.

Giddens, Anthony(권기돈 옮김), 『현대성과 자아정체성』, 새물결, 1997.

Hobsbawm, Eric(강명세 옮김), 『1780년대 이후의 민족과 민족주의』, 창작과비평사,
        1994.

Hobsbawm, Eric 외(박지향・장문석 옮김), 『만들어진 전통』, 휴머니스트, 2004.

Hunt, Lynn(조한욱 옮김), 『프랑스 혁명의 가족 로망스』, 새물결, 1999.

Jackson, Rosie(서강여성문학연구회 옮김), 『환상성』, 문학동네, 2001.

Kaye, J. Harvey(오인영 옮김), 『과거의 힘 — 역사의식, 기억과 상상력』, 삼인, 2004.

Lacan, Jacques(민승기·이미선·권택영 옮김), 『욕망이론』, 문예출판사, 1994.

Lemaire, Anika(이미선 옮김), 『자크 라캉』, 문예출판사, 1994.

Marthe Robert(김치수·이윤옥 옮김), 『기원의 소설, 소설의 기원』, 문학과지성사, 1999.

Michael, Robinson(김민환 옮김), 『일제하 문화적 민족주의』, 나남, 1990.

Mosse, George(서강여성문학연구회 옮김), 『내셔널리즘과 섹슈얼리티』, 소명출판, 2004.

Pollard, Arthur(송낙헌 옮김), 『풍자』, 서울대학교출판부, 1986.

Ricoeur, Paul(김웅권 옮김), 『타자로서 자기 자신』, 동문선, 2006.

Spivak, Gayatri(태혜숙 옮김), 「하위주체가 말할 수 있는가? 다원화주의의 문제들」, 『세계사상』 4호, 동문선, 1998.

W. Nöth(2003), "Crisis of representation?", in Semiotica, Vol.143, No.1-4.

Widmer, Peter(홍준기·이승미 옮김), 『욕망의 전복』, 한울아카데미, 1998.

Wright, Elizabeth(권택영 옮김), 『정신분석비평』, 문예출판사, 1989.

Wright, Elizabeth 편(박찬부·정정호 외 옮김), 『페미니즘과 정신분석학 사전』, 한신문화사, 1997.

Zizek, Slavoj(이수련 옮김), 『이데올로기라는 숭고한 대상』, 인간사랑, 2002.

Zizek, Slavoj(김종주 옮김), 『환상의 돌림병』, 인간사랑, 2002.